Isabelle Broom

Die Insel der Herzen

Isabelle
Broom

Die Insel der Herzen

Roman

Aus dem Englischen von Ute Brammertz

DIANA

Von Isabelle Broom sind im Diana Verlag erschienen:
Olivensommer
Wintersterne
Hibiskusblütenmeer
Die Insel der Herzen

MIX
Papier aus verantwortungsvollen Quellen
FSC® C014496

Penguin Random House Verlagsgruppe FSC® N001967

2. Auflage
Deutsche Erstausgabe 05/2022

Die Originalausgabe erschien 2021 unter dem Titel
The Getaway bei Hodder, London.

Neumarkter Straße 28, 81673 München
Redaktion: Michelle Stöger
Umschlaggestaltung: Favoritbuero GbR,
München nach einer Originalvorlage von Hodder & Stoughton
Umschlagdesign: Becky Glibbery © Hodder & Stoughton
Umschlagmotive: © Getty Images (Nikolina Jagic/EyeEm;
Zvonimir Luketina/EyeEm; Gunter Flegar;
Glenn Wickström/EyeEm)
Satz: Leingärtner, Nabburg
Druck und Bindung: GGP Media GmbH, Pößneck

Printed in Germany
ISBN 978-3-453-36128-7

www.diana-verlag.de

Für meine Freundin, Katie Marsh.

Erster Teil

I

Wie die meisten Menschen wusste auch Kate Nimble, dass sich das eigene Leben in den letzten Momenten vor dem Tod noch einmal im Zeitraffer vor dem inneren Auge abspulte. Allerdings wusste sie nicht, dass auch das Gegenteil der Fall war und sich alles zu einem schmerzhaften Schneckentempo verlangsamte, wenn man gerade lebendiger denn je war.

Jede Note des Songs, den man bewusst ausgesucht hatte.

Jede Miene auf den nach oben gewandten Gesichtern von Freunden und Familie.

Und jede Sekunde, die der Mann, dem man eben einen Heiratsantrag gemacht hatte, nicht mit einem Ja antwortete.

Kate zwang sich, sich auf James zu konzentrieren. Sein Mund stand offen, zweifellos aufgrund einer Mischung aus Schock und Verlegenheit. Genau wie sie schien er seine Sprachfähigkeit eingebüßt zu haben. Wenn dieses besondere Gebrechen sie doch nur schon früher ereilt hätte – bevor sie diesen Stuhl herangezogen hatte, hinaufgestiegen war und die Anwesenden lautstark um ihre Aufmerksamkeit gebeten hatte.

»Ich ... ähm ...« James vollführte ratlose Gesten, sein erhobener Arm war schlaff wie eine regennasse Fahne.

Kate wusste, dass sie sich bewegen, dass sie etwas sagen sollte – *irgendetwas*; dass sie von diesem Podest der Demütigung heruntersteigen sollte. Aber es ging nicht. Ihre Glieder waren bleischwer und ihre Füße wie angewurzelt.

»Ich glaube, dass ... Was ich damit sagen will ...«, fuhr James fort. Er klang völlig überfordert.

Kate begann zu zittern. Jede vertraute Ecke im schäbigen Veranstaltungsraum des Pubs schien immer näher zu rücken. Etliche Leute hielten ihre Handys hoch, und der Gedanke daran, was diese Szene noch nach sich ziehen würde, war schier unerträglich.

»Verzeihung, Platz da, ich muss mal eben durch.«

Noch eine Stimme, streng, aber beruhigend. Ihre beste Freundin Robyn hatte sich durch die im Halbkreis versammelten Gäste gedrängt und eilte nun auf Kate zu.

»Komm schon.« Sie streckte die Hand aus. »Holen wir dich da runter.«

Ein Schluchzen schnürte Kate die Kehle zu, und sie löste es mit einem Lachen.

»Tut mir leid, Leute!«, rief sie, und die Absätze ihrer Schuhe verfingen sich in ihrem Rocksaum, als Robyn sie halb vom Stuhl hob, halb herunterzerrte. »Das war nur ein Scherz.«

Sie riskierte einen Blick zu James, doch ihr Freund starrte zu Boden.

»Es war nur ein Scherz«, wiederholte sie mit brüchiger Stimme, während Robyn sie hinaus in den Flur führte.

»Nicht weinen«, flehte ihre Freundin.

»Tu ich nicht«, sagte Kate, aber sie spürte, wie die Tränen in ihr hochstiegen.

»Bestimmt hat James dich nicht richtig verstanden.« Robyn sprach mit dem nachdrücklichen Tonfall einer Frau, die nicht nur ihr Gegenüber, sondern auch sich selbst überzeugen wollte. »Du hast ihn einfach überrumpelt, das ist alles. Er hat offensichtlich nicht damit gerechnet. Vielleicht hatte er längst geplant, wie er dir einen Antrag machen wollte, und nun hat es ihm vor Bedauern, dir nicht zuvorgekommen zu sein, die Sprache verschlagen?«

Kate zitterte immer noch.

»Die gute Nachricht ist doch«, erklärte ihre Freundin vielsagend, »dass er im Grunde nicht Nein gesagt hat, oder?« Beim Sprechen wickelte sie eine Strähne ihres dunklen Haars um den Finger. Ihr blasses Gesicht war sorgenvoll verkniffen. »Vielleicht hat er sich den Moment unter vier Augen gewünscht. Ich meine, er hat noch nie gern im Mittelpunkt gestanden, nicht wahr? So muss es sein – es ist ihm einfach peinlich.«

Kate schürzte die Lippen und kämpfte gegen die Tränen an. Wie flüssige Lava stieg Entsetzen in ihrer Brust hoch.

James hatte nicht Nein gesagt. Aber Ja hatte er auch nicht gesagt.

»Soll ich ihn holen gehen?«, fragte Robyn, und dann, als Kate nichts erwiderte: »Du wirst schon sehen, gleich werdet ihr beide darüber lachen.«

Ein Wagnis aus Liebe. So hatte Kate ihren Plan genannt. Sie hatte sich eingeredet, sie würde schon bekommen, was sie wollte, wenn sie nur den Mut aufbrächte, James darum zu bitten. Doch sie war die Sache nicht richtig angegangen: Sie hätte ihm den Antrag in einem Schaltjahr am letzten Tag im Februar machen sollen. Nicht einfach in einem willkürlichen Jahr mitten im April. So lauteten die Regeln. Noch nicht einmal diese eine simple Sache hatte sie richtig hinbekommen.

Dumm, dumm, dumm.

Die Tür zum Flur ging auf, und James trat mit gequälter Miene heraus.

»Alles okay bei dir?«, fragte er.

»Alles gut.« Kate verschränkte die Arme. »Du brauchst mich gar nicht so anzusehen.«

»Wie denn?« Zögernd trat er einen Schritt auf sie zu.

»Als wäre ich eine Bombe, die jeden Augenblick hochgehen könnte.«

»Ich dachte nur, du …«, setzte er an.

Kate stieß ein Schnauben aus. »Ich habe dir doch gesagt, dass bei mir alles in Ordnung ist. Okay, dann habe ich eben vor praktisch all unseren Bekannten auf einem Stuhl gestanden, ausgerechnet an meinem dreißigsten Geburtstag, und habe dich gefragt, ob du mich heiraten willst. Und du hast nichts darauf erwidert. Kein einziges sinnvolles Wort. Ja, klar, mir geht's prima, James. Es ging mir nie besser.«

»Bitte reg dich nicht auf«, sagte er, als Kate erneut gegen ein verräterisches Zittern ihrer Oberlippe ankämpfen musste. »Wenn du mich doch nur eingeweiht hättest, dann hätte ich ...«

»Der springende Punkt bei einem Überraschungsantrag ist eben, dass es eine Überraschung sein soll«, entgegnete sie. »Es sollte romantisch sein.«

»Ich weiß schon.« James schien sie nicht ansehen zu können. Sein Blick huschte vom Boden zum Heizkörper an der Wand und dann zu seinen eigenen Fingern, die er in seiner Erregung nicht stillhalten konnte. »Eigentlich wollte ich das nicht jetzt machen«, murmelte er. »Aber vielleicht sollte ich es tun. Ich weiß es nicht.«

Da Kate nicht recht wusste, ob die Worte ihr galten oder ob er ein Selbstgespräch führte, sah sie schweigend mit an, wie er seinen inneren Kampf ausfocht und versuchte, einen klaren Gedanken zu fassen.

»Vielleicht ist es auch gut, dass das hier passiert ist«, sagte er nach einer Weile.

»Ach ja?«

Ein Hoffnungsschimmer.

»Ja«, antwortete er verhalten. »Denn mir ist nun klar geworden, dass ich dir gegenüber aufrichtig sein muss. Du weißt schon, hinsichtlich dessen, wie es um uns steht.«

»Wie steht es denn um uns?« In Kates Magen rumorte es unangenehm.

»Nun ...« James legte eine Pause ein und atmete tief durch. »Es läuft schon seit einer Weile nicht mehr so gut. Seit wir erfahren haben, dass ... Na ja, die Sache ist die, wir hatten uns schon vorher auseinandergelebt.« Bei diesen Worten sah er nicht Kate an, sondern seine Schuhe – jene blütenweißen Sneakers, die er nach jedem Mal Tragen putzte, wobei er des Öfteren den Badezimmerschrank plünderte, um ihre Abschminktücher zu benutzen.

»Auseinandergelebt?« Kate verzog das Gesicht. »Aber nein, das stimmt nicht.«

»Komm schon, Kate – das weißt du doch.«

»Worauf willst du denn nun hinaus?«, fragte sie. »Willst du damit sagen, dass wir an ein paar Dingen arbeiten müssen? Natürlich müssen wir das, James – alle Paare haben ab und zu Probleme, und nach allem, was wir in letzter Zeit durchgemacht haben, ist es nur verständlich, wenn du vielleicht das Gefühl hast ... keine Ahnung ... dass wir auseinandergedriftet sind. Geht es darum? Denn das lässt sich wieder ändern.«

James wand sich wortlos.

»Du lieber Himmel.« Kate fuhr sich mit einer Hand an den Mund. »Du willst doch nicht ...? Es ist doch nicht ...? Du willst mich doch wohl nicht abservieren?«

Eine Grimasse.

»So darfst du das nicht sagen. Aus deinem Mund hört es sich brutal an.«

»Ist es ja auch.«

Allmählich bekam Kates Stimme einen immer schrilleren Ton, aber sie hatte sie nicht mehr unter Kontrolle – und wollte es auch gar nicht mehr. Sie hatte das seltsame Gefühl, sie habe ihren Körper verlassen und hocke nun auf dem Heizkörper an der Seite, eine Zuschauerin, keine Beteiligte bei dieser Farce. Denn es musste sich um ein Theaterstück handeln. Es war völlig unmöglich, dass James diese Dinge tatsächlich ernst meinte.

»Mich treibt die Sorge um, dass keiner von uns beiden bekommt, was er will, wenn wir zusammenbleiben«, fuhr er fort und hob den Blick, als sie ihm eine Antwort schuldig blieb. »Das weißt du so gut wie ich.«

»Nein, das weiß ich kein bisschen.«

Bis gerade eben hatte noch Kates Ärger überwogen, aber nun wurde dieser Schutzwall von ihrer Angst durchfressen. Auf einmal war ihr übel.

»Wir müssen nicht heiraten«, versicherte sie hastig und griff nach seinen Händen. »Es ist doch alles gut so, wie es ist – ich habe mich bloß hinreißen lassen. Ich drehe doch völlig am Rad, weil ich dreißig geworden bin und weil mir mal wieder gekündigt wurde. Das mit dem Heiratsantrag habe ich ganz spontan vor einer halben Stunde entschieden. Vorher ist es mir gar nicht in den Sinn gekommen. Und ich bin echt völlig zufrieden, so wie es ist«, behauptete sie und sprach hastig weiter, als er etwas einwenden wollte. »An allem, was du bemängelst, können wir arbeiten. Wir können nicht einfach aufgeben, James«, erklärte sie energisch und drückte seine Finger. »Wir haben schon so viel gemeistert, nicht wahr? Acht Jahre lassen sich doch nicht einfach so ausradieren.«

»Das hat nichts mit Aufgeben zu tun.« Er entzog ihr eine Hand und spielte unbewusst an der lichten Stelle auf seinem Kopf herum. Kate nannte es seine »Prinz-William-Halbglatze«. Es war das einzige Attribut ihres Freundes, das eine gewisse Verletzlichkeit ausstrahlte, und sie liebte es. Sie liebte ihn.

»Ich will damit nur sagen, es ist höchste Zeit, dass wir den Tatsachen ins Auge sehen«, fuhr er fort. »Ich weiß, dass du es versucht hast – das haben wir beide. Wir haben uns nun schon richtig lange Zeit richtig viel Mühe gegeben. Aber genau das ist es doch: Es sollte uns keine Mühe kosten. Es sollte nicht so schwer sein.«

Er sprach kaum hörbar, sodass Kate sich vorbeugen musste, um ihn zu verstehen. Trotz der Aufruhrs, den sie verursacht hatte, war die Party offenkundig wieder in vollem Gange.

»Es ist ja nicht so, als hätte einer von uns dem anderen wehgetan.« James hörte sich an, als gelte seine Überzeugungsarbeit nicht nur Kate, sondern auch sich selbst. »Wir können auf jeden Fall Freunde bleiben.«

Er löste die andere Hand aus Kates klammem Griff.

Wer war dieser Mann, der da vor ihr stand und diese Dinge von sich gab, ihr diesen Schlag versetzte? Er sah wie James aus, hörte sich wie James an und roch sogar nach ihm, doch es konnte unmöglich derselbe Mensch sein.

»Aber du tust mir sehr wohl weh. Du tust mir gerade jetzt in diesem Moment weh«, flüsterte sie. Trostlos dachte sie an die Pläne, die sie geschmiedet hatten, und ihr gemeinsames Zuhause mit der Sammlung gerahmter Filmplakate, den harmonisch aufeinander abgestimmten Sofakissen und den bunten Kacheln in der Küche. Vor ihrem inneren Auge sah sie das Foto von dem lächelnden Pärchen an der Wohnzimmerwand: er groß, schlank und ernst, sie rundlich, mit wilder Mähne und einem breiten Lächeln. Jener eingefangene Moment ließ sich bereits nicht mehr greifen, war in der Erinnerung verblasst. Ihre gemeinsame Liebe war zu einem Ding der Vergangenheit geworden.

»Aber heute habe ich Geburtstag«, sagte sie kleinlaut. »Du kannst doch nicht an meinem Geburtstag mit mir Schluss machen.«

James sah verlegen aus. »Geplant war es ja auch nicht so. Ich wollte noch ein paar Wochen warten, ehe ich etwas sage.«

Schweigend beobachtete Kate, wie er sich seine nächsten Worte zurechtlegte.

»Aber dann bist du da drin aufgestanden und ... Du weißt schon. Damit habe ich überhaupt nicht gerechnet. Ich meine, wie denn auch? Ich dachte, eine Frau kann jemandem nur in einem Schaltjahr einen Heiratsantrag machen.«

Missmutig schob Kate die Unterlippe vor.

»Ist ja auch egal«, sprach er weiter. »Jedenfalls wusste ich gleich, als du die Worte ausgesprochen hast, dass ich dich nicht länger anlügen kann. Mit einem Mal wurden die Dinge ganz deutlich.«

»Dinge?«, hakte sie nach und starrte blind auf eine Stelle an der Wand, wo die Tapete abblätterte.

»Im Leben all unserer Freunde geht es voran, und ich komme mir vor, als würden wir den Anschluss verlieren«, sagte James. Er schien seine Worte jetzt mit Bedacht zu wählen und räusperte sich immer wieder.

Kate verspürte den irrationalen Drang, ihn anzuschreien, er solle sich dabei gefälligst die Hand vorhalten. Doch wenn sie einmal mit dem Schreien anfing, würde sie vielleicht nie mehr aufhören können.

»Ich gebe dir nicht die Schuld.«

Natürlich tat er das, denn es war ihre Schuld. Sie war die Versagerin.

Kate hatte zu zittern begonnen. Um nicht länger stillstehen zu müssen, ging sie in ihrer Erregung im Flur auf und ab. Am anderen Ende befand sich ein Fenster, der Himmel hinter der Scheibe war so schwarz wie Asche.

»Am besten übernachte ich heute wohl bei meinen Eltern«, sagte James und wich langsam zurück.

Kate schluckte abermals ein Schluchzen hinunter. »Bitte nicht. Lass uns wenigstens eine Nacht darüber schlafen. Es ist weder der rechte Zeitpunkt noch der rechte Ort für so ein Gespräch – Herrgott noch mal, unsere Eltern sind nebenan. Alle unsere Freunde sind hier.«

James blieb vor der Tür zu dem Veranstaltungsraum stehen. Dass nebenan immer noch gefeiert wurde, kam Kate wie ein Verrat vor. Die Welt da draußen sollte sich nicht mehr drehen, wenn doch ihre eigene zum Stillstand gekommen war.

»Es tut mir leid«, setzte er an, aber Kate schüttelte abwehrend den Kopf. Sie benetzte ihren Zeigefinger und begann, heftig an einem klebrigen Fleck auf dem Fensterbrett herumzureiben. Wenn sie hier an dieser Stelle stehen blieb und diesen Fleck beseitigte, würde sie nicht mit ansehen müssen, wie er sie verließ, sie würde nicht mitbekommen, wie er ihren Gästen das Vorgefallene erklärte, oder wissen, wann er die Treppe hinunterging und ohne sie in die Nacht verschwand.

Erst beim Klicken der Tür hielt Kate inne; erst als kurz darauf gedämpfte Stimmen erklangen, brach sie zusammen; und erst als sie Robyns Arme um sich spürte, ließ sie den Tränen freien Lauf.

2

Irgendwie ging das Leben unaufhaltsam weiter, wie ein verirrter Geröllblock, der einen Berghang hinunterdonnerte. Doch während die restliche Menschheit ihrem Alltag nachging, indem sie täglich duschte, sich ankleidete und in die Arbeit pendelte, blieb Kate dort, wo sie schon am Abend ihrer Geburtstagsfeier Zuflucht gesucht hatte: in ihrem Elternhaus mit einer Bettdecke über dem Kopf.

Bis vor Kurzem, als Kate noch einen Freund, eine Zukunft und einen Sinn im Leben gehabt hatte, hatte sie darüber lachen können, dass ihr gekündigt worden war. Wieder einmal. Nun wirkte es gar nicht mehr komisch – wie alles andere auch. Ihr ganzes Leben lang hatte sie häufig schallend gelacht, weil sie Gelächter für das einfachste Mittel gegen all ihre Probleme hielt. Sie hatte sich immer über sich selbst lustig machen können. Doch seitdem James sie verlassen und ihrer Beziehung den Rücken gekehrt hatte, ohne sich noch einmal umzudrehen, brachte sie kein Lächeln mehr zustande, und für ein Lachen fehlte ihr erst recht jegliche Energie. Sie vermisste das Lachen.

Bei einem Knarren vor ihrem Zimmer schloss Kate die Augen und wünschte sich, die Person vor ihrer Tür werde nicht anklopfen. Es war ermüdend, sich möglichst nichts anmerken zu lassen, und sie wusste nicht, ob sie es schaffen würde, ihren Eltern etwas vorzugaukeln. Das tat sie nun schon, seitdem sie vor einer guten Woche wieder bei ihnen eingezogen war. Ihre Mutter mit ihren Hemmungen und dem zaghaften

Naturell hatte im Grunde nur hilflos Kates Schulter getätschelt und ihr immer wieder gesagt, wie leid ihr die Trennung tue, und ihr Vater - von dem Kate die wackere Fröhlichkeit in Zeiten der Not geerbt hatte - gab joviale Sprüche von sich und sagte, andere Väter hätten auch »schöne Söhne«. Zwar wusste Kate die Anstrengungen der beiden zu schätzen, aber getröstet hatte es sie nicht. Was sie wirklich brauchte, war ein Plan - eine Strategie, um ihren Freund und damit das Glück zurückzuerobern.

»Nims, bist du wach?«

Kate öffnete die Augen. Nur ein einziger Mensch verwendete diesen Spitznamen, der aus einer Abkürzung ihres Nachnamens bestand. Doch dieser Mensch befand sich außer Landes.

Noch während Kate die Bettdecke sinken ließ, wurde die Tür einen Spalt geöffnet, und beim Anblick ihres Besuchers stieß sie einen überraschten Freudenschrei aus.

»Toby! Was machst du ... Wie kommst du hierher?«

»Du wirst noch nicht davon gehört haben«, erwiderte ihr Bruder, »aber es gibt da heutzutage diese Dinger namens Flugzeuge. Große walzenförmige Maschinen mit Flügeln und Motoren, die Menschen durch die Luft von einem Land zum anderen befördern.«

»Sehr witzig«, antwortete sie und brach prompt in Tränen aus.

Toby ließ sich auf dem Bett nieder und zog Kate in die Arme. Im ersten Moment war es schön, sich eingehüllt und geschützt zu fühlen, doch zusammen mit der Dankbarkeit regte sich auch schon gleich das schlechte Gewissen. Sie fand es schrecklich, wie sie sich aufführte und dass sie ihre Gefühle nicht in den Griff bekam.

»Mir geht es gut«, krächzte sie und entzog sich ihm behutsam. »Ehrlich, ich bin bloß hundemüde, das ist alles.«

»Mum und Dad hast du vielleicht zum Narren halten können«, schalt er Kate, die sich mürrisch die Wangen abwischte, »aber ich sehe doch, was los ist, Nims – mir brauchst du nichts vorzuspielen.«

»Tu ich nicht«, widersprach sie, allerdings wenig überzeugend. »Es soll sich nur keiner Sorgen um mich machen.«

Toby runzelte die Stirn.

»Ich bin dein großer Bruder, da gehört das automatisch mit dazu.«

»Ja, aber ...«

»Kein Aber. Lass das mit den Sorgen um dich mal meine Sorge sein.«

»Das ergibt doch eigentlich gar keinen Sinn.«

Er lachte. »Höchstwahrscheinlich nicht, aber wenigstens weinst du jetzt nicht mehr.« Toby griff in seine Jackentasche und holte einen KitKat-Riegel hervor. »Jeder zwei Finger?«

Kate, die seit ihrem Geburtstag kaum gegessen hatte, schüttelte den Kopf.

»Ach, komm schon«, drängte er und riss die Verpackung auf. »Du musst ja auch nicht beide essen – heb dir einen auf, damit du James bei eurer nächsten Begegnung den Stinkefinger zeigen kannst.«

»Es ist noch zu früh für Witze«, erklärte sie ihm, zog die Knie ans Kinn und schlang die Arme um die Beine.

Ihr einstiges Kinderzimmer war jetzt ein Gästezimmer. Ihre lippenstiftverschmierten Poster von Take That und McFly waren längst von den Wänden verschwunden. Kates Mutter hatte, vermutlich bei dem Versuch, ihre niedergeschlagene Tochter aufzumuntern, einen Bettüberzug mit *My Little Pony*-Aufdruck ausgegraben und Kates Lieblingstofftiere vom Speicher heruntergeholt. Allerdings empfand Kate die Kindheitsszenerie nicht als tröstlich, vielmehr verursachte sie ihr

Magengrimmen. Mit dreißig Jahren sollte ihr Leben ganz anders aussehen.

»Wäre ich doch nur auf deiner Feier gewesen«, sagte Toby voller Bedauern. »Die eigene kleine Schwester wird schließlich nicht jeden Tag dreißig! Die Sanierung der Herberge hätte mir piepegal sein müssen, und ich hätte herfliegen sollen. Wenn ich es getan hätte«, fügte er in strengerem Tonfall hinzu, »dann hätte dieser Mistkerl es sich vielleicht gut überlegt, ehe er sich an deinem Geburtstag von dir trennt. Wer macht denn so was?«

»Es war meine Schuld«, sagte Kate niedergeschlagen. »Ich habe ihn unter Zugzwang gesetzt und zu einer Entscheidung gedrängt, die er ansonsten vielleicht nicht getroffen hätte. Wenn ich es nicht getan hätte, dann wäre es vielleicht …« Ihre Stimme verlor sich, denn Kate wusste, wie sinnlos es war, sich andere Szenarien auszumalen.

Toby musste über das Video Bescheid wissen, selbst wenn er es bisher noch mit keiner Silbe erwähnt hatte. In Großbritannien gab es vermutlich kaum eine Menschenseele, die es nicht kannte. Sie warf einen Blick auf ihren Laptop, der immer noch – nur halb heruntergeklappt und mit rot blinkendem Stand-by-Licht – auf dem Schreibtisch lag. Den Großteil des vergangenen Abends hatte sie auf Twitter verbracht und zu ihrem Entsetzen mit angesehen, wie die Zahl der Retweets unter dem #MöchtegernBraut #Nord-LondonerLiebesdebakel #VerlobungsFiasko #Torschlusspanik-Post immer weiter anstieg und beinahe die 500 000er-Marke knackte. Die Reaktionen rangierten von Mitgefühl bis hin zu offener Feindseligkeit, während in Kates persönlichem Posteingang – bevor sie Zeit hatte, unerwünschte Nachrichten zu blockieren – ganze 600 Botschaften von Männern eingegangen waren, die sich bereit erklärten, in die Bresche zu springen. Diese Anträge hätten

Kate aufgemuntert, wenn die meisten nicht auch ein Foto des Körperteils angehängt hätten, das sie den Absendern zum Dank küssen sollte. Besonders verletzend waren die Retweets mit dem beigefügten Kommentar *»cringe«* gewesen - sie hatten ihr verraten, was die Mehrheit der Leute tatsächlich dachte. Hätte das Video eines öffentlichen Heiratsantrags auch dann für solche Furore gesorgt, wenn da ein Mann auf jenem Stuhl im Pub gestanden hätte? Natürlich nicht.

Toby musste ihren Blick bemerkt haben. »Es ist einfach unglaublich, dass dir jemand so etwas angetan hat. Welcher Mensch macht aus dem Liebeskummer eines anderen Clickbait?«

»Keine Ahnung.«

»Deinen Freunden traue ich eine solche Niederträchtigkeit auf keinen Fall zu, es muss also jemand aus James' Kreis sein«, fügte er hinzu. »Und wenn du mich fragst, liegt es deshalb an ihm, herauszufinden, wer dahintersteckt, und dafür zu sorgen, dass die Sache gelöscht wird.«

Kate winselte abwehrend auf.

»Nun, das sollte er aber, Nims. Am liebsten würde ich zu ihm fahren und es ihm sagen - und ihm gleich mal so richtig die Meinung geigen.«

»Nein!« Bestürzt blickte Kate auf. »Bitte nicht, am Ende vergraulst du ihn noch ganz und gar. Außerdem ist es sowieso zwecklos«, beeilte sie sich zu erklären. »Der ursprüngliche Post ist mittlerweile schon so oft geteilt worden, dass es auch keinen Unterschied mehr machen würde.«

Beide verfielen in Schweigen, als die Türklingel ertönte, gefolgt von Stimmen und dann Schritten auf der Treppe. Seit Kate zu ihren Eltern gezogen war, war Robyn jeden Tag vorbeigekommen und hatte ihre Mittagspausen damit verbracht, nach ihrer Freundin zu sehen und sie möglichst in die Welt der Lebenden zurückzuholen. Jetzt platzte sie ins Zimmer, eine Einkaufstüte in der einen Hand und ihren Autoschlüssel in der anderen, und stieß bei Tobys Anblick einen Freudenschrei aus.

»O mein Gott, Tobes! Wie geht es dir? Und wie läuft's in Kroatien? Du bist so braun gebrannt, richtig zum Reinbeißen! Wie ist das Eheleben? Wie lange bleibst du hier? Toll schaust du aus.«

Kate beobachtete die beiden, ihre beste Freundin und ihren großen Bruder, und angesichts des lockeren Plaudertons beschlich sie Neid. Vor wenigen Wochen war sie genauso gewesen, so voller Optimismus, so bereit, sich jeden Fetzen Glück zu krallen – aber nun fühlte sich ihr Herz so verschrumpelt und trocken wie eine Rosine an.

Auf ihrem Handy leuchtete eine SMS auf. James.

Bitte ruf nicht mehr an. Du machst es nur unnötig schwer.

Kate starrte die Wörter an, und das Blut in ihren Adern gefror zu Eis. Die Unterhaltung zwischen Robyn und Toby bekam sie nur noch mit halbem Ohr mit.

»In den letzten Tagen hat sich ihr Zustand zunehmend verschlechtert«, hörte sie ihre Freundin flüstern. »Seit dieses verdammte Video viral ging. Davor hat sie sich immer noch Hoffnungen gemacht. Aber jetzt ist es, als hätte man ihr den Boden unter den Füßen weggezogen und als wäre von der alten Kate nichts mehr übrig.«

Mit einem leisen Zischen sog Toby die Luft ein.

Das Display von Kates Handy verdunkelte sich und wurde dann ganz schwarz.

Sie war zu einer Last, einer Peinlichkeit geworden – und das musste aufhören. Seitdem sich das Video von ihrem Heiratsantrag wie ein Lauffeuer im Internet verbreitet hatte, hatte Kate keinen Fuß mehr vor die Tür setzen können. Sie war davon überzeugt, dass jeder Bescheid wusste. Alle würden mit dem Finger auf sie zeigen und sie hämisch auslachen. Und wer könnte es ihnen verdenken?

»Ich weiß, dass du es im Moment nicht sehen kannst«, sagte Toby, »aber eines Tages wirst du merken, dass James keine einzige Träne wert ist. Es ist unverzeihlich, wie er dich fallen gelassen hat. Wer tut das einem Menschen an, den er angeblich liebt?«

»Er liebt mich eben nicht«, murmelte Kate. »Jedenfalls nicht mehr. Und warum sollte er auch?«, fügte sie trotzig hinzu. »Ich bin eine Witzfigur, in jeder Hinsicht eine Versagerin. Es gelingt mir noch nicht einmal, einen Mindestlohnjob in einem Büro zu behalten. Wen wundert es da, dass ich jetzt Single bin? James hat bloß endlich gemerkt, was alle anderen schon seit Jahren wissen: dass ich eine Niete bin, die offenbar nichts hinbekommt, außer sich zum Gespött der Nation zu machen.«

»Hör auf!« Robyn hob eine Hand. »Du bist *keine* Witzfigur und auch keine Versagerin.«

»Ähm, da bin ich aber anderer Ansicht«, erwiderte Kate und setzte sich ein Stück aufrechter hin. »Gehen wir doch einmal alles durch, was ich versucht und versemmelt habe, ja? Schauen wir mal, ach ja, da wären meine miesen Abschlussnoten, meine knappe und einzige Eins im Fach Englisch, die mir – Moment mal – rein gar nichts gebracht hat. Nach einer Reihe unmissverständlicher Absagen von so gut wie jeder Universität in England, Schottland und Wales – nein, lasst mich ausreden – stürzte ich mich ins Arbeitsleben und hatte die folgenden Jobs: Bulettenbraterin, Kassiererin, Kellnerin und Schülerlotsin, allerdings nichts davon länger als ein paar Monate. Dann war ich ungefähr zehn Minuten lang Hundefriseurin, wurde als Auslieferungsfahrerin gefeuert, als ich an meinem zweiten Tag einen Telefonmast rammte, hielt noch nicht einmal eine Schicht als Küchenhilfe durch und verlor meine Stelle als Empfangsdame in der City, weil ich es wagte, mir an Heiligabend freinehmen zu wollen.«

»Aber keiner dieser Jobs war das Richtige für dich«, stellte Robyn fest. »Und wenigstens hast du es immer weiter versucht.«

»Versucht und *vergeigt*«, erwiderte Kate mit Betonung auf dem letzten Wort. »Richtig gut bin ich nur darin gewesen, mich um James zu kümmern, und jetzt bin ich auch aus dem Job gefeuert worden – und jeder auf Twitter hat dabei zugesehen.«

Toby schüttelte den Kopf.

»Warum machst du nicht, was ich mache?«, schlug Robyn strahlend vor. »Bei der Ergotherapie geht es doch genau darum, sich um Menschen zu kümmern – darin wärst du spitze.«

»Da hat sie recht«, warf Toby mit einem aufmunternden Lächeln ein, doch Kate entging die Skepsis in seinen Augen nicht. Wie ihre eigenen waren sie hellgrün mit goldenen Sprenkeln, aber während ihr rotes Haar lang und gelockt war, trug er seines kurz geschoren.

Wenn sie doch nur über Talente verfügen würde, aus denen sich Profit schlagen ließe. In ihrer Beziehung hatte James sich um die offiziellen Angelegenheiten gekümmert, und Kate hatte ihr eigenes Unvermögen auf die gleiche Weise akzeptiert, wie das auch ihr übriges Umfeld tat – indem sie es mit einem Lachen herunterspielte. James hatte zwar gelegentlich die Augen verdreht, aber immer liebevoll. Ihre Berufswahl war ihm im Grunde egal gewesen, denn sie würde ohnehin bald zu Hause bleiben und sich um die Kinder kümmern. Viele würden diese Einstellung als überholt oder sexistisch verurteilen, das war Kate klar, aber ihr war sie nie aufgestoßen. Sie wollte es so, und wenn überhaupt hatte sie sich glücklich geschätzt, mit einem Mann zusammen zu sein, der sich ganz traditionell in der Rolle des Ernährers sah, während sie vollständig im Dasein als Mutter und Ehefrau aufgehen könnte. In den vergangenen acht Jahren war ihr kein einziges Mal in den Sinn gekommen, dass James es sich möglicherweise anders überlegen könnte, dass er sie verlassen würde, sobald sein selbst gesetzter Zeitplan in Gefahr geriet.

»Höchste Zeit für eine Tasse Tee.« Toby erhob sich. »Hilfst du mir bitte, Robyn?«

Als Kate aufsah, erhaschte sie gerade noch den vielsagenden Blick, den die beiden wechselten. Unten in der Küche ihrer Eltern würden sie sich über Kate unterhalten. Sie würden sich einen Schlachtplan zurechtlegen, um Kate aus dem Jammertal zu zerren, in das sie sich verkrochen hatte.

»Sicher«, antwortete Robyn. »Ach, und die hier sind für dich«, erklärte sie Kate und ließ die Einkaufstüte sinken. »Ein subtiler Hinweis darauf, dass es immer jemanden gibt, dem das Leben noch viel schlimmer mitspielt.«

Missbilligend mokierte sich Kate über den Stapel Klatschzeitschriften, die quer über das Bett glitten.

»Schau nur!« Eifrig deutete Robyn auf eine Schlagzeile. »Mein Ehemann hat mich verlassen ... für den Geist meiner Mutter. Und was ist mit diesem armen Tropf? Er hat seiner Freundin, wie er glaubte, ein kleines Kätzchen zu Weihnachten gekauft und erst später gemerkt, dass es eine Fledermaus war.«

Toby erschauderte sichtlich.

»Das ist grässlich. Bitte aufhören«, bat er, als Robyn mit dem Finger eine zweite Illustrierte aufblätterte. »Überlassen wir es meiner armen Schwester, sich im Elend dieser fehlgeleiteten Individuen zu suhlen, während wir Tee kochen. Dabei kannst du mich bezüglich deines Liebeslebens auf den neuesten Stand bringen.«

Robyn stieß ein Ächzen aus. »Das ist schnell erledigt.«

Erst als die beiden das Zimmer verlassen hatten, griff Kate nach ihrem Handy und las erneut James' kurz angebundene Bitte, ihn nicht mehr anzurufen. Anfangs hatte er Geduld gehabt und war gewillt gewesen, zu reden und die Dinge zu erklären, aber mittlerweile hatte sie das Gefühl, ihn mit jedem weiteren Tag noch ein Stück mehr zu verlieren. Ihr fiel nicht das Geringste ein, was sie ihm als Antwort schreiben könnte, und dieser Umstand allein machte ihr Angst: die Vorstellung, dass sich zwei ehemals vertraute Menschen fremd werden konnten. James durfte niemand werden, den sie früher einmal gekannt hatte; sie wollte, dass er der Mensch blieb, den sie am besten kannte.

In ihrem Ärger über sich und die Situation zog Kate die nächste Illustrierte zu sich heran und warf einen Blick auf das Cover. Angesichts der skurrilen Schlagzeilen riss sie die Augen auf. Dann begann sie lustlos, in den Zeitschriften herumzublättern und die Artikel und Reportagen zu überfliegen, ohne sie richtig zu lesen.

Sie musste unbedingt einen Weg finden, um James zurückzuerobern – bloß wie? Wie konnte sie ihn dazu bringen, zu Vernunft zu kommen, wenn er sich weigerte, sich mit ihr zu treffen oder auch nur ein Gespräch zu führen? Zwar wollte Kate seine Bitte, in Ruhe gelassen zu werden, respektieren, aber gleichzeitig sollte ihm klar werden, wie dumm es war, einfach alles wegzuwerfen, was sie sich gemeinsam aufgebaut hatten. Ihm das zu sagen, würde nicht funktionieren – stattdessen musste sie ihm seinen Irrtum vor Augen führen und ihm zeigen, wie viel besser sein Leben mit ihr war. Irgendwie musste sie ihn dazu bringen, dass er sie vermisste.

Kate griff nach einer zweiten Illustrierten und schlug wahllos eine Seite auf, in Erwartung der nächsten Story über einen untreuen Ehemann oder einen außergewöhnlichen Fetisch. Stattdessen stand da in großen schwarzen Buchstaben: »Warum ich meinem Bruder Briefe schreibe - zehn *Jahre* nach seinem Verschwinden.« Darunter prangte das Foto einer düster dreinblickenden Frau Mitte dreißig, und noch eines von einem jungen Mann. Seine Wangen waren hohl, der Blick gesenkt, so als hätte er der Person hinter der Kamera nicht in die Augen sehen wollen, doch die Haltung seiner Schultern hatte etwas Trotziges, sein Kinn war herausfordernd gereckt. Gebrochen war er wohl, aber noch nicht besiegt.

Diesen Ausdruck kannte sie nur zu gut.

Kate hob die Zeitschrift ein kleines Stück, schob ihre Brille zurecht und begann zu lesen.

Tragische Schicksalsschläge sind für Angela Dawson leider nichts Neues. Sie durchlitt schon viel mehr, als ein Mensch im Laufe seines gesamten Lebens zu erdulden haben sollte.

Mit nur sechsundzwanzig Jahren hatte sie nicht nur beide Eltern, sondern auch ihren jüngeren Bruder verloren – ein Umstand, der die sechsunddreißigjährige Zahnarzthelferin bis heute nicht loslässt.

»Der Tod hat etwas Endgültiges, deshalb ist es zwar schwer, damit umzugehen, aber nicht unmöglich«, erzählt sie in ihrem kleinen Reihenhaus in Aberystwyth. »Das Ableben meiner Eltern war schrecklich, aber in vielerlei Hinsicht war Joshs Verschwinden schlimmer. Dass meine Mum und mein Dad nicht eines Tages vor meiner Tür stehen werden, weiß ich; ich werde ihre Gesichter nicht auf einmal in einer Menschen-

menge entdecken und zu ihnen hinlaufen und sie begrüßen können. Aber in Joshs Fall könnte so etwas passieren. Der Ausspruch ›die Hoffnung stirbt zuletzt‹ ist ein Klischee, das weiß ich, aber es ist aus gutem Grund entstanden. An jedem Tag, an dem ich ihn nicht finde, habe ich das Gefühl, ein Stückchen zu sterben – in jedem Moment, den mein Bruder vermisst bleibt. Ich möchte nicht einfach wissen, wo er steckt und was ihm zugestoßen ist – ich muss es erfahren, um weiterleben zu können.«

Angela bittet darum, die Aufnahme zu unterbrechen, während sie um Fassung ringt. Wir kommen ihrer Bitte nach und betrachten die Fotos von ihrem verschollenen Bruder, die jeden freien Zentimeter in ihrem kleinen Wohnzimmer einnehmen.

»Er soll wissen, dass ich ihn nicht vergessen habe«, erläutert sie. »Kein Tag vergeht, an dem ich nicht an ihn denke und mich frage, wie es ihm geht und wie sehr er sich in den zehn Jahren, die ich ihn nun nicht mehr gesehen habe, verändert haben mag. Nehmen Sie so viele Fotos mit, wie Sie wollen«, drängt sie. »Es sollen ihn möglichst viele Menschen sehen, nur für den Fall, dass ihn jemand wiedererkennt.«

Auf die Polizei und Hilfsorganisationen für Vermisste angesprochen, schüttelt Angela nur den Kopf und gibt uns ein Zeichen, das Gespräch weiter aufzuzeichnen.

»Jedes Jahr werden im Vereinigten Königreich einhundertachtzigtausend Menschen vermisst gemeldet«, erklärt sie. »Das ist einer alle neunzig Sekunden.«

Einen Moment halten wir beide inne, um ihre Worte auf uns wirken zu lassen.

»Von diesen einhundertachtzigtausend sind einundfünfzig Prozent Männer – das macht also einundneunzigtausendachthundert Männer. Einundneunzigtausendachthundert

gebrochene Herzen, zerstörte Leben und auseinandergerissene Familien. Und mir ist klar, dass Josh nur einer von ihnen ist, aber er gehört eben zu mir. Bei seinem Verschwinden galt er als ›gefährdete Person‹«, fährt Angela mit einem leichten Zittern in der Stimme fort. »Das bedeutete, dass die Behörden meine Sorge um sein Wohlergehen ernst nahmen, und dank ihnen erfuhr ich, dass er ins Ausland gereist war. Er nahm einen Zug und bestieg dann eine Fähre nach Frankreich. Danach verlor sich die Spur allerdings. Die begrenzten Ressourcen der offiziellen Kanäle versiegten, und der Fall wurde zu den Akten gelegt. Für die Polizei ist Josh jetzt ein Bündel Papiere, eine Statistik, ein weiterer Name auf der Liste der Verschwundenen. Ich mache ihnen keine Vorwürfe, dass sie ihn nicht gefunden haben, und ich verstehe, warum sie keine weiteren Mittel auf die Suche verwenden können, aber mich schreckt das nicht ab. Ich glaube weiterhin, dass er irgendwo da draußen ist, und ich bin fest entschlossen, ihn zu finden – koste es, was es wolle.«

Während des Gesprächs ist Angela zusammengesunken, ihre Schultern sind hochgezogen, und das Kinn liegt auf den Knien. Sie ist zerbrechlich, gleichzeitig aber eine Kämpferin, und ihr Kummer ist mit den Händen zu greifen.

Josh verschwand im Anschluss an eine Meinungsverschiedenheit mit seiner Schwester, doch Angela möchte keine Einzelheiten darüber preisgeben, was an jenem schrecklichen Tag gesagt wurde. Stattdessen bitten wir sie behutsam, uns von den Briefen zu erzählen, die sie ihm schreibt.

»Natürlich schicke ich sie nicht ab«, sagt sie mit einem bitteren Lachen. »Aber ich stelle mir doch vor, wie er sie eines Tages liest, wenn er sich dazu entschließt, nach Hause zurückzukehren. Er soll alles, was passiert ist, all die Dinge, die er vielleicht verpasst hat, nachlesen können. Manchmal ent-

halten die Briefe nicht viel mehr als eine Aufzählung meiner Mahlzeiten in der Woche, wieder andere bestehen aus Schimpftiraden. Wut ist einfacher zu ertragen als Angst«, erklärt sie. »Zorn ist ein anspornendes Gefühl, Trauer nicht.«

Auf die Frage, was Angela ihrem Bruder exklusiv auf den Seiten der Zeitschrift Me Time *sagen möchte, holt sie ein Blatt Papier aus der Tasche ihrer Strickjacke und entfaltet es.*

»Lieber Josh«, fängt sie an. »Du wirst nun schon seit zehn Jahren vermisst, und bis heute ist kein einziger Tag vergangen, an dem ich nicht nach dir gesucht hätte. Ich habe in jedem Krankenhaus, in jeder Herberge und in jedem Obdachlosenasyl angerufen. Ich habe mit der Polizei, mit Wohlfahrtsorganisationen und mit Menschen, die auf der Straße leben, gesprochen. Ich bin bei Tag und bei Nacht durch ganz Aberystwyth gelaufen und habe jedem dein Foto gezeigt.

Und trotzdem habe ich nicht die geringste Spur von dir gefunden.

Ich denke an dich. Jeden Tag. Ich erinnere mich an das Baby mit den pummeligen Ärmchen, das meine Haare packte und sich in den Mund steckte; an das Kleinkind mit seinen Zahnlücken, das im Dunkeln in mein Bett gekrochen kam, weil es Angst vor der Hexe im Kleiderschrank hatte. Ich sehe den kleinen Jungen mit den aufgeschürften Knien vor mir, der mit dem Fahrrad im Gartenteich landete; den akneübersäten Teenager, der mir die letzten Chips stibitzte; den missmutigen Jugendlichen, der nicht mehr wusste, was Lachen hieß; den hageren jungen Mann mit Schmutz unter den Fingernägeln und dem gehetzten Blick eines Menschen, der zu viel gesehen, zu viel erlitten, zu viel gefühlt hat. Ich habe nichts vergessen.

Du bist immer noch ein Sohn, immer noch ein Freund, immer noch mein Bruder, und ich liebe dich immer noch, Josh. Von ganzem Herzen.«

Der Brief verändert die Atmosphäre im Zimmer spürbar, und ein paar Minuten lang sitzen wir beide schweigend da. Das einzige Geräusch ist das Ticken der Küchenuhr, die die Zeit misst und jeden Moment zählt, den die arme Angela ohne ihren Bruder Josh verbringen muss.

Möchte sie der Leserschaft von Me Time *noch irgendetwas mitteilen?*

Angela nickt mit tränenverschleiertem Blick.

»Bitte helfen Sie mir, meinen Bruder zu finden«, sagt sie. »Helfen Sie mir, Josh zu finden.«

3

Kate starrte auf das Foto des Vermissten und wischte sich krampfhaft die Tränen aus dem Gesicht. Es war fast eine Erlösung, zur Abwechslung einmal über den Kummer eines anderen Menschen zu weinen, allerdings lenkte diese merkwürdige Erleichterung nicht vom tragischen Kern der Geschichte ab. Sie versuchte, sich in Angela hineinzuversetzen, aber es war unmöglich, sich eine Welt vorzustellen, in der ihr Bruder sich dazu entschied, wegzulaufen und seine Familie nie mehr wiederzusehen. Toby war zwar mit seinem Ehemann Filippo nach Kroatien gezogen, aber er rief jeden Tag an oder schickte eine SMS. Er war immer für sie da gewesen, war auch jetzt wieder für sie da, unten in der Küche, wo er einen Plan ausheckte, um sie aufzumuntern. Und sie hatte sich noch nicht einmal bei ihm bedankt.

Doch genau das war das Problem mit Familienangehörigen – man hielt sie schnell für selbstverständlich und ging davon aus, dass sie einen ein Leben lang lieben und bedingungslos unterstützen würden. Und nicht nur Familienangehörige. James hatte Kate für selbstverständlich gehalten – und tat das wahrscheinlich immer noch. Er hatte schließlich auch keinen Grund, etwas anderes zu glauben, wenn sie ihn jeden Tag seit der Trennung anflehte, es sich noch einmal anders zu überlegen, und ihm sagte, wie sehr sie ihn liebte und dass sie alles dafür täte, um noch einmal eine Chance zu bekommen.

Vielleicht lag genau da ihr Fehler.

Eine Idee regte sich in ihrem Unbewussten und kämpfte sich durch die üblichen Barrieren aus Unsicherheit und Hemmungen, errichtet von der einen Emotion, die in ihrem Leben schon so viel vereitelt hatte: ihrer Angst. Diesmal durfte sie sich auf keinen Fall von ihr überwältigen lassen. Um diesen Einfall in die Tat umsetzen zu können, brauchte Kate sowohl Mut als auch Standhaftigkeit.

Als Toby und Robyn mit einem Tablett mit drei Bechern und einem Teller voller Schokoriegel zurückkehrten, hatte sie den Artikel noch einmal durchgelesen und war voller Tatendrang.

»Du siehst aus, als hättest du wieder geweint«, stellte Toby besorgt fest.

»Richtig«, räumte Kate ein und trank einen Schluck Tee. »Aber diesmal nicht wegen James, wie ihr beide bestimmt gern hören werdet.«

»Der Kerl hat sein wahres Gesicht gezeigt«, verkündete Robyn und packte ihren Riegel aus. »Und das ist bei Weitem nicht so süß wie die Schokolade hier.«

Kate lächelte verhalten.

»Ich habe dir einen Vorschlag zu unterbreiten«, wandte sie sich an Toby, der gerade genüsslich seinen angebissenen Riegel in den Tee tunkte. »Es hört sich vielleicht ein bisschen abgefahren an, aber ich glaube, es könnte funktionieren.«

»Okay.« Er klang argwöhnisch. »Wenn du von Funktionieren sprichst, meinst du dann ...?«

»Dass James Vernunft annimmt, ja.«

»Aber ich dachte ...«, setzte Robyn an, verstummte jedoch auf Kates flehenden Blick hin gleich wieder.

»Wie fändest du es, wenn ich dich ein Weilchen besuchen komme?«

»Was ... Du meinst, in Kroatien?«

»Nun, ich weiß ja, dass du mit Filippo im Sommer die Herberge eröffnen willst, aber mir ist auch zu Ohren gekommen, dass sie überhaupt noch nicht fertig ist. Mum hat es mir erzählt«, fügte sie hinzu, als Toby zustimmend das Gesicht verzog. »Laut ihr würde es schon an ein Wunder grenzen, wenn ihr tatsächlich rechtzeitig eröffnet und dieses Jahr noch Einnahmen habt. Da habe ich mir gedacht, ich könnte euch unter die Arme greifen, wenn ich ein bisschen bei euch wohne. Das Haus von James und mir habe ich im Alleingang renoviert und einige Erfahrung mit dem Malerroller gesammelt.«

Toby sah zu Robyn, die in Gelächter ausbrach.

»Was denn?«, wollte Kate wissen. »Was verschweigt ihr mir?«

»Ich lache dich nicht aus«, versicherte Robyn. »Es ist bloß witzig, dass du uns noch übertrumpft hast. Ich wollte unbedingt mit dir in ein Wellnesshotel oder so fahren, aber stattdessen hast du selbst eine viel bessere Idee gehabt. Etwas Abstand von James und diesem ganzen Unsinn mit dem Video ist genau das, was du brauchst – ich finde es toll, dass dir das klar geworden ist. Aus den Augen, aus dem Sinn, kann ich da nur hoffen, und ...«

»Das ist nicht der Grund, warum ich wegfahren will«, fiel Kate ihr ins Wort. Sie warf die Illustrierte quer über das Bett, um Robyn den Artikel zu zeigen, den sie gelesen hatte.

»Was? Du willst verschwinden?«, fragte Robyn völlig verwirrt.

»Also, ja. Aber nicht so, wie es der Mann da gemacht hat. Ich habe mir nur überlegt, dass James mich vielleicht vermissen würde, wenn ich nicht so ... ihr wisst schon ... zur Verfügung stehe. Während unserer ganzen Beziehung hat er immer genau gewusst, wo ich bin, mit wem ich mich treffe und was ich tue – und ich habe mir gedacht, wenn ich ihm das alles eine Zeit lang nehme, gibt es ihm vielleicht den nötigen Schubs, und er merkt, dass er mich doch noch liebt.«

Schweigend ließen Robyn und Toby sich ihre Worte durch den Kopf gehen. Ihnen stand eine Mischung aus Sorge und Enttäuschung ins Gesicht geschrieben.

»Glaubst du nicht, du solltest besser versuchen, über ihn hinwegzukommen?«, fragte Toby schließlich.

»Finde ich auch.« Robyn zerknüllte die Verpackung ihres Schokoriegels und warf sie in Richtung Abfallkorb. »Die vergangenen acht Jahre hast du tagein, tagaus nach der Pfeife dieses Mannes getanzt und ihm noch den letzten Wunsch von den Augen abgelesen. Der soll ruhig mal sehen, wie das Leben ohne eine Freundin ist, die ihn vergöttert – schauen wir mal, wie ihm das bekommt.«

Kate hob die Riegelverpackung vom Boden auf.

»Es soll aber keine große Racheaktion oder so was werden«, sagte sie beschwichtigend. »Ich möchte bloß, dass er mich ein bisschen vermisst. Ich weiß, was ich will.«

Robyn seufzte frustriert. »Hoffentlich soll das nicht heißen, dass du unbedingt James willst. Das hier könnte die Gelegenheit sein, herauszufinden, was *du* willst, nicht er.«

Am liebsten hätte Kate gesagt, das laufe auf das Gleiche hinaus, doch sie traute sich nicht.

»Ein bisschen Unterstützung wäre super«, warf Toby diplomatisch ein. »Du weißt ja, dass Filippo und ich mit ästhetischer Blindheit geschlagen sind. Mittlerweile stehen wir an dem Punkt, wo wir Wandfarben und Mobiliar für die Schlafräume aussuchen – und ich wette, dieser ganze Kram ist genau dein Ding. Erinnerst du dich noch an das Puppenhaus, das du als Kind hattest? Du hast jedes Zimmer anders eingerichtet – es gab ein Aquariumzimmer, ein Bauernhofzimmer und sogar ein Muppets-Zimmer, wenn ich mich nicht täusche?«

»Ehrlich gesagt ist es eine geniale Idee, wegzufahren, selbst wenn ich nicht voll und ganz mit deinen Beweggründen einverstanden bin«, sagte Robyn und kramte in dem Illustriertenstapel herum. »Die Alternative lautet wohl, dass du den ganzen Sommer über hier in deinem Kinderzimmer verfaulst, dich selbst bemitleidest und ständig bei Twitter nachguckst.«

»Ich verfaule nicht, sondern gehe dem Spott der Öffentlichkeit aus dem Weg.«

Mit einem verständnisvollen Lächeln zog Toby sein Handy aus der Jeanstasche.

»Ich rufe nur eben bei Filippo an und gebe ihm Bescheid, ja? In meinem Flieger nächste Woche ist bestimmt noch ein Platz frei. Die Urlaubssaison hat gerade erst angefangen.«

»Das ist ja so aufregend!« Robyn klatschte in die Hände. »Ich werde auf jeden Fall auch rüberfliegen und euch besuchen, sobald ich endlich mal Urlaub von der blöden Arbeit bekomme.«

Trotz des Geredes von der »blöden Arbeit« wusste Kate, dass ihre Freundin Feuer und Flamme für ihren Job war. So war das schon mit fünfzehn Jahren gewesen, als Robyn den Entschluss gefasst hatte, eines Tages Ergotherapeutin zu werden. Damals hatte Kate so getan, als wäre sie von einem ähnlichen Ehrgeiz beseelt, Grundschullehrerin zu werden, aber die Wahrheit hatte völlig anders ausgesehen. Und selbst wenn sie diese Laufbahn hätte einschlagen wollen, hätten ihre Noten niemals dazu ausgereicht. Welchen Anreiz zum Lernen gab es schon, wenn einem das Ergebnis gleichgültig war? Es war leichter, nur das Minimum zu tun und auf das Beste zu hoffen, und genau das tat sie auch – selbst wenn sie mittlerweile akzeptiert hatte, dass ihr Bestes in jeder Hinsicht nur durchschnittlich war.

Doch für James war es gut genug gewesen, und infolgedessen für Kate auch.

Und dann auf einmal nicht mehr.

In Wahrheit war diese Kroatienreise für Kate nicht einfach nur ein Plan, um James zurückzuerobern. Es gab noch einen tieferen Beweggrund - den sie allerdings weder ihrem Bruder noch ihrer besten Freundin oder auch nur sich selbst eingestehen konnte. In ihrem Innern regte sich schon seit Langem das Bedürfnis, wegzulaufen und dem lähmenden Schmerz zu entfliehen, der ihr nicht erst seit ihrem Liebeskummer zu schaffen machte. Hier wurde sie zu oft daran erinnert, und es gab zu viele emotionale Landminen, die jederzeit losgehen konnten. Kate konnte sich dem nicht stellen. Noch nicht.

Vielleicht niemals.

4

Sechs Tage später ...

An einem späten Sonntagnachmittag landeten Kate und Toby in Split, wo ihnen nicht nur die laue Sonne hoch über dem Flughafen einen strahlenden Empfang bereitete. Filippo wartete in der Ankunftshalle auf sie und umklammerte mit den Händen ein selbst gebasteltes Schild, auf dem ein riesiges rotes Herz prangte. Er stürzte auf die beiden zu und zog sie in eine stürmische Umarmung.

»*I miei amori*«, sprudelte es aus ihm heraus, und er bedeckte Kates Gesicht mit Küsschen, ehe er sich zu seinem Ehemann wandte.

»Ihr kitschigen Romantiker«, stellte Kate fest, als die beiden Männer ihre Nasen liebevoll aneinanderrieben. »Was heißt noch einmal ›nicht in aller Öffentlichkeit‹ auf Italienisch?«

»Du bist mir eine.« Filippo hakte sich mit seinem langen, schlanken Arm bei Kate ein. Um ein Haar wäre dabei ihr gewaltiger Koffer umgefallen. »Immer noch zu Scherzen aufgelegt.«

»Sie lässt sich nichts anmerken«, erwiderte Toby. »Aber täusch dich nicht. Sie braucht unbedingt unsere liebevolle Zuwendung - und zwar in rauen Mengen.«

»Oh, *povera bambina*«, flötete Filippo. »Toby hat mir alles erzählt. James ist ein *idiota*.«

»Das zumindest verstehe ich auch ohne Übersetzung.«

»Komm mit.« Jetzt zog Filippo Kate fort. »Wir kriegen das schon hin. Wenn du erst einmal das neue Haus siehst, werden in deinem Herzen Tauben flattern.«

»Mein Gatte ist ein echter Poet«, sagte Toby gedehnt und folgte den beiden mit dem Gepäck.

»Toby hat mir auf dem Flug ein paar Bilder gezeigt«, setzte Kate an, doch der dunkelhaarige Filippo schüttelte den Kopf.

»Bilder«, wiederholte er verächtlich und machte eine wegwerfende Handbewegung, während er ihnen einen Weg durch ein Meer aus Touristen, Flughafenpersonal und wartenden Taxifahrern bahnte. »Du bist zum ersten Mal in Kroatien, *vero?*«

Kate nickte.

»Dann wird es schon sehr bald eine neue Liebe in deinem Leben geben. Wenn du das klare Wasser siehst, die Sonne auf dem Gesicht spürst und am Morgen das Vogelgezwitscher hörst, während im Hafen das Läuten der Kirchenglocken erklingt, wirst du keinen Gedanken mehr an James verschwenden.«

Filippos schwungvolle Gesten, mit denen er jede Aussage unterstrich, verfehlten andere Passanten, die nicht klug genug waren, einen weiten Bogen um sie zu machen, jedes Mal nur um Haaresbreite. Kurz vor dem Ausgang bot sich Kate der Ausblick auf Palmwedel vor einem tiefblauen Himmel. Laut Tobys Beschreibungen war Kroatien »das Beste von Italien, Griechenland, Spanien und Osteuropa in einem«, doch bevor Kate sich vor ein paar Wochen eine Landkarte angesehen hatte, hätte sie noch nicht einmal mit Sicherheit sagen können, wo genau das Land lag. In der Schule hätte sie im Geografieunterricht besser aufpassen sollen.

Auf dem Weg über den Parkplatz setzte Filippo seinen ekstatischen Lobgesang fort, und er legte auch kaum eine Atempause ein, als sie den Jeep erreichten und ihr Gepäck einluden. Dann ließ er schließlich doch von Kate ab, damit sie auf den Beifahrersitz klettern konnte, bezeichnete sie als *»minuscola«* und lenkte zum Thema Abendessen über.

»Hoffentlich isst du gern Fisch«, sagte er und hupte energisch zwei fassungslose alte Frauen an, die vor ihnen die Straße überquerten. Toby lachte hinten auf dem Rücksitz und rügte die Ungeduld seines Mannes.

»So fahren Italiener nun einmal Auto«, erklärte Toby Kate, als Filippo die zweite Kurve so schnell nahm, dass sie über den Schaltknüppel fiel. »Als ich das erste Mal zu ihm ins Auto gestiegen bin, dachte ich, mein letztes Stündlein hätte geschlagen.«

Filippo mokierte sich gutmütig. »Ihr Briten seid einfach zu höflich.« Er fuhr auf einen Bordstein, um zwei Taxis zu überholen. »Wenn du etwas im Leben erreichen willst, drängle dich in der Schlange nach vorne. Wenn du schnell irgendwohin kommen willst, gib Gas.«

»Wenn du keine in die Fresse kriegen oder im Straßengraben landen willst, hör nicht auf Filippo«, fügte Toby hinzu und erntete einen belustigten Empörungsschrei seines Ehemanns.

Von jeher hatte Kate die Dynamik ihrer Beziehung, das gegenseitige Necken und die spielerischen Sticheleien, gemocht. Toby war zurückhaltender als sein temperamentvoller Partner, aber gerade durch die unterschiedliche Wesensart der beiden stellte sich diese wunderbare Balance ein. Filippo liebte ihren Bruder abgöttisch, und Toby erwiderte diese Liebe mit einer heftigen Leidenschaft, die nur selten zum Vorschein kam, dadurch aber nur noch stärker wirkte. Die beiden stellten ihre Gefühle nicht plakativ zur Schau. Sie waren ineinander vernarrt, und jeder war sich der Gefühle des anderen sicher, da war es nicht nötig, der Welt etwas zu beweisen. Kate hatte geglaubt, dass es bei James und ihr genauso sei, dass es ihm ernst sei, wenn er ihr sagte, er liebe sie. Hatte sie sich wirklich derart getäuscht?

Nun brausten sie auf den Hafen zu, von wo aus die Fähre nach Hvar ablegte. Allerdings nahm Kate die Umgebung, die an ihnen vorüberzog, kaum wahr. Sie griff nach ihrem Handy, schaltete Roaming ein und ging auf Facebook. Sie hatte fünfundsiebzig Likes für ihren »Check-in« am Flughafen Gatwick bekommen, sechzehn Leute hatten sogar Kommentare hinterlassen und sie gefragt, wohin die Reise ginge und wie lange sie weg sein würde. Während Kate die Namen auf der Suche nach James überflog, beschleunigte sich ihr Puls. Aber keine Spur von ihm. Entweder hatte er ihr Update nicht gesehen, oder es war ihm keinen Kommentar wert. Bittere Enttäuschung stieg in Kate auf. Sie war überzeugt gewesen, dass ihr Plan aufgehen und James sich bei ihr melden würde, weil er unbedingt ihr Reiseziel herausfinden wollte.

Zur Sicherheit sah sie auf sämtlichen Messenger-Apps und Plattformen nach, aber James hatte sich auf keinem Kanal gemeldet. Wütend blinzelte sie die drohenden Tränen weg und ärgerte sich über ihre eigene Schwäche, doch als im nächsten Moment eine SMS eintraf, schlug ihr Zorn schon wieder in Hoffnung um.

Die Nachricht stammte von einem örtlichen Mobilfunkbetreiber, der sie in Kroatien willkommen hieß.

»Zum Teufel!«, murrte sie, und ihr Fluch erklang passend zu einem besonders haarsträubenden Überholmanöver Filippos.

»Das ist die richtige Einstellung!«, erwiderte er fröhlich und hupte anerkennend.

Vage nahm Kate den ständigen Redefluss ihres Bruders auf der Rückbank des Jeeps wahr, seine Erläuterungen zu Splits römischem Hafen, dem antiken Kaiserpalast und der faszinierend angelegten Altstadt mit ihren überdachten Gassen und schmalen Innenhöfen. Zwar war sein Vortrag interessant, doch Kate brachte einfach nicht den nötigen Elan auf, um richtig hinzuhören. Ihre Gedanken galten einzig und allein James, dem Fehlen jeglicher Nachrichten von ihm und der gähnenden Leere, die sich in ihrem Innern aufgetan hatte.

Kurz vor dem Fährhafen ging Toby von mittelalterlicher Architektur zum Thema kohlensaurer Kalk über, dem Kroatien, wie er jetzt in feierlichem Ernst erklärte, die türkisgrüne Meeresfarbe verdanke, für die es berühmt sei.

»Du wirst sehen, was ich meine, wenn wir erst einmal auf dem Schiff sind.« Er deutete durch die Windschutzscheibe. »Gleich sind wir da.«

Erst als sie den Wagen an Bord gefahren und geparkt hatten und nun nebeneinander an der Reling der gewaltigen Autofähre standen, beruhigte sich Kates wild hämmerndes Herz allmählich. Im Jeep hatte sie sich eingesperrt gefühlt, und ihre Angst hatte jeden Winkel des Wageninneren ausgefüllt und sie zu ersticken gedroht. Schließlich hatte sie sogar auf ihren Händen gesessen, um nicht die Tür aufzureißen und auf den Asphalt zu springen. Nun stand Kate auf den Planken der Fähre, die unter der gewaltigen Motorenkraft vibrierten, und atmete die von salzigem Gischtnebel durchtränkte Luft ein. Sie blickte zu der Stadt zurück, die sie eben hinter sich gelassen hatten, und ließ sie zum ersten Mal richtig auf sich wirken.

Weiße Häuser lugten zwischen hohen Palmen hervor, und rote Dächer bildeten kräftige Farbkleckse vor dem kobaltblauen Himmel. Am Horizont hingen tiefe Wolken wie hingeworfene Wattebäusche, und in der Ferne erstreckten sich Gebirgsketten, so still und imposant wie schlafende Löwen.

Es wäre ein Leichtes, sich in einer dieser labyrinthartigen Straßen zu verlieren oder mit einem Boot zu einer entlegenen, unbewohnten Insel zu segeln – einem Ort, wo niemand sie suchen würde, wo ihre fragilen Gefühle keiner Gefahr mehr ausgesetzt sein würden. Doch schon im nächsten Augenblick übermannten sie Gedanken an das Leben, das sie hinter sich gelassen hatte.

Auf keinen Fall durfte sie den Grund für ihre Reise vergessen. Der Sommer erstreckte sich wie ein riesengroßes Schachbrett vor ihr, und mit dem Flug nach Kroatien hatte sie die Partie mit ihrem ersten Bauern eröffnet. Es war ganz gleich, wie James reagierte und wie viele strategische Züge noch folgen würden – Kate musste fest daran glauben, dass es ihr gelingen würde, ihren König zurückzuerobern.

5

Toby und Filippo hatten ihr erstes Geschäftsprojekt Sul Tetto genannt, was auf Italienisch »auf dem Dach« bedeutete. Der Grund dafür offenbarte sich Kate augenblicklich, als sie von ihrem stolzen Bruder auf die große Dachterrasse der Herberge geführt wurde. Die Stadt Hvar erstreckte sich in all ihrer kunterbunten Schönheit hangabwärts zum Meer, das im Sonnenuntergang wie flüssiges Gold schimmerte. In ehrfürchtigem Schweigen sah Kate einem Vogelschwarm nach, der von einer leichten Abendbrise zu fernen Landmassen im Westen getragen wurde.

»Das sind die Pakleni-Inseln, auch Hölleninseln genannt«, erklärte Toby und lächelte über ihre staunende Miene. »Allein schon wegen der Strände und Restaurants einen Besuch wert, oder auch, wenn man ein bisschen abseits der Touristenpfade unterwegs sein möchte.«

»Es ist einfach unglaublich, dass ihr jetzt hier wohnt«, sagte Kate. »Du hast ja Fotos geschickt, aber ich habe wohl nicht richtig achtgegeben. Ich hatte keine Vorstellung davon, dass Kroatien so ... nun, schau doch selbst!«

»Ich weiß.« Toby legte einen Arm um ihre Schultern. »Für mich war es Liebe auf den ersten Blick.«

»Mit mir ging es ihm ganz genauso«, ertönte Filippos Stimme. Er war eben mit einer Flasche und drei kleinen Gläsern hinter ihnen aufgetaucht.

»Für mich nicht, danke«, sagte Kate, als er den Korken herauszog. »Alkohol macht mich bloß rührselig.«

»So ein Quatsch.« Filippo reichte ihr ein kleines Glas, das er bis zum Rand mit der bernsteinfarbenen Flüssigkeit gefüllt hatte. »Auf dem Balkan ist es Tradition, einen neuen Gast mit einem *Rakija* zu begrüßen.«

»Was ist *Rakija?*«, fragte sie nervös. Sie hielt sich das Glas zum Schnuppern an die Nase und erschauderte.

»Traubensaft«, lautete Tobys schlichte Erklärung. Er stieß mit seinem eigenen Glas an ihres. »Komm schon, Nims. Ein Gläschen wird dich nicht umbringen.«

»Na schön.« Kate machte sich bereit. »Aber das hier tue ich nur für euch beide.«

»Eins, zwei, drei – *živjeli!*«, riefen die Männer im Chor, und ehe sich weitere Bedenken regen konnten, trank Kate das Glas in einem Zug leer.

Der *Rakija* brannte, aber seine Wirkung fühlte sich seltsam belebend an, als hätte ihr jemand mit einem Elixier Mut eingeflößt. Sie kam sich hellwach vor – zum ersten Mal seit über zwei Wochen.

»Noch einer gefällig?«, fragte Filippo und erntete bei Kate ein Nicken, wohingegen Toby zeitgleich den Kopf schüttelte.

»Sicher?«, hakte Filippo nach. »Na schön, wenn du meinst.«

Das zweite Glas heiterte Kate noch weiter auf, und sie stieß ein wohliges Geräusch aus, als die feurige Flüssigkeit durch ihr Inneres rann. Da Kate den ganzen Tag über nur ein altes Croissant zu sich genommen hatte, würde der Alkohol ungehindert in ihren Blutkreislauf gelangen – aber das war ihr egal. Sie wollte sich unbesonnen fühlen, wollte unbesonnen sein. Doch als sie ihr Handy aus der Tasche hervorholte und sich nach dem WLAN-Passwort der Herberge erkundigte, verzog Toby das Gesicht.

»Später«, vertröstete er sie. »Erst einmal möchte ich dir alles zeigen.«

Sie ließen Filippo an dem eingebauten Grill auf dem Dach zurück, wo er frische Seebrassen zubereitete, und stiegen wieder die Außentreppe hinunter. Bei ihrer Ankunft hatte Toby darauf bestanden, gleich auf die Terrasse zu gehen, da es der einzige fertiggestellte Teil der Herberge war. Das Innere kannte Kate deshalb noch nicht. Die Herberge war ein großer Steinbau, wie so viele der Häuser, die sie auf der Fahrt vom Flughafen gesehen hatte. Doch im Gegensatz zu den benachbarten Privathäusern, war dieses zu einem Hotel umgebaut worden, und das Erdgeschoss bestand aus einem offenen Empfangsbereich und verfügte sogar über einen kleinen Aufzug.

»Wir sind eine der wenigen barrierefreien Herbergen in ganz Hvar.« Toby stieß eine Tür auf, von der die Farbe abblätterte, und führte Kate in ein Treppenhaus. Im ersten Stock befand sich der größte der sechs Schlafsäle des Sul Tetto, dazu eine Küche und ein Loungebereich, in dem nicht viel mehr zu sehen war als Schutthaufen und Holzbalken.

»Da siehst du, was Mum damit meinte, dass wir nicht ganz im Zeitplan liegen.« Mit dem Fuß wirbelte Toby Staub auf und musste dann husten.

»Es gibt zwei Frauenschlafsäle, zwei gemischte und zwei für die Jungs«, erklärte er, als er im nächsten Stockwerk eine Tür öffnete und halb zusammengeschraubte Stockbetten und ein frisch eingebautes Waschbecken unter einem dreckigen Spiegel zum Vorschein kamen.

»Es ist ... toll«, heuchelte Kate. »Ich meine, es hat definitiv Potenzial. Wie viel Zeit bleibt noch einmal bis zur Eröffnung?«

»Ach, wir hoffen, in drei Wochen so weit zu sein«, erwiderte Toby unbekümmert. »Das ist reichlich Zeit für alles.«

Kate malte sich gemusterte Vorhänge an Stockbetten, verborgene Regale für die Wertgegenstände der Gäste und Bettleuchten für die Abendlektüre aus. An der Decke befand sich in einer Ecke eine Klimaanlage, aus der Kabel hervorlugten, aber ein großer Deckenventilator würde sich viel besser in dem Raum machen. Sie fragte sich, wie fix Tobys und Filippos Pläne waren. Mit nur ein wenig Zeit und Mühe müssten sie zu dritt einiges aus diesen Räumlichkeiten machen können.

»War es dein Ernst, dass ihr meinen Rat bei der Farbgestaltung und dergleichen haben wollt?«, fragte sie ein wenig außer Atem, als sie im dritten Stock ankamen.

»Natürlich! Ich habe dir doch gesagt, Nims, das hier wird keine Selbstmitleidsorgie. Wir brauchen dich.«

Auf dieser Etage befanden sich ein letzter Schlafsaal und ein paar Einzelzimmer - von denen eines für sie bestimmt war.

»Und Filippo und du, wo schlaft ihr?« Sie betrachtete die hellgrünen Wände, das frisch gemachte Doppelbett und einen Kleiderschrank, bei dem es sich offenkundig um eine Sonderanfertigung handelte.

»Wir haben eine kleine Wohnung auf der anderen Straßenseite. Es macht dir doch nichts aus, hier zu schlafen, oder?«, vergewisserte er sich. »Ich würde dir ja unser Sofa anbieten, aber Filippo hat in letzter Zeit mit dem Schlafwandeln angefangen - wohl aufgrund des Drucks, die Herberge fertigzustellen -, und er schläft am liebsten splitterfaser...«

»Ja, schon gut, ich hab's kapiert.« Kate hob eine Hand. »Bitte keine Einzelheiten. Und keine Sorge, denn mir gefällt dieses Zimmer richtig gut.«

»Echt?« Toby klang stolz.

»Ja. Also es ist ein guter Anfang. Der letzte Schliff fehlt allerdings noch, um es ein bisschen wohnlicher zu machen.«

»Der letzte Schliff?«

»Vielleicht Bilder an den Wänden und ein paar Zimmerpflanzen? Eine Auswahl kostenloser Toilettenartikel im Badezimmer.«

»Es ist eine Herberge und kein Hotel.«

Kate fühlte sich ernüchtert.

»Hast du den hier angefertigt?«, fragte sie voller Bewunderung und fuhr mit einer Hand über die Schranktüren.

Toby lachte. »Ja, klar. Der Mann, der noch nicht einmal eine Sandburg bauen kann. Nein, den hat unser hiesiger Schreiner angefertigt«, erklärte er ihr. »Ich sage zwar Schreiner, aber Maler und Tapezierer ist er auch. Und ein ziemlich guter Fischer. Vor einem Monat hat er außerdem die Kupplung im Jeep ausgetauscht, was uns viel Geld gespart hat.«

»Habt ihr dieses Allroundgenie eingestellt?« Kate öffnete die Tür des Badezimmerschranks und lugte hinein. »Denn wenn ich mich nicht täusche, müssen noch etliche Stockbetten zusammengebaut werden.«

»Du täuschst dich nicht«, stimmte Toby ihr zu. Dann führte er sie ins Treppenhaus und stieß mit der Schulter die Tür zur Dachterrasse auf. Der köstliche Duft von gegrilltem Fisch wehte zu ihnen herüber.

»Im Moment ist Alex nicht da, aber er kommt bestimmt bald zurück.«

»Ganz sicher scheinst du dir da aber nicht zu sein.« Kate musste an einen Gärtner – den »Freund eines Freundes« – denken, den James und sie einst beauftragt hatten, ihre Blumenbeete anzulegen. Fast drei Monate lang hatte er immer wieder abgesagt, und letzten Endes hatte Kate sich eine Heugabel und eine Kelle von den Nachbarn geliehen und es selbst erledigt.

»Alex ist ein ziemlich lässiger Typ,« erklärte Toby mit einem Achselzucken, während sie den Grilldüften über die

Terrasse folgten. »Erst taucht er auf und schuftet ein paar Tage, und dann verschwindet er wieder für eine Weile.«

»Einfach so?« Kate runzelte die Stirn.

»Er ist ein Mann voller Geheimnisse«, antwortete Filippo und reichte Kate einen Teller mit frischem Tomatensalat. »Er war erst gestern hier und hat dein Zimmer fertiggestellt, also würde ich mal darauf tippen, dass er sich eine Woche - oder sogar noch länger - nicht mehr blicken lassen wird.«

»Findet ihr das nicht ärgerlich?«, fragte sie.

»So ist er einfach.« Filippo machte sich daran, die Seebrassen zu filetieren. »Wir streiten uns nicht mit ihm herum, denn er ist einfach phänomenal. Wenn es geht, geben wir die Arbeit am liebsten ihm. Er ist ein guter Mann.«

»Hoffentlich kann er Wunder vollbringen«, erwiderte Kate. »Ansonsten steht die Eröffnung der Herberge in nur drei Wochen in den Sternen.«

»Du Kleingläubige«, beschwichtigte Toby sie. Er zauberte Besteck aus einem Krug neben dem Grill, und Filippo füllte unterdessen ihre Schnapsgläser zum dritten Mal. »Nur kein Stress, du hast genug andere Sorgen - wenn Alex sagt, dass er die Arbeit pünktlich fertigbekommt, dann schafft er das auch.«

Anscheinend standen Kate ihre Zweifel ins Gesicht geschrieben, denn ihr Bruder verdrehte die Augen, als er sein Glas zu einem Toast erhob.

»Auf Alex den Schreiner.« Er sah ihr tief in die Augen. »Den zuverlässigsten Mann, dem ich je begegnet bin.«

6

Erst weit nach Mitternacht machten Toby und Filippo Anstalten, sich zurückzuziehen. Kates Bruder war deutlich anzusehen, dass er sie gar nicht gern allein ließ, und es kostete sie einiges an Überredungskünsten, ihn zu verscheuchen. Noch viel öfter hätte sie innerhalb einer halben Stunde nicht versichern können, dass alles gut sei. Höchstwahrscheinlich hatte Kate einen Weltrekord aufgestellt.

Die Wahrheit lautete - selbst wenn sie nicht einmal im Traum daran dachte, es ihrem Bruder zu sagen -, dass sie unbedingt endlich Zeit für sich haben wollte. Es war mehr als ein Wunsch, es war ein Bedürfnis. Dank der gemeinsamen Anstrengungen von Toby, ihren Eltern und Robyn hatte Kate den Großteil ihrer Zeit seit jenem verhängnisvollen Abend im Pub in jemandes Obhut verbracht, und sosehr sie diese Bemühungen auch zu schätzen wusste, war sie gleichzeitig erschöpft: Sie war es leid, stark zu sein, Witze zu machen und mit der Wahrheit hinter dem Berg zu halten.

Zur gleichen Zeit, als Toby und Filippo aufbrachen, zog Kate sich nach unten in ihr Zimmer zurück, doch sie hatte nicht vor, sich gleich schlafen zu legen. Nachdem sie Toby endlich das WLAN-Passwort abgeschwatzt hatte, ging sie sofort auf Twitter und checkte den Status von #MöchtegernBraut. Wie sich herausstellte, hatte es innerhalb weniger Stunden mehrere Tausend Retweets gegeben. Wer den Film von ihrem Heiratsantrag ursprünglich gepostet hatte, war ihr immer noch ein Rätsel, aber sie hatte James geglaubt, dass er nichts davon wusste. Sobald Kate auf das Video gestoßen war, hatte sie ihn - schier hysterisch vor Scham - angerufen, und sein Zorn angesichts dessen, was man ihr angetan hatte, hatte aufrichtig geklungen.

Sie rieb sich die Augen und überprüfte in einer mittlerweile vertrauten Routine sämtliche Social-Media-Accounts ihres Ex-Freunds, gefolgt von WhatsApp, um sehen zu können, um wie viel Uhr er zuletzt online gewesen war. Das war erst vor Kurzem gewesen. Wem hatte er weit nach seiner üblichen Bettgehzeit um elf Uhr abends noch Nachrichten geschrieben? Sie betrachtete die graue Textzeile unter seinem Namen und wünschte sich, sie möge blau werden und auf das Wort »online« umschalten. Der Anblick vermittelte ihr jedes Mal das tröstliche Gefühl, irgendwie mit ihm verbunden zu sein, selbst wenn sie keine Nachrichten mehr austauschten. Mit Genugtuung stellte sie fest, dass sein Profilbild immer noch das war, das sie im vergangenen September in Athen gemacht hatte: James mit einem Eis in der Hand vor der Akropolis, die prächtig aus dem Staub emporragte.

Wieder einmal kam ihr in den Sinn, wie unfair diese Situation war, und wie verkehrt. Wie war es möglich, dass sie gemeinsam jenen Moment - und viele andere Momente voller Freude und Hoffnung - erlebt hatten, und nun sollte das alles nichts mehr zählen? Wie hatte er alles, was sie gemeinsam besessen hatten, einfach wegwerfen können? Erneut verspürte Kate den schmerzhaften Verlust, wie jedes Mal, wenn sie an ihn dachte, und zwang sich dazu, aufzuhören und tief durchzuatmen.

Herumsitzen und grübeln war keine Option - in ihrem Kopf überschlugen sich die Gedanken, und ihre beklemmenden Angstgefühle drohten Besitz von ihr zu ergreifen. Wenn sie sich jetzt im Dunkeln hinlegte, hätten all die Dinge, die in den Schatten lauerten, freie Bahn, und sie besaß nicht die nötige Energie, um ihnen Widerstand zu leisten – nicht nach so vielen Tagen ihres Verstellspiels. Stattdessen holte sie eine Strickjacke aus ihrem Koffer, tauschte ihre Flip-Flops gegen Hausschuhe und begab sich wieder aufs Dach.

Seit Kates Ankunft in Kroatien hatte es so viele zu verarbeitende Eindrücke gegeben – eine neue Umgebung, neue Gerüche, neue Gesichter, ein neues Zuhause auf unbestimmte Zeit –, dass der Tag ganz verschwommen an ihr vorübergezogen war. Hier war sie nun in einem anderen Land als dem, wo sie am Morgen aufgewacht war, aber noch hatte sie nicht vollständig begriffen, dass ihr Alltag in so weite Ferne gerückt war. Dazu hatte ihr bisher die Gelegenheit gefehlt, doch jetzt musste sie es versuchen.

Die raue Steinmauer auf der anderen Seite der Terrasse fühlte sich unter Kates Fingern warm an, und sie drückte die Handflächen dagegen. Von der Stadt wehte leises Stimmengewirr herauf, und die Lichter der großen Jachten im Hafen spiegelten sich auf dem Wasser, jedes einzelne so leuchtend hell wie die Sterne am Himmel. Eigentlich hätte sich Kate der beruhigenden Wirkung der Elemente hingeben können, doch in ihrer Brust spürte sie die Angst, die ihr gebeuteltes Herz in Anspruch nahm.

Dabei ging es natürlich nicht nur um ihre Demütigung durch James und seine Feindseligkeit, sondern da war auch das Geheimnis, das sie nun schon seit Monaten mit sich herumtrug – eine Wahrheit, die außer ihr nur James kannte. Sie hoffte, er würde sein Versprechen halten und Stillschweigen bewahren. Falls er sie überhaupt je geliebt hatte, würde er sich doch bestimmt anständig verhalten.

Nachdem Kate lange Zeit die Hafenlichter angestarrt hatte, schwirrten hinter ihren Augen farbige Punkte herum. Mit schief gelegtem Kopf blinzelte sie auf das dunkle, weite Wasser hinaus bis zu den Pakleni-Inseln, die sich wie schlummernde Meeresungeheuer aus der Finsternis schälten. Auf manchen von ihnen gab es laut Toby Strandklubs, und Kate konnte hier und da Lebenszeichen an den fernen Stränden ausmachen. Sie spitzte die Ohren, um das Bassgewummere aus Lautsprechern oder das schrille Gekreische einer betrunkenen Clique, die von einer Bar nach Hause torkelte, zu erhaschen – aber jetzt hörte man nichts außer dem tanzenden Wind und dem Flüstern der Wellen, wenn sie den Strand küssten.

Da wurde Kate so schnell und heftig von einem Gefühl der Einsamkeit gepackt, dass sie ein paar Schritte zurücktaumelte, die Hände an die Brust gepresst. Die enorme Tragweite von allem, was ihr widerfahren war, schien sie auf einmal zu verzehren und jegliche Entschlusskraft im Keim zu ersticken. Sie drehte sich um und ließ sich behutsam nach unten gleiten, bis sie mit dem Rücken an der Wand dasaß und ihr Kopf auf den Knien ruhte. Sie versuchte, sich auf den Boden zu konzentrieren, doch ihre Atemzüge wurden flach und hektisch.

Das Gefühl von Atemnot ließ ihr Herz noch rasender schlagen. Kate legte den Kopf zurück und suchte verzweifelt nach etwas Ruhigem und Unbeweglichem, einem Fixpunkt, an dem sich ihre Angst verankern ließe.

Ich will nicht allein sein. Es soll nicht nur mich geben.

Es gelang ihr nicht, die Finger zu entkrampfen und die Tränen wegzuwischen, die ihr über die Wangen strömten. Hoch über ihr loderte ein heller Stern, stetig und schön, und Kate konzentrierte sich mit aller Gewalt darauf und versuchte, ruhiger zu atmen.

Ein und aus, ein und aus.

In dieser Haltung verharrte sie von der Außenwelt abgeschnitten im Dunkeln, völlig reglos bis auf das langsame Heben und Senken ihres Brustkorbs. Endlich gewann Erschöpfung die Oberhand und ließ ihren Kummer kurzzeitig verblassen, sodass Kate trotz ihrer Verstörung eine gewisse Selbstbeherrschung zurückgewann. Sie erhob sich taumelnd und schlang unter Zähneklappern die Arme um die Schultern, während das zwecklose Adrenalin versiegte.

Dies war ihr wahres Ich, ein wirres schwarzes Kugelschreibergekritzel unter bunten Kreideschichten, das traurige Gesicht hinter dem aufgesetzten Lächeln, das sie den anderen präsentierte. Die Wahrheit zwischen den vielen Lügen.

Anstatt das alles in England zurückzulassen, hatte sie durch ihre Reise nur erreicht, dass sie sich noch schlechter fühlte.

Doch sie durfte sich von dieser Traurigkeit nicht auffressen lassen. Sie musste dem altbekannten Muster aus ihrem Leben folgen und sich nicht unterkriegen lassen.

Konflikten aus dem Weg gehen, Kummer vermeiden, nicht der Wahrheit ins Gesicht sehen.

Etwas anderes, als sich zu verstellen, hatte Kate nie gelernt.

7

Sobald Kate am nächsten Morgen aus dem Haus trat, verflogen noch die letzten Spuren ihrer nächtlichen Ängste. Sie wurde von einer leichten Brise begrüßt, die warm über ihre Haut strich, und sie blieb einen Moment stehen, das Gesicht zu einer von Wolken milchig weiß verfärbten Sonne gereckt.

Sie trug eine schlichte Kombi aus praktischen Baumwollshorts und einem honigfarbenen Top, das laut James ihre Augen besonders zur Geltung brachte. Die langen rostroten Locken hatte sie zurückgebunden. Da ihr Bruder sie gewarnt hatte, dass die Temperaturen tagsüber rapide anstiegen und die willkommenen Sonnenstrahlen in ihrer feurigen Intensität der hellen, sommersprossenübersäten Haut der Familie Nimble wenig zuträglich seien, hatte sie jede freie Körperpartie mit Sonnencreme eingeschmiert und einen Strohhut dabei.

Auf der gestrigen Fahrt vom Fährhafen zur Herberge hatte sie eine Stadt erblickt, die sich wie eine Murmelbahn an den Abhang schmiegte und deren sich bergauf schlängelnde Straßen durch unzählige Stufen und Gassen miteinander verbunden waren. Bestimmt gab es zig verschiedene Pfade zum Hafen hinunter, aber Kate wollte nicht mit der Nase in einem Stadtplan herumlaufen. Von ihrem Standpunkt aus war das Meer sichtbar, und sie musste eigentlich nur immer den Hügel hinuntergehen.

Auf der piniennadelübersäten Straße kam sie an der offenen Tür einer winzigen Bäckerei vorbei und bog nach links ab, um einem abschüssigen Steinpfad zu folgen, der an einem Haus mit Muscheln im Mauerwerk vorbeiführte. Mit jeder schönen Einzelheit, die Kate entdeckte, löste sich merklich die Anspannung in ihrer Schulterpartie. Sie musste sich unter den Ästen eines Granatapfelbaums, die unter der Last der reifen Früchte tief hingen, hindurchducken und wäre beinahe über eine schwarze Katze gestolpert, die sich auf einer Treppenstufe putzte.

»Da hättest du mich aber auch warnen können«, schalt sie das Tier einige Momente später, nachdem sie an eine eingestürzte Mauer gelangt war und über die verstreuten Backsteine springen musste, um die zerklüftete Küstenlinie nicht aus den Augen zu verlieren. Selbst zu dieser frühen Morgenstunde war das Zirpen der Grillen schrill und laut, und es hätte Kate nicht gewundert, überall um sie herum ganze Schwärme zu erblicken. Blinzelnd sah sie in der Ferne, dass der Wind, der gerade Jacarandablüten über ihre Sandalen wehte, auch die Meeresoberfläche kräuselte.

Vielleicht hätte sie auf Toby und Filippo warten sollen, ehe sie allein zu einem Erkundungsspaziergang aufbrach? Von ihrem Bruder wusste sie, dass die beiden gewöhnlich erst am Vormittag aufstanden und sich ein ausgiebiges, entspanntes Frühstück gönnten, bevor sie über die Mittagszeit bis in den frühen Abend arbeiteten. Kates Abwesenheit würde die beiden also nicht wundern. Doch vielleicht hätten sie ihr das Städtchen gern selbst gezeigt?

Verärgert blieb sie stehen, denn wie schon so oft schwankte sie angesichts einer an sich einfachen Entscheidung. Beim Aufwachen war es ihr ganz unkompliziert vorgekommen – sie hatte einen Spaziergang machen wollen, also war sie aufgebrochen –, doch jetzt plagte sie die Unsicherheit. Robyn würde ihr raten, ganz nach Lust und Laune vorzugehen, aber

James fände ihr Benehmen unhöflich. Er würde sie darauf hinweisen, dass Toby ihr Gastgeber war und sie sich deshalb nach ihm richten sollte, genau wie sie es zu Hause bei James immer getan hatte.

Mit einem verdrießlichen Murren machte Kate kehrt, kletterte abermals über die eingestürzte Mauer und hatte schon die sich immer noch putzende Katze erreicht, da ließ ihre Unschlüssigkeit sie wieder verharren. Vielleicht sollte sie ihren Spaziergang einfach fortsetzen?

»Was ist denn bloß los mit mir?« Seufzend ließ sie sich neben der kleinen schwarzen Katze nieder. »Warum bin ich so furchtbar mies darin, ein Mensch zu sein, hm?«

Die Katze hörte mit dem Lecken auf und betrachtete sie aus gelblichen Augenschlitzen.

»Du hast völlig recht«, erklärte Kate. »Ich habe nichts als Verachtung verdient.«

Die Katze ließ eine ausgestreckte Pfote sinken und zeigte gepflegte Krallen. Entweder bot sie Kate einen Handschlag an, oder aber sie wollte ihr das Gesicht zerkratzen. Kate wollte lieber nicht herausfinden, was zutraf, sondern rutschte ein Stück weit weg. Da vibrierte das Handy in ihrer Handtasche.

Es war Toby mit dem Vorschlag, sich zum Frühstück in einem Café zu treffen, das – wie sie mithilfe eines Klicks auf den Link herausfand – weniger als zehn Gehminuten entfernt war.

»Letzten Endes hätte ich schon noch eine Entscheidung getroffen«, erklärte sie der Katze und erhob sich. »Ehrlich.«

Das am Wasser gelegene Café war bei ihrer Ankunft menschenleer, abgesehen von der jungen Kellnerin, die ihr zur Begrüßung zulächelte und sie dann an einen Tisch mit Blick auf den Hafen führte. Keine fünf Minuten später platzte Toby mit einem lauten »Buh!« herein, das mehrere Möwen aufschreckte.

»Soll ich noch mehr graue Haare kriegen?«, schalt sie ihren Bruder, der sich mit einem glucksenden Lachen auf den Platz ihr gegenüber sinken ließ.

»Tut mir leid«, sagte Toby, ohne dass es sich auch nur im Entferntesten so anhörte. »Ich konnte nicht widerstehen.«

Kates gutmütige Schimpftirade ging weiter, und er gab der Kellnerin ein Zeichen, sie solle die Speisekarten bringen. Während sie bestellten, klopfte Kate ständig mit dem Fuß auf den Boden unter ihrem Stuhl. Das Frühstück bestand aus einem einfachen Schinken-Käse-Omelette, einem frischen Orangensaft und einem köstlich bitteren Espresso. Kate brach Stücke von dem übrig gebliebenen Brot aus dem Korb ab und warf sie den Vögeln hin. Ihr Blick richtete sich dabei auf einen eben durch die Wolkendecke gebrochenen Sonnenstrahl, der wie ein gehisstes Segel quer über die weißen Steinhäuser in der Ferne fiel.

»Kein übles Lokal, um einen Happen zu essen, was?«, stellte Toby fest. »Hier liegen die meisten kleineren Boote vertäut, solche, die zum Fischfang dienen oder an furchtlose Touristen vermietet werden, die sich ohne Führung aufs Wasser wagen. Der Haupthafen, wo die Passagierfähren anlegen und die meisten Wassertaxis losfahren, ist ein Stück weiter den Küstenpfad entlang.«

»So, so.« Ihr voller Magen und das leise Plätschern der Wellen hatten sie besänftigt. »Du bist früher aufgestanden, als ich angenommen hatte«, fügte sie hinzu und musste lächeln, als Toby zur Antwort gähnte.

»Großer Tag heute«, sagte er. »Wir müssen mit dem Katamaran nach Split, um ein paar Sachen für die Herberge zu besorgen.«

»Ach ja? Das habt ihr gar nicht erwähnt.«

»Es war eine spontane Entscheidung«, sagte er. »Es gibt da eine bestimmte puderblaue Farbe, die mein Mann sich unbedingt für die Waschküche eingebildet hat, und die bekommt man nur in Split. Und da Filippo und ich so oder so dorthin müssen, haben wir uns gedacht, wir machen uns einen schönen Tag und treffen uns mit ein paar Freunden zum Lunch.«

»Klingt gut.«

Gespannt wartete Kate auf ihre Einladung.

»Ich würde ja sagen, komm mit«, fuhr Toby fort, »aber weil wir so viel einkaufen müssen, wird es wohl nicht genug Platz im Jeep geben. Es ist nicht bloß die Farbe, wir holen auch eine ganze Reihe Tische und Stühle zur Selbstmontage für die Terrasse ab.«

»Das ist schon in Ordnung.« Betont lässig fischte Kate ihr Handy aus der Handtasche. »Ich finde in eurer Abwesenheit schon eine Beschäftigung.«

»Aus dem Grund bin ich hier.« Die Schläfrigkeit war aus Tobys Tonfall verschwunden, und er klang nun entschlossen. »Den ganzen Tag über das hier anzustarren«, er nahm ihr das Handy ab und hielt es in die Höhe, »ist gar nicht gut für dich.«

»Hey!« Kate versuchte erfolglos, es sich zurückzuholen.

»Wie wäre es, wenn ich es vielleicht für dich aufbewahre?«, schlug er vor. »Nur heute, damit du nicht ständig draufschauen kannst. Dieses Handy ist wie eine Fußfessel, die dich alle zehn Minuten nach London schleift. Du brauchst eine Pause.«

»Nein, brauche ich nicht.« Unwillkürlich schoben sich Kates Finger über den Tisch.

»Nur heute«, beharrte Toby. »Bei unserer Anreise habe ich dir gesagt, dass ich dir eine Hilfe sein würde, also lass es mich bitte versuchen. Ich möchte, dass du glücklich bist, Schwesterherz – glücklicher, als du es im Moment bist. Mir machst du nämlich nichts vor. Ich sehe doch, dass du nur so tust, als wäre alles in Ordnung.«

Kate erwiderte nichts.

Als Tobys zweiter Kaffee serviert wurde, legte er das Handy ab, um ein Tütchen Zucker aufzureißen. Zu ihrer eigenen Überraschung nutzte Kate diese einmalige Gelegenheit nicht, um es sich zu schnappen.

»Okay«, erklärte sie ihm. »Du kannst es haben – aber du sollst wissen, dass ich nur unter Zwang einwillige. Ich tue es nur für dich, und heute Abend will ich es wiederhaben.«

Toby nickte. »Ich habe den perfekten Vorschlag, was du heute unternehmen kannst, um auf andere Gedanken zu kommen.«

»Ach ja?«

»Du solltest hinüber zum Strand von Jerolim fahren«, sagte er. »Das ist der Lieblingsort von Filippo und mir auf den Pakleni-Inseln, und mit dem Wassertaxi sind es nur zehn Minuten.«

Kate starrte in die Richtung, in die er deutete, und beobachtete, wie Möwen auf der Suche nach Essensresten ins seichte Wasser tauchten.

»Der Strand dort ist wirklich phänomenal«, fuhr Toby fort. »Ich glaube ganz ehrlich, dass er dich hiervon ablenken wird« – wieder hielt er Kates Handy hoch – »und von allem anderen auch.«

»Okay«, willigte Kate ein, auch wenn sich Zweifel in ihr regten. Seine überschwängliche Begeisterung weckte ihren Argwohn. »Wenn du mir erklären kannst, was so besonders daran ist, fahre ich hin.«

Toby trank noch einen Schluck Kaffee und grinste. »Das wirst du schon sehen.«

8

Die Fahrt mit dem Wassertaxi nach Jerolim dauerte tatsächlich nur zehn Minuten, aber in der kurzen Zeit hob Kates Laune sich merklich. Sie hatte den Strohhut abgesetzt, damit er nicht fortgeweht wurde, und nun kräuselte sich ihr langes rotes Haar hinter ihr und peitschte ihr über die Wangen, als sie sich umdrehte und zurück zu dem immer kleiner werdenden Hafen starrte.

Obwohl die Feriensaison gerade erst begonnen hatte, war jeder Platz auf der Holzbank in dem Boot besetzt, während auf dem Boden ein Durcheinander aus Sonnenschirmen, Picknickkörben und Schnorchelausrüstungen herrschte. Das Boot lag so tief, dass Kate die Finger an der Seite durch das klare Wasser gleiten lassen konnte. Sie rechnete fast schon damit, dass ihre Hand verfärbt aus dem Meer auftauchen würde, so blau war es. Unwillkürlich verzog sich ihr Mund zu einem Lächeln.

Da sie als Erste an Bord gegangen war, stieg sie als Letzte wieder aus, wobei sie sich Zeit ließ, vorsichtig auf die breite steinerne Landungsbrücke zu klettern. Die Insel hatte die gleiche zerklüftete Küstenlinie wie ihre große Cousine über dem Wasser, doch die Bäume hier waren verwilderter als in Hvar. Unter Knirschen ging Kate über flache weiße Kieselsteine auf ein einfaches Holzschild mit der Aufschrift »Willkommen auf Jerolim« zu. Es schien den Beginn eines Pfads zu markieren, dem sie durchs Unterholz folgte.

Das allgegenwärtige Zirpen der Grillen übertönte alle anderen Geräusche. In Kates Ohren klang es, als hätte man gleichzeitig unzählige winzige Pressluftbohrer eingeschaltet. Die kleinen Insekten waren immer so emsig, so aufdringlich, und doch hatte sie sich schnell an sie gewöhnt. Wenn man in London die Augen schloss, nahm man zuerst das dumpfe Verkehrsdröhnen wahr, hier hingegen schienen es die Vögel oder der Wind oder das Wasser zu sein.

In der Luft hing schwer der Piniengeruch, und der Boden unter ihren Füßen war weich von den abgefallenen Nadeln und vom Sonnenlicht gesprenkelt. Instinktiv wollte Kate nach ihrem Handy greifen, um ein Foto zu machen, da fiel ihr wieder ein, dass Toby es an sich genommen hatte. Warum in aller Welt hatte sie das mit sich machen lassen?

Tief in Gedanken versunken, hatte sie nicht darauf geachtet, wohin der Pfad führte, doch als sie nun den Blick hob, stand sie vor der Strandbar der Insel - einem kleinen, einstöckigen Haus in einem dunklen Karamellton.

Vom Wegrand bis zu den Bäumen standen Tische und Stühle, die man aus umgestürzten Baumstämmen und Baumstümpfen gezimmert hatte, und rechts befand sich eine flache kleine Bucht, die von großen weißen Steinen gesäumt war. Als Kate nun den Blick herumschweifen ließ, begriff sie, weshalb ihr Bruder Jerolim als etwas ganz Besonderes bezeichnet hatte. Noch dazu besaß jeder Teil Kroatiens, den sie bisher gesehen hatte, einen unverbrauchten Charme: Die Schönheit hier war nicht so künstlich wie in den herkömmlicheren Ferienorten in Spanien und auf den Kanaren, wohin James und sie früher immer gemeinsam in den Urlaub gefahren waren. James buchte am liebsten All-inclusive-Reisen, um Bar und Buffet plündern zu können, während Kate sich insgeheim gewünscht hatte, er würde stattdessen eine Ferienwohnung vorschlagen, etwas mit einer Küche, sodass sie ihn an den

Abenden, wenn sie nicht ausgehen wollten, bekochen konnte. Allerdings hatte sie ihren Wunsch nie zur Sprache gebracht. James arbeitete hart – viel mehr, als sie es je getan hatte –, und da war es nur gerecht, dass er seine Freizeit ganz nach seinem Gutdünken verbrachte.

Kate fischte zwanzig Kuna aus dem Geldbeutel und ging zum offenen Verkaufsfenster der Bar, um sich eine Flasche Wasser zu holen. Der einzige andere Gast war ein alter Mann, der einen Eiskaffee mit einem Papierstrohhalm trank, doch statt an einem der Tische Platz zu nehmen, entschied sie sich dazu, der Verlockung des Meeres nachzugeben.

Sie stieg auf der Suche nach einem hübschen Fleckchen für ihr Handtuch vorsichtig über die glatten hellen Steine, und anfangs wirkte alles an dem Strand noch ganz normal. Im Wasser planschten fröhlich Kinder, ein Hund hechelte im Schatten eines umgedrehten Fischerboots, und es gab das übliche Bataillon aus bunten Sonnenschirmen. Erst als Kate stolperte, weil ihr Fuß seitlich aus der Sandale gerutscht war, erblickte sie den ersten unbekleideten Po.

Den ersten unbekleideten *Männer*po.

»Oh, Verzeihung.« Kate nahm an, sie habe den Mann beim Umkleiden überrascht, doch er runzelte nur die Stirn und sah sie überrascht an.

Das war doch wohl nicht möglich ... Oder doch?

Ruckartig blieb sie stehen und ließ den Blick erst nach links, dann nach rechts schweifen, und die Wahrheit offenbarte sich ihr mit jeder nackten Brust, jedem unbekleideten Gesäß, jedem entblößten Venushügel und ... Kate wurde kreidebleich. Sie wusste nicht, ob sie lachen oder weinen sollte. Wie hatte Toby es gleich noch einmal ausgedrückt? Jerolim sei phänomenal.

PHÄNOMENAL?

Sie würde ihn umbringen. Als hätte er sie unwissentlich an einen FKK-Strand geschickt! Welcher Bruder – ja, welcher Mensch – tat einem so etwas an? Am liebsten hätte Kate alles ausgeblendet, doch sie schien den Blick nicht abwenden zu können von all den Leibern, der nackten Haut, den herumbaumelnden Körperteilen. Als sie sich zur Flucht umwandte, starrte sie direkt auf einen Mann, der soeben die Knie angewinkelt hatte, und sie beobachtete voller Entsetzen, wie seine Hoden in den Spalt zwischen den Oberschenkeln rutschten.

Nein, der Tod war noch zu gut für Toby. Sie würde sich etwas Schlimmeres einfallen lassen müssen.

Gerade spazierte eine Frau, deren Hintern dank eines Sonnenbrands wie eine rote Billardkugel glänzte, zum Wasser hinunter, und ein geschmeidiges junges Paar spielte in der Nähe ein Ballspiel mit Schlägern, wobei ihre Brüste und sein Penis wild durch die Gegend schlenkerten.

Zwar war Kate kein prüder Mensch, aber sie hatte noch nie oben ohne sonnengebadet, geschweige denn splitterfasernackt. Das hier war kein Ort für sie – und Toby musste das nur zu gut gewusst haben.

Bei ihrem übereilten Rückzug in die relative Sicherheit der Strandbar wäre Kate beinahe ein zweites Mal über die Steine gestolpert, doch sie wurde von einem Mann aufgefangen, der gerade triefend nass dem Meer entstiegen war.

»Vorsicht«, sagte er und stellte sie wieder auf die Füße. »Alles in Ordnung?«

»Nein. Ich meine, ja.« Kate hakte einen Finger um den Riemen ihrer Sandale und zog ihn wieder über die Ferse.

Der Mann ließ ihren Arm los. Er war nicht viel größer als sie, stellte Kate fest und betrachtete seinen wilden Schopf aus dunkelblonden Dreadlocks und den langen, verfilzten Bart. Ihre Augen befanden sich beinahe auf gleicher Höhe, die seinen eisig blau und so direkt, dass sie sich auf einmal verunsichert fühlte. Instinktiv ließ Kate den Blick sinken und erblickte breite, sonnengebräunte Schultern, einen nassen Urwald aus Brusthaaren und tiefe, markante Furchen, die von seinen Hüften abwärts verliefen bis hin zu ...

»Herrgott!« Sie schlug sich eine Hand vors Gesicht.

»Das höre ich oft, wegen des Rauschebarts«, erwiderte er ungerührt.

Sie hatte ihn nicht gesehen. Kein bisschen. Sie hatte lediglich ein Dickicht aus dunklen Schamhaaren und ein klitzekleines bisschen Hellrosa gesehen – sonst nichts.

Kate öffnete die Finger und lugte hindurch.

»Ich habe nichts gesehen«, versicherte sie mit Piepsstimme. »Ich hab nicht ... Ich war nicht ...«

Der Mann verschränkte die Arme. Sie waren muskulös und fest und von sonnengebleichten blonden Härchen übersät.

»Ist mir völlig egal«, sagte er.

»Offensichtlich.« Ihre Stimme war mindestens sechs Oktaven höher als sonst.

»Das hier ist schließlich ein FKK-Strand.« Mittlerweile klang er nicht mehr verwirrt, sondern eher belustigt. »Eigentlich geht es darum, nackt zu sein.«

»Ja, das sehe ich.«

Kate fragte sich, ob sie sich irgendwann nicht mehr wie eine Maus in einem zu engen Korsett anhören würde, sondern wieder wie eine normale Erwachsene.

»Du bist keine FKK-Anhängerin«, mutmaßte er. Ihm war anzuhören, dass er ursprünglich aus Großbritannien stammte, doch Kate glaubte, einen Hauch von einem Akzent zu erkennen.

»Also«, fuhr er fort, »dann muss die Frage gestattet sein: Was machst du dann an diesem Strand?«

Es fiel ihm sichtlich schwer, ernst zu bleiben, und Kate kam in den Sinn, wie töricht sie mit der Hand vor dem Gesicht aussehen musste. Behutsam ließ sie ihre Hand sinken, wobei sie den Blick fest auf einen Punkt knapp unterhalb seiner Nase gerichtet hielt.

»Mein Bruder«, murmelte sie. Die Mundwinkel des Mannes zuckten. »Er hat mich hierhergeschickt und mir gesagt, es werde mich aufheitern. Zur Strafe werde ich ihm Ohrwürmer in die Schuhe stopfen.«

»Brutal«, sagte er. Mittlerweile hatte er die Arme nicht mehr verschränkt, aber er machte keine Anstalten, sich ein Handtuch zu suchen oder seinen Unterleib zu bedecken. »Ohrwürmer zwicken ganz schön heftig.«

»Gut«, erklärte Kate. »Ich werde eine ganze Menge benötigen. Aber mal ganz ehrlich – mein Bruder ist ein echter Fiesling, und er selbst fühlt sich immer gleich auf den Schwanz getreten.«

Bei dem Wort wanderte Kates Blick unweigerlich wieder abwärts, und diesmal gab es kein Halten. Der Mann mit den Dreadlocks blieb reglos stehen. Er musste gesehen haben, dass sie hinlugte – er musste sie gerade in diesem Moment dabei ertappen, wie sie ihn anstarrte – IHN. Sie musste aufhören. Warum schaffte sie es nicht? Ach, Himmel.

HÖR. AUF. HINZUSEHEN.

»Ich muss los«, sagte Kate und löste endlich den Blick. Bei dem Gedanken, was sie gerade eben gesehen hatte, schoss ihr die Röte in die Wangen. Sie musste hier weg – und zwar schleunigst.

»Möchtest du ...«, setzte der Mann an, doch Kate hörte ihn nicht zu Ende an. Sie hastete längst davon, halb laufend, halb über die Steine stolpernd in ihrer Eile, ihn, diesen Strand, ihre eigene Blamage hinter sich zu lassen.

Als sie zwanzig Minuten später auf das Wassertaxi stürmte, war ihr einziger Trost, dass Hvar eine relativ große und belebte Insel war. Es bestand so gut wie keine Chance, dass sie dem Mann noch einmal über den Weg laufen würde. Das Leben war in letzter Zeit nicht gerade gnädig zu ihr gewesen, vielleicht würde es sie also wenigstens bei dieser Gelegenheit einmal ungeschoren davonkommen lassen.

Das hoffte sie jedenfalls inständig.

9

Lange vor dem Wecker wurde Kate von lautem Hämmern geweckt.

Jäh aus einem Traum gerissen, in dem sie von einem Yeti in James' schneeweißen Sneakern verfolgt wurde, setzte sie sich so schnell auf, dass ihr schwindelig wurde und sie sich den Kopf mit beiden Händen halten musste, damit das Zimmer sich nicht mehr um sie drehte.

Was war bloß los?

Wieder dröhnten markerschütternde Schläge durch die Dielenbretter nach oben.

Kate tastete nach ihrem Handy. Das Display leuchtete so grell, dass ihre Augen tränten und sie sie zusammenkneifen musste, um eine SMS von Toby entziffern zu können.

Gute Neuigkeiten. Eben von Alex gehört – er kommt am Morgen und baut Betten auf.

Von unten ertönte ein Krachen, gefolgt von einem Pfeifen.

Mit einem Ächzen ließ Kate sich wieder in die Kissen sinken. Ihr Bruder hatte die SMS in den frühen Morgenstunden geschickt – hoffentlich hatten ihn seine Blutergüsse wach gehalten. Kate hatte auf der Dachterrasse mit einer aufgerissenen Tüte Eiswürfel als Wurfmunition auf seine und Filippos Rückkehr von ihrem Tagesausflug nach Split gewartet. Statt echte Reue zu zeigen, hatte Toby ihr ein »Gern geschehen!« zugerufen, bevor er mit einem breiten Grinsen hinter seinem Ehemann in Deckung gegangen war. Als sie den beiden

Männern von ihrem ereignisreichen Vormittag – einschließlich ihrer Begegnung mit dem nackten Mann – berichtet hatte, hatte ihr Bruder vor Entzücken in die Hände geklatscht.

»Ich werde mich schon noch rächen«, hatte sie ihn gewarnt und dann hinzugefügt: »Und jetzt rück schon mein Handy heraus.«

Es hatten keine Nachrichten von James auf sie gewartet. Ihr Plan, aus England zu verschwinden, schien möglicherweise doch nicht die gewünschte Wirkung zu erzielen. Allerdings war sie erst seit zwei Tagen fort. Nach Ablauf einer Woche würde er sich doch bestimmt fragen, warum sie sich nicht gemeldet hatte.

Unten im Haus erwachte kreischend ein Bohrer zum Leben, und Kate spannte verärgert die Kieferpartie an. Es war fünf Uhr morgens – welcher Handwerker fing denn so früh mit der Arbeit an? Dieser Alex war jedoch recht unkonventionell, wenn man Toby und Filippo Glauben schenken konnte. In seiner eigenartigen Welt mochte es vielleicht völlig in Ordnung sein, elektrisches Werkzeug anzuschmeißen, wenn die meisten Menschen noch schliefen.

Immer noch schlaftrunken, machte Kate sich nicht die Mühe, sich zu frisieren, sondern zog nur eine Kapuzenjacke über die Shorts und das Shirt, in welchem sie schlief, setzte ihre Brille auf, quälte sich aus dem Bett und ging nach unten. Da sie nun wach war, konnte sie ebenso gut höflich sein und dem hauseigenen Schreiner der Herberge eine Tasse Tee oder Kaffee kochen, selbst wenn es seine Schuld war, dass sie nicht mehr schlief.

»Klopf, klopf!«, rief sie und schob die Tür eines gemischten Schlafsaals auf. Sie trat direkt in eine Wolke aus Sägespänen. Vor ihr kauerte ein Mann mit dem Rücken zu ihr auf dem Boden, das Gesicht von einer Art Plastikmaske verdeckt und seine Haare – nein, seine Dreadlocks – zu einem Man Bun zusammengebunden.

Kate entfuhr ein entsetztes »Oh!«, doch bevor sie kehrtmachen und die Flucht ergreifen konnte, hörte das Bohren auf, und der Mann ließ sich in die Hocke zurückfallen. Er nahm die Schutzmaske ab, bevor er sich zu ihr umdrehte. Falls es ihn überraschte, dass da die Fremde vom FKK-Strand wie vom Donner gerührt im Türrahmen stand, ließ er es sich nicht anmerken.

»Hallo.«

»Hi.« Kate zog die Kapuzenjacke nach unten über die Shorts. »Du musst Alex sein«, murmelte sie. »Ich heiße Kate. Ich bin Tobys Schwester.«

»Ist das der Toby mit den wunden Füßen?«, erkundigte er sich, was bei Kate nur auf Verständnislosigkeit stieß. »Wegen der ganzen Ohrwürmer«, fügte er hinzu.

»Oh. Ja. Verstehe.«

Kate lachte eine Spur zu laut und klammerte sich mit beiden Händen an der Tür fest.

»Ich dachte schon, du hättest mich nicht wiedererkannt.« Er wischte sich Sägespäne von den Armen und stand auf. »In angekleidetem Zustand.«

»Ich habe nichts gesehen«, behauptete sie mit schriller Stimme. Als die gleiche Belustigung wie schon auf Jerolim über sein Gesicht huschte, fuhr sie hastig fort: »Ich war im Bett. Ich meine, ich habe geschlafen. Das Hämmern – du hast mich geweckt.«

»Ach ja?« Alex legte den Kopf schief und strich sich mit einer Hand über den Bart. »Tut mir leid. Toby hat zwar gesagt, seine Schwester sei hier, aber ich habe angenommen, dass du drüben wohnst.«

»Ja?«, fragte sie. »Aber ich dachte, du hättest das Schlafzimmer oben für mich fertiggestellt?«

»Stimmt auch wieder.« Er nickte.

»Ich wollte gerade Wasser aufsetzen«, sagte Kate matt.

Warum hielt sie sich immer noch krampfhaft an der Tür fest, als wäre sie Kate Winslet am Ende von Titanic?

»Tee wäre grandios«, sagte er und zog den Schutzschirm wieder nach unten über das Gesicht. »Milch, vier Löffel Zucker.«

»Vier?«

»Ich fürchte, ja.« Alex ließ den Bohrer aufheulen und lächelte sie an. »Ich bin erst zufrieden, wenn der Löffel drin stehen kann.«

»Okay ... Dann also eine Tasse Sirup, ja? Kommt sofort.«

Wenn ihr das Leben in letzter Zeit nicht so grausam mitgespielt hätte, hätte Kate vielleicht das Komische an der Situation gesehen. Denn es war einfach absurd – das ließ sich nicht leugnen –, aber gleichzeitig war es eben auch typisch, dass es ihr, Kate Nimble, passieren musste. Warum hatte es nicht einfach bei einer peinlichen Begegnung bleiben können, ohne dass sie dem Beteiligten je wieder über den Weg laufen musste? Oder warum war ihr die peinliche Begegnung nicht ganz und gar erspart geblieben? Nach Jerolim war sie zwar von Toby geschickt worden, aber sie konnte ihm nicht die ganze Schuld zuschreiben – im Grund steckte das Universum dahinter. Das Schicksal hatte längst entschieden, dass sie die Person war, der all diese Missgeschicke widerfahren sollten, und anscheinend war es egal, wie viele tausend Meilen sie sich von ihrem Alltagsleben entfernte, dieses hartnäckige Trommelfeuer aus Spott war ihr überall dicht auf den Fersen.

Hatte ihr misslungener Heiratsantrag nicht gereicht? Und war das folgende Video nicht das Sahnehäubchen gewesen –

auf einer Torte, die statt aus Cremeschichten aus Dummheit bestand? Nun würde sie Gott weiß wie viele Wochen mit Alex ertragen müssen, vor dem sie sich bis auf die Knochen blamiert hatte. Und sie würde nicht nur so tun müssen, als machte es ihr nichts aus, sondern als fände sie die ganze Situation genauso lustig, wie es die drei Männer zweifellos tun würden.

»Moment mal - dann kennt ihr beiden euch also schon?«

Wie vorherzusehen gewesen war, freute Toby sich diebisch.

Ihr Entsetzen darüber, dass sich Alex, der »Mann voller Geheimnisse«, als der Nackedei entpuppt hatte, dem Kate am Strand begegnet war, hatte seit dem Morgen nicht nachgelassen. Nachdem Kate ihm kommentarlos Tee gekocht und serviert hatte, hatte sie - erschöpft, aber entschlossen - geduscht und sich eine Malermontur aus alten Leggings und T-Shirt angezogen, bevor sie wieder in den Schlafsaal hinuntergegangen war. Es musste Alex zugutegehalten werden, dass er die angebotene Hilfe anstandslos annahm und sie ohne Umschweife mit Farbeimer und Pinsel versorgte.

»Wenn du die Betten streichst, die ich zusammengebaut habe, sind sie im Nu fertig.«

Obwohl Kate sich immer noch zutiefst gedemütigt fühlte, verfielen die beiden schnell in einen gemeinsamen Arbeitsrhythmus, und auch ohne Unterhaltung - die aufgrund des Hämmerns und Bohrens nicht möglich gewesen wäre - entspannte Kate sich mit der Zeit ein wenig.

»Ach, dann seid ihr beide euch also auf Jerolim über den Weg gelaufen?«, fuhr Toby fort, und sein Grinsen wurde breiter, als Alex diesen Umstand bejahte.

»Und du warst ...?«, bohrte er mit weit aufgerissenen Augen nach.

»Sagen wir einfach, es gibt keinerlei Geheimnisse zwischen uns«, sagte Alex ungerührt. »Jedenfalls, was meinen nackten Hintern betrifft.«

»Ich habe es doch gesagt«, unterbrach Kate ihn entschlossen. »Ich habe nichts gesehen.«

Toby sah von einem zum anderen. Für Kates Geschmack fand er das Ganze viel zu amüsant.

»Soll ich den Grill fürs Frühstück anwerfen?«, schlug er vor. »Ich weiß ja nicht, wie es euch geht, aber ich habe große Lust auf eine Wurst.«

»Toby«, warnte Kate.

»Was denn?«, protestierte er. »Du magst keine Wurst? Wie wäre es dann mit einer Aubergine?«

»Ihr esst jetzt Auberginen zum Frühstück?« Alex zog die Augenbrauen zusammen. »Kapiere ich da etwas nicht?«

»Das Auberginen-Emoji wird von aller Welt für - nun, du weißt schon - hergenommen«, erklärte Toby. »Frag mich nicht, wieso. Ich habe noch nie einen in der Farbe oder Form gesehen, und ich habe schon viele zu Gesicht bekommen.«

»Himmel.« Kate machte sich wieder ans Streichen. »Bitte achte nicht auf meinen Bruder. Er ist einfach krank - ein zutiefst kranker Mann.«

»Ich spreche leider kein Emoji.« Alex griff in die Gesäßtasche seiner Shorts und zog ein uraltes Nokia Handy heraus. »Bin noch nie ein großer Fan von technischen Spielereien gewesen.«

»Als echter Freigeist braucht Alex keine Technik«, erklärte Toby Kate. »Du hast noch nicht einmal eine E-Mail-Adresse, oder?«

Alex schüttelte den Kopf.

»So etwas brauche ich im Grunde nicht. Meine Geschäfte erledige ich größtenteils persönlich, und wenn Leute wie ihr mich erreichen wollen, können sie mich auf dem Ding hier anrufen. Es funktioniert immer noch«, fügte er sichtlich stolz hinzu.

»Willst du denn gar nichts Neueres?«, warf Toby ein.

»Nein, eigentlich nicht.« Alex überlegte kurz. »Ich finde es einfach sinnlos, etwas wegzuwerfen, das immer noch einwandfrei funktioniert.«

»Noch nicht einmal, wenn man etwas Besseres bekommen könnte?«, bohrte Toby nach.

»Wer sagt denn, dass es tatsächlich besser wäre?« Alex setzte eine Schraube an. »Was man nie hatte, kann man auch nicht vermissen, und ich hatte noch nie das Bedürfnis, eines dieser schicken Handys zu besitzen.«

Während dieses Wortwechsels war Kate still geworden. Jetzt drehte sie sich zu ihrem Bruder um.

»Meiner Meinung nach hat Alex recht«, sagte sie leise. »Die Leute werfen ständig Sachen weg, obwohl es eigentlich falsch ist – selbst wenn es gar keinen Grund dafür gibt.«

Toby begriff erst nach kurzem Überlegen die Bedeutung ihrer Worte, und einen Moment lang sah er niedergeschlagen aus. »Was habe ich dir über diesen Mann gesagt, Schwesterherz?« Er legte den Arm um ihre Schultern. »Alex ist ein guter Kerl – einer der besten.«

10

Am späten Nachmittag machten sich bei Kate allmählich Ermüdungserscheinungen bemerkbar.

Alex hatte seit dem Morgen beeindruckende sechs Stockbetten zusammengebaut, und sie hatte jedes einzelne lasiert. In ihren Ellbogen war ein pochender Schmerz, ihr Rücken tat weh, und gegen ihre Kopfschmerzen kamen noch nicht einmal zwei Paracetamol an. Sie legte den Pinsel beiseite, streckte die Arme, bis es in ihren Schultern knackte, und begab sich auf die Suche nach Toby. Zuletzt hatte sie ihn in einem der oberen Badezimmer gesehen, wo er zusammen mit Filippo Fliesen verlegt hatte, doch als sie die Tür aufstieß, fand sich keine Spur von den beiden.

»Hast du eine Ahnung, wo mein Bruder steckt?«, fragte sie Alex, der im Schlafzimmer nebenan Holz für einen seiner schönen Schränke vermaß. Quer über seine Stirn verlief ein rosaroter Streifen, ein Souvenir von der Schutzmaske, die er fast den ganzen Tag getragen hatte, und hinter seinem Ohr lugte ein angekauter Bleistift hervor.

»Ja, er hat erwähnt, dass er sich eine gebrauchte Kaffeemaschine ansehen will – hat er dir nicht Bescheid gegeben?«

»Nein.« Kate seufzte. »Er hat wohl eine Pause von mir gebraucht. Ich bin wohl in den letzten Tagen keine Stimmungskanone gewesen.«

»Ach?«

Alex wischte den Staub von seiner Armbanduhr und blickte Kate erwartungsvoll an.

»Bei mir läuft es gerade, na ja, nicht so gut. Und kein Pärchen hat gern ständig das fünfte Rad am Wagen um sich, selbst wenn sie es nicht zugeben wollen.«

»Ich bin hier für heute so weit fertig.« Alex ließ den Blick über das Durcheinander aus Holzspänen auf dem Boden schweifen. »Ich kann mich verdünnisieren, wenn du willst ...«

»Aber nein«, versicherte Kate rasch. »Das sollte kein Wink mit dem Zaunpfahl sein. Ich wollte tatsächlich selbst gerade aufbrechen. Heute habe ich noch keinen Spaziergang gemacht, und mir fällt längst die abblätternde Decke auf den Kopf.«

»Ach so.« Alex verschränkte die Arme. »Dann wird's wohl Zeit. Ich begleite dich in die Stadt – wenn du magst?«

»Ähm.« Kate musterte die Lasurflecken auf ihren Leggings. »Sicher. Super. Ich brauche bloß zehn Minuten oder so, um mich umzuziehen.«

Letzten Endes dauerte es eine knappe Stunde, bis sie wieder zum Vorschein kam, nachdem sie sich gewaschen und ihre dunkelrote Lockenmähne gezähmt, den Schmutz von den Händen geschrubbt und sorgfältig einen Hauch von Make-up aufgetragen hatte. Bisher war Kate noch nie nach Einbruch der Dunkelheit in der Stadt gewesen. Es war schwer, Filippo von seinem Grill auf der Dachterrasse loszueisen oder ihn dazu zu bewegen, sich unter die Touristen zu mischen.

»Ich mag meinen Lebensunterhalt mit ihnen verdienen«, hatte er ihr am Vorabend erklärt, »aber mein Leben verbringe ich deswegen nicht mit ihnen.«

Alex wartete draußen auf den Eingangsstufen auf sie, wo er ein zerfleddertes Taschenbuch las und gleichzeitig immer wieder eine Münze in die Luft warf, die er auffing, ohne auch nur hinsehen zu müssen. Als er Kate kommen hörte, stand er auf. Er trug immer noch das zerschlissene Muskelshirt und die Shorts, die er den ganzen Tag über angehabt hatte. Seine Dreadlocks, die er nun von dem Gummiband befreit hatte, waren voll von den Sägespänen, die Kate sich in der letzten Dreiviertelstunde mit Mühe und Not aus den Haaren gewaschen hatte.

»Es tut mir leid, dass es so lange gedauert hat«, sagte sie, während Alex sein Buch in die Gesäßtasche steckte. »Schön, dass du eine Beschäftigung hattest – ist es ein gutes Buch?«

»Ziemlich gut«, sagte er, ohne weiter auszuholen. Dann kam noch, fast wie ein nachträglicher Einfall: »Du riechst gut.«

Kate lächelte. »Ich habe mir gedacht, ein richtiges Eau de Toilette wäre vielleicht angenehmer für die Einwohner von Hvar, als wenn ich tatsächlich nach Toilette rieche«, scherzte sie.

Die Sonne war schon eine Weile verschwunden, und der Abendhimmel über ihnen hatte einen satten marineblauen Ton. Da die Grillen verstummt waren, herrschte eine sagenhafte Stille, und die Luft, die sie umwehte, brachte einen leichten Lavendelduft mit sich. Kate marschierte los, und Alex ging neben ihr. Anscheinend hatte er nichts dagegen, dass sie die Führung übernahm, obwohl er sich in der Gegend viel besser auskennen musste als sie.

»Du bleibst also den Sommer über?«, fragte er und trat beiseite, um einen untersetzten Kroaten durchzulassen.

»Ich weiß es noch nicht ...« Kate war sich nicht sicher, was sie sagen sollte. »Wie viel haben die Jungs dir über den Grund meines Aufenthalts erzählt?«

Alex kratzte sich am Bart. »Nun, mal sehen. Filippo hat erwähnt, dass die Dinge zu Hause ein bisschen den Bach runtergegangen sind. Du bräuchtest mal einen Tapetenwechsel. Kommt das so ungefähr hin?«

»Ich habe meinen Job verloren.« Sie hatten die Stelle erreicht, wo Kate Bekanntschaft mit der kleinen schwarzen Katze geschlossen hatte, doch jetzt ließ sich das Tier nicht blicken. Sie hoffte, dass die Katze eine Bleibe hatte.

»Und mein Zuhause habe ich auch verloren«, fuhr sie fort.

»Okay. Ideal hört sich das nicht gerade an.«

»Und das Schlimmste kommt erst noch.« Kate seufzte, denn sie wusste nicht recht, ob sie ihm den nächsten Teil auch noch erzählen sollte. Einerseits wollte sie ihm nicht mit ihrer Lebensgeschichte auf die Nerven gehen, andererseits hatte sie das Bedürfnis, darüber zu sprechen – insbesondere über James.

»Meinen Partner habe ich auch verloren. Ich meine, er ist nicht gestorben oder so was«, fügte sie hastig hinzu und lachte erstickt auf. »Wir haben uns getrennt. Er hat mich verlassen.«

»Aha.«

Kate rechnete damit, dass er das Übliche von sich geben würde, so wie alle anderen. Die Allgemeinplätze wechselten sich ab, aber letztlich waren es immer nur leere Worthülsen, bedeutungslose Phrasen. Doch Alex drückte ihr nicht sein Mitgefühl aus oder sagte ihr, so sei sie bestimmt »besser dran«, sondern er erkundigte sich lediglich, wie lange sie zusammen gewesen seien.

»Eine Ewigkeit«, antwortete sie missmutig und unterstrich ihre Worte mit einem Seufzen.

Auf dem Weg die lange, kurvenreiche Straße zum Wasser hinunter erzählte Kate ihm in groben Zügen, wie James und sie zusammengekommen waren, ließ allerdings die Episode mit ihrem katastrophalen Heiratsantrag aus. Dass sich ein weiterer Mensch das grässliche Video ansah, wollte sie nun wirklich nicht.

»Ich habe es nicht kommen sehen«, sagte sie bedrückt.

»Ich war völlig überrumpelt, und ich glaube ... nein, ich hoffe, dass er es sich noch einmal anders überlegen wird, dass das nur ein Aussetzer war. Es geht doch im Grunde jedem so, nicht wahr? Sobald wir über dreißig sind, sollen wir uns alle Häuser kaufen und Hochzeitskleider aussuchen. Da herrscht viel Druck. Seine Angst finde ich nachvollziehbar«, plapperte sie weiter. »Ich habe nicht gerade das Zeug zu einer guten Ehefrau.«

Wieder brach sie ab, denn es kostete sie Mühe, gegen die Tränen anzukämpfen. Alex hatte keinen Ton gesagt, sondern nur zugehört, die Hände tief in den Taschen vergraben. In der Nähe des Stadtkerns von Hvar gab es mehr Lebenszeichen – Lichterketten mit gelben Glühbirnen und Klänge von Musik. Aus Restaurants drangen gemurmeltes Plaudern, das Klirren von Besteck und das weiche Ploppen eines Korkens, der aus einer Flasche gezogen wurde. Die Wärme der Sonne hielt sich noch, auch wenn nun Sterne am Himmel prangten. Kate hob das Gesicht und starrte nach oben. Dieses ganz eigene Lichtspektakel der Natur flößte ihr Kraft ein.

»Tut mir leid«, murmelte sie. »Es tut mir leid, dass ich in einem fort von mir rede.«

»Alles gut.«

Sie spürte Alex' Blick auf sich ruhen und senkte das Kinn, ehe sie es wagte, ihn anzusehen. Die Nacht hatte seine hellblauen Augen dunkelgrün verfärbt, aber das hatte ihrer Intensität keinen Abbruch getan. Es war, als wollte er ihr etwas ganz ohne Worte mitteilen. Zwar kannte Kate ihn nicht gut genug, um es zu erraten, aber sie spürte, dass es nett gemeint war. Alex hatte etwas Mitfühlendes an sich; eine Art, die sie dazu einzuladen schien, sich ihm gegenüber zu öffnen. Andererseits mochte sie sich das auch nur einreden, weil sie das große Bedürfnis verspürte, über ihr Leben zu sprechen.

»Ich habe nicht die leiseste Ahnung, wohin mich mein Weg führt«, sagte sie, und obwohl sie es eher im übertragenen Sinn gemeint hatte, nahm Alex sie beim Wort.

»Hast du Hunger?«, fragte er.

»Einen Bärenhunger«, gab sie zu und musste lächeln, als ihr Magen passenderweise ein Knurren hören ließ..

»Magst du Pizza?«

»Ja!«

»Dann«, sagte er, »mir nach!«

Anstatt an der Riva entlangzugehen, wo es laut Alex von Touristen wimmeln würde, bogen sie von der Hauptstraße ab und schlugen sich durch einen komplizierten Dschungel aus schmalen Gassen, von denen manche bergauf und wieder andere nach unten führten. Nach wenigen Minuten hatte Kate jegliche Orientierung verloren und trabte nur noch neben ihm her, um Schritt zu halten.

»Liegt das Restaurant am Wasser?«, fragte sie hoffnungsvoll, während sie einen Bogen um ein paar Tische im Freien machten und die nächste breite Steintreppe hinuntergingen. Kate war dankbar, dass sie sich in der Herberge in letzter Minute doch noch für Schuhe mit flachen Absätzen entschieden hatte.

»Nicht am Hafen, nein«, rief er zurück. »Die Restaurants da unten sind schön, aber man bekommt einfach keine so guten Pizzen wie bei Lovro.«

»Ist Lovro der Name des Wirts oder des Restaurants?«, wollte Kate wissen.

»Sowohl als auch«, erwiderte er. »Die beste Pizza in ganz Hvar – das kannst du mir glauben.«

Das Mittagessen schien eine Ewigkeit zurückzuliegen, und Kates Kopfschmerzen, die nach ihrer Dusche kurzzeitig besser geworden waren, hatten sich wieder mit voller Wucht gemeldet. Sie brauchte etwas zu essen. Oder Zucker. Am besten beides gleichzeitig.

»Da wären wir.« Alex war so plötzlich stehen geblieben, dass Kate ihn beinahe von hinten angerempelt hätte. Sie waren in einer Gasse mit Kopfsteinpflaster, die im Schatten der hohen Häuser zu beiden Seiten lag, überall abblätternde Holzfensterläden hinter schmalen Balkonen. Kate sah hoch und erblickte ein dreieckiges Schild in Rot, Weiß und Grün mit dem Wort »Lovro's« in schwarzen Buchstaben und darunter eine offene Tür, aus der es köstlich nach geschmolzenem Käse roch. Wie bei vielen Lokalen in Hvar war der Innenbereich winzig – ein kleiner Raum, in dem gerade einmal ein Kühlschrank und ein Ladentisch Platz hatten. Hinter dem Tresen lagen riesengroße runde, in gigantische Stücke geschnittene Pizzen.

Sobald sie sich der Kasse näherten, eilte ein Mann durch eine Tür in der Rückwand. Er hatte graues Haar, rote Wangen, faltige Augen und trug eine mit Tomatensoße verschmierte Schürze. Beim Anblick der beiden strahlte er.

»*Zdravo*. Alex, mein Freund, wie geht es dir? Ich habe dich schon ewig nicht mehr zu Gesicht bekommen.«

Bei diesen Worten streckte er beide Hände über den Tresen.

»Hallo«, murmelte Kate, die die Gepflogenheiten nicht kannte und nicht wusste, ob man üblicherweise Lovros Hand schüttelte oder ob es Küsschen auf beide Wangen gab. Stattdessen entschied sie sich für ein Lächeln.

Alex plauderte auf Kroatisch drauflos und hielt erst inne, als er sich zu Kate umdrehte und ihren verständnislosen Blick bemerkte.

»Tut mir leid«, sagte er. »Wie unhöflich von mir. Ich habe Lovro nur eben gefragt, welche Pizza er empfehlen würde.«

Aus irgendeinem Grund schien Lovro diese Bemerkung urkomisch zu finden. Er prustete los, und sein runder Bauch hüpfte unter der Schürze auf und ab.

»Habe ich etwas verpasst?«, fragte Kate, auf einmal in Sorge, dass dieser fremde Kroate das #MöchtegernBraut-Video gesehen und in ihr die Hauptdarstellerin wiedererkannt hatte.

»Lovro glaubt, dass das hier ein Date ist«, erläuterte Alex, während der Gastwirt zwei Papiertüten hervorholte. »Er hat mich aufgezogen, weil ich so eine hübsche Frau in so ein einfaches Restaurant ausführe.«

»Aber es ist doch sein Restaurant!«, entfuhr es Kate, was bei Lovro abermals Gelächter auslöste. »Das hier ist definitiv kein Date«, erklärte sie ihm und errötete, als sich beide Männer zu ihr drehten. »Ich meine, nicht dass es für mich undenkbar wäre, es ist nur so, dass ich einen Freund habe. Beziehungsweise hatte. Es gibt da jemanden in meinem Leben«, sagte sie mit Bestimmtheit. »Jemanden, den ich liebe. Einen Mann.«

Für den Bruchteil einer Sekunde schien so etwas wie Enttäuschung über Lovros Gesichtszüge zu huschen, doch er fing sich rasch wieder und nickte ihr lächelnd zu, als sie Alex' Beispiel folgend ein Stück der Pizza mit Meeresfrüchten aussuchte, zusammen mit zwei Flaschen Cola aus dem Kühlschrank.

»Das geht auf mich«, sagte sie bestimmt und kramte hektisch nach ihrem Geldbeutel, bevor Alex Einspruch erheben konnte. »Schließlich soll die Abfindung doch für etwas gut sein.«

Alex ließ sie vor sich durch die offene Tür ins Freie treten, während Lovro ihnen hinter dem Tresen nachwinkte. Am liebsten hätte Kate sich in der Landessprache bei ihm bedankt, und so bat sie Alex, ihr das richtige Wort beizubringen.

»Man sagt *hvala*«, erklärte er. »Man spricht es wie das französische *voilà* aus, bloß mit einem ›H‹.«

Kate versuchte es, brachte aber lediglich einen merkwürdigen Laut zustande.

»Immer weiter üben – das bekommst du schon noch hin.«

»Wie lange hast du gebraucht, um die Sprache zu erlernen?« Sie schob die Ecke ihrer Papiertüte zurück und biss ein großes Stück Pizza ab. Pizza mit Oktopustentakeln darauf hatte sie noch niemals gegessen, und jetzt musste sie prusten, als einer der eingerollten Wedel sie in der Nase kitzelte.

Alex wartete ab, bis sie sich die Tomatensoße aus dem Gesicht gewischt hatte. Dann sagte er: »Ich bin immer noch dabei, sie zu lernen.«

»In der Schule war ich in Fremdsprachen mies«, gestand sie. »Ich habe Deutsch abgewählt und bin ganz formidabel in Französisch durchgerasselt.«

»Ist ›formidabel‹ kein französisches Wort?«

»*Touché*.«

»Und das?«

»*Oui, monsieur*.«

»Jetzt lässt du's aber raushängen.«

Da musste Kate lachen. Und zwar so richtig. Zur Abwechslung einmal nicht über sich selbst, oder weil sie glaubte, dass ein Lachen angebracht war, sondern weil sie etwas tatsächlich witzig fand. Und weil sie in dem Moment, beim Pizzaessen mit diesem Mann, den sie eben erst kennengelernt hatte, in einem Land, das ihr im Grunde wildfremd war, ein Gefühl verspürte, das ihr schon eine ganze Weile abhanden gekommen war.

Glück.

11

»Was war denn nun also deine Arbeit, bevor du entlassen wurdest?«, fragte Alex, während er Kate durch das nächste Labyrinth aus Hintergassen zum Hauptplatz der Stadt führte. Auf dem *Pjaca* herrschte jetzt viel mehr Trubel als bei ihrem vorherigen Hafenspaziergang auf der Suche nach einem Wassertaxi, und beinahe jeder Restauranttisch im Freien war besetzt. In ihrem Rücken ragte prachtvoll der Turm der Kathedrale des Heiligen Stephan empor, und die marmornen Gehwegplatten zu ihren Füßen glühten im Laternenschein wie glimmende Asche.

»Ich habe als Assistentin in einer Firma für Autoteile gearbeitet.« Bei der Erinnerung, wie ihr ehemaliger Chef Jakub Kowalski ihr die schlechte Nachricht überbracht hatte, verzog sie das Gesicht.

»Meiner Meinung nach wird Ihnen das guttun«, hatte er gesagt. »Ich sehe Ihnen doch an, dass Sie sich hier langweilen. Wenn ich Sie ins Leere starren sehe, frage ich mich insgeheim: ›Wovon träumt sie gerade?‹ Von Gaszügen und Scheibenwischern ja wohl eher nicht.«

»Ich finde Scheibenwischer toll«, hatte Kate gemurmelt, doch Jakubs Entschluss stand fest, und zur Aufmunterung gab er ihr mit auf den Weg: »Betrachten Sie es nicht als den Verlust eines Jobs, sondern als die Chance zu einem Neuanfang – der Anstoß, den Sie brauchen, um die nötigen Veränderungen anzupacken.«

Kate frage sich nun, ob das Verlassen des Landes in Jakubs

Augen eine angemessen tiefgreifende Veränderung im Leben darstellte. Hatte er beim Auszahlen ihrer Abfindung in Höhe von drei Monatsgehältern vorausgesehen, dass sie einen beträchtlichen Teil davon für Flugtickets ausgeben würde?

»Mein Traumjob war es nicht unbedingt«, erklärte sie Alex. »Aber es war immer noch besser, als arbeitslos zu sein.«

»Deshalb arbeite ich für mich«, erwiderte er. »Auf diese Weise kann ich niemals rausgeworfen werden.«

Kate lächelte.

»Ich fasse es nicht, wie warm es immer noch ist.« Sie hob die dichten Locken aus dem Nacken. »Am liebsten würde ich zur Abkühlung dort drüben die Füße ins Wasser tauchen.«

»Ein bisschen Touristenwissen für dich«, sagte Alex und blieb in der Nähe eines kleinen Lavendelstands stehen. »Dieser Platz war früher eine kleine Bucht. Wir stehen dort, wo früher das Meer war.«

Kates Blick wanderte nach unten, dann wieder hoch zu Alex.

»Früher war ich nie sonderlich wild aufs Meer«, sagte sie, »aber seit meiner Ankunft hier übt es eine seltsame Anziehungskraft auf mich aus. Es liegt wohl daran, dass es so schön ist und so sauber – als stamme es direkt aus einer Hochglanzreisebroschüre. So ein Meer habe ich noch nie gesehen.«

»Bist du schon darin geschwommen?«, fragte er.

»Nein. Ich wollte auf Jerolim ein bisschen planschen«, antwortete sie gutmütig, »aber dann habe ich mich von einer Horde Nackedeis vergraulen lassen.«

Alex lachte. »Ich habe mich schon gefragt, wann das wieder zur Sprache käme.«

Kate verkniff sich einen süffisanten Blick. Ihre Unterhaltung driftete immer weiter ins Flirten ab, und sie wollte nicht, dass er den falschen Eindruck gewann.

Nachdem sie ihre Pizzastücke aufgegessen und die Verpackung in den Müll geworfen hatten, überquerten sie den Platz und spazierten die Riva entlang, zur einen Seite eine Flotille von Superjachten und auf der anderen ein Bataillon aus eleganten Bars und Restaurants.

»So eine hätte ich auch gern«, sagte sie und zeigte auf ein besonders kostspielig aussehendes Boot. Die Jacht war dreistöckig und glänzte schwarz verchromt. Sie hatte abgeschliffene Holzböden, eine eingebaute Bar, einen langen Bereich mit Ledersitzen um das ganze Boot und im Unterdeck einen Fitnessraum. Am Heck waren zwei Jetskis befestigt, und an Deck stand - Kate musste erst blinzeln, weil sie ihren Augen nicht traute - ein Land Rover.

»Wer kann sich solchen Luxus leisten?«, wunderte sie sich laut.

»Scheiche, Großreeder und Filmstars.« Alex klang wenig beeindruckt.

»Ich frage mich, wie es wohl drinnen aussieht.« Ihr Blick glitt über Mahagonivertäfelungen und leuchtende Strahler.

»Sie verfügen über Klimaanlagen, warme Duschen, Fernseher, Internet und breite Doppelbetten«, zählte Alex auf. Auf Kates überraschten Blick hin fügte er hinzu: »Ich war schon auf einigen. Gegen Saisonende sind sie häufig etwas mitgenommen, und dann werden Ortskräfte für Reinigung und Reparaturen angeheuert, während die Passagiere in ihren Privatflugzeugen nach Hause jetten. In den Schlafzimmern von einer der Jachten, auf der ich im vergangenen Jahr gearbeitet habe, gab es Deckenpaneele, die einen sternenerleuchteten Himmel zeigten. Ist das nicht unglaublich? Wozu braucht man denn so etwas, wenn man auf See ist und sich das alles ganz einfach in natura ansehen kann?«

»Vielleicht weil man lieber in einem bequemen, sauberen

Bett statt in einer Hängematte auf Deck liegen möchte«, gab Kate zu bedenken. »Mir würde es auch so gehen.«

Im ersten Moment sagte Alex nichts.

»Was ist denn verkehrt daran?«

»Gar nichts«, erwiderte er ruhig. »Es überrascht mich nur, weiter nichts. Du machst eigentlich einen sehr forschen Eindruck auf mich: eine Frau, die weiß, was sie will, und sich nicht davor scheut, es sich auch zu nehmen.«

Kate schüttelte energisch den Kopf – er hatte sie völlig falsch eingeschätzt.

»Willst du mir etwa erzählen, du wärst nicht abenteuerlustig?«, bohrte er nach, als sie ihm eine Antwort schuldig blieb. »Du musst doch schon einmal etwas im Leben getan haben, das dir ein wenig Angst gemacht hat?«

Kates Lächeln verflüchtigte sich. »Ehrlich gesagt«, gab sie zu, den Blick stoisch auf ihre Füße gerichtet, »flößen mir die meisten Dinge Angst ein.«

»Allen voran die Erstickungsgefahr beim Verzehr einer Oktopuspizza?«

Er wollte nur die Stimmung heben, aber Kate blieb das Lachen im Halse stecken. Das Mutigste, was sie je im Leben getan hatte, war auf spektakuläre Weise nach hinten losgegangen. Stattdessen hätte sie ihrer Feigheit treu bleiben und auf Nummer sicher gehen sollen. Wenn sie das doch nur getan hätte, dann hätte sie vielleicht nicht alles Wichtige im Leben verloren.

»Du brauchst mich nicht den ganzen Weg zurück zu begleiten«, erklärte sie Alex am anderen Ende der Riva. »Ich weiß, wie ich von hier zur Herberge komme.«

»Schon gut. Das mache ich gern, wenn es dir nichts ausmacht. Ich habe mir gedacht, ich könnte in einem der Schlafsäle übernachten und morgen ganz früh mit der Arbeit anfangen.«

Auf einmal klang er verunsichert, und Kate ärgerte sich darüber, dass die Stimmung wegen ihr gekippt war. Auf der Suche nach einem neuen Gesprächsthema fiel ihr Blick auf ein heruntergekommenes altes Boot, das in Küstennähe auf den Wellen schaukelte. Es war weiß – zumindest war es das vor langer Zeit einmal gewesen –, doch mittlerweile war der Rumpf von Wasserflecken übersät, und die Farbe blätterte ab. Die kleine Kajüte vorne war unter allen möglichen Netzen, Farbeimern, zerbrochenen Holzplanken und schmutzigen Plastiktüten verschüttet, und an den Seiten baumelten weitere Eimer, Werkzeuge und nicht identifizierbare Gegenstände. Es grenzte an ein Wunder, dass das Boot nicht längst gekentert war.

»Sieh dir nur mal den ollen Kutter da drüben an!«, rief sie. »Was für eine abgewirtschaftete Nussschale! Wem der Katastrophen-Kahn wohl gehört? Kapitän Sondermüll? Jemand sollte dem armen Ding einen Gefallen tun und es versenken.«

»Du meinst das Boot da drüben?« Alex deutete mit der Hand.

»Selbstverständlich«, sagte sie mit Nachdruck. »Oder siehst du hier noch andere Boote, die seit fünfzig Jahren nicht mehr seetüchtig sind?«

»Nun ja, ich sehe mein Boot.«

»Deins?«, wiederholte sie. »Welches ... ähm ... gehört denn dir?«

»Das da drüben«, antwortete er. »Was hast du gleich noch einmal gesagt – die abgewirtschaftete Nussschale? Genau die.«

Kate zuckte zusammen. »Soll das ein Witz sein?«

»Nein, kein Witz.«

»Du lieber Himmel! Das ist mir aber ... Verdammter Mist.«

Alex lächelte nicht, aber gekränkt wirkte er auch nicht, eher verwirrt. Kate wollte sich in aller Ausführlichkeit entschuldigen, doch da spürte sie das Vibrieren ihres Handys in der Handtasche.

»Gerade noch einmal von der Schulglocke gerettet«, witzelte sie matt. Im nächsten Moment krampfte ihr Magen, und sie erstarrte.

Es war James.

12

All die unbeantworteten Nachrichten, die vielen Tage, die verstrichen waren, ohne dass sie auch nur einen Pieps von ihm gehört hatte, die unzähligen Male, die sie auf ihr Handy gestarrt und sich gewünscht hatte, es möge aufgrund eines Anrufs oder auch nur einer schlichten Benachrichtigung aufleuchten – und hier meldete er sich nun und wollte wieder etwas von ihr.

Auf unsicheren Beinen entfernte Kate sich von Alex und wischte hektisch mit den Fingern über das Display.

»Hallo? Hallo, James? Bist du das?«

»Kate, wo in aller Welt steckst du? Das war ein komischer Klingelton.«

»Ich bin ...« Kate zögerte. Ihr Plan würde niemals aufgehen, wenn sie ihm gleich ihren Aufenthaltsort verriet. Bei ihrem Verschwinden ging es ja eben darum, dass sie außer Reichweite war, so weit weg, dass er sie vermissen würde, dass ihm klar werden würde, wie sehr er sie doch immer noch liebte.

»Unterwegs«, sagte sie. »Ich habe Abstand gebraucht nach allem, was du – nach allem, was passiert ist.«

»Wo unterwegs?«, hakte James nach, und Kate holte tief Luft.

»Wo ich mich frei bewegen kann, ohne Angst haben zu müssen, dass jemand auf mich zeigen und lachen wird, weil er im Internet ein Video gesehen hat, in dem ich mich zum Deppen mache.«

Im nächsten Moment bereute Kate ihre Worte schon wieder. Da sie nun endlich einmal seine Aufmerksamkeit hatte, war nicht der richtige Zeitpunkt für Kritik.

Betont langsam atmete James aus. Das Seufzen eines Menschen, der sich nicht gern ein schlechtes Gewissen machen lässt.

»Wie geht es dir denn?«, fragte sie und bemühte sich um einen versöhnlicheren Tonfall. »Wie läuft's? Wie ist die Arbeit? Und wie geht es deiner Familie?«

»Alles in Ordnung«, sagte er, doch ihm war anzuhören, dass dem nicht so war. »Aber es ist seltsam im Haus. So ruhig, wenn nur ich hier bin.«

Kate schluckte.

»Mir war wohl nie so richtig klar, wie viel du im Haus gemacht hast«, räumte er ein. »Du weißt schon, Ordnung halten und der Garten und all so etwas. Gestern war meine Mum zu Besuch hier und hätte beim Anblick der Küche fast einen Herzinfarkt bekommen.«

»Das möchte ich wetten.« Kate fühlte sich ein wenig ermutigt. James kam ohne sie nicht gut zurecht. Er brauchte sie in seinem Leben, und vielleicht war er nun zu dieser Erkenntnis gelangt.

»Neulich habe ich Robyn gesehen«, fuhr er fort.

»Ach ja?« Kate war verblüfft. In dem Fall hätte ihre Freundin sie doch bestimmt auf der Stelle angerufen.

»Ja«, murmelte James. »Und weißt du, wenn du mich ausspionieren lassen willst, hättest du dir eine Freundin mit einem weniger auffälligen Auto aussuchen sollen.«

Robyn fuhr einen quietschgelben Mini mit Gänseblümchen darauf. Zweifellos eine kühne Wahl, aber zu ihrem sonnigen Gemüt passte der Wagen bestens.

»Ich habe sie nicht zu dir geschickt«, sprudelte es aus Kate heraus. »Ich lasse dir von niemandem nachspionieren – das würde ich nicht tun.« Als sie die niedrige Mauer erreichte, die am Hafen entlanglief, ließ sie sich darauf sacken. Alex hatte sich nicht von der Stelle gerührt. Er stand am Wasser, den Blick nicht auf sie, sondern in die Ferne auf die dunklen Formen der Pakleni-Inseln gerichtet. An der Rückseite seiner Shorts fiel ihr jetzt geistesabwesend ein Farbspritzer auf.

James murmelte etwas Unverständliches, anscheinend ging es immer noch um Robyn und sie als Stalkerinnen.

»Selbst wenn ich Robyn zu dir geschickt hätte, damit sie nach dir sieht – was ich übrigens nicht getan habe –, wäre es denn wirklich so schlimm? Bloß weil du mich hinausgeworfen hast, heißt das doch nicht, dass du mir gleichgültig geworden bist. Ich mache mir immer noch Sorgen um dich und denke an dich. Himmelherrgott noch mal, ich liebe dich immer noch.« Ihre Stimme versagte, während sie gegen die Tränen ankämpfte.

James reagierte mit erneutem Seufzen. »Hör mal, du brauchst dir keine Sorgen um mich zu machen. Zugegebenermaßen ist es hier ein bisschen komisch ohne dich – aber das bedeutet nicht, dass meine Entscheidung falsch war. Ich vermisse dich sehr wohl, das ist doch klar, aber meine Gefühle sind unverändert.«

»Meine auch!«, protestierte sie. »Zählt das denn gar nicht? Zählt Liebe denn überhaupt nicht?«

Noch ein Seufzen.

»Du wirst mir immer am Herzen liegen«, erklärte er ihr mit fester Stimme. »Ich weiß nicht, was ich sonst noch dazu sagen soll. Ich habe angerufen, weil ich dachte, du hättest Robyn hergeschickt, das ist alles. Es freut mich, dass es dir gut geht und du anscheinend irgendwo im Ausland Urlaub machst. Das hast du verdient, Kate. Du hast es verdient, glücklich zu sein. Genau das will ich für dich, genau das habe ich immer für uns beide gewollt.«

»Zum Glücklichsein brauche ich aber dich«, sagte sie kleinlaut. »Bitte, James. Ich weiß doch, dass es nicht richtig ist, wenn wir nicht zusammen sind. Es fühlt sich falsch an. Nichts fühlt sich richtig an. Ich weiß ja, dass es nicht so gut lief, aber wir hätten uns doch bestimmt zusammenraufen können. Es gab immer noch Optionen und ...«

»Hör mal«, sagte James, diesmal in sanfterem Tonfall. »Wir haben so viel Schönes erlebt und einander so viel gegeben. Bloß weil es vorbei ist, heißt das doch nicht, dass es vergeudete Zeit war. Häng dich nicht an diesem Teil auf, sondern denk an die guten Zeiten – die glücklichen Zeiten.«

»Das kann ich nicht.« Wieder musste sie ein Schluchzen unterdrücken. »Mein Leben fühlt sich ohne dich so leer an, James. Ich brauche dich. Ohne dich funktioniere ich nicht richtig.«

»Das glaube ich nicht, Kate.« Er klang bedrückt. »Und du weißt doch, dass ich immer als guter Freund für dich da sein werde. Ich würde jetzt zu dir kommen und dich in den Arm nehmen, wenn ich es könnte. Aber das geht ja nicht. Du bist schließlich in ... Wo bist du gleich wieder?«

»Das habe ich dir nicht gesagt.« Kate spielte ihren einzigen noch verbliebenen Trumpf aus. »Und ich sehe auch nicht ein, warum ich es tun sollte«, fügte sie entschlossen hinzu. »Du wolltest, dass ich verschwinde, also bin ich fortgegangen. Je weiter, desto besser, richtig?«

»Jetzt benimmst du dich aber kindisch«, murrte er. »Warum willst du mir nicht verraten, wo du steckst? Wozu die Geheimniskrämerei?«

Im Hintergrund vernahm Kate das Brodeln eines Wasserkochers und stellte sich James in ihrer ehemaligen Küche vor.

Es war Kate zu verdanken, dass das traurige, heruntergekommene Haus, das vor langer Zeit seinen Großeltern gehört hatte, heute so gemütlich und hell war. Sie hatte die kleinen Veränderungen vorgenommen, die ein Zuhause daraus gemacht hatten. Wie konnte er ohne sie dort leben? Wie ertrug er es?

»Wenn ich nach Hause komme, wirst du dich dann mit mir treffen?«, flehte sie. »Wir müssen unbedingt miteinander reden. Ich habe so viele Fragen.«

»Kate, das haben wir doch alles durch. Die Tatsachen sind unumstößlich, und es tut mir leid, wenn es grausam klingt, aber ich muss tun, was für mich am besten ist.«

James hatte den Fernseher eingeschaltet. Kate konnte die Titelmusik von *Match of the Day* hören. Der Schmerz über sein offenkundiges Desinteresse an ihrem Leid verschlug ihr schier die Sprache. Sie hob den Blick und sah Alex mit fragender Miene heranschlendern. Er machte sich Sorgen um sie und befürchtete, dass sie aus der Fassung sein könnte. Einem Mann, der im Grunde genommen ein Fremder war, lag mehr an ihr als James.

Da verspürte sie Zorn, so heiß und zerstörerisch wie Lava, und sie hielt das Handy fester umklammert.

»Weißt du was, James?« Sie zischte die Worte, damit Alex sie nicht verstehen würde. »Vielleicht hatte Robyn recht – vielleicht sollte ich nicht diejenige sein, die im Moment traurig ist.«

Und dann tat Kate etwas völlig Unerhörtes. Sie legte einfach auf.

13

Robyns Reaktion fiel erwartungsgemäß empört aus.

»Eine meiner Patientinnen wohnt in der Straße, Herrgott noch mal! Geht James wirklich davon aus, dass ich mit meiner Zeit nichts Besseres anzufangen weiß, als ihm hinterherzuschnüffeln? Hoffentlich hast du ihm gehörig den Marsch geblasen.«

Toby war voller Schadenfreude.

»Du hast einfach aufgelegt? Oh, gut gemacht! Du fühlst dich bestimmt noch besser als diese Ruderer, als sie für England Gold geholt haben.«

Kate fühlte sich einfach schrecklich.

Sie hätte sich niemals erlauben dürfen, James gegenüber derart anklagend und unhöflich zu sein. Nachdem sie sich beruhigt und ihren großen Fehler eingesehen hatte, wollte sie ihn zurückrufen, um sich zu entschuldigen, doch er ignorierte ihren Anruf. Ebenso wenig antwortete er auf ihre Nachricht, in der sie ihm schrieb, wie unendlich leid es ihr tue und dass sie nur auf ihn losgegangen sei, weil es ihr so schlecht ginge.

Der Versuchung, einen Rückflug nach London zu buchen und vor seiner Haustür aufzukreuzen, widerstand Kate nur, weil es einen kleinen Hoffnungsschimmer gab: Er hatte bei ihr angerufen. Angeblich lag es daran, dass James Kate wegen Robyns Auto zur Rede hatte stellen wollen, aber es ließ sich nicht an der Tatsache rütteln, dass er sie vermisste. Er hatte es selbst gesagt. Und das musste etwas bedeuten. Denn mehr hatte Kate nicht.

An diesem Mittwoch hatten Toby und Filippo ein Schnellboot gemietet und unternahmen einen Tagesausflug mit ihr. Es war eine Belohnung für Kates emsigen Arbeitseinsatz der letzten Tagen in der Herberge, wo sie Stockbetten gestrichen, Risse mit Spachtelmasse geglättet und über Farbkarten gebrütet hatte. Die Einladung hatte auch Alex gegolten, doch er hatte mit der Begründung abgelehnt, lieber im Sul Tetto bleiben und ein Auge auf den örtlichen Installateur und den Elektriker haben zu wollen, die beide für letzte Reparaturen eingetroffen waren. Kate hoffte, dass es kein Vorwand war, um nicht Zeit mit ihr verbringen zu müssen. Alex hatte ihr die beste Pizzeria in ganz Hvar gezeigt, sich mit ihr unterhalten und ihr Gesellschaft geleistet, als sie niedergeschlagen war, und sie hatte ihm für seine Güte gedankt, indem sie sich erst über sein Boot lustig machte und dann den ganzen Rückweg zur Herberge wegen ihres Ex-Freunds weinte. Er musste sie für eine richtige Schreckschraube halten.

Doch heute war ein neuer Tag, und die Sonnenstrahlen draußen vor der Herberge verbreiteten hellen Optimismus. Kate hielt kurz inne, um das wohlige Gefühl zu genießen. Während ihres kurzen Aufenthalts in Kroatien war sie von jemandem, der sich in den Schatten herumdrückte, zu einer Sonnenanbeterin geworden, und ihre bisherigen Anstrengungen hatten ihr den Hauch einer gewissen Bräune eingebracht – oder, wie Toby es am Vorabend nachdenklich beschrieben hatte: »eine einheitlich verschmelzende Front aus Sommersprossen«.

An diesem Morgen war Hvar wunderschön. Die weißen Steinmauern schienen von innen heraus zu leuchten. Kates Blick wanderte hoch zu freundlich offen stehenden Holzfensterläden hinter Balkonbrüstungen, von denen sich Pflanzen ergossen. Blüten barsten wie bunte Pompons aus Mauerritzen, und am blauen Himmel blitzten als Farbkleckse Vögel auf. Die gewaltigen Kakteen, die sich auf dem Weg zum Hafen aus der Erde schoben, waren mit ihren stacheligen Wedeln und paddelförmigen Blüten vollkommen fremdartig und gleichzeitig so heimisch inmitten des aufgewirbelten Staubs.

Kates Faszination für die Insel in all ihren Facetten war auch weiterhin ungebrochen, doch nichts fesselte sie so sehr wie das Meer, das unglaublich lebendig war und farbenfroh schillerte. Und es waren nicht nur Blautöne, sondern auch Nuancen von Grün und Gold, silberne Wellenkämme und Flecken von tiefstem Schwarz. Wenn sie in die glänzenden Tiefen starrte, wurde sie von gebanntem Staunen ergriffen und fühlte sich gleichermaßen angeregt und besänftigt.

Das elegante Luxusboot, das Toby für ihren Ausflug gechartert hatte, war etwas ganz anderes als Alex' ramponierte alte Nussschale, und mit einem freudigen Lächeln schlüpfte Kate aus ihren Sandalen und sprang an Bord.

Filippo, der das Boot steuern sollte, verschwand in der kleinen Kajüte vorn und tauchte gleich darauf wieder mit einer Schwimmweste auf.

»Wo sind eure?«, fragte sie und legte die Weste gehorsam an. Sie war ihr viel zu groß, und Kate hielt sie mit beiden Händen an die Brust gedrückt.

»An der Seite gibt es Gurte, um sie enger zu stellen«, wies Filippo sie an. »Achte darauf, dass sie gut sitzt, *bambina*. Falls du über Bord gehst, soll die Weste nicht ohne dich hierbleiben.«

»Ist das denn wahrscheinlich?«, fragte sie argwöhnisch.

»Nicht, wenn du dich gut festhältst«, frotzelte Toby, der auf einen Knopf drückte, um den Anker hochzuziehen.

»Warum muss ich eine tragen und ihr beide nicht?«

»Weil du, meine geliebte *bambina*, viel kostbarer bist als einer von uns«, säuselte Filippo. »Und wenn dein Bruder ins Wasser fiele, würde er nicht untergehen, sondern wie eine kleine Satsuma auf der Oberfläche treiben.«

Kichernd glitt Kate auf einen Sitzplatz im Heck des Boots. Jede Holzkante war weich und abgerundet, jedes der weißen Ledersitzpolster fleckenlos rein. Die gläserne Windschutzscheibe über dem Steuer war poliert worden, und die Chromarmaturen glänzten. Alles war einfach makellos, überlegte sie und streckte die Beine aus, eine herrliche Verschnaufpause nach etlichen Tagen im Chaos der im Bauschutt versinkenden Herberge.

Während Filippo das Boot an zahlreichen Fischkuttern, Ruder- und Schlauchbooten vorbei manövrierte, grüßte er jeweils durch ein Tippen an die Baseballkappe. Unterdessen machte Toby sich an Tauen zu schaffen und verstaute die Taschen mit Essen und Getränken unter Deck. Das Boot verfügte auch über ein Radio, und im Nu war ein Sender gefunden und die Lautstärke aufgedreht. Sobald sie die Reihe aus Bojen um den Hafen hinter sich gelassen hatten, gab Filippo Gas, und sie rasten über das Wasser.

Kate hatte gedacht, das Wassertaxi nach Jerolim sei schnell gewesen, aber dieses Fahrzeug hier spielte noch einmal in einer völlig anderen Liga. Das Boot hüpfte aus dem Wasser und jagte so rasant vorwärts, dass sie überrascht aufjaulte und gerade noch ihren Hut festhalten konnte, damit er ihr nicht vom Kopf wehte. Sie schnitten durchs Wasser und hinterließen auf beiden Seiten wirbelnde weiße Schaumwolken. Auf ihrer Brille sammelten sich so viele Salzwasserspritzer, dass sie sie schließlich abnehmen musste. Während der Motor röhrte und die Musik hämmerte, packte Kate auf einmal ein belebendes Gefühl von Freiheit, und die rasch verschwindende

Landschaft von Hvar zeigte ihr, dass sie sich fortbewegte, dass sie weit weg war von allem und jedem, die ihr wehtun konnten. Sie vermisste James so sehr, dass sie manchmal davon überzeugt war, seine Abwesenheit wie einen Phantomschmerz in einer fehlenden Gliedmaße spüren zu können, doch hier, in diesem seltsam wunderbaren Augenblick, wollte sie nirgendwo sonst sein – noch nicht einmal bei ihm. Der Freudenrausch hatte kurzzeitig einen Schutzmantel um ihr Herz gelegt, und sie wünschte sich, sie könnte ihn irgendwie festhalten und auch weiterhin keinen Schmerz mehr empfinden.

In der halben Stunde, die sie bis zu ihrem Ziel brauchten, hatten Kates Gefühle wieder von ungehemmter Freude zurück zu ihrem üblichen verworrenen Kummer gefunden. Den beiden Männern gegenüber ließ sie sich allerdings nichts anmerken, sondern verzog nur das Gesicht, als Toby erklärte, wo sie sich befanden.

»Krk-wie-bitte?«

»Die Krknjaši Bucht«, wiederholte er und rollte einfach so mit der Zunge über den komplizierten Konsonantenhaufen hinweg. »Aber man nennt sie auch die Blaue Lagune, was sich viel leichter aussprechen lässt.«

»Beliebt ist sie auf jeden Fall«, stellte Kate fest und spähte über die Seite zu sechs anderen Booten, die in einer Reihe vor Anker lagen und aus denen Passagiere strömten. Aufgrund seiner Tiefe war das Meer hier dunkler als in Strandnähe, doch es sah trotzdem ganz genauso einladend aus. Da sie nur noch langsam über die sanften Wellen fuhren, merkte Kate schnell, wie heiß es war und wie viel intensiver und beißender die Sonne sich hier in der Adria anfühlte. Obwohl sie vor der Abfahrt ihre übliche dicke Sonnenmilchschicht mit Faktor dreißig aufgetragen hatte, cremte sie sich nun ein zweites Mal ein.

»Viele Touren machen hier auf dem Weg zur Blauen Grotte oder nach Vis halt«, erklärte Toby. »Es ist eine gute Adresse, wenn man gern schnorchelt. Aber sollen wir schwimmen und dann essen oder essen und dann schwimmen?«

»Du ungezogener Junge«, rügte Filippo ihn und traf Vorbereitungen, um vor Anker zu gehen. »Immer zuerst schwimmen. Wenn man nach einer Mahlzeit ins kalte Wasser geht, bekommt man Krämpfe.«

»Ich werde vielleicht gar nicht schwimmen.« Kate löste ihre Schwimmweste und legte sie sorgfältig auf den Bootsboden. »Es ist mir ein bisschen zu tief.«

»Es ist das Meer und nicht der Dalai Lama«, witzelte Toby.

»Lustig«, erwiderte Kate trocken. »Ich kann sowieso nicht, denn ich habe mich gerade eben mit Sonnencreme eingeschmiert. Schwimmt ihr beiden nur – ich schaue euch zu.«

Filippo hantierte nicht mehr an Tauen herum, sondern zog sich sein Hemd und die Shorts aus. Zum Vorschein kamen eine entwachste Brust, die die Farbe von milchigem Tee hatte, und das knappste rote Badehöschen, das Kate je gesehen hatte.

Ihre Miene entlockte Toby ein Grinsen. »Das ist der Italiener in ihm«, sagte er. »Exhibitionismus liegt ihnen im Blut wie Verlegenheit in unserem. Das ist bei ihm genauso zwanghaft, wie wenn wir uns bei jemandem entschuldigen, der uns angerempelt hat.«

»Himmel!«, rief Kate, als Filippo sich umdrehte und bückte, um seine Schwimmflossen festzustellen. »Du hättest mich warnen können, dass es ein Tanga ist.«

»Jetzt kennst du den wahren Grund, warum Alex uns nicht begleiten wollte.« Toby kicherte und hob einen Arm, um sich vor den Wasserspritzern zu schützen, als Filippo in einem perfekten Bogen ins Meer tauchte.

»Und ich dachte schon, es läge an mir«, gestand Kate und

erzählte ihrem Bruder von ihrem Fauxpas mit dem Boot vor ein paar Tagen. »Ich fühle mich total mies«, stöhnte sie. »Ich hatte ja keine Ahnung, dass er ein eigenes Boot hat.«

»Ach, mach dir deswegen keinen Kopf«, erwiderte Toby und schnappte sich ihre Sonnencreme. »Alex ist total entspannt. So eine Belanglosigkeit wird ihm nichts ausmachen.«

»Bist du dir sicher, dass er mich nicht hasst?«

»Sei nicht albern. So etwas wie Hass kennt Al gar nicht. Er ist ein bisschen ein durchgeknallter Hippie, aber im guten Sinne. Kommt und geht, wie es ihm passt, richtet sich im Leben nach niemandem außer sich selbst, arbeitet, wenn es sein muss, geht auf Reisen, wenn ihm der Sinn danach steht.«

»Wo lebt er, wenn er nicht irgendwo arbeitet?«, fragte Kate.

Toby nagte an seiner Unterlippe.

»Ich weiß gar nicht, ob Alex im eigentlichen Sinne einen Wohnsitz hat«, sagte er bedächtig. »Er hat dieses kleine Boot, wie du ja weißt. Dort wird er wohl die eine oder andere Nacht verbringen, wenn das Wetter mitspielt, und ich bin mir ziemlich sicher, dass er einmal ein Zelt erwähnt hat.«

»Willst du damit sagen, dass er obdachlos ist?«, hakte Kate nach.

»Eigentlich nicht, nein.« Toby spritzte etwas Lotion auf seine Hände und verrieb sie auf seinem Kopfflaum. »Ich würde ihn nicht als Obdachlosen bezeichnen. Es ist viel eher eine Frage des Lebensstils – Alex führt aus freiem Antrieb ein Nomadenleben und nicht, weil er es muss.«

Kate versuchte, sich diese Art zu leben vorzustellen: von Ort zu Ort zu wandern, ohne je mit Sicherheit zu wissen, wo man sich am nächsten Tag befinden würde; keine Wände zu haben, um Fotos aufzuhängen, und keine Schubladen oder Schränke, die man mit den Dingen füllte, die man angesammelt hatte. Andererseits bedeutete solch ein Leben auch keine

Internetgebühren oder Kommunalsteuern, keine Kreditrückzahlungen, TV-Gebühren oder einen Festnetzanschluss.

»Was mag ihm wohl zugestoßen sein?«, fragte sie. »Irgendetwas muss doch passiert sein, sonst wäre er nicht von dort weggegangen, wo auch immer er in England aufwuchs. Man kommt doch nicht nomadisch zur Welt.«

»Ich bin mir ziemlich sicher, dass ›nomadisch‹ kein Wort ist«, stellte Toby fest. »Ehrlich gesagt ist es mir nie in den Sinn gekommen, ihn nach seinen Wohnverhältnissen zu befragen, Schwesterherz. Ich habe mir gedacht, wenn Al uns etwas erzählen möchte, wird er es schon tun. Es geht uns doch überhaupt nichts an, wie er lebt und warum.«

»Aber ein bisschen traurig ist es schon«, sagte sie wehmütig.

»Wieso traurig?« Toby setzte die Sonnenbrille ab und putzte sie an einem Zipfel von Kates Handtuch. »Alex ist keine traurige Gestalt. Er hat viele Freunde und hat immer etwas zu tun. Soweit ich das beurteilen kann, führt er ein schönes Leben. Vielleicht kein normales Leben, aber was ist schon normal? Und was macht seine Lebensweise falsch und unsere richtig?«

Kate schwieg. Seine Worte und ihr eigenes Bedürfnis, Alex und seine Lebensführung in eine Schublade zu stecken, hatten sie getroffen. Es bewies nur, dass sie bestenfalls naiv und schlimmstenfalls spießig war. Doch etwas an Alex ließ sie nicht los, eine Ahnung, dass hinter der Fassade, die er der Welt präsentierte, noch mehr steckte.

Allerdings hatte Kate keine Ahnung, worum es sich handeln mochte.

14

Unter der sengenden Sonne aßen sie auf dem Boot zu Mittag, und Filippo – immer noch nur mit seinem knappen roten Tanga bekleidet – verteilte stolz Tupperbehälter.

Kate öffnete den Deckel und lachte auf.

»Was ist los? Hast du noch nie Oktopus gegessen?«, fragte Filippo mit gerunzelter Stirn, während Toby eine gekühlte Flasche Roséschaumwein entkorkte.

»Das ist nicht der Grund«, sagte Kate. »Ich lache bloß, weil ich früher so gut wie nie Oktopus zu Gesicht bekommen habe und ihn jetzt zweimal innerhalb weniger Tage esse.« Sie erzählte ihnen von der Pizza, was bei Filippo Entsetzen auslöste.

»Gebacken? Auf einer Pizza? *O mio dio!*«

»Was ist so schlimm daran?«

»Oktopus wird am besten kalt serviert, wie in meinem Salat«, erklärte er ihr. »Man lässt ihn gefrieren, kocht ihn, entfernt die Haut, kühlt ihn dann ab und schneidet ihn in Stücke. Und wenn man ihn nicht zuerst einfriert, wird er rasch zäh und lässt sich schwer kauen.«

Kate starrte in ihren Tupper. Zusätzlich zu den lila-weißen Tentakeln bestand der Salat aus Tomaten, gekochten Kartoffeln, roten Zwiebelscheiben und fein gehackter frischer Petersilie. Sie blickte zu den beiden Männern auf und sah, dass Toby seinen eigenen Behälter bereits geleert hatte und nun die restliche Soße mit einem Stück Brot auftunkte.

Kate griff nach ihrem Plastikweinglas und trank einen

großen Schluck von dem Rosé, gefolgt von einem Löffel Salat.

»Oh«, sagte sie, nachdem sie gekaut und geschluckt hatte. »Ich verstehe, was du meinst – er ist köstlich.«

»Es ist toll, dass du Neues ausprobierst«, lobte Toby. Auf Kates Gesichtsausdruck hin fügte er hinzu: »Was denn? Ist halt so!«

»Bei dir hört es sich an, als wäre ich eine gastronomische Banausin, die sich von Baked Beans aus der Dose und Happy Meals von McDonald's ernährt. Ich bin nicht so langweilig, wie du denkst.«

»Die letzten fünf Male, als Filippo und ich zu dir und James zum Abendessen kamen, hat er uns das Gleiche serviert – Spaghetti Bolognese. Jedes. Einzelne. Mal.«

»Weil es seine Spezialität ist.« Sie fühlte sich berufen, ihren abwesenden Freund in Schutz zu nehmen. »Er weiß, dass er es gut kann, und war immer so erpicht darauf, euch beide zu beeindrucken. Außerdem wollte er nicht riskieren, dass ich die Küche unsicher mache. Erinnerst du dich nicht mehr an den Abend, als ich uns thailändische Suppe mit diesen getrockneten Pilzen gekocht habe, die ich an einem Stand auf dem Camden Market gekauft hatte, und wir vier an Halluzinationen litten?«

»Das war ein toller Abend!«, antwortete Toby. »James war überzeugt davon, eine Qualle zu sein, und wollte sich von niemandem anfassen lassen, um keinen von uns versehentlich zu verletzen.«

»Siehst du«, erwiderte sie resolut. »Er ist total lieb – selbst auf einem Trip.«

»Zugegeben, an dem Abend schon«, stimmte Toby ihr zu. »Aber nach seinem Benehmen in letzter Zeit müsste ich wohl einwenden, dass ›total lieb‹ einen Tick großzügig ist.«

Kate ließ die Gabel sinken, doch ihr Widerspruch wurde vom plötzlichen Auftauchen einer riesigen, scharfäugigen Möwe erstickt, die just in diesem Moment mitten auf dem Klapptisch landete und sich mit wilder Entschlossenheit auf das letzte Stück Brot stürzte.

»Weg! WEG!«, kreischte Filippo, der aufsprang und den Vogel mit hektischen Handbewegungen verscheuchte. Aufgeschreckt hüpfte die Möwe vom Tisch auf Kates Schoß, sodass die Reste des Oktopussalats, zusammen mit dem Behälter, über Bord gingen.

»Himmel!«, rief Toby und lief vor unterdrücktem Gelächter rot an, während ein zornentbrannter Filippo auf der Jagd nach seinem Tupper ins Wasser sprang. Kate, die hektisch aufgestanden war, um den Vogel abzuschütteln, rutschte auf einer Lache Rosé aus und landete unsanft auf dem Gesäß.

»Uff!«, jaulte sie auf.

»Kate!«, brach es aus Toby hervor.

»Ich habe ihn!«, rief Filippo, und im nächsten Augenblick wurde die leere Dose zurück an Deck geschleudert. Sie verfehlte nur knapp Kates Kopf, prallte dann von dem weißen Ledersofa ab und fiel auf Tobys nackten Fuß.

»Mist!«, entfuhr es ihm, und er hüpfte von der Seite gegen den Tisch und warf die Flasche mit dem Schaumwein um. Es ertönte ein Scheppern, gefolgt von einer Salve Kraftausdrücke von Toby. Als Filippo sich wieder die Leiter hochgezogen hatte, erblickte er seinen Mann und seine Schwägerin, die so heftig lachten, dass sie kaum Luft bekamen. Doch sobald sich Kates hysterisches Gelächter gelegt hatte, wurde sie von einem Weinkrampf gepackt - eine so dramatische Veränderung, dass die immer noch über ihnen kreisende Möwe erschrocken aufkrächzte.

»Tut mir leid«, brachte Kate hervor und wedelte mit einer

Hand vor ihrem Gesicht herum. »Ich weiß auch nicht, warum ich weine. Achtet einfach nicht auf mich.«

»Arme kleine *bambina.*« Filippo kletterte in seinem Badehöschen langsam an Deck, um nicht versehentlich herausgerutschte Körperteile zur Schau zu stellen. »Man hat dir das Herz gebrochen. Natürlich gibt es da Tränen.«

»Er hat recht«, bestätigte Toby, der gerade mit Kates Handtuch Rosé aufwischte. »Die Phase des Weinens ist ein schrecklicher, aber unvermeidbarer Teil des Trennungsprozesses.«

»Während wir in Erinnerungen an die guten alten Zeiten mit James schwelgten, muss ich wohl vergessen haben, dass ich ihn verloren habe. Ich dachte, wenn ich mich gleich umdrehe, sitzt er mit puterrotem Gesicht da, weil ihm die Quallengeschichte so peinlich ist. Dass er nicht hier ist, fühlt sich so ... falsch an. Ich habe ein schlechtes Gewissen, weil ich mich amüsiere, wo ich mir doch stattdessen überlegen sollte, wie ich ihn zurückerobere.«

»Oh, *bambina*, du brauchst wegen rein gar nichts ein schlechtes Gewissen zu haben«, besänftigte Filippo sie.

Kate setzte die Brille ab, um sich über die Augen wischen zu können. Noch nie im Leben hatten ihre Gefühle derart im Widerstreit gelegen, noch nie war sie so hin- und hergerissen gewesen zwischen Wut und Kummer, Verwirrung und Entschlossenheit. Von heute auf morgen hatte sich alles von Grund auf geändert, und es schien völlig irreal, dass sie hier auf einem Boot in Kroatien war, unendlich weit weg von dem Leben, das noch vor ein paar Wochen ganz in Stein gemeißelt gewesen zu sein schien. In ihrer Beziehung war nicht immer alles glatt gelaufen, aber nichts war je so schlimm gewesen, dass es eine derart unerbittliche Zurückweisung rechtfertigte.

Obwohl es wehtat, gestattete sie sich, James vor ihrem inneren Auge zu sehen, sie beide zu sehen, wie sie gemeinsam bei der Zubereitung des Gemüses für einen Sonntagsbraten lachten oder auf Netflix nach einer Serie suchten, die sich über ein verregnetes Wochenende bingen ließ. An den Abenden, wenn sie nach Hause kam und sich wieder einmal über einen schrecklichen Tag in einem Job beklagte, in den sie hineingestolpert war, war er für sie da gewesen. Ihre mangelnden Fähigkeiten und die dementsprechend negativen Reaktionen ihrer Kollegen waren ihr an die Nieren gegangen, aber James hatte ihr das Lustige daran aufgezeigt und ihr erklärt, es mache doch nichts aus, wenn sie es wieder einmal vermasselt hätte, denn in seinen Augen sei sie trotzdem perfekt.

Und er hatte recht gehabt. Es machte ihr nichts aus, jedenfalls nicht viel. Denn sie hatte immer ihn gehabt – hatte die Aussicht auf ihr zukünftiges Glück und seine bedingungslose Liebe. Doch nun, ohne diese Gewissheiten, fühlte Kate sich ungeschützt und auf eine Art verloren, die ihr Angst machte. Dass James ein lieber Mensch sei, war keine Lüge gewesen – diese Eigenschaft hatte er immer wieder demonstriert, seitdem sie ihn kannte –, aber genau das machte es so viel schwerer, seinen Verrat hinzunehmen. Der James, den sie kannte, würde ihr nicht auf diese Art wehtun; der James, den sie kannte, war ein guter Mensch, ein treuer Mensch, ein mutiger Mensch.

Es gab da etwas, das er ihr verheimlichte, das fühlte Kate. Und wenn sie ihn zurückgewinnen wollte, musste sie herausfinden, worum es sich handelte.

15

Die nächsten Tage stürzte Kate sich in die Renovierungsarbeiten der Herberge. Sie brauchte dringend Ablenkung von ihren Gedanken über James und wollte nicht länger zwanghaft das Internet nach einem viralen Video durchforsten, in dem sie unfreiwillig die Hauptrolle spielte.

Allmählich ähnelte das Sul Tetto einer realen Unterkunft, in der zahlende Gäste gern wohnen würden, aber das Dekor ließ noch einiges zu wünschen übrig. Tobys und Filippos bescheidenes Budget ging zur Neige, doch es fehlten immer noch einzelne Möbelstücke, Geschirr, Küchengeräte und Bettwäsche. Während die beiden Männer es fertigbrächten, die Wände in den Schlafsälen und den Gemeinschaftsräumlichkeiten kahl zu lassen, hegte Kate insgeheim Verschönerungspläne für das Haus - ein Motto, das nicht nur zu den Besitzern der Herberge passen würde, sondern auch zu der Insel, auf der sie sich befand. Mit ein paar wenigen Verbesserungen hier und da ließe sich aus dem bisher nur dezenten und uninteressanten Interieur etwas machen, das sich wie ein zweites Zuhause anfühlte.

Toby hatte vielleicht Scherze über Kates geliebtes Puppenhaus aus Kindertagen gemacht, aber nun spukte es ihr im Kopf herum. Sie war tatsächlich schon immer von Innendesign begeistert gewesen, hatte sich regelmäßig die Renovierungsshow *Changing Rooms* von der BBC angesehen und Hochglanzmagazine wie *Elle*, *Ideal Home* und *Living Etc* verschlungen - aber kreativ betätigt hatte sie sich bisher nur sehr selten im Leben: Früher hatte sie immer wieder ihr Kinderzimmer umgestaltet, und dann war da das Haus gewesen, das James von seinen Großeltern geerbt hatte und in dem sie – behutsame – Renovierungsarbeiten durchführen durfte. Ob Kate ein gutes Auge für derlei Dinge hatte, wusste sie allerdings nicht – sie wusste nur, was ihr gefiel, aber es ließ sich unmöglich sagen, ob Toby und Filippo ihr zustimmen würden. Schließlich hatte sie entschieden, dass ein Moodboard mit Ideen hermusste, das sie ihnen zeigen konnte. Aus diesem Grund war sie am Morgen vor dem Frühstück aus der Herberge geschlüpft, um sich auf die Suche nach Inspirationen zu begeben.

Mit einem Kaffee zum Mitnehmen aus dem Café, das Kate am ersten Morgen in Hvar zusammen mit ihrem Bruder besucht hatte, ging sie auf dem Küstenpfad in Richtung Westen und blieb erst wieder stehen, als sie an der gegenüberliegenden Hafenseite angelangt war. Der Blick über das Wasser war zauberhaft, und mit einem Lächeln betrachtete sie die Terrakottadächer und stacheligen Palmen, die ausladenden Berghänge mit ihrer Decke aus struppigen Bäumen und über allem der Himmel: ein aufgespannter Schirm aus reinstem Blau. Bootsmasten wippten wie schwimmende Pendel auf den Wellen im Hafen, Grillen zirpten im Unterholz, und die ganze Zeit über wehte mit seidenweicher Flüsterstimme eine Brise.

Der blassgoldene Pfad schlängelte sich weiter, und Kate folgte ihm, und ihr Blick wanderte zu der verschwommenen Linie des fernen Horizonts. Kurz nach dem Morgengrauen war sie aus einem üblen Traum aufgewacht, der ihr nachhing, doch hier draußen fühlte sie sich ruhiger, und ihre düstere Stimmung legte sich in der klaren Luft. Außerdem freute sie sich auf eine Aufgabe, die ihr Vergnügen bereiten würde.

Hier und da herrschte auch in Hvar Unordnung, doch größtenteils war die Stadt makellos. Abfall landete in Mülleimern, heruntergefallene Zweige wurden von den Straßen gekehrt, und die Strände, die sie gesehen hatte, waren wunderbar sauber. Im Vergleich dazu war London ein Hindernisparcours aus Schmutz und Lärm, eine Stadt, die der allgemeinen Gleichgültigkeit ihrer Einwohner zum Opfer gefallen war. Es war so häufig zu beobachten, wie Londoner achtlos Verpackungen und Zigarettenstummel auf den Boden warfen. Kate hatte ihr ganzes Leben dort verbracht, aber sie vermisste die Stadt nicht – jedenfalls noch nicht. Was sie vermisste, waren die Menschen. Beziehungsweise, wie sie sich insgeheim eingestand, der eine Mensch.

Gedanken an James waren untersagt.

Kates Blick fiel auf einen großen Haufen Treibholz in Ufernähe, und sie sprang von dem Pfad nach unten und kletterte vorsichtig über die Steine darauf zu. Dann sammelte sie ein paar der geborstenen, salzverkrusteten Holzstücke auf und verstaute sie in dem Stoffbeutel, den sie zu diesem Zweck mitgebracht hatte. Sie fragte sich, was Alex zu ihren Ideen sagen würde. Bei ihrem Aufbruch war er schon in der Herberge gewesen und hatte die Waschkommoden für die Schlafsäle zusammengebaut, die sie während des aufregenden Ausflugs zur Blauen Lagune angeregt hatte.

»Die Leute brauchen einen Platz, um sich zurechtzumachen«, hatte sie erklärt. »Und wenn viele Gäste da sind, müssen die Badezimmer entlastet werden. Niemand will Schlange stehen, um sich die Haare zu föhnen oder Wimperntusche aufzutragen.«

»Hört sich nach einer guten Idee an«, hatte Toby erwidert. Und zu Kates Überraschung war es damit erledigt.

Mit einer Sammlung aus Steinen, Muscheln und getrockneten Tangresten bepackt verließ sie den Strand und kehrte auf den Pfad zurück. Sie kam an einer der ältesten und prächtigsten Strandbars der Insel vorbei und erklomm eine Biegung, bevor es wieder landeinwärts nach unten ging. Vorerst war sie damit zufrieden, der Küstenlinie mit ihren sanften Hügeln zu folgen. Ein handbemaltes Schild zeigte an, dass sie die Amfora Bucht erreicht hatte, und ein Stück weiter oben erblickte sie ein schickes Hotel, das sich prächtig zwischen den Bäumen erhob und eine gewaltige Terrasse mit Swimmingpool und weißen Plastikliegestühlen zu bieten hatte. Zugegebenermaßen war es genau die Art von Urlaubsziel, die James zusagen würde, doch Kate zog die rustikaler wirkenden Holzliegen vor, die an mehreren Stellen auf dem Felsstrand unten festgekettet waren. Es war ihr unverständlich, weshalb man an einen schönen Ort reiste, nur um dann an einem Pool zu sitzen, der sonstwo sein könnte.

Als Kate die Hotelanlage hinter sich gelassen hatte, zögerte sie. Rechts von ihr befand sich ein Hügel, der sie magisch anzog. Sie beschloss, sich von ihren Instinkten leiten zu lassen, und begann den Aufstieg. Unter dem Gehen nahm sie den Strohhut ab und schüttelte ihre Locken aus. Auf dem Hauptweg war es brennend heiß gewesen, doch hier lag die Straße in kühlem Schatten, und im Grün um sie herum wimmelte es von Insekten. Erst beim Gedanken an die Grillen hörte Kate das Zirpen wieder, und sie wunderte sich wie schon so oft über den Lärm, den die winzigen Geschöpfe veranstalten konnten.

Ganz außer Atem erreichte sie die Hügelkuppe und lehnte sich zum Ausruhen für einen Moment an den Rand eines Bauschuttcontainers, der mitten im Weg stand. Dahinter befand sich allem Anschein nach ein weiteres Hotel, auch wenn dieses viel kleiner und armseliger war als der Palast, an dem sie eben vorübergekommen war. Die Gartenanlage davor war völlig überwuchert, und mehrere Fensterläden waren kaputt und hingen nur noch an einer einzigen Angel. Als Kate einen Schritt nach hinten trat, bemerkte sie ein einfaches Pappschild, das in dem Container steckte.

»*Besplatne Stvari*«, murmelte sie, holte ihr Handy heraus und tippte die Wörter in die Übersetzungs-App, die sie installiert hatte. Es bedeutete »Kostenlose Sachen«.

Kate verstaute ihr Handy und nahm den Inhalt des Containers genauer unter die Lupe. Sie riss die Augen auf, als ihr Blick auf einen riesigen, in tausend Stücke geborstenen Spiegel mit Goldrahmen fiel. Da hatte ausnahmsweise einmal jemand anderes als sie Pech gehabt, dachte sie bedrückt und räumte mehrere kaputte Stühle beiseite, um sich den Spiegel besser ansehen zu können. Er war irreparabel, aber der angeschlagene Rahmen ließ sich auf jeden Fall verwerten. Sie konnte die Sprünge mit etwas füllen und den Rahmen mit Goldfarbe übersprühen, ihn dann an eine der Wände in der Herberge hängen und die leere Fläche mit Tafellack streichen, sodass Gäste einander Nachrichten hinterlassen, Bilder zeichnen oder ihre Namen aufschreiben konnten. Kate war sich sicher, etwas Ähnliches auf einem der Instagram-Accounts zum Thema Interior Design, denen sie folgte, gesehen zu haben.

Sie fotografierte den Rahmen mit dem Handy und schickte den Schnappschuss ihrem Bruder. Nachdem sie ihm ein oder zwei Momente zur Begutachtung gelassen hatte, rief sie ihn an.

»Was hältst du davon?«, fragte sie, sobald er sich meldete. Ohne ihm Gelegenheit zu einer Antwort zu geben, präsentierte sie ihm ihre Idee. Während sie sprach, kramte sie weiter herum und zählte ihre Fundstücke mit wachsender Begeisterung auf, während Toby am anderen Ende der Leitung interessierte und beifällige Geräusche von sich gab.

»Hört sich an, als wärst du auf eine Schatzgrube gestoßen«, sagte er, als er endlich auch einmal zu Wort kam. »Ich hole dich mit dem Jeep ab, und wir schauen einmal, wie viel wir transportieren können. Gib mir zehn Minuten.«

Kate beendete das Gespräch und stöberte nun ernsthaft in dem Container herum. Bald stieß sie auf zwei Schemel, für die sie bestimmt Verwendung finden würde. Als sie jedoch den zweiten herauszog, entdeckte sie, dass ihm ein Bein fehlte.

»Mist«, entfuhr es ihr, und sie musste lachen.

Sie kramte weiter, fest entschlossen, das fehlende Stück zu finden und dem kleinen Schemel wieder zu seiner alten – wenn auch abgenutzten und schäbigen – Pracht zu verhelfen. Als sie eine morsche Holzplanke wegschob, ließ sie ein heftiger Schmerz in der Hand aufschreien. Blut quoll aus einer oberflächlichen Kratzwunde, und sie sog instinktiv daran und rümpfte die Nase über den metallischen Geschmack. Es musste ein Splitter oder ein Nagel oder vielleicht eine Scherbe des zerbrochenen Spiegels gewesen sein.

Die Hand immer noch im Mund, beugte Kate sich über den Rand des Containers, bis ihre Füße fast nicht mehr den Boden berührten. Doch es ließ sich nicht herausfinden, woran auch immer sie sich verletzt hatte.

Da ertönte tief aus dem Müll ein knurrendes Fauchen, und Kate erstarrte mit klopfendem Herzen. Im Dunkel zwischen einem Treppengeländer und einem Minikühlschrank erspähte sie gelbe Augen, eine kleine schwarze Schnauze und zwei riesengroße rosafarbene Ohren.

»Oh, du bist eine Katze!«

Danach sah das Tier jedenfalls aus, auch wenn es alles andere als eine zahme Miezekatze zu sein schien. Abgesehen von den Dumbo-haften Riesenohren hatte die Katze faltige graue Haut und einen langen, spindeldürren Hals.

»Du hast mich also gekratzt«, fuhr Kate fort und gab sich große Mühe, das Tier mit zärtlichen Lockrufen zu besänftigen. Die Katze rührte sich nicht, sondern starrte Kate nur voller Empörung aus wütenden Katzenaugen an.

»Hast du dich verlaufen?«, fragte Kate. Die Katze trug kein Halsband, sah aber nach einer jener teuren Zuchtrassen aus, die sonst nur drinnen gehalten wurden, wo sie den ganzen Tag auf einem weichen, mit ihrem Namen bestickten Kissen lagen. Doch als sie die Katze streicheln wollte, stieß diese ein Fauchen aus, und Kate zog die Hand rasch wieder zurück. Eine Verletzung reichte ihr völlig, und wer wusste schon, wie schmutzig die Krallen dieses armen ausgesetzten Kätzchens waren.

Ganz vorsichtig schob Kate den Minikühlschrank beiseite, um sich ein wenig Bewegungsfreiheit zu verschaffen und die Katze vielleicht auf diese Weise hochheben zu können. Zwar hörte sie den Jeep in der Nähe halten, doch sie wollte es lieber nicht riskieren, sich umzudrehen und die angriffslustige Katze aus den Augen zu lassen.

»Komm her, Schätzchen«, drängte sie und versuchte es wieder mit Lockgeräuschen. »Da kannst du doch nicht ... Hilfe!«

Das Treppengeländer fiel krachend um, als die Katze aus dem Container kletterte und Kates Kopf als Sprungbrett benutzte, sodass ihre Brille hinunterfiel. Ein Ausruf ließ Kate herumwirbeln. Direkt hinter ihr stand Alex, in der einen Hand die Schlüssel des Jeeps und in der anderen eine überaus wütende, überaus dreckige und überaus lächerliche Katze.

16

»Du bist nicht Toby.«

Alex sah sie an. »Nein«, stimmte er ihr zu. »Viel zu viele Haare.« Dann fügte er mit einem Nicken in Richtung Katze hinzu: »Das hier ist kein Spiegel.«

»Nein.« Kate fischte ihre Brille aus dem Container und setzte sie wieder auf. »Aber sie ist gemeingefährlich, also sei auf der Hut.«

»Dieses Ding?« Die Katze kletterte von seinem Arm auf seine Schulter. »Scheint mir ziemlich harmlos zu sein.«

»Sie hat mich angefallen.« Kate zeigte ihm ihre immer noch blutende Hand. »Auch wenn ich zu ihrer Verteidigung sagen muss, dass ich einfach in ihrem Zuhause herumgewühlt habe, also kein Wunder. Dich scheint sie aber zu mögen«, fügte sie mit einem Stirnrunzeln hinzu. Die Katze rieb den Kopf an Alex' Dreadlocks und hatte zu schnurren begonnen. Als Kate noch einmal die Hand ausstreckte, um sie zu streicheln, erntete sie wieder nur ein Fauchen.

»Ob sie wohl entlaufen ist?«, fragte Kate.

Alex drehte den Kopf zur Seite, um seine neue Freundin genauer in Augenschein zu nehmen. »Riecht so, ja«, erwiderte er. »Sie sieht ein bisschen heruntergekommen und dünn aus.«

»Katze oder Kater?«

»Eine Sie, würde ich sagen, aber ich bin kein Fachmann. Um sicher zu sein, müsstest du einen Tierarzt zurate ziehen.«

»Wir sollten sie zu einem bringen«, sagte Kate. »Ich fände es furchtbar, sie einfach hier zurückzulassen. Gibt es so etwas wie einen kroatischen Tierschutzverein?«

»Es gibt eine Anlaufstelle namens Eco-Hvar«, antwortete er. »Dort kannst du es versuchen. Mit ein bisschen Glück hat sie vielleicht so einen Mikrochip im Hals.«

»Sie hasst mich«, klagte Kate, nachdem die Katze bei einem weiteren Annäherungsversuch wütend mit der Pfote ausgeholt hatte.

»Du legst dich zu sehr ins Zeug«, sagte Alex. »Katzen spüren das, genau wie Menschen. Schau mal, ich bin kein großer Fan von diesen Tieren. Eher ein Hundemensch. Nie im Leben würde ich so ein Viech dazu auffordern, auf meiner Schulter zu sitzen, aber genau deshalb ist ihre Wahl auf mich gefallen, verstehst du? Sie wollte mich bloß ärgern.«

Daraufhin lächelte Kate. »Du magst Katzen wirklich nicht? Aber sie sind doch so flauschig weich.«

»Die hier nicht!«, rief er, und sie lachten beide. »Die hier sieht aus, als hätte sich eine Fledermaus ein paar schöne Stunden mit einer Schildkröte gemacht.«

»Wie kannst du nur so etwas sagen?«, schalt Kate ihn sanft, obwohl er eigentlich recht hatte. Die Katze war unglaublich hässlich, gleichzeitig übte sie aber einen unbestreitbaren Reiz aus.

Als Alex versuchte, das Tier herunterzunehmen, um Kate mit dem Spiegel helfen zu können, winselte es laut auf und krallte sich am Kragen seines farbverschmierten T-Shirts fest.

»Wie du willst«, sagte er, legte eine Hand an den Rand des Containers und sprang über die Seite hinein. Zuerst holten sie den Spiegel heraus, entfernten sorgsam jede Scherbe und wickelten die Stücke in alte Zeitungen ein. Danach half Alex Kate zu sich in den Container, und sie wühlten herum, bis sie das fehlende Bein des Schemels fanden, außerdem drei angeschlagene und verblasste Gartenzwerge.

»Oh, sieh nur!«, rief Kate begeistert und wischte mit dem Saum ihres Kleids den Staub von ihren Gesichtern. »Die armen kleinen Kerlchen, einfach in einem Container ausgesetzt.«

»Diese bunten Gesellen scheinen dir mehr am Herzen zu liegen als die Katze«, stellte Alex fest, woraufhin Kate erwiderte: »Weil sie mich nicht angegriffen haben!«

»Glaubst du wirklich, dass Toby und Filippo den ganzen Kram in der Herberge haben wollen?«

Kate schniefte. »Na, hoffentlich! Wir werden schon gemeinsam ein Plätzchen für alles finden.«

»Bitte korrigiere mich, falls ich mich irren sollte«, sagte Alex, während er einen ramponierten Beistelltisch zu ihrer Begutachtung in die Höhe hielt, »aber gehören Gartenzwerge nicht in einen Garten?«

»Ja, aber ...«

»Und die Herberge hat keinen Garten.«

»Ja, aber ...«

»In dem Fall werden diese drei Herren, so hübsch sie auch sein mögen, nirgendwohin passen, wenn du sie erst einmal dorthin geschafft hast.«

»Kleingeist«, schimpfte sie. »Die erste Grundregel beim Innendesign lautet: Spaß haben. Es geht darum, Dinge an unerwarteten Orten anzutreffen.«

Das hatte sie bestimmt schon einmal gelesen. Es hörte sich richtig an.

»Schon gut, schon gut.« Beinahe lächelte Alex. »Da magst du durchaus recht haben.«

Erst als jeder Winkel des Jeeps voll war mit verbogenen, zerbröckelnden und gesprungenen Gegenständen, ließ Kate sich dazu überreden, nicht mehr nach versteckten Schätzen zu graben. Erschöpft und völlig verdreckt kletterte sie dankbar auf den Beifahrersitz und hielt ihre Tasche auf dem Schoß. Die Katze, die Alex geduldig, aber nachdrücklich von seiner Schulter gelockt hatte, rollte sich im Fußraum auf Filippos Designer-Bomberjacke ein.

»Das verschweigen wir besser«, sagte Kate.

Die Fahrt zum Sul Tetto war nur kurz, und auf der Straße vor der Herberge wurden sie von Toby erwartet.

»Himmelherrgott«, war sein erstes Wort, dicht gefolgt von: »Was zum Teufel?«, als die Katze aus dem Jeep sprang und schnurstracks durch die offene Tür hinter ihm in die Herberge flitzte.

»Ich habe vielleicht ein wenig meine Sammelwut ausgelebt«, sagte Kate verlegen. »Aber es wird alles toll aussehen, wart's nur ab. Sieh dir nur mal diesen Spiegel an – habe ich dir nicht gesagt, dass er wunderschön ist? Und hier drin sind auch Stühle, und schau dir bloß mal diesen alten Kleiderständer an.«

»Und was ist da eben an mir vorbeigelaufen?«, wollte Toby mit einem Schaudern wissen. »Es sah wie eine riesige Ratte aus.«

Just in dem Moment trat Filippo aus dem Haus, und Kate zuckte angesichts seiner finsteren Miene zusammen.

»Kann mir mal einer erklären«, setzte er an, »warum da ein haarloser, rüsselloser, bösartiger kleiner Elefant oben auf unserem makellosen neuen Teppich sitzt? Und was«, fügte er hinzu und holte einen Gartenzwerg aus dem Jeep, »hat dieses Ungetüm zu bedeuten?«

Letzten Endes gewann die Katze Filippo doch für sich, jedenfalls so weit, dass er darauf bestand, mit Alex zum Büro der

Tierschutzorganisation Eco-Hvar in Jelsa, auf der Ostseite der Insel, zu fahren. So blieb es Kate und Toby überlassen, die mitgebrachten Fundstücke zu durchforsten. Als sie ihrem Bruder schüchtern von ihrer Idee bezüglich des Themas für die Inneneinrichtung erzählte, war Toby erfreulich angetan – besonders, als sie erläuterte, dass der von ihr angestrebte Gesamteindruck stark von Hvar beeinflusst sein würde.

»Ich möchte die Farbpalette einschränken, aber dann die Farbskala rauf und runter gleiten«, sagte sie. »Ich habe mich wegen der Vorgehensweise schlaugemacht, und wenn wir bei Blau, Grün, Weiß und Pink bleiben – wegen der ganzen Bougainvillea hier –, können wir die Türen immer noch purpurrot oder rosa streichen, wenn ihr wollt? Und wir können dunkle Pflanzen, indigoblaue Rahmen und cremeweiße Küchenschränke dazunehmen. Laut allem, was ich gelesen habe, sollte es einen harmonischen Gesamteindruck ergeben – egal, welche Dekoartikel man aussucht und wo man sie anordnet –, solange man sich an diesen grundlegenden Farbkreis hält.«

»Das gefällt mir«, sagte er. »Es hört sich toll an: genau das, was uns vorschwebte, ohne dass wir es in Worte hätten fassen können. Du bist clever, Nims. Woher hast du überhaupt gewusst, was du nachschlagen musst?«

»Ach, du weißt schon«, antwortete sie vage. »Ich folge im Internet ein paar Designern und habe das eine oder andere Buch darüber gelesen. Samstagnachmittags IKEA zu durchstöbern, war James ein Graus, aber ich fand es toll. Ich hätte den ganzen Tag dort verbringen können.«

»Nun, ich bin beeindruckt.«

»Immer mit der Ruhe.« Kate lachte verschämt. »Wir haben noch nicht einmal richtig angefangen – vielleicht sieht es am Ende schrecklich aus.«

»Eigentlich meinte ich nicht dein überraschend umfangreiches Wissen zum Thema Interior Design«, sagte er, »auch wenn es unglaublich ist. Ich bin beeindruckt, weil du eben in der Vergangenheitsform von James, diesem Blödmann, gesprochen hast, und das, mein Schatz, ist ein großer Fortschritt.«

»Aber ich habe doch nicht gemeint ... Damit wollte ich nur sagen ...«

»Ich weiß, ich weiß.« Toby hob kapitulierend beide Hände. »Du liebst ihn immer noch. Aber bloß weil du James liebst, heißt das nun einmal nicht, dass du ihn brauchst. Vermische diese beiden Dinge nicht miteinander, denn die Kate Nimble, die ich jetzt hier vor mir sehe, die so voller Ideen und Leidenschaft steckt, ist eine viel glücklichere Frau als das kleine Häufchen Elend, das ich vor einer guten Woche Trübsal blasend in seinem alten Kinderzimmer angetroffen habe. Wenn du meine Meinung hören willst«, fuhr er fort und sprach schnell weiter, damit Kate ihm nicht ins Wort fallen konnte, »bist du sehr wohl zu einem Leben ohne James imstande – und ein besseres wäre es vielleicht obendrein.«

»Es ist lieb von dir, mich aufzumuntern«, sagte Kate und drehte sich weg, um den Schmerz in ihren Augen zu verbergen. »Aber ich weiß, was das Beste für mich ist. Ich bin mittlerweile dreißig, Tobes – nicht dreizehn. Du solltest mehr Vertrauen in mich haben.«

»Ich habe ja Vertrauen in dich, Schwesterherz«, sagte er, während Kate auf ihre Füße starrte. »Ihm vertraue ich nicht.«

»Hmm«, sagte sie, bewusst nichtssagend. »Nun zu den Gartenzwergen – können wir sie behalten? Ich kann sie für euch streichen und ihnen zum Beispiel Shorts in den Farben der kroatischen Fahne aufmalen.«

»Wenn du Filippo auf deiner Seite haben willst«, witzelte ihr Bruder, »sollte es besser die italienische sein.«

»Gibt es in Hvar Flohmärkte?«, erkundigte sie sich. »Oder Wohltätigkeitsbasare, etwas in der Richtung. Ihr habt ja gesagt, dass nicht mehr viel Budget für zusätzliches Mobiliar übrig ist, aber ich wette, wir könnten ein paar Möbelstücke gebraucht kaufen. Im Internet gibt es haufenweise Upcycling-Tutorials, von denen wir uns anleiten lassen könnten.«

»Bestimmt.« Toby griff in eine Schachtel, die er gerade in den Empfangsbereich getragen hatte. »Wozu in aller Welt sind die denn?«

Abwehrend schnappte Kate sich die alten Vorhangquasten. »Sie sind zum Verschönern von Türknäufen und Fenstergriffen«, murmelte sie. »Ich weiß, dass das Gold geschmacklos ist, aber ich kann sie färben.«

»Und die hier?« Er hielt zwei Sülzformen aus Metall hoch.

»Aus denen lassen sich angeblich hübsche Lampen im Vintage-Stil basteln. Ich habe mal bei Instagram eine Anleitung dazu gelesen.«

»Sülzformlampenschirme«, sagte er argwöhnisch. »Unfassbar.«

»Es ist ja bloß eine Idee.« Kate stockte. »Ich bringe sie zurück zu dem Container, wenn du sie schrecklich findest.«

»Fangen wir klein an, ja?«, schlug er vor. »Als du gesagt hast, Hvar sei die Inspiration hinter der Designidee und dass wir natürliche Materialien benutzen könnten – das fühlt sich gut an. Es bleibt eigentlich bloß noch die Frage, ob du glaubst, dass wir alles rechtzeitig schaffen können?«

Wenn er Kate am Morgen gefragt hätte, hätte sie vehement verneint, aber jetzt, angetrieben von seinem offenkundigen Glauben an sie, hatte sie das Gefühl, alles sei möglich.

»Wenn wir es nicht versuchen, werden wir es nie herausfinden«, erklärte sie. »Und ich schlage vor, wir fangen auf der Stelle an.«

Während sie die letzten Fundstücke ihres Raubzugs von der Straße in die Herberge brachten, tauchte der Jeep wieder auf. Filippos strahlendes Lächeln machte der brennenden Mittagssonne Konkurrenz.

»Worüber freust du dich denn so?«, fragte Toby, in dessen Stimme Argwohn mitschwang. »Nun lass aber die Katze aus dem Sack.«

»Von wegen Sack.« Filippo lehnte sich zurück, damit Kate und Toby die Transportbox sehen konnten, die ein amüsiert dreinblickender Alex auf den Knien balancierte.

»Ich stecke meine neue Katze doch nicht in einen Sack.«

17

Kate hielt Wort und arbeitete die folgende Woche unermüdlich von morgens bis abends. Oft war sie noch weit nach Mitternacht auf und lackierte upgecycelte Möbelstücke oder säumte die Vorhänge für die Stockbetten.

Zwar hatten Toby und Filippo einen Malertrupp angeheuert, der dabei helfen sollte, die Wände und Holzböden zu streichen, aber da die beiden Männer häufig Besorgungen machten oder in dem kleinen Büro unten die Köpfe über Marketingstrategien zusammensteckten, war Kate die Ansprechpartnerin für die Handwerker. In Anbetracht ihrer mangelnden Kroatischkenntnisse und der nicht vorhandenen Erfahrung als Führungskraft war sie positiv überrascht, wie gut es sich anfühlte, so etwas wie Verantwortung zu tragen. Je mehr die Arbeiten an der Herberge voranschritten, desto selbstbewusster wurde Kate. Es war genau der Auftrieb, den sie brauchte, um sich Entscheidungen über das Design zuzutrauen.

Erst hatte Kate am Morgen nach einem guten Platz für den Stapel an Illustrierten gesucht, den sie aus England mitgebracht hatte, und dann einen großen Juteteppich im Empfangsbereich herumgeschoben, um zu sehen, wie er an verschiedenen Stellen wirkte. Nun wandte sie sich dem nächsten Projekt zu, das sie mit auf die Dachterrasse nahm, wo es relativ ruhig war. Toby hatte auf einem Markt in Split eine alte Holztruhe gefunden, die sie abschmirgeln, weiß anstreichen und zur Aufbewahrung der Brettspielsammlung und der

DVDs der Herberge benutzen wollte. Auf einer ausgebreiteten Plane ordnete Kate sämtliche Farbtöpfe und Pinsel an, die sie benötigte, und ließ sich dann in ihrer kurzen Jeans und einem schlichten Trägertop im Schneidersitz nieder. Als sie gerade ihre Latexhandschuhe überstreifte, klingelte das Handy.

Es war ein FaceTime-Anruf von Robyn, und Kate lehnte das Handy an die Vorderseite der Truhe, bevor sie den Anruf entgegennahm.

»Hey!« Robyn winkte. Allem Anschein nach saß sie am Steuer ihres Wagens. Kate erspähte den üblichen Haufen aus Aktenordnern, zerknitterten Kleidungsstücken und leeren Chipstüten auf dem Rücksitz. In fünfundzwanzig Jahren Freundschaft war es Kate noch nicht gelungen, ihre beste Freundin davon zu überzeugen, dass Sauberkeit und Ordnung erstrebenswerte Ziele waren.

»Ich habe eine kurze Pause zwischen zwei Terminen und wollte mich bloß mal melden«, sagte Robyn und riss mit den Zähnen ein Twix auf. »Wie geht es dir? Die Fotos, die du mir geschickt hast, sind toll.«

Kate errötete. »Findest du wirklich?«

»Auf jeden Fall«, bestätigte Robyn und biss von dem Schokoriegel ab. »Oh, himmlisch«, seufzte sie, den Mund halb voll mit Keks und Karamell. »Tut mir leid - wie immer Mittagessen unterwegs. Was treibst du gerade?«

Kate hielt einen Pinsel in die Höhe. »Streichen - und du?«

»Ich bin auf dem Weg zu einem meiner Schlaganfallpatienten. Eigentlich hat er Fortschritte gemacht, aber mit dem Schreiben tun wir uns schwer. Mein Plan für heute lautet, ihm dabei zu helfen, eine Liste der Dinge zu schreiben, die er sich nach einem Lottogewinn kaufen würde. Das müsste doch ein Anreiz sein.«

»Was stünde auf deiner Liste?«, fragte Kate, obwohl sie die Antwort bereits kannte.

»Ein Haus mit eigenem See, damit ich jederzeit im Freien schwimmen gehen könnte. Und eine Twix-Fabrik«, fügte sie hinzu und schob sich noch ein Stück von ihrem Schokoriegel in den Mund. »Und auf deiner?«

»Nichts.« Kate verzog das Gesicht. »Ich will einzig und allein eine Zeitmaschine, und etwas, das es nicht gibt, kann man sich noch nicht einmal mit einem Jackpot kaufen.«

Robyn sah sie vorwurfsvoll an. »Du spielst nicht richtig mit. Und weißt du noch? Wir haben uns darauf geeinigt, dass wir nicht über Du-weißt-schon-wen sprechen.«

»Voldemort?«, witzelte Kate, erntete allerdings lediglich einen vernichtenden Blick.

»Dann gehe ich einmal davon aus, dass zwischen dir und James immer noch Funkstille herrscht?«

Kate nickte.

»Und du hast ehrlich nicht klein beigegeben und ihm eine Nachricht geschickt?«

»Ich hatte keine Zeit«, erwiderte Kate wahrheitsgemäß. »In der letzten Woche gab es hier so viel zu tun. Im Internet bin ich derzeit nur auf Instagram und YouTube unterwegs und schaue mir Tutorials über Spachtelmasse an.«

Ihren täglichen Streifzug auf Twitter ließ sie lieber unerwähnt, ebenso die Tatsache, dass nach dem Retweet des #MöchtegernBraut-Videos durch einen bekannten Reality-TV-Star eine neue Flut hämischer Kommentare eingesetzt hatte. Mittlerweile hatte Kate sich so oft angesehen, wie sie James einen Heiratsantrag machte, dass sie sich völlig losgelöst davon fühlte, als wäre die kleine Frau mit Brille und Lockenschopf, die auf jenem Stuhl stand, gar nicht sie, sondern eine bedauernswerte, unglückliche Fremde. Ein Mensch, mit dem sie Mitleid haben konnte, ohne sich weiter damit auseinandersetzen zu müssen. Es musste ein Selbstschutzmechanismus ihres Verstands sein.

»Dann erzähl mal, was ihr bisher geschafft habt«, sagte Robyn begeistert. Ihr seidig glänzender dunkler Bob fiel nach vorne, während sie versuchte, es sich auf dem Autositz bequem zu machen.

»Also«, setzte Kate an und hielt dann inne, um Ordnung in ihre Gedanken zu bringen, »wir haben uns für zwei Hauptfarben an den Schlafsaalwänden entschieden – unten Weiß und oben Grün –, dazwischen mit einem Streifen Pink, und die Türen innen haben dieses schöne satte Flaschengrün auf der einen Seite und ein liebliches Blush auf der anderen.«

»Blush?«, fragte Robyn.

»Das ist ein zarter Roséton«, sagte Kate. »Dann hat jeder Schlafsaal eine Waschkommode, so als Blickpunkt, und die Wand dahinter hat einen noch dunkleren Grünton – fast schon Wacholder.«

»Ich finde es toll, dass du jetzt schon fließend Farrow & Ball sprichst«, witzelte ihre Freundin, und Kate verdrehte die Augen.

»Der Teil der Wand musste dunkler sein«, erklärte sie, »denn die Kommoden sind so schön und sollten richtig zur Geltung kommen. Außerdem bestand bei all den Stockbetten sowieso die Gefahr, dass die Räume zu einförmig und trist aussehen. Also habe ich alles getan, um den Blick davon abzulenken.«

»Es ist prima, dass ihr Pflanzen ins Haus stellt«, sagte Robyn. »Das sorgt für gute Luft.«

»Das ist eines der schönsten Dinge an Hvar«, erwiderte Kate. »Wohin das Auge auch schaut, wächst Grün. Toby sagt, es läge daran, dass die Insel so trocken ist. Zu Hause haben wir Wälder und grüne Hügel, die unsere Sehnsucht nach der Natur stillen, wohingegen es hier schwieriger ist, natürliches Grün zu finden. Deshalb tun die Menschen alles, um sich damit zu umgeben. Eigentlich wollte ich die großen, hässlichen Schließfächer in Decoupagetechik mit einer Kaktustapete bekleben, die ich im Internet gefunden habe, aber Toby konnte sich nicht für die Idee erwärmen.«

Robyn blinzelte in die Kamera und sprach mit ihrer besten Inspektor-Columbo-Stimme: »Decoupage?«, fragte sie. »Wer sind Sie – und was haben Sie mit meiner Freundin angestellt?«

Kate spielte die Überraschte. »Sind Sie meiner Verkleidung nicht auf den Leim gegangen?«

»Du magst lachen«, sagte ihre Freundin, »aber ich meine es ernst. Diese Veränderung, diese Wahnsinns-Designerin, die da seit Neuestem zum Vorschein gekommen ist – das ist toll. Ich hatte ja keine Ahnung, dass du ein Händchen für solche Dinge hast.«

»Ich auch nicht«, räumte Kate ein. »Aber ehrlich, was ich getan habe, ist alles gar nicht so schwer. James ist der Architekt, der Fachmann zum Thema Design – wahrscheinlich würde er beim Anblick meiner Moodboards und angemalten Gartenzwerge Ausschlag kriegen.«

Robyn öffnete eine Tüte Chips. »Wenn überhaupt, hätte er diese Leidenschaft in Anbetracht seines Jobs unterstützen sollen.«

»Er wusste nichts davon«, sagte Kate. »Wie denn auch, wenn nicht einmal ich es wusste?«

»Du musst aber doch eine Ahnung gehabt haben?«

»Vielleicht ... Aber sich für etwas interessieren und gut darin sein, sind zwei Paar Stiefel. Einmal habe ich vorgeschlagen, es mit einer Akzentwand im Schlafzimmer zu probieren, und James hat mich angesehen, als hätte ich den Verstand verloren.«

Sie drehte sich um, als die Tür zur Terrasse aufgeschoben wurde und Alex mit einem gewaltigen Pappkarton in den Händen heraustrat.

»Laternen«, sagte er als Antwort auf ihre fragende Miene. »Für die Bar.«

»Ähem ... wer ist das denn?«, fragte Robyn so laut, dass Alex interessiert herüberschaute.

Kate griff nach dem Handy. »Das ist Alex«, zischte sie. »Ich habe dir doch von ihm erzählt – er ist der Schreiner.«

»Er sieht wie einer der Dothraki aus *Game of Thrones* aus – bloß eine blonde Version.«

Kate wand sich vor Verlegenheit, als Alex den Karton abstellte.

»Lass ihn mich noch einmal sehen«, bettelte Robyn und lachte, als Kate die Kamera mit dem Finger abdeckte.

»Hast du nicht gesagt, du hättest bald einen Termin?«

»Schon kapiert.« Robyn zwinkerte ihr übertrieben zu. »Du willst allein sein. Ich mach mich dann mal vom Acker.«

»Nein, nein – alles gut. Warte nur eine ...« Doch Robyn hatte bereits gackernd aufgelegt.

»Das tut mir leid«, sagte Kate zu Alex und fragte sich im selben Moment, warum sie sich ständig bei diesem Mann entschuldigen musste. »Das war meine Freundin Robyn – auch bekannt als Londons Witzbold Nummer eins.«

»Aha.«

Alex trug sein Standard-Outfit aus mottenzerfressenem T-Shirt, schäbigen Shorts und einem zerschlissenen Paar Chucks, in denen er barfuß steckte. Über seine Dreadlocks hatte er, vermutlich zum Schutz gegen Farbspritzer, ein Kopftuch gebunden. An den Handgelenken trug er unzählige bunte Flechtarmbänder.

»Wenigstens weine ich nach diesem Telefonat nicht.« Kate griff nach einem Messer und stemmte eine weiße Farbdose auf.

»Du scheinst es sehr zu mögen«, stellte Alex fest und verschränkte die Arme, als sie zu ihm aufblickte. »Dein Handy, meine ich. Du hängst dauernd dran.«

»Um im Internet nach Sachen für die Herberge zu schauen«, protestierte sie. »Im Moment stecke ich in ungefähr sieben Versteigerungen für verschiedene Artikel auf eBay.«

»Aha.«

Kate schob sich näher an die Holztruhe heran und begann, die erste Farbschicht aufzutragen. Um das reine Weiß zu erhalten, das ihr vorschwebte, waren vermutlich drei Schichten nötig.

»Ich hänge nicht dauernd an meinem Handy«, fuhr sie mit leicht defensivem Unterton fort. »Meine Mum meldet sich oft, und ich quatsche gern mit Robyn. Sie ist meine beste Freundin, also ist es nur natürlich, dass sie sich erkundigen möchte, ob alles in Ordnung ist. Dass sich jemand Sorgen um mich macht – besonders meine Familie –, möchte ich nun wirklich nicht.«

Bei ihren Worten huschte ein seltsamer Ausdruck über Alex' Gesicht, und vor seiner Antwort überlegte er kurz. »Manche Menschen kommen wohl einfach besser allein klar«, sagte er. »Ich kenne da so einen Kerl, habe ihn vor langer Zeit kennengelernt. Er meinte immer, ein Mensch sei nur wirklich er selbst, wenn er völlig allein ist. Er sagte, er fände dieses ganze Verstellen, das unter Leuten nötig ist, anstrengend. Deshalb fände er es einfacher, Abstand von allen anderen zu halten.«

Kate schluckte. Bei dem Wort »Verstellen« hatte sie aufgehorcht, denn dieses Konzept war ihr vertrauter, als er annahm. Diesem Bekannten von ihm musste es wie ihr schwergefallen sein, ehrlich zu zeigen, wer er wirklich war.

»Warum ist das so, was meinst du?« Die Worte waren ihr unwillkürlich entschlüpft.

Er stand immer noch am Rand ihrer Malerplane. Seine Arme waren nicht mehr verschränkt, sondern hingen an den Seiten herunter. Zuerst antwortete er nicht, sondern betrachtete sie nur, während sich auf seinem Gesicht ein innerer Kampf andeutete. Stoisch war ein gutes Wort für Alex, überlegte sie – er ließ nie auch nur im Ansatz erkennen, wie ihm zumute war.

Doch als seine hellblauen Augen nun Kates Blick fanden, schien er eine Spur weicher zu werden.

»Warum was so ist?«

»Warum Menschen oft so viel Angst davor haben, ihr wahres Ich zu zeigen?«

»Vielleicht weil sie das, was sie in ihrem Innern sehen, nicht mögen«, murmelte er. »Oder weil sie den Teil von sich geheim halten und nicht auch noch den letzten Aspekt ihrer Persönlichkeit mit anderen teilen möchten. Mein Freund würde dir sagen – er würde sagen, die Lügen, die wir erzählen, dieses Gesicht, das wir für die Welt aufsetzen, das alles sei viel besser, viel weniger unschön als die Wahrheit, die wir lieber verstecken.«

»Dieser Freund von dir hört sich klug an.« Auf einmal war ihr unbehaglich zumute, weil sie ihrer eigenen versteckten Wahrheit gefährlich nahe gekommen waren. »Heißt er Yoda?«

»Nein.« Alex lachte halbherzig. »Er heißt Josh.«

Lieber Josh,
erinnerst du dich noch daran, wie du als Kind warst? Ich nämlich schon.

In letzter Zeit habe ich viel über den frühen Teil deines Lebens nachgegrübelt und mir Gedanken über all die seltsamen Verhaltensweisen gemacht, die erahnen ließen, was noch kommen würde. Jetzt, im Nachhinein, wirkt es so offensichtlich.

Als Kleinkind warst du zu Hause übermütig und verspielt – aber mit dem Schulanfang änderte sich das alles. Du wurdest so verschlossen und wachsam. Mum bekam gesagt, du würdest dich jeglichen Versuchen von Gruppenarbeit verweigern und säßest mürrisch schweigend abseits.

Es war so ärgerlich, Josh, denn du warst intelligent – und zwar in hohem Maße. Man musste dir alles nur einmal sagen, und du hast es dir gemerkt. Ich staunte regelmäßig über die Wissensfetzen, die du von dir gabst – unsere ganz eigene kleine sprechende Enzyklopädie auf zwei Beinen. Aber in der Schule hast du kaum je einen Ton von dir gegeben.

Jetzt ist mir natürlich klar, dass Angst die Ursache war. Diese schreckliche Alarmglocke im Magen, die einem sagt, man solle weglaufen, die Stimme im Ohr, die einem Grausamkeiten zuflüstert. Du warst nicht begriffsstutzig, wie die Lehrkräfte dachten, sondern du hattest bloß Angst. Nicht nur vor dem chaotischen Durcheinander eines Klassenzimmers, sondern auch davor, einfach nicht so richtig dazuzugehören.

Es zerreißt mir das Herz, wenn ich an dich damals denke: einen verwirrten und verzweifelten Jungen, der ständig für seinen mangelnden Einsatz kritisiert wurde, dabei kostete es dich die letzte Kraft, auch nur einen Fuß ins Klassenzimmer zu setzen. Die Vorstellung, wie du dafür bestraft wurdest, obwohl du dir alle Mühe gabst, finde ich schier unerträglich. Woher hattest du den Mut, weiterzumachen, obwohl sich dein Körper doch mit jeder

Faser dagegen gewehrt haben muss? Hätte ich dir doch nur besser zugehört und wäre mehr für dich da gewesen.

Die Situation verschlimmerte sich noch, als du älter wurdest, nicht wahr? Ich sah mit an, wie du so heftige Wutanfälle hattest, dass du uns nicht mehr erkannt hast. Du fingst an, deine Zimmertür abzuschließen und tagelang kaum noch herauszukommen, hast fast nichts gegessen, kaum geschlafen. Deine schönen Gesichtszüge sanken ein, als die Depressionen dich nach unten zogen und völlig umkrempelten.

Deine Klassenlehrerin hielt dich für einen Autisten (stimmt nicht); ein Hausarzt schob es auf eine Angstneurose, und ein anderer warf eine Persönlichkeitsstörung in den Raum. Zu keinem Zeitpunkt gab es eine sichere Diagnose. Bei uns kam die Information an, dass du anders warst, dass sich deine psychische Verfassung nicht einstufen ließ. Du warst nicht normal.

An deinem achtzehnten Geburtstag sagtest du mir, du seist fertig mit Ärzten.

Zwei Jahre später warst du fertig mit mir.

Ich habe mich mit der Frage herumgequält, was ich hätte anders machen können. So ist das mit dieser abscheulichen Krankheit, mit Angstneurosen und Depressionen, mit allen psychischen Störungen – sie breiten sich wie Spinnennetze von dem Kranken zu seinem engen Umfeld aus, halten uns umschlungen und lassen uns hilflos zurück. Du und ich, wir sind durch mehr als nur Blut miteinander verbunden, Josh; wir sind Teile desselben Puzzles, Scherben desselben zerborstenen Bilds.

Um mich wieder ganz zu fühlen, brauche ich dich zurück.

In Liebe, Angela

Zweiter Teil

18

Der Katze hatten sie den Namen Siva gegeben.

Laut Tierarzt und einer umfangreichen Google-Recherche war sie eine Peterbald, und laut des Mikrochips in ihrem Nacken gehörte sie einer italienischen Familie – oder jedenfalls hatte sie das vor langer Zeit einmal getan. Unter der angegebenen Telefonnummer war kein Anschluss, und Filippo hatte zwar ehrenwerterweise einen Brief an die Adresse geschrieben, aber niemand rechnete damit, dass Siva wieder mit ihren früheren Besitzern zusammengeführt werden würde. Der Tierarzt mutmaßte, dass sie entweder mit ihrer ehemaligen Familie auf einer Jacht hergekommen und ausgesetzt oder vergessen worden sein musste oder dass sie die Überfahrt als blinder Passagier gemacht hatte. Doch ganz gleich, wie die wackere kleine Katze nach Hvar gelangt war, nach ihr zu suchen schien niemand. Folglich blieb sie, sehr zur Freude ihres neuen, völlig vernarrten italienischen Herrchens, und verursachte so viel Ärger wie nur irgend möglich.

»Sie eifert dir als Innendesignerin nach«, scherzte Toby, als Siva lässig durch eine Farbwanne mit olivgrüner Farbe stolzierte, mit der Kate ein Schemelbein strich, und überall auf den weißen Dielenbrettern Pfotenspuren hinterließ. Eine dreiste Diebin war sie auch und stibitzte, was sie nur konnte – einschließlich Toastscheiben mit Butter, Cocktailkirschen von der Bar und sogar Speiseeis, das sie einem Maler einfach aus den Händen riss.

Kate und Toby wurden von Siva toleriert, und widerwillig

ließ sie sich von Filippo gelegentlich streicheln, aber ihre große Liebe war Alex. An den Tagen, wenn er nicht bis spät arbeitete und anschließend seinen Schlafsack in einem der Schlafräume oder auf dem Dach entrollte, hockte sie am vorderen Fenster im Erdgeschoss und jammerte einsam in die Nacht hinein – so laut, dass die Hunde aus der Nachbarschaft oft in ihr Wehklagen einstimmten. Ausgesprochen stur war sie auch. Sie zerkaute das elegante Strasshalsband, das für sie gekauft worden war, und rümpfte die Schnauze über das Trockenfutter, das der Tierarzt empfohlen hatte, denn sie wusste, dass Filippo letztlich nachgeben und ihr stattdessen frischen Fisch grillen würde.

Doch trotz der Katastrophen und des Theaters liebten alle Siva – einschließlich etlicher Einheimischer, von denen Kate Tag für Tag immer mehr kennenlernte. Die Bewohner von Hvar zu mögen, fiel ihr nicht schwer: Es herrschte eine allgemeine Hilfsbereitschaft, und sie hatte das Gefühl, endlich einmal von niemandem beurteilt zu werden. Die Menschen waren freundlich, ohne neugierig zu sein; liebenswürdig, aber nicht anmaßend. Toby und Filippo hatten eine Office Managerin namens Nika eingestellt, die ein paar Jahre älter als Kate und einen Kopf größer war. Das dunkle Haar trug sie in einem langen Zopf, und ihre Augen hatten die Farbe und Form von Paranüssen. An der Rezeption würde Noa sitzen, der einen klapprigen Roller fuhr und trotz seiner neunzehn Jahre schon einen Vollbart hatte. Das Ehepaar Ana und Roko war für die Reinigungsarbeiten zuständig.

»Was sind meine Aufgaben?«, hatte Kate ihren Bruder gefragt, woraufhin er zärtlich mit der Zunge geschnalzt hatte.

»Mach nur weiter wie bisher«, sagte er. »Verschönere die Herberge. Sorge dafür, dass wir auf Instagram oder wo auch immer gut aussehen.«

Heute hatte sie den Auftrag, Einladungen für die Eröffnungsfeier des Sul Tetto zu verteilen, die Toby und Filippo in wenigen Tagen veranstalten würden. Zusätzlich zu Freunden, Gästen und Angestellten hatte Kate vorgeschlagen, auch Geschäftsleute aus der Umgebung auf die Liste zu setzen, etwa Veranstalter von Führungen oder Tagesausflügen, aber auch Bar- und Restaurantbesitzer, die vielleicht daran interessiert wären, den Rucksacktouristen, die schon bald die Schlafsäle füllen würden, Rabatte anzubieten.

Nachdem Kate am Nachmittag dem Küstenpfad vom Stadtkern bis hinter den Majerovica Strand im Westen gefolgt war, um gedruckte Einladungen zu verteilen, schlenderte sie auf dem Rückweg über das Kopfsteinpflaster der Gassen hinter dem St.-Stephans-Platz und durchstöberte mehrere Souvenirläden und Modeboutiquen.

Es war der verschlafenste Teil des Tages, jene ihr mittlerweile so teure Flaute zwischen Mittag und Sonnenuntergang, wenn alle satt und zufrieden waren. Wie so oft war Kate hingerissen von allem, was zu hören und zu sehen war in dieser Stadt, die für sie zu so etwas wie einer zweiten Heimat geworden war, und sie fragte sich, wie ein Ort, an dem es vor umherstreifenden Touristen nur so wimmelte, derart ruhig und gelassen wirken konnte. Lag es an der Hitze, die alles verlangsamte, oder den überall präsenten Echos aus der Vergangenheit? Kultur und Geschichte von Hvar fügten sich nahtlos an den betuchten Luxus, der unten im Hafen zur Schau gestellt wurde, doch die Fülle von Touristen aus allen möglichen Schichten schuf eine schillernde Atmosphäre. Es gab Platz für alle, niemand wurde abgedrängt – und Kate, die in ihrem Leben immer das Gefühl gehabt hatte, irgendwie unerwünscht zu sein, war hier völlig entspannt.

In der Hektik Londons, wo ihr Herz von einer Enttäuschung

nach der anderen gebeutelt worden war, hatten ihre Ängste sich frei entfalten können. Doch hier in Hvar, wo das Leben sich schläfrig in der Sonne zu aalen schien und Kate endlich eine Beschäftigung gefunden hatte, die tatsächlich ihren Fähigkeiten entsprach, war ihre Angst abgeflaut – hatte sich in den hintersten Winkel ihres Gehirns zurückgezogen. Der Gedanke, zurückzukehren, selbst zu James, rückte zunehmend in weite Ferne, aber welche andere Wahl blieb ihr schon? Für immer konnte sie nicht auf dieser Insel bleiben, und schon gar nicht, wenn sie die Zukunft haben wollte, an die sie seit Langem ihr Herz gehängt hatte.

Und so war es immer noch. Das durfte sie nicht aus den Augen verlieren.

Da merkte Kate, dass sie sich in einer Straße befand, die sie nicht kannte. Sie blieb stehen, um sich zu orientieren, und sah, wie ein paar Meter weiter eine ihr bekannte Frau die Tür einer Apotheke aufstieß.

»Nika!«, rief sie, aber die dunkelhaarige Frau war bereits in dem Geschäft verschwunden, und ohne recht zu wissen, warum, folgte Kate ihr.

Die Apotheke war hell erleuchtet und roch leicht nach Desinfektionsmittel. Kate tat so, als würde sie einen Aussteller mit Nagellack begutachten, während sie darauf wartete, dass Nika sich umdrehte. Die neueste Mitarbeiterin in der Herberge stand am Ladentisch und unterhielt sich mit der weißhaarigen Verkäuferin auf Kroatisch. Kate tröstete sich mit dem Gedanken, dass es kein Lauschen war, wenn man kein einziges Wort eines Gesprächs verstand. Da legte die ältere Frau beide Hände an die Wangen und jauchzte erfreut auf.

Das Wort *dijete* fiel mehrmals, und Kate holte ihr Handy aus der Tasche.

Sie benötigte mehrere Versuche für die richtige Schreibweise, aber schließlich bestätigte die Übersetzungs-App, was sie erraten, aber nicht hatte glauben wollen.

Übelkeit stieg in ihr auf, ihre Brust zog sich zusammen, und ihre Augen brannten. Kate atmete tief durch, dann noch einmal. Ihr war bewusst, dass sie ins Straucheln geraten war, aber sie konnte nichts dagegen tun.

Es war bloß ein Wort. Ein kleines Wort konnte ihr nichts anhaben.

Sie starrte auf das Handy in ihrer Hand und spürte den Schmerz von der harten Regalkante, die sich in ihren Bauch grub. Ihren flachen Bauch. Der leer, hohl und nutzlos war.

Dijete war das kroatische Wort für Kind.

19

Mit gesenktem Kopf stolperte Kate die Gasse entlang und rutschte immer wieder mit den Sandalen auf dem glatten Pflaster aus.

Sie würde nicht weinen. Sie durfte nicht weinen.

Doch es war zwecklos. In ihrem Innern baute sich eine Flutwoge der Verzweiflung auf, die sich gewiss bald Bahn brechen würde, und so konzentrierte sie sich darauf, fortzukommen, um allein zu sein und ihren Schmerz vor den Augen ihrer Mitmenschen zu verbergen.

Sie freute sich für Nika, natürlich tat sie das - aber sie selbst war so unglücklich. Von all den Dingen, die Kate in ihrem Leben versucht und nicht hinbekommen hatte, tat es am meisten weh, dass sie es nicht geschafft hatte, schwanger zu werden. Mit der Kündigung hätte sie umgehen können, wenn sie froher Hoffnung gewesen wäre, sie hätte über ihre berufliche Untauglichkeit gelacht, wenn sie nur bald in die Mutterrolle schlüpfen könnte. Doch dem war nicht so. Wahrscheinlich würde es nie der Fall sein.

Nahe der Kirche kam Kate ans untere Ende des Hafens, doch anstatt den Weg den Hügel hinauf zur Herberge einzuschlagen, folgte sie der hufeisenförmigen kleinen Einbuchtung und wanderte weiter an der Küste entlang. Ein bestimmtes Ziel hatte sie nicht, sondern wusste nur, dass sie weitergehen musste, sich immer weiter bewegen. Stillstand würde bedeuten, dass sie zusammenbrechen und mit den Fäusten auf den Boden einschlagen würde, aus Wut über diese Ungerechtigkeit – dass das Leben beschlossen hatte, ihr auch diesen Wunsch zu verwehren.

Viele Jahre hatte Kate keinen Grund zu der Annahme gehabt, mit ihrer Fruchtbarkeit könnte etwas nicht stimmen. Seitdem sie mit Anfang zwanzig die Pille abgesetzt hatte, hatte sie ihre Periode immer regelmäßig gehabt, ihre Abstriche hatten nie etwas Bedenkliches zutage gefördert, und sie hatte sich auch keine Geschlechtskrankheit eingefangen. Aufgrund dieser Umstände war sie immer davon ausgegangen, dass sie auf natürlichem Wege schwanger werden würde, wenn sie erst einmal so weit war, wenn sie beide so weit waren.

Dann war da der Fehlalarm gewesen.

Den Ausdruck fand Kate schon immer schrecklich. *Fehlalarm.* Als wäre eine Schwangerschaft etwas Alarmierendes, als gäbe es nicht viel furchterregendere Dinge im Leben, als ein Kind zu bekommen. Als Teenager las sie Zeitschriftenartikel und Kummerkastenbriefe, in denen etwas von »der Erleichterung« stand, wenn man herausfand, dass man doch nicht schwanger war – als wäre eine Schwangerschaft eine Krankheit oder eine Heimsuchung. Kate hatte keine Erleichterung verspürt, als sich ihre ausbleibende Periode lediglich als »Fehlalarm« herausgestellt hatte.

»Höchstwahrscheinlich stressbedingt«, hatte der Arzt sie beruhigt. Kate und James waren gerade erst zusammengezogen, und ein paar Monate zuvor hatte ihr Großvater einen leichten Schlaganfall erlitten. Biologisch betrachtet ergab es Sinn, dass diese äußeren Faktoren ihren Zyklus durcheinandergebracht hatten, doch Kate war dennoch zutiefst enttäuscht, dass es sich um einen Aussetzer und kein Baby handelte. Nichts pflanzte einem so sehr den Wunsch nach etwas ein wie die Erfahrung, leer ausgegangen zu sein.

Die freundliche Kellnerin aus dem Café am Wasser winkte Kate zu, doch sie eilte weiter, konnte nicht stehen bleiben, sondern entfernte sich zwanghaft immer weiter von der Apotheke, so als hafte dieser grausame Kummer an dem Geschäft. Sie wusste, dass es sinnlos war, davor weglaufen zu wollen, aber irgendetwas musste sie tun. Ihr Herz brauchte zumindest diesen Fluchtversuch, sonst würde es unwiederbringlich in die Brüche gehen.

Wenn sie doch nur mit James sprechen könnte, wenn er hier wäre oder sie dort. Jetzt wirkte ihre Angst vor drei Jahren lächerlich, als sie glaubte, sie könnte vielleicht schwanger sein und dass er wütend sein würde. Damals hatte James sie überrascht – vielleicht zum ersten von insgesamt zwei Malen im Laufe ihrer Beziehung –, indem er sich riesig gefreut hatte. Gemeinsam saßen sie auf dem Badewannenrand, den Test zwischen ihnen, und warteten darauf, dass jene beiden pinken Linien erschienen, als handelte es sich um die beiden letzten Gewinnzahlen im Lotto. Als die Linien auch bei den nächsten beiden Tests aus der Packung ausblieben, war James derjenige gewesen, der auf einen Arztbesuch drängte.

»Diese Tests liegen oft falsch. Wahrscheinlich ist es noch zu früh oder so. Ich weiß, dass du schwanger bist. Ich habe ein gutes Gefühl bei der Sache.«

Aber so war es nicht. Sie war nicht schwanger.

Anschließend, als Kate todunglücklich mit tränenüberströmten Wangen in seinen Armen lag, entschuldigte sie sich dafür, dass sie ihm überhaupt davon erzählt hatte – dass sie Hoffnungen in ihm geweckt hatte, nur um sie dann zu enttäuschen. James hatte lange nichts erwidert. Mit dem Daumen hatte er einen Kreis auf ihrem Arm beschrieben, ein Beruhigungsversuch, der dazu führte, dass sie sich noch mehr wie eine Last vorkam.

»Eines Tages wird es so weit sein«, hatte sie geflüstert. »Eines Tages werde ich dein Baby bekommen – unser Baby.«

Als er sprach, war zu spüren gewesen, dass er lächelte. Seine Stimme hatte gebebt.

»Worauf warten wir noch, Kate? Warum fangen wir nicht jetzt mit der Familienplanung an?«

Unter ihren Füßen waren nun lose Steine, die Straße hatte sich hügelaufwärts vom Meer weggeschlängelt. Spindeldürre Pinien klammerten sich an sonnengebleichte Klippenwände, das Wasser darunter ein tiefblauer Gobelin mit eingewirkten Goldfäden. Kate hielt den Blick auf den Horizont gerichtet, suchte Trost in der Schönheit der Natur, doch heute blieb er aus. Die Dunkelheit, die Schwärze waren zu groß, zu allumfassend, zu viel.

Bei James mit seinen traditionellen Werten war Kate davon ausgegangen, dass vor der Familienplanung erst die Heirat käme. Doch damals war es ihm nur um das Kinderkriegen gegangen. Als sie nachgehakt hatte – nur im Scherz, wie jedes Mal, wenn sie es nicht wagte, einen wichtigen Punkt anzusprechen –, hatte er ihre Frage mit einem Schulterzucken abgetan.

»Wir machen es eben andersherum«, hatte er gesagt. »Auf die Weise wird unser Kind wenigstens auf unserer Hochzeit mit dabei sein. Wir werden ein fertiges Blumenmädchen haben, oder einen Jungen, der deine Schleppe tragen kann.«

Sie war hin und weg gewesen von seinem Idealismus und seiner Zuversicht. Die Einwilligung war ihr leichtgefallen, doch an den folgenden Ereignissen sollten sie beide zerbrechen.

Es war, als wüsste ihr Körper, was sie sich wünschte, und hätte beschlossen, es ihr vorzuenthalten. Kates Periode wurde auf einmal genauso unberechenbar wie ihre sprunghafte Laune, und sie schwankte alle paar Tage zwischen Panik und Optimismus. Im ersten Jahr hatte James Geduld, war ganz auf ihrer Seite und gab die Schuld dem Timing, dem Stress, der Zimmertemperatur oder der Position, in der sie nach dem Sex dalag. Er lud Artikel aus dem Internet herunter, las Bücher, kaufte Thermometer und umkreiste auf dem Kalender in der Küche die Tage, an denen er sie für besonders fruchtbar hielt. Kate machte alles mit, teils um ihn zufriedenzustellen, hauptsächlich allerdings aus ihrem eigenen Kinderwunsch heraus. Sie war zu dem Schluss gekommen, dass das Mutterdasein genau das Richtige für sie wäre, die Rolle, die ihr vom Schicksal bestimmt war, der Grund, weshalb sie in keinem Job Erfolg hatte. Dieses Baby würde ihrem Leben einen Sinn verleihen, endlich würde sie nützlich sein und etwas an der Art ändern, wie James, ihr Freundeskreis und ihre Familie sie sahen – keine ziellose Null ohne Ambitionen mehr, sondern ein Jemand, eine Mutter mit Kind.

Nach anderthalb Jahren hatte Kate wieder ihren Arzt aufgesucht. Es folgten weitere Untersuchungen und schließlich die Diagnose Ovarialsyndrom.

»PCSO ist ein kleines Hindernis, aber kein Aus für die Gebärfähigkeit«, hatte der Gynäkologe ihr versichert, und Kate begann die Tablettenkur voller Optimismus. Doch Monate vergingen, ohne dass etwas geschah.

Kate verlor die Geduld. Sie ärgerte sich über sich selbst und war es leid, diejenige zu sein, an der ständig herumgedoktert wurde.

»Vielleicht solltest du dich auch untersuchen lassen?«, hatte sie James behutsam vorgeschlagen, in einem Tonfall, mit dem sie ihn sonst gefragt hätte, ob sie am Sonntag Brathähnchen oder Rinderbraten essen sollten. Die gerunzelte Stirn ihres Partners hatte sich gekräuselt wie ein Buch, das ins Badewasser gefallen war.

»An mir liegt es nicht«, erwiderte er und tat seinen Ärger kund, indem er die Kühlschranktür so heftig zuschlug, dass die Flaschen klirrten.

»Wie kannst du dir da so sicher sein?«, hatte Kate wissen wollen. »Es ist ja nicht so, als hättest du schon einmal jemanden geschwängert, oder?«

Doch genau das hatte er, wie sich herausstellte.

Ihr Name lautete Kirsty, und James erklärte, er habe in der Orientierungswoche an der Universität mit ihr geschlafen, an einem Abend, als er zu betrunken und verantwortungslos für Verhütung gewesen war. Anscheinend hatte die junge Frau ihn später um einen Batzen seines Studiendarlehens für eine Abtreibung gebeten, und James hatte sich – in seiner Erleichterung, ungeschoren davonzukommen, wie er verlegen einräumte – anstandslos gefügt. Da Kate diese Geschichte zum ersten Mal hörte, hatte sie sich setzen und mehrmals tief durchatmen müssen. Ihre Gefühle waren ein heilloses Durcheinander gewesen: Traurigkeit für die arme Frau, Ärger über ihren Freund, weil er ihr nicht schon früher davon erzählt hatte, aber auch Mitgefühl für den jüngeren und vermutlich verängstigten James, der letztlich ein Kind verloren hatte.

»Wenn du darauf bestehst, gehe ich zum Arzt«, hatte James gemurrt. Kate hegte den Verdacht, dass er nur einlenkte, weil sie das Thema nicht auf sich beruhen ließ. »Aber ich versichere dir, dass es sinnlos ist.«

Kate gestand ihm lieber nicht die Wahrheit – dass sie insgeheim gehofft hatte, ihre Kinderlosigkeit läge an ihm. James war in allem gut, er hatte noch nie bei etwas versagt – sie hingegen war das genaue Gegenteil. Warum konnte es nicht zur

Abwechslung einmal an ihm liegen? Warum musste immer sie diejenige sein, an der alles scheiterte?

James hielt Wort und ließ sich untersuchen, und er verkniff sich jeglichen unpassenden Triumph, als er ihr mitteilte, dass bei ihm alles in Ordnung sei. Daraufhin trug Kate sämtliche Informationen über alternative Methoden wie künstliche Befruchtung, Leihmutterschaft und Adoption zusammen. Letztere wollte James allerdings noch nicht einmal in Betracht ziehen.

»Ich will mein eigenes Kind«, sagte er, woraufhin sie ihn schnippisch verbesserte: »Du meinst, *unser* eigenes.«

Kate marschierte immer noch durch die Gegend, und als sie gedanklich wieder in der Gegenwart ankam, merkte sie, dass ihr der Schweiß in Rinnsalen den Rücken hinunterlief. Ihre Haare unter dem Strohhut waren feucht und juckten, und die Tränen, die sie sich endlich gestattet hatte, machten es ihr unmöglich, durch die Brille zu sehen. Kate setzte sie ab und rieb sich die Augen; ihre Umgebung nahm sie nur noch verschwommen wahr. Vor ihr lag eine scharfe Kurve, und dahinter konnte sie gerade noch so eine kleine Bucht in der Ferne ausmachen, dazu einen weißen Kiesstrand in der Form eines gewaltigen grinsenden Mundes. Ein Ort, an dem sie eine Weile im Schatten eines Baumes sitzen, sich beruhigen und ihrem Selbstmitleid einen Riegel vorschieben konnte.

Erst auf den letzten Metern der Straße setzte Kate die Brille wieder auf und bemerkte Alex' Boot, das in Strandnähe auf den Wellen schaukelte. Dank der sich türmenden Ladung aus alten Dosen, aufgewickelten Tauen und verschiedenen Tüten mit Gott weiß welchem Inhalt war es unverwechselbar. Während sie zu dem Boot hinüberstarrte, ging die Kajütentür vorn auf, und der Besitzer trat persönlich heraus. Seine Dreadlocks waren hinten flach gedrückt, als habe er geschlafen. Er trug rote Shorts, doch ansonsten war er unbekleidet.

Damit er sie nicht in dieser Verfassung sah, wollte Kate schon weitereilen, da hob Alex den Blick, und ihre Augen fanden sich. Zwischen ihnen lief eine Art Verständigung ab. Zwar sagte er nichts und rührte sich auch nicht, aber sie las Besorgnis in seiner Miene und wusste, dass er für sie da wäre, falls sie seine Hilfe benötigte.

Doch das wäre nicht richtig. Alex konnte ihr ohnehin nicht helfen. Das konnte niemand.

Kate zwang sich zu einer freundlicheren Miene und hoffte, dass er ihr das aufgesetzte Lächeln abkaufte. Dann machte sie Anstalten, zu gehen.

»Hey.«

Alex hob eine Hand.

»Möchtest du Gesellschaft?«, rief er.

Und zu Kates Verblüffung stellte sie fest, dass die Antwort *Ja* lautete.

20

»Willst du darüber sprechen?«

Kate wich seinem Blick aus und schüttelte nur den Kopf.

»Eigentlich nicht. Es tut mir leid.«

»Kein Grund, sich zu entschuldigen«, erklärte Alex. »Solange alles in Ordnung ist?«

Ihr Seufzen kam tief aus ihrem Innersten und schien sie am ganzen Leib durchzuschütteln.

»Das wird schon«, versicherte sie. »Ich habe eben gehört ... Nun ja, eigentlich habe ich etwas belauscht, und es hat mich an etwas Trauriges erinnert. Aber das wird schon«, wiederholte sie mit viel mehr Zuversicht, als sie tatsächlich empfand.

Denn was blieb ihr denn schon anderes übrig?

Alex hatte ein T-Shirt vom Boot mitgebracht und zog es sich jetzt auf dem Weg zu der Bucht mit dem weißen Kiesstrand an. Kate hatte sich so sehr an seinen Anblick in weiten Arbeitsoveralls voller Farbkleckse gewöhnt, dass sie vergessen hatte, wie braun gebrannt er war und wie breit seine Brust und seine Schultern waren. Die Haare und der dazugehörige Bart stellten in ihren Augen unerwünschte Ergänzungen dar, aber zum ersten Mal konnte sie nachvollziehen, warum Robyn ihn so toll gefunden hatte und warum ihre Freundin ihn mit einem der stattlichen Kämpfer aus dem Reitervolk einer Fantasyserie verglichen hatte.

»Ich bin kein schlechter Zuhörer.« Es war sein letzter Überredungsversuch. »Alles, was du mir erzählst, bleibt unter uns.

Du musst dir keine Sorgen machen, dass ich etwas an deinen Bruder weiterplappere oder so.«

»Das habe ich auch nicht gedacht«, sagte sie wahrheitsgemäß. Obwohl sie Alex kaum kannte, vertraute sie ihm – vielleicht sogar mehr als den meisten anderen Menschen.

»Geteiltes Leid ist halbes Leid – das ist wohl nicht deine Lebensphilosophie, was?«, fragte Alex und erntete ein verhaltenes Schulterzucken.

»Vielleicht in manchen Fällen, aber irgendwie glaube ich, je mehr man über etwas spricht, je mehr Aufmerksamkeit man ihm schenkt, desto größer wird es. Eine winzige Schorfwunde kann zu einer hässlichen Narbe werden, wenn man sie nicht in Ruhe lässt.«

Alex winkelte den Arm an und zeigte Kate seinen Ellbogen, der von weißen Linien übersät war.

»Ich bin vor Jahren in Italien von einem Motorroller gefallen«, sagte er. »Habe eine heftige Asphalttätowierung davongetragen und monatelang nicht die Finger davon lassen können. Nun sieh sie dir an.«

»Ganz genau!«, rief sie, entzückt über die Untermauerung ihrer These. »Und wünscht du dir jetzt nicht, dass du die Wunde in Ruhe gelassen hättest?«

»Nein.« Alex grinste über ihre entsetzte Miene. »Narben, die man sehen kann, sind nie so schlimm wie die unsichtbaren.«

»Wohl wahr«, murmelte sie trübsinnig.

Mittlerweile hatten sie den Strand erreicht, doch sämtliche Plätze schienen von sonnenbadenden Touristen, mit Sonnencreme eingeschmierten Kindern und übervollen Picknickkörben belegt zu sein. Vor den einzigen beiden Strandcafés hatten sich lange Schlangen gebildet, und seitlich davon befand sich ein Kajakverleih. Als der Kajakbetreiber Kate und

Alex sah, schwenkte er sein Klemmbrett in der Luft und winkte sie zu sich.

»Hallo, Al!«

Sein Akzent verriet ihn eindeutig als Briten, auch wenn Kate mit Blick auf seine Billabong-Badeshorts, die schulterlangen blonden Locken und seine ungezwungene Art auf einen Australier getippt hätte. Er und Alex kannten sich offensichtlich gut, und schon bald erzählte der Mann ihnen beiden eine lange und unterhaltsame Geschichte über eine Delfinschule, der er so weit aufs Meer hinaus gefolgt war, dass er sich verirrt hatte.

»Letzten Endes hat mich die Küstenwacht aufgegriffen.« Er lachte. »Ich war beinahe bis nach Korčula hinüber gepaddelt.«

»Das ist eine Insel südlich von hier«, erläuterte Alex. »Ein gutes Stück südlich von hier.«

»Wem sagst du das?« Der Mann lachte. »Hört mal, wollt ihr beide mit einem Kajak rausfahren? Heute ist nicht viel los, weil Wechsel ist.«

»Wechsel?«, wiederholte Kate.

Wieder klärte Alex sie auf.

»Der Tag, an dem Flüge starten und landen«, sagte er. »An Reisetagen buchen die Leute normalerweise keine Ausflüge, falls es zu Verspätungen kommt.«

»Verstehe.«

»Und?«, wollte der Mann mit dem Klemmbrett wissen. »Ihr könnt eine Stunde gratis haben. Ich stehe sowieso noch in deiner Schuld, Al, weil du letzte Woche das Problem mit meinem Wagen gelöst hast.«

»Du meinst, als ich Öl nachgefüllt habe?« Alex lachte. »Eine Medaille ist das nicht gerade wert.«

»Ich verleihe dir ja auch keine, oder?«

Alex zögerte.

»Was meinst du?«, erkundigte er sich bei Kate. »Traust du dir zu, eine Runde zu paddeln?«

Und zum zweiten Mal an dem Tag überraschte Kate sich selbst, indem sie *Ja* sagte.

Der Mann - der, wie sich herausstellte, Joe hieß - half den beiden dabei, ein rotes und ein gelbes Kajak nach unten ans Wasser zu ziehen, und kehrte kurz darauf mit Rettungswesten, Rudern, einer wasserdichten Trockenbox für Wertgegenstände und zwei seltsam aussehenden Kleidungsstücken zurück, die wie Lätze für Erwachsene aussahen und bei denen es sich laut Joes Worten um Spritzdecken handelte. Wenn sie sich die Spritzdecke erst einmal über ihr Top gestreift hatte, ließe sich der breite kellenförmige Teil um den Kajaksitz ziehen und würde sie vor jeglichem ins Kajak schwappenden Wasser schützen. Alex zeigte ihr, wie die Pedale funktionierten, während Joe sie kurz unterwies, wie man mithilfe des Paddels wendete, bremste und rückwärtsfuhr. Es waren viele Informationen, aber Kate fühlte sich nicht im Geringsten entmutigt. Außerdem würde Alex ja die ganze Zeit über bei ihr sein.

Als Joe sich vergewissert hatte, dass sie bequem saß, beförderte er sie und das rote Kajak in hüfthohes Wasser und versetzte dem länglichen Kanu einen freundlichen Klaps auf den Rumpf, bevor er wieder an den Strand zurückkehrte. Kate sah sich nach Alex um, der in dem gelben Kajak durchs Wasser auf sie zuglitt, ein derart breites Lächeln im Gesicht, dass auch ihre eigenen Mundwinkel unwillkürlich nach oben wanderten.

»Okay?«, fragte er.

»Super!«

»Na schön - mir nach!«

Kate packte ihr Ruder, tauchte ein Ende ins Wasser und zog es zurück, um das Kajak nach vorn zu katapultieren. Dann wiederholte sie den Vorgang auf der anderen Seite.

Es funktionierte. Sie schaffte es!

Nach nur wenigen Ruderzügen wagte Kate, ihr Tempo zu steigern, und sie blieb dicht hinter Alex, der sich einen Weg durch die Flottille an Booten bahnte, die in der Bucht vor Anker lagen.

»Wohin fahren wir?«, rief sie.

»Wohin du willst«, lautete die Antwort, und wohlige Vorfreude durchrieselte Kate. Sie hatte die Rennbootfahrt mit Toby und Filippo genossen, und das Gefühl der vorbeisausenden Luft und der aufheulende Motor waren toll gewesen, doch das Kajakfahren gefiel ihr sogar noch besser. Je weiter Alex und sie paddelten, desto ruhiger wurde es, und schon bald waren die einzigen Geräusche das leise Plätschern von ihren Rudern und das sanfte Flüstern des Windes. Kate rechnete ständig damit, nach unten zu sehen und nicht mehr erkennen zu können, was sich unterhalb der Wasseroberfläche befand, doch das Meer war hier draußen genauso klar wie in der Nähe des Strands. Sie malte sich aus, wie ein Fisch sie beide vielleicht sähe, zwei längliche Formen Hunderte Meter weiter oben, für so ein Tier genauso weit weg, wie für sie ein Flugzeug am Himmel war. Die Gedanken an James, an Nika und ihr Baby und ihr eigenes Unvermögen, schwanger zu werden, existierten zwar immer noch, waren aber jetzt kaum noch wahrnehmbar, wie ausradiert. Verblasst wie die Narben, die Alex ihr gezeigt hatte.

Als sie die Bucht verlassen hatten, war Alex statt in Richtung der Stadt Hvar nach Osten gefahren, und nun befanden sie sich vor einem Teil der Insel, der Kate völlig unbekannt war.

»Ist das dort oben die Straße?«, fragte sie, als in der Ferne ein Autodach über den Baumwipfeln vorbeiglitt.

»Ja, aber nicht die Hauptstraße – die verläuft ein Stück weiter landeinwärts. Die ganzen Häuser, auf die man manchmal durch die Äste hindurch einen Blick erhascht, das sind Privathäuser – und zwar teure.«

»Ach, reich müsste man sein!«, seufzte sie, doch Alex schien ihren Enthusiasmus nicht zu teilen.

Kate paddelte schneller, bis sie aufgeholt hatte. Sie war nicht die sauberste Kajakfahrerin, und auf ihrer Spritzdecke hatte sich in den ungefähr zehn Minuten, die sie im Wasser waren, eine beträchtliche Pfütze angesammelt.

»Was? Willst du mir erzählen, du wünschst dir nicht, eines Tages Millionär zu sein?«

»Nein, eigentlich nicht.«

»Aber denk doch an die guten Werke, die du vollbringen könntest«, bearbeitete sie ihn. »Und die Dinge, die du dir kaufen könntest.«

»Sieh dich doch nur um.« Alex beschrieb mit seinem Ruder einen Kreis in der Luft. »Die Wolken, die Bäume, der Himmel, das Wasser, der Sonnenschein – das ist alles kostenlos. Es gehört allen. Ich könnte der ärmste Mensch auf der ganzen Welt sein und immer noch alles haben, was ich mir wünsche oder brauche.«

»Ist diese Einstellung nicht ein wenig naiv?«, fragte sie. »Es gibt viele Menschen, die es sich niemals leisten können werden, so schöne Orte wie diesen zu erleben. Wir sind privilegiert, weil wir hier sind und die Möglichkeit haben, Reisen zu unternehmen und fremde Orte zu besuchen.«

»Ich würde argumentieren, dass jeder den Himmel sehen kann, jeder kann die Luft auf den Wangen spüren, die Hitze und die Kälte, den Regen und den Wind.«

»Das ist alles schön und gut«, sagte sie, während Alex sich auf seinem Sitz zurücklehnte, »aber man muss trotzdem die Miete bezahlen und tanken, Seife und Zahnpasta kaufen, zum Arzt gehen, wenn man krank ist. All diese Dinge erfordern Geld.«

»Etwas Geld«, entgegnete er. »Keine Millionen.«

»Wenn ich dir also auf der Stelle zehn Millionen Pfund bieten würde, ohne weitere Verpflichtungen, sagst du mir, dass du das Geld ausschlagen würdest?«

Alex ließ sich ihre Worte durch den Kopf gehen. »So eine Riesensumme würde mir schrecklich viel Aufmerksamkeit bescheren«, sagte er nach einer Minute. »Und darauf habe ich ehrlich gesagt keine große Lust. Kannst du dir mich in einem Sportwagen oder auf einer dieser lächerlichen Jachten vorstellen?«

»Ja, schon.« Kate lachte. »Ich finde gerade den Gegensatz so witzig. Du könntest ein goldenes Kajak haben!«

»Ein Kajak aus Gold, ja?«

»Wieso denn nicht?«

»Weil es sinken würde, du Knalltüte.«

In gespielter Kränkung packte Kate ihr Paddel und spritzte damit Wasser quer über seine Brust.

»Also gut«, sagte er herausfordernd. »Was würdest du mit zehn Millionen Pfund machen?«

»Eine Flotte goldener Kajaks kaufen.«

»Nun ja – das versteht sich von selbst. Sonst noch etwas?«

Kate dachte ernsthaft nach.

»Wahrscheinlich würde ich mir ein Haus kaufen – ein richtiges Zuhause, weißt du? Das Haus, wo ich mit Ja... mit meinem Ex gewohnt habe, gehörte früher seinen Großeltern, die es seinen Eltern vererbten. Wir haben es nur von ihnen gemietet. Und es hat sich nie wie unseres angefühlt, jedenfalls nicht richtig. Ich hatte immer noch so viel von meinem Kram in Kartons, weil es sich so vorläufig anfühlte. Wie sich herausstellte, lag mein Instinkt richtig«, fügte sie hinzu. Das Lächeln, das die Kajakfahrt in ihr Gesicht gezaubert hatte, wich plötzlich einer Niedergeschlagenheit.

»Du bist das genaue Gegenteil von mir«, sagte Alex leise. »Ich habe nicht viel, was man in Kartons aufbewahren müsste – und das ist mir auch lieber so. Die Freiheit, nicht an einen Ort gebunden zu sein und ins Boot steigen und losfahren zu können, wann immer mir der Sinn danach steht.«

»Ich würde nicht darauf wetten, dass du mit deinem Boot weit kommen würdest«, foppte sie ihn, und diesmal spritzte Alex sie mit Wasser voll.

Die Stimmung zwischen ihnen hatte sich wieder aufgeheitert und ließ gedankenlose Neckereien zu, und während sie weiter um die Insel ruderten, tauschten sie immer haarsträubendere Ideen aus, was sie mit ihren imaginären Millionen anstellen würden. Alex zeigte ihr zuerst den Strand Mekićevica und dann das Naturschutzgebiet Versteckte Bucht, das sich, wie er erklärte, am Ortsrand von Milna befand.

»Ich habe noch so vieles auf der Insel nicht gesehen«, sagte Kate. »Dazu komme ich schon noch, ich habe nur so viel in der Herberge zu tun. Wir beide«, fügte sie hinzu. »Ja, in der vergangenen Woche hat keiner so hart gearbeitet wie du.«

»Das sagst du so«, wehrte Alex ab, »aber bis zu deiner Ankunft gab es keinen echten Plan für das Haus. Du solltest stolz auf deine vielen Einfälle sein.«

Sofort wurde Kate verlegen. »Ach, im Grunde war das doch gar nichts«, widersprach sie, doch Alex schüttelte den Kopf. »Was denn?«

»Ich hätte das schon vorhin sagen sollen«, erklärte er, »als ich gesagt habe, wie viel im Leben kostenlos ist – dass wir so häufig die Dinge, die wir wollen, mit denjenigen, die wir brauchen, verwechseln.«

»Ich erinnere mich daran«, sagte Kate.

»Eines habe ich vergessen zu erwähnen, etwas, das sogar noch wichtiger ist als all das hier um uns herum.«

»Was?«

Alex ließ das Paddel sinken, bis es auf dem Sitz seines Kajaks balancierte. Dann hob er die Hände zur Brust.

»Das hier drinnen.« Er tippte sich an die Stelle, wo sich sein Herz befinden musste. »Wer wir sind, die Dinge, die uns einzigartig machen. Die geheimen Facetten, die niemand außer uns je zu Gesicht bekommen wird, die Gedanken und Gefühle, die nur wir verstehen, das Talent und der Glaube, die uns und nur uns allein gehören. Mir ist schon klar, dass man Millionen dafür ausgeben könnte, um neue Fertigkeiten zu erlernen, aber eine Naturbegabung kann man sich nun einmal nicht kaufen – das ist etwas, womit man auf die Welt gekommen ist, ein genetisches Wunder.«

»Willst du damit sagen, dass meine Renovierungs-Moodboards ein genetisches Wunderkind aus mir machen?«, neckte sie Alex, der jedoch nicht lachte.

»Ich will damit nur sagen, dass du du bist«, erwiderte er schlicht. »Ein außergewöhnliches, einzigartiges, besonderes, unnachahmliches Unikat. Und das«, fügte er mit einem Blick hinzu, der gleichzeitig gelassen und doch auch sehr intensiv war, »ist wichtiger als alles, was sich je mit Geld kaufen ließe.«

21

Der Morgenhimmel, der den Hintergrund für den offiziellen Eröffnungstag der Herberge bildete, hatte einen blassen, von goldenen Streifen durchsetzten Fliederton. Doch zu Kates Leidwesen bekam sie ihn nicht zu Gesicht.

Zum ersten Mal seit ihrer Ankunft in Kroatien hatte sie verschlafen - und war entsetzt.

»Warum hast du mich denn nicht geweckt?«, beschwerte sie sich bei Toby, der das Pech hatte, an ihrem Zimmer vorbeizugehen, als sie ins Treppenhaus stürzte. »Es gibt immer noch so viel zu tun!«

Über den Bierkasten hinweg, den Toby nach oben schleppte, sah er sie mit hochgezogener Augenbraue an. »Entspann dich«, sagte er. »Alles, was wir benötigen, um zu funktionieren, ist erledigt, der Rest ist bloß Deko.«

»Aber die Deko ist alles!«, rief sie. »Die Schlafzimmerstühle müssen noch gestrichen werden, ein Stapel Postkarten gehört in Bilderrahmen, ungefähr zwanzig Pflanzen im Empfangsbereich müssen umgetopft werden, und Alex hat versprochen, er würde in der Küche Haken für Gerätschaften anbringen.«

»Sie stehen als Nächstes auf meiner Liste«, ertönte weiter unten eine Stimme.

Kate, die vor Scham prompt rot angelaufen war, lief in ihr Zimmer zurück und knallte die Tür zu. Sie verfluchte ihre eigene Dummheit - natürlich hätte sie die Nacht durcharbeiten müssen, um die ganzen kleinen Arbeiten zu erledigen - und schlüpfte in Windeseile in die Leggings und das alte T-Shirt, die in den letzten Tagen zu so etwas wie ihrer Uniform geworden waren. Beide Kleidungsstücke waren so sehr mit Farbe verkrustet, dass sie beinahe von allein standen. Für Make-up blieb keine Zeit, aber sie putzte die Zähne und gurgelte mit Mundwasser, während sie rasch auf dem Handy nach Lebenszeichen von James nachsah. Natürlich war da nichts, aber wenigstens wurde das #MöchtegernBraut-Video nicht mehr tausendfach, sondern nur noch ein paar Hundert Male aufgerufen. Die Kommentare sah Kate sich nicht an, denn ihre Stimmung war sowieso schon im Keller.

Nachdem Kate an der Tür gelauscht hatte, um sich zu vergewissern, dass Alex nicht direkt davor herumlungerte, trat sie wieder ins Treppenhaus. Dabei stolperte sie über die vorüberschleichende Siva, die empört fauchte und sie am Knöchel kratzte.

»Du bist eine dumme Kuh«, murmelte sie der gelassen davonstolzierenden Katze hinterher und wischte halbherzig das Blut weg.

»Falsche Tierart«, sagte eine Stimme, wieder von unten.

Kate hüpfte vorwärts und spähte durch das Treppengeländer, wo Alex die Setzstufen mit Tapetenresten verkleidete.

»Morgen«, sagte er. »Oder sollte ich besser Nachmittag sagen?«

»Hör bloß auf!« Kate legte die Hände ans Gesicht. »Ich fasse es nicht, dass es fast zehn Uhr ist. Ich schlafe nie aus, niemals.«

»Nun, es gibt wohl für alles ein erstes Mal«, erwiderte er fröhlich, während sie weiter mit sich haderte.

»Wo willst du mich?«, fragte sie und lief sofort rot an.

Was war denn heute bloß los mit ihr?

Alex widmete sich wieder dem Tapezieren und fuhr fort, ohne sie anzusehen. »Du bist der Boss, aber wenn du meine

Meinung hören willst, dann würde ich mit den Pflanzen anfangen. Hol dir einen Kaffee, nimm das Grünzeug mit nach draußen und geh runter vom Gas. Wenn du jetzt versuchst, etwas allzu Kniffliges zu tun, obwohl du so« - er warf ihr einen Blick zu - »durch den Wind bist, dann wirst du es nur verbocken, nicht wahr? Es ist noch stundenlang Zeit, kein Grund zur Panik.«

Kate sackte in sich zusammen. »Du hast wohl recht«, sagte sie schmollend. »Ich kümmere mich um die Pflanzen.«

Sie löste sich vom Treppengeländer und stieg die Stufen zu ihm hinunter. Alex rutschte zur Seite, um Platz zu machen, doch aus irgendeinem unerfindlichen Grund strich Kate ihm im Vorübergehen über den Kopf.

»Tut mir leid.« Sie riss die Hand zurück. »Ich weiß selbst nicht, was das sollte.«

Alex warf ihr einen fragenden Blick zu. »Ist schon gut.«

»Ist es gar nicht«, sagte sie. »Ich habe dich wie einen Hund getätschelt. Ich betrachte dich nicht als Hund, musst du wissen. Bloß für den Fall, dass du dir da Sorgen machst. Ich meine, nicht dass Hunde nicht was Nettes wären - das sind sie allemal. Und du bist nett. Ich meine, mindestens so nett wie jeder Hund, der mir je über den Weg gelaufen ist. Wahrscheinlich sogar noch netter. Beziehungsweise ganz bestimmt. Ach, du meine Güte! Ich halte jetzt besser den Mund.«

»Wenn hier irgendjemand ein Haustier ist«, erklärte Alex ihr verschmitzt, »dann du, du verrücktes Huhn.«

Sosehr Alex' Neckereien Kate auch auf die Palme brachten, war doch nicht zu leugnen, dass es ein guter Rat gewesen war, sie solle zuerst die Pflanzen umtopfen. Der Aufenthalt draußen im Sonnenschein und die sich ständig wiederholende Tätigkeit des Erde Schaufelns und Festklopfens halfen ihr dabei, sich zu entspannen. Eine Stunde nachdem Kate aus dem Schlaf hochgefahren war, war die erste Aufgabe erledigt, und sie fühlte sich schon viel besser - nicht zuletzt, weil Filippo ihr zum Frühstück Toastbrot und Obst gebracht und Toby darauf bestanden hatte, dass sie es mit einem Glas Sekt mit Orangensaft hinunterspülte.

»Heute ist ein Festtag«, sagte er mit Nachdruck. »Und niemand hat es mehr als du verdient zu feiern. Ehrlich, ich finde es schier unglaublich, dass der Laden so gut aussieht. Ich meine, wer hätte gedacht, dass Avocadogrün eine akzeptable Wandfarbe ist? Oder dass verdreckte alte Gartenzwerge eine so tolle Bardeko abgeben würden?«

»Es war Teamarbeit«, erwiderte Kate und schüttelte den Kopf, als er anfing, sie für ihren Arbeitseinsatz zu loben. »Mein Beitrag ist nicht der Rede wert.«

In Wahrheit war Kate stolz auf sich. Es fühlte sich so gut an, die Verantwortung für Aufgaben übertragen zu bekommen und mit ihren Ideen ernst genommen zu werden, selbst wenn es sich bei ihrem Arbeitgeber - sofern das der richtige Ausdruck war - um ihren Bruder handelte. Wenn sie doch nur einen Beruf hätte einschlagen können, der sie genauso glücklich machte - vielleicht wäre sie dann nicht so von der Vorstellung besessen gewesen, Mutter zu werden, und hätte keinen Keil zwischen James und sich getrieben.

Seit der Kajakfahrt mit Alex hatte Kate es geschafft, ihre Gedanken nicht zu weit in das trübe Wasser ihrer frisch gescheiterten Beziehung abdriften zu lassen. Doch da nun ihre Liste mit den zu erledigenden Aufgaben zusehends schrumpfte, wateten sie allmählich wieder in diese Richtung. Um sich abzulenken, entschloss sie sich zu einer kleinen Besichtigungstour durch die Herberge, um vor der Ankunft der Gäste Fotos von sämtlichen Zimmern zu machen.

Nach der Tiki Bar auf der Terrasse, dem einzigen Ort, der nicht viel von ihrem kreativen Einsatz benötigt hatte, schlüpfte Kate in das erste der privaten Doppelzimmer ein Stockwerk tiefer und schloss die Tür hinter sich. Sie hörte immer noch das Stampfen von Füßen auf der Treppe und hier und da ein Rufen, wenn ihr Bruder und das Team aus kurzfristigen Helfern sich Anweisungen zubrüllten, doch hier drinnen waren die Geräusche gedämpft, und der Druck, den sie schon den ganzen Tag verspürte, fiel allmählich von ihr ab.

Um Zeit und Geld zu sparen, hatte Kate vorgeschlagen, dass sie die Holzvertäfelung strichen, um die riesengroßen leeren Wände aufzulockern, und in diesem Zimmer hatte sie für die Umrisse ein intensives Kieferngrün gewählt. In dem Paneel in der Mitte hing ein großes Landschaftsgemälde von Hvar, und an der gegenüberliegenden Wand hatte Alex Haken angebracht, an die Kate kleine Tonübertöpfe mit zarten Grünlilien gehängt hatte. Es war leicht gewesen, diese Pflanzen aufzutreiben - auf der Insel gab es sie massenhaft: Sie ergossen sich von jedem Balkon und Fensterbrett, an dem sie vorüberging.

Sie knipste ein paar Fotos, wobei sie in die Hocke ging, um einen Teil des Doppelbetts mit der rosaroten Tagesdecke, die kunstvoll über die untere Ecke drapiert war, ins Bild zu bekommen. Sie hatten einen billigen Schwung von fünfzehn beigefarbenen Decken gekauft und sie in der Waschküche unten eingefärbt. Es hatte Kate Spaß gemacht, mit dem Stapel auf dem Arm herumzulaufen und sie über Stuhllehnen und Sofas zu hängen. Dass man in warmen Sommernächten an der Adria keine zusätzlichen Schichten benötigte, tat nichts zur Sache - es ging um das heimelige Ambiente, das Decken verströmten; darum, wie sich eine Person fühlte, wenn sie ein Zimmer betrat - willkommen und zu Hause. Toby und

Filippo hatten ihr am Abend ihrer Ankunft verkündet, dass die Herberge sich für ihre Gäste wie ein zweites Zuhause anfühlen sollte – ein Konzept, das wunderbar zu dem herzlichen Naturell und der offenen Gastfreundschaft der beiden passte. Kate hoffte, dass diese kleinen Extras dabei helfen würden, diesen Eindruck zu verstärken.

Als Nächstes ging Kate um das Bett und machte ein Foto von dem Schemel – eines der Fundstücke, die Alex und sie aus dem Müllcontainer geborgen hatten. Sie bewunderte den birnengrünen Anstrich und den sorgfältig ausgewählten Stapel gebrauchter Bücher über Hvar und die benachbarten Inseln. Während die Schlafsäle aufs Nötigste reduziert und zweckmäßig waren, boten diese Zimmer mehr Raum für Ausschmückungen, und Kate hoffte, die zukünftigen Bewohner würden ihre Liebe zum Detail zu schätzen wissen.

Es klopfte an der Tür.

»Nims, bist du da drin?«

Toby spähte durch den Türspalt und lächelte bei ihrem Anblick.

»Unsere ersten Gäste sind soeben eingetroffen«, sagte er. »Ich dachte mir, du wärst vielleicht gern mit dabei, wenn wir sie begrüßen.«

»Oh, sehr gern!« Kate machte eine letzte Aufnahme von der riesigen Vase mit künstlichen Hortensien im Badezimmer und ging auf ihn zu. »Ich habe nur eben ein paar Fotos geschossen, während noch alles unberührt ist.«

»Gute Idee«, lobte er. »Du solltest sie alle auf Instagram einstellen – die Leute lieben diese Vorher-Nachher-Posts, nicht wahr?«

»Wollt ihr sie denn nicht auf dem Account von Sul Tetto?«, fragte sie.

»Wir können sie teilen. Du bist sowieso die Hauptverantwortliche dafür, dass es hier drinnen so schön aussieht. Ich weiß, dass du so tust, als wäre das, was du erreicht hast, keine große Sache, aber das ist es sehr wohl. Es grenzt an ein Wunder. Du solltest damit herumprahlen – solltest damit herumprahlen *wollen*.«

Kate verbiss sich ein glückliches Lächeln, als sie ihrem Bruder die Treppe hinunter folgte. Wenn sie ihre Arbeit herzeigen wollte, bräuchte sie noch einen Instagram-Account. Sobald sie Bilder der Herberge auf ihrem Privataccount postete, würde James sofort wissen, wo sie war, und zumindest vorerst wollte Kate schwer fassbar bleiben. Sie war immer noch der Meinung, dies sei die beste Vorgehensweise, um James' Aufmerksamkeit zu erregen. Und wenn sie einen eigenen kleinen Account für Interior Design eröffnete, dann hätte sie vielleicht – ganz vielleicht – etwas vorzuweisen, wenn James doch wieder mit ihr redete. Etwas, das er zu schätzen wüsste und das ihm ins Gedächtnis riefe, warum sie seine Liebe wert war.

Zu verlieren hatte sie schließlich nichts – denn sie hatte längst alles verloren.

22

Die Eröffnungsfeier sollte bei Sonnenuntergang losgehen, doch es knallten schon Korken, als sich die ersten zehn Gäste – aus ihren jeweiligen Schlafsälen durch Stimmengewirr und den Geruch von gegrilltem Fisch angelockt – auf die Terrasse wagten. Toby, zu dem Anlass in grünem Hemd und pinkfarbener Fliege, genoss es sichtlich, an der Tiki Bar mit neuen Cocktails zu experimentieren.

»Was ist denn da bloß drin?«, prustete Kate, die gerade an einem Getränk genippt hatte, das ihr Bruder stolz als »Toby Le Rone« bezeichnete.

»Ach, du weißt schon«, sagte er. »Ananassaft, ein Schuss Orange und etwas Grenadine.«

»Und außerdem? Benzin?«

»Rum. Ich habe achtzig Milliliter hineingemixt – ist das zu viel?«

»Ein Shot sind fünfundzwanzig!«, entfuhr es Kate entsetzt. Ihre Augen tränten. »Das ist eine Sache, die mir tatsächlich noch von meinen drei aufregenden Wochen als Barkeeperin im Gedächtnis haften geblieben ist.«

»Hast du noch etwas gelernt?«, fragte er interessiert. »Etwas, das mir helfen könnte?«

Kate schob den vermurksten Cocktail so behutsam von sich, als handelte es sich um einen Skorpion.

»Also«, setzte sie an. »Auf die harte Tour habe ich gelernt, dass es weder für einen selbst noch für die Umstehenden gut ausgeht, wenn man Limonade in einen Schüttelbecher füllt und den Fehler begeht, sie tatsächlich zu schütteln. Oh, und wenn man jemandem einen in Flammen stehenden Cocktail servieren möchte, sollte man ihm einen Strohhalm und Anweisungen mitliefern, ansonsten verbringt man den halben Abend damit, einem Besoffenen namens Gary Eiswürfel an die Lippen zu halten.«

Toby nickte weise. »Verstanden. Und wieso bist du noch mal entlassen worden ...?«

Kate griff nach einem Barhandtuch und schwang es lachend in seine Richtung. »Ich versuche, sie abzufackeln, während du sie mit Benzin tränkst – wir Nimbles geben ein ziemlich gefährliches Duo ab.«

Mitten in ihr Gelächter hinein erschien Nika zwischen dem bärtigen Noa und seiner Freundin, einer schlanken, schüchternen jungen Frau, die er ihnen als Klementina vorstellte. Die beiden Angestellten hatten sich für den großen Tag offenkundig in Schale geworfen, und Kate versuchte, den Blick nicht zu lange auf Nikas Unterleib verweilen zu lassen. Nika hatte ihnen noch nichts von ihrer Schwangerschaft mitgeteilt, und da sich unter dem eng anliegenden roten Kleid keinerlei Wölbung abzeichnete, schloss Kate, dass sie noch in einem frühen Stadium sein musste.

Sie selbst hatte ihr Outfit für das Fest ebenfalls sorgfältig zusammengestellt und sich für ein schmeichelhaftes Ensemble aus schwarzem Oberteil und Rock sowie dezenten Goldschmuck entschieden. Aufgrund ihres blassen Teints und der roten Haare mied Kate gewöhnlich dunkle und triste Farben, um nicht abgespannt auszusehen, doch ihre leichte Sonnenbräune hatte in der Hinsicht Abhilfe geschaffen. Statt der üblichen Brille trug sie auch ihre verhassten Kontaktlinsen, selbst wenn sie zum Einsetzen beinahe zwanzig Minuten gebraucht hatte. Nachdem sie wochenlang voller Sägespäne,

Farbe und Schweiß gewesen war, fand sie es schön, zur Abwechslung einmal manierlich auszusehen.

»Wo ist Alex?«, fragte Noa und trank einen großen Schluck von dem Drink, den Toby ihm gemischt hatte. Im Gegensatz zu Kate schien ihn der hohe Alkoholgehalt nicht zu stören, und seine Freundin ebenfalls nicht.

»Keine Ahnung«, antwortete Kate und suchte mit den Augen die Terrasse nach ihm ab. »Er hat vor ungefähr einer Stunde noch ein paar letzte Arbeiten in der Küche erledigt, aber seither habe ich ihn nicht mehr gesehen.«

Sie wandte sich mit fragendem Blick an Nika, doch die dunkelhaarige Frau schüttelte den Kopf.

»Tobes, weißt du, wohin Alex verschwunden ist?«

Ihr Bruder hielt mitten im Schütteln inne. Er ging mittlerweile ganz in seiner Rolle als Tom Cruise aus dem Film *Cocktail* auf, und sie hegte insgeheim die Befürchtung, er könnte bald anfangen, mit Flaschen zu jonglieren.

»Weiß nicht«, sagte er. »Ich habe ihm vor einer Ewigkeit gesagt, dass jetzt gefeiert wird. Er kommt bestimmt gleich hoch. Vielleicht ist er sich umziehen gegangen?«

»Alex? In schicken Klamotten? Irgendwie kann ich mir das nicht vorstellen. Das ist doch eigentlich nicht sein Stil, oder?«

»Wart's nur ab«, erwiderte Toby. »Vielleicht kommt er gleich im Smoking und gibt dir einen Kuss à la Hollywood.«

»Ich wusste gar nicht, dass du und Alex …«, setzte Nika an, die sich passend zu ihrem Kleid ein rotes Cocktailschirmchen hinters Ohr gesteckt hatte.

»Sind wir nicht«, stellte Kate klar. »Mein Bruder will mich nur aufziehen. Darin ist er spitze, und im Flaschen Fallenlassen.«

»Bambina!«, erklang ein Rufen. Filippo winkte ihr vom anderen Ende der Terrasse zu. »Bring mir mal ein paar Zitronen.«

Kate glitt von ihrem Barhocker, und Toby reichte ihr eine Handvoll der wächsernen Früchte.

»Du könntest es deutlich schlechter erwischen«, sinnierte er. »Als Alex, meine ich.«

»Sei nicht albern«, widersprach Kate. »Dreadlocks und Bärte sind nicht so mein Ding – und ich mag große Männer, vorzugsweise über eins achtzig. Wie James«, fügte sie hinzu.

Toby machte Anstalten, zu protestieren, doch sie fuhr ihm über den Mund. »Und überhaupt sehe ich Alex nicht in einem romantischen Kontext, und ihm geht es mit mir genauso – wir sind bloß Freunde. Vielleicht noch nicht einmal das, eher flüchtige Bekannte. Ich kenne ihn ja kaum. Und ich liebe James«, erklärte sie mit Nachdruck. »Das weißt du doch. Ich begreife nicht, warum du mir das einfach nicht glauben willst.«

»Oh, aber ich glaube dir«, sagte Toby bedrückt und legte eine letzte Zitrone auf den Haufen, den Kate in den Armen trug. »Ich wünschte mir nur, dass dem nicht mehr so wäre, das ist alles. Meiner Meinung nach hat er es nicht verdient, von dir geliebt zu werden, auch wenn ich verstehe, dass es nicht so einfach ist.«

Kate lieferte die Zitronen ab, kehrte aber nicht zur Bar zurück. Die Worte ihres Bruders hatten sie tiefer getroffen, als sie zuzugeben bereit war, und es ärgerte sie, dass er sie dazu gebracht hatte, wieder über James nachzudenken. Jetzt kam Kate in den Sinn, dass dies seit *ihrer* Party die erste Feier war, die sie besuchte – seit dem dreißigsten Geburtstag, der mit ihrer Verlobung hätte enden sollen. Wie anders ihr Leben jetzt aussähe, wenn James Ja gesagt hätte. Hätten sie Hochzeitspläne geschmiedet, oder hätte er ihrem Vorschlag zugestimmt, eine lange Verlobungszeit einzuplanen und auf diese Weise nach der ersten Behandlungsrunde in der Kinderwunschklinik auf die Hochzeitsfeierlichkeiten sparen zu können? Sie hätten sich auf jeden Fall privat behandeln lassen müssen, denn der NHS würde bestimmt so schnell keine künstliche Befruchtung bewilligen, und weder Kate noch James wollte weitere Verzögerungen in Kauf nehmen. Das war ein Punkt, auf den sie sich nach seinen Untersuchungsergebnissen geeinigt hatten.

Jetzt war das natürlich alles nicht mehr von Belang. Da Kate, dumm wie sie war, James zu einer Entscheidung gedrängt hatte, hatte sie sowohl ihn verloren als auch die Möglichkeit, ein Kind von ihm zu bekommen. Was hatte er an dem Abend zu ihr gesagt? Dass er schon eine Weile mit dem Gedanken spiele, sich von ihr zu trennen – vermutlich seitdem sie herausgefunden hatten, dass ihr unerfüllter Kinderwunsch an ihr und nicht an ihm lag. So lautete die schreckliche, schonungslose Wahrheit: Er hatte sie zurückgewiesen, weil sie versagt hatte, weil sie eine Versagerin war.

Kate zog ihr Handy heraus und ging missmutig ihre Messenger-Apps durch. Eine Nachricht von Robyn, in der diese ihr viel Glück am Premierenabend wünschte, hellte ihre Stimmung ein klein wenig auf, und dann war da noch eine Nachricht von ihrer Mum, die einfach lautete: *So stolz auf dich.* Kate sinnierte über die unglaubliche Kraft der liebevollen Worte einer Mutter nach. Unter Blinzeln tupfte sie die Tränen fort, die ihren Eyeliner zu verwischen drohten. Schon bei der bloßen Vorstellung des weichen, mitfühlenden Gesichts ihrer Mutter wurde sie ganz emotional.

Ähnlich wie Kate hatte ihre Mutter nie eine richtige Berufslaufbahn eingeschlagen, sondern war zu Hause geblieben, um das weniger gerühmte, aber viel rühmenswertere Vollzeit-Amt von Gattin, Mutter und Hausfrau zu übernehmen. Kates Vater war ganz wie James, nahm von Natur aus das Heft in die Hand und traf Entscheidungen – nicht auf eine herablassende oder abwertende Weise, sondern weil es ihm im Blut lag, sich um andere zu kümmern, und weil er seine Familie liebte. Einmal hatte er Kate gesagt, er fände es schön, dass sie sich keinen Drückeberger als Lebensgefährten gesucht hatte, sondern einen verantwortungsbewussten und vernünftigen Mann, der sie ganz offensichtlich so sehr liebte, wie sie es verdient hatte.

Das war allerdings ein Irrtum gewesen. Und sie waren ihm gemeinsam erlegen.

Über die enttäuschten Erwartungen ihrer Eltern nachzudenken, schmerzte Kate, und um sich abzulenken, öffnete sie Instagram. Ihre Tränen versiegten augenblicklich beim Anblick der vielen Nachrichten auf ihrem nagelneuen Account. Woher kamen in so kurzer Zeit die vielen Likes und Follower? Mit #MöchtegernBraut konnte es nicht zusammenhängen – Kate hatte dafür gesorgt, dass es zwischen dem widerlichen Video und diesem kreativen Unterfangen keinerlei Verbindung gab – folglich musste es am Content liegen, möglicherweise auch an den vielen Hashtags, die sie hinzugefügt hatte. Unter einem Foto des Aufzugs der Herberge, dessen Innenwände sie mit alten Postkarten von Hvar und den Nachbarinseln tapeziert hatte, stieß sie beim Scrollen auf über hundert Kommentare, allesamt schmeichelhaft. Toby hatte recht gehabt: Es gab einen Markt für diese Art von Vorher-Nachher-Innendesign.

Auf absurde Weise gerührt, trat Kate aus der Ecke, in die sie sich zurückgezogen hatte, und kehrte zum Grill zurück.

»Zdravo, bambina!«

Wie immer vermischte Filippo Sprachen genauso schwungvoll wie die Zutaten seiner zunehmend kreativen Salate. Heute Abend hatte er sich herausgeputzt mit einem blauen Seidenhemd, cremefarbenen Shorts und einer Schürze im italienischen Flaggendesign zum Schutz vor heißen Fettspritzern vom Grill.

»Es ist schön, dich lächeln zu sehen«, stellte er fest und drückte liebevoll ihre Hand. »Und du siehst in Schwarz einfach *bellissima* aus.«

»*Grazie.*« Kate vollführte einen leichten Knicks, bevor sie ihn selbst mit Lob überschüttete, angefangen von den Schüsseln mit russischem Salat, den er zubereitet hatte, bis hin zu den Wildlederschuhen an seinen Füßen.

»Du weißt wohl auch nicht, wo Alex steckt, oder?«, fragte sie und schüttelte den Kopf, als Filippo ihr ein Brötchen anbot.

»Du musst etwas essen«, befahl er. »Ich dachte bei deiner Ankunft, dass du *minuscola* bist, aber jetzt bist du sogar noch dünner. Wie ein winziges Pfefferkorn.«

»Wohl kaum!« Kate klopfte sich auf den Bauch. »Aber wegen Alex – weißt du, ob er noch da ist? Ich wollte ihm etwas zeigen. Hier«, fuhr sie fort, »ich habe ein paar Fotos von den Möbeln gepostet, die er angefertigt hat, und es gibt etliche positive Kommentare.«

»Ach, Alex ist schon gegangen.«

Filippo machte ein niedergeschlagenes Gesicht, und Kate tat es ihm unwillkürlich gleich.

»Oh. Hat er einen Grund genannt?«

»Er hat mir gesagt, er habe einen Auftrag in Stari Grad erhalten, auf der anderen Seite der Insel, im letzten Moment. Aber ich glaube nicht, dass er ein Partylöwe ist. Das haben er und Siva gemeinsam.«

Beide sahen zu der spindeldürren grauen Katze, die in sich gekrümmt und wütend auf einem Plastikstuhl in der Nähe der Außenmauer der Terrasse saß.

»Siva ist mir überhaupt nicht ähnlich«, sagte Filippo fröhlich und wendete zwei Burger, die zu qualmen angefangen hatten. »Sie ist ein echtes Miststück, aber ich liebe sie trotzdem.«

»Wie lange ist er fort – Alex, meine ich?«

Der kurzlebige Auftrieb, den Kate verspürt hatte, verschwand schneller als der Rum, wenn Toby seine experimentellen Cocktails mischte.

»Ein paar Tage«, antwortete Filippo. »Ich leihe ihm den Jeep, weil er mit dem Auto schneller ist als mit seinem Boot.«

»Es ist unfassbar, dass er nicht hier ist. Ohne ihn würde die Herberge bei Weitem nicht so toll aussehen – er sollte hier sein, um mit uns anderen zu feiern.«

»Si.« Filippo nickte ernst. »Aber wenn es ihm Unbehagen bereitet, dann …« Er hob beide Schultern. »Vielleicht ist es besser so?«

»Wenn ich nur etwas Nettes für ihn tun könnte«, sagte Kate geistesabwesend, während sie beobachtete, wie Noas Freundin Klementina unsicher von ihrem Barhocker aufstand und direkt auf dem Boden landete. »Als Dankeschön – und als Wiedergutmachung, weil ich so fies über sein schäbiges altes Boot hergezogen habe.«

Immer mehr Gäste trafen ein, und Toby hatte die Musik voll aufgedreht und stolzierte aufgekratzt zu den ersten Takten von »Wonderwall« von Oasis hinter der Bar auf und ab. In der Ferne war die große, rot leuchtende Sonne dabei, sich für die Nacht hinzulegen, und das Meer darunter war ein Ofen aus feurigem, flackerndem Licht.

Während Gratulanten herbeiströmten, um die Gastgeber zu begrüßen, stand Kate abseits und beobachtete, wie Hände geschüttelt und Wangen geküsst wurden. In Gedanken war sie bei der Herberge und den Fotos, die sie gemacht hatte, und den vielen Kommentaren von Fremden, die ihr unbedingt ihr Lob hatten mitteilen wollen. In dem Moment hatte sie eine Idee – und dieser Einfall war so wunderbar, dass sich ihre Brust wieder vor Hochgefühl schwellte.

Es gab da etwas, das sie für Alex tun konnte – etwas Nettes, dringend Nötiges.

Gleich am nächsten Morgen würde sie anfangen.

23

Alex' Boot war immer noch in der Bucht in der Nähe des Strands Pokonji Dol festgemacht, wo Kate ihm vor ihrer spontanen Kajakfahrt begegnet war. Sie hatte gehofft, einfach nur durchs Wasser waten und über die Seite an Bord klettern zu können, aber ein kurzer Blick verriet ihr, dass dies unmöglich war – es sei denn, sie wollte vollständig angekleidet schwimmen und ihre Tasche mit den Materialien irgendwie über dem Kopf transportieren.

Letzte Woche hatte Alex in einem kleinen Schlauchboot zu ihr übergesetzt, und Kate folgte nun mit den Augen einem fest gespannten Tau, das von Alex' ramponiertem Boot bis zum Fuß einer steilen Klippe reichte. Dort fand sie das kleine, im seichten Wasser schaukelnde Schlauchboot. Sie musste nur von der Klippe zum Wasser hinuntergehen, das Boot losbinden und sich an dem Tau zu Alex' Boot hinausziehen.

Eigentlich sollte es ganz einfach sein. Und es war einfach. Jedenfalls in der Theorie.

Kate schlitterte auf dem Hintern den steinigen Abhang hinunter und bremste sich mit den Handflächen ab. Der Staub, der jetzt die Rückseite ihrer Shorts bedecken musste, kümmerte sie nicht, denn bei der Aufgabe, die sie sich für den heutigen Tag vorgenommen hatte, würde sie sich sowieso schmutzig machen. Sie war nicht die Spur nervös, sondern voller Vorfreude, denn diese Herausforderung würde ihr Spaß machen.

Unten am Ufer kämpfte sie gute fünf Minuten mit den

Knoten, die Alex geknüpft hatte, damit sein kleines Schlauchboot nicht davontrieb. In einer Halterung am Bootsboden befand sich ein einzelnes Ruder, zusammen mit einer verdreckten Schwimmweste. Kate steckte die Arme durch die Weste und zog den Reißverschluss zu. So weit vom Strand entfernt wollte sie lieber kein Risiko eingehen. Sie blinzelte zu dem entfernten weißen Kiesstrand und erblickte nur ein paar wenige Gestalten und keine Spur von Joe und seinen Kajaks. Allerdings war es auch noch früh; für die meisten Menschen im Grunde viel zu früh, um an einem Sonntagmorgen unterwegs zu sein. Doch Kate hatte kaum geschlafen. Nach der Feier war sie zu aufgedreht gewesen, zu besessen von unliebsamen Gedanken an James und zu vorfreudig, das heutige Projekt in Angriff zu nehmen.

Scheppernd stellte sie den Rucksack mit ihren Hilfsmitteln auf den Boden des Schlauchboots, ging in die Hocke und schob ihn unter den schmalen Sitz. Sobald sie sich davon überzeugt hatte, dass sowohl sie als auch ihre Habseligkeiten so sicher wie möglich waren, packte sie das nasse Tau, das Alex' größeres Boot mit der Metallsprosse zwischen den Felsen verband, und begann, sich daran vorwärtszuziehen.

Es war viel anstrengender als erwartet, aber es wäre ihr noch schwerer gefallen, wenn sie die Muskulatur an Armen, Brust und Rücken nicht in letzter Zeit beim Streichen, Abschmirgeln, Lackieren und Hämmern trainiert hätte. Kate biss die Zähne zusammen und ächzte vor Anstrengung auf, während sie das Schlauchboot durchs Wasser zog. Ihr Blick galt einmal nicht den schimmernden Tiefen, sondern dem Boot vor sich. Aus der Nähe wirkte es viel größer, und trotz ihrer Entschlossenheit fühlte sie sich unwillkürlich ein wenig eingeschüchtert.

Doch der Anblick von Alex' Miene wäre die Mühe wert, überlegte sie.

»Das ist ja wohl ein schlechter Scherz«, sagte sie laut und betrachtete entsetzt die Leiter, die über den Schiffsrumpf baumelte. Wenn man es überhaupt als Leiter bezeichnen konnte. Die verrosteten Überbleibsel zweier Metallklammern nicht weit vom Heck ließen vermuten, dass Alex' Boot früher einmal über richtige und vermutlich auch stabile Stufen verfügt hatte. Jetzt stand lediglich ein schleimiges, verdrehtes Seilgewirr zur Verfügung, das mehr Seetang als Strickleiter war.

Doch da sie nun einmal so weit gekommen war, würde sie bestimmt nicht aufgeben.

Nach einem tiefen Atemzug machte Kate das Schlauchboot fest und warf ihren Rucksack an Deck. Sie war dankbar, dass sie heute instinktiv Turnschuhe und nicht wie üblich Sandalen angezogen hatte. Die Profilsohlen würden ihr hoffentlich einen gewissen Halt auf dieser gefährlichen Leiterkonstruktion geben. Kate wollte auf keinen Fall ausrutschen und im Wasser landen - selbst mit Schwimmweste. Sie war sich nicht sicher, ob sie die Kraft hätte, die ganze Prozedur klitschnass zu wiederholen.

Wenigstens wurde Alex nicht Zeuge ihrer unbeholfenen, von Ächzen begleiteten Versuche, als Kate sich mühsam an dem abblätternden Holz vorbei nach oben zog. Dass überall an Alex' Boot so viele Gegenstände hingen, machte das Unterfangen noch schwieriger, und sie fluchte, als sie sich das rechte Knie zum zweiten Mal an einem Farbeimer anstieß.

»Genau aus diesem Grund ist Unordnung gefährlich«, murmelte sie und lachte dann über ihr absurdes Selbstgespräch. Vielleicht war sie dabei, den Verstand zu verlieren? Der Liebeskummer, der Rauswurf, die offenkundige Unfruchtbarkeit und der Umstand, dass sie eine landesweite Lachnummer war, hatten vielleicht endlich ihren fadenscheinigen inneren Schutzpanzer durchdrungen, und demnächst würde man sie in einer Ecke vorfinden, wo sie unter irrem Gekicher vor und zurück schaukelte.

Nachdem Kate endlich ins Boot geklettert war, lag sie erst einmal minutenlang wie ein gestrandeter Seestern auf dem Boden, um wieder zu Atem zu kommen. Erst dann nahm sie das Bootsinnere genauer unter die Lupe. Alex hatte ihr zwar erzählt, er besitze nur sehr wenig Kram, aber das Boot war trotzdem gestopft voll: unidentifizierbare Werkzeuge in Plastiktüten, die an Haken hingen, schmutzige Lumpen, zerschlissene Strandtücher und mehrere Gießkannen in verschiedenen Formen und Farben, allesamt mit Löchern. In dem kleinen Bereich um das Steuer fanden sich auf dem Boden vier Packungen mit verschiedenen Frühstückscerealien, drei Dosen Baked Beans und zwei mit Pfirsichkompott, zusammen mit einer angeschlagenen Schüssel, einem Dosenöffner und nicht zusammenpassendem Besteck. Rechts von den Stufen, die unter Deck führten, befand sich eine winzige Toilette, und als Kate vorsichtig den Deckel anhob, stellte sie zu ihrer Erleichterung fest, dass es keine Verunreinigungen gab. Trotz des Durcheinanders roch es auf dem Boot tatsächlich überhaupt nicht unreinlich. Der einzige richtige Geruch, den sie wahrnahm, war der des Besitzers, und als sie nach unten in die Kajüte blickte, wo Alex wohl oft schlafen musste, entdeckte sie zwei zusammengerollte Decken, zwei schmale Kopfkissen und einen Stapel gefalteter Kleidung, die ihr größtenteils bekannt vorkam.

War das hier unbefugtes Betreten?

Kate war derart auf ihren Plan zur Verschönerung von Alex' Boot fixiert gewesen, dass sie sich keine Gedanken darüber gemacht hatte, wie übergriffig ihre Aktion womöglich war. Das hier war im Grunde sein Zuhause, und sie war einfach an Bord geklettert, ohne ihn um Erlaubnis zu bitten. Nun stand sie praktisch in seinem Schlafzimmer, steckte ihre Nase in seine Angelegenheiten und wollte als Nächstes Dinge verrücken, umsortieren und wegwerfen. Die Erkenntnis ihrer eigenen Dreistigkeit nahm Kate kurzzeitig den Wind aus den Segeln, und sie sackte auf den Stufen zusammen.

Ihr Handy war in der vorderen Reißverschlusstasche an ihrem Rucksack verstaut. Jetzt griff sie hinter sich, zog ihn über die gesprungenen Planken und rief Robyn an.

»Hallo?«

Es hatte lange gedauert, bis ihre Freundin ans Telefon ging, und ihre Stimme klang krächzend, als sei sie eben erst aufgewacht. Sobald Kate ihren Fehler erkannte, fuhr sie zusammen und begann, sich wortreich zu entschuldigen.

»Ist schon gut«, sagte Robyn mit einem Gähnen.

»Ich vergesse immer den Zeitunterschied«, erwiderte Kate, ohne damit den frühen Anruf zu erklären. »Du hast gesagt, ich soll dich im Notfall anrufen, und das hier ist sozusagen einer.«

»Warum?«, murmelte Robyn verschlafen. »Was ist passiert – ist es James? Was hat der Drecks…«

»Nein, nein – es hat nichts mit James zu tun. Es ist nur, ich bin auf Alex' Boot …«

»Alex der Dothraki?« Jetzt klang Robyn munterer. »Hat er Speere an den Wänden und einen ausgestopften Drachenkopf unter seiner Hängematte?«

»Witzig. Nein, er ist noch nicht einmal hier. Ich habe quasi Hausfriedensbruch begangen. Nun, ich weiß nicht, ob es als Hausfriedensbruch gilt, wenn ein Boot keine Türen hat, aber wie dem auch sei: Ich bin hier und er nicht.«

»Vielleicht heißt es in dem Fall Bootsfriedensbruch?«, schlug Robyn vor.

»Sehr gut«, erwiderte Kate lang gezogen.

»Ich weiß schon - und wir haben erst ... was? Oh, Wahnsinn, wir haben erst kurz nach sieben. Warum rufst du mich an einem Sonntag zu dieser unchristlichen Stunde an?«

»Das habe ich dir doch gesagt«, antwortete Kate. »Ein Notfall.«

»Notfall bedeutet Feuer, Diebstahl oder ein Abenteuer mit einem attraktiven Mann, wenn du also nicht vorhast, das Boot in Brand zu stecken, es zu stehlen und damit in die blaue Weite zu segeln oder bis zu Alex' Rückkehr zu warten und ihn zu verführen, begreife ich nicht, wie ich dir behilflich sein kann.«

Die Vorstellung eines Verführungsversuchs zwischen Alex und ihr war so grotesk, dass Kate zu lachen begann und gar nicht mehr aufhören konnte.

»Es freut mich, dass du dieses ganze Szenario so amüsant findest«, sagte Robyn. »Mich so früh an meinem einzigen freien Tag zu wecken, war das auf jeden Fall wert. Du hast richtig gehört«, fügte sie hinzu, als Kate entschuldigend aufseufzte, »mein einziger freier Tag. Denk mal drüber nach und weine dann, Kate Nimble, du Vollpfosten.«

»Hey!« Kate hörte zu lachen auf. »Wir waren uns einig, dass du mich nie mehr so nennen würdest.«

»Du warst dir einig. Ich habe nichts dergleichen gesagt. Es ist einfach lange her, dass du etwas verbrochen hast, was es nötig macht, dich als Vollpfosten zu bezeichnen, aber heute schon. Ich würde sogar so weit gehen, zu sagen, dass du dich selbst auf der Vollpfosten-Skala übertroffen hast.«

»Ich lasse dich gleich weiterschlafen«, versprach Kate. »Ich brauche nur jemanden, der mir sagt, dass ich gerade etwas Nettes mache.«

»Aha«, sagte Robyn und lauschte Kates Ausführungen, sie schulde Alex einen Gefallen. »Aber dir ist doch klar, dass du mir noch nicht wirklich erzählt hast, was du da gerade treibst?«

Kate erklärte, wie sie das Boot verunglimpft hatte, als sie es zum ersten Mal gesehen hatte, und dass Alex viel zu beschäftigt war, um es selbst auf Vordermann zu bringen.

»Korrigier mich, wenn ich falschliege«, sagte Robyn langsam. »Du willst den Tag damit verbringen, Alex' Boot für ihn zu putzen, weil du nämlich ein seltsamer Mary-Poppins-Verschnitt bist und die Dinge unbedingt jederzeit ordentlich und sauber haben willst, aber du machst dir Sorgen, du könntest übergriffig handeln?«

»Ja.«

»Und das ist alles, was du tun wirst - putzen?«

»Nun ...«, sagte Kate, der bereits ein Verwendungszweck für Alex' Sammlung kaputter Gießkannen in den Sinn gekommen war. »Ich dachte, ich könnte hier und da ein paar Kleinigkeiten verschönern. Vielleicht ein paar Pflanzen, irgendein Stuhl, falls ich einen finde. Ich glaube nämlich, dass er die meiste Zeit auf diesem Ding wohnt, und es ist nicht sehr ... heimelig. Mit ein paar wenigen Ergänzungen könnte es so viel gemütlicher sein.«

»Für mich klingt das«, sagte Robyn und gähnte laut, »als hättest du dich längst entschieden.«

»Heißt das Ja?«, hakte Kate eifrig nach und lächelte, als sie die Antwort ihrer Freundin - ein leises Ächzen - vernahm.

»Du musst dir ja wohl nicht von mir oder sonst wem sagen lassen, was du tun sollst.«

»Das weiß ich, aber hältst du es für eine gute Idee? Meinst du, er wird sauer sein?«

Robyn seufzte. »Bestimmt nicht. Du wärst nicht dort,

wenn du Zweifel hättst. Es ist an der Zeit, dass du deinen Instinkten vertraust – sie sind deine größten Verbündeten.«

»Aber meine Instinkte haben schon falschgelegen«, gab Kate zu bedenken. »Was ist mit dem Heiratsantrag?«

Daraufhin verfiel Robyn in Schweigen. Kate konnte geradezu die Zahnräder im Kopf ihrer Freundin hören, während diese fieberhaft nach den richtigen Worten suchte.

»Tut mir leid«, kam sie Robyns Antwort zuvor. »Mein ganzes Theater muss dich echt anöden.«

»Unsinn!« Robyn gab sich Mühe, unbeschwert zu klingen. »Du bist so einiges, Kate Nimble – aber öde bist du ganz bestimmt nicht. Jetzt leg endlich auf und lass mich weiterschlafen.«

Kate beendete das Telefonat. Die Worte ihrer Freundin hatten sie aufgeheitert, und sie war sich endlich sicher, dass sie richtig handelte.

Sie würde dieses Boot völlig umgestalten, und Alex würde es toll finden.

24

»Es sieht auf jeden Fall ... anders aus.«

Toby verschränkte die Arme und legte den Kopf schief.

»Gut anders?«, fragte Kate erwartungsvoll. »Oder schlecht anders?«

»Können wir uns nicht einfach auf anders einigen?«

Kate warf ihrem Bruder einen verstohlenen Blick zu. Er war noch nie ein Meister darin gewesen, seine Gefühle zu verbergen, und die Ratlosigkeit stand ihm deutlich ins Gesicht geschrieben.

»Ich meine«, setzte er an, »ich mag das Farbkonzept, für das du dich entschieden hast, das Blau, Rot und Weiß – sehr kroatisch.«

»Es war so schwierig, die Vorderseite zu streichen«, sagte sie. »Ich habe versucht, im Schlauchboot zu stehen, aber es war unmöglich, festen Halt zu finden, also musste ich mich kopfüber über die Seite hängen.«

»Hast du ihm einen Namen gegeben?«, fragte er. »Boote sollen doch eigentlich Namen haben, oder?«

»Das ging doch nicht«, sagte sie entgeistert. »Es ist Alex' Boot, nicht meins, vergiss das nicht!«

»Ja, aber trotzdem hast du es umgestrichen, das Deck abgeschliffen und gebeizt, hast aus alten Gießkannen Pflanzentöpfe gemacht und sie festgenagelt, hast seine alten Dosen rausgeworfen und Vorhänge an den Fenstern angebracht und – oh! – irgendwie einen Deckstuhl auf dem Dach der Kajüte befestigt.«

»Ich habe mir gedacht, er fände es vielleicht schön, dort oben zu sitzen«, sagte sie kleinlaut. »Der Deckstuhl hat nicht an Deck gepasst – was angesichts des Namens lächerlich ist –, und irgendwohin musste er ja.«

»Und du wolltest ihn nicht einfach zusammenklappen und wegräumen?«

»Nein.« Daran hatte Kate nicht gedacht. »Da oben sieht er toll aus. Und jetzt wird Alex schon von Weitem wissen, welches Boot seines ist – und alle anderen auch.«

»Mich wundert es ja, dass du keine Piratenflagge gehisst hast«, sagte Toby, immer noch mit verschränkten Armen.

»Mit einer Flagge rechnet man auf einem Boot«, erwiderte sie. »Beim Interior Design geht es darum, all die unerwarteten Kleinigkeiten hinzuzufügen.«

»Als Kleinigkeit würde ich den Stuhl nicht bezeichnen«, murmelte er, und Kate stieß ein Ächzen aus.

Während ihres Gesprächs hatte sich auf der Straße eine kleine Menschentraube gebildet, da Strandbesucher und vorübergehende Einheimische stehen blieben, um zu sehen, wohin die beiden starrten. Kate hatte zwei Tage auf dem Boot durchgearbeitet und war so erschöpft, dass sie sich kaum noch auf den Beinen halten konnte. Doch als sie sich nun umsah, lächelte sie nervös. Ein blonder Hüne hob gerade seine gewaltige Kamera und begann, ihr Werk zu fotografieren.

»Haben Sie das gemacht?«, fragte er und wies auf Alex' Boot. Dem Akzent nach hielt Kate ihn für einen Deutschen, vielleicht auch einen Holländer. Er sah so unglaublich attraktiv aus, dass sie unwillkürlich errötete und nur ein gestottertes Ja hervorbrachte, während er weiter Bilder schoss.

»Sie müssen ein Naturtalent sein.«

Kate wollte widersprechen, doch Toby kam ihr zuvor.

»Ja, sie ist eine echte Künstlerin«, sagte er stolz. »Ich habe ihr den Auftrag gegeben, die Innenausstattung meiner neuen Herberge zu übernehmen – wenn Ihnen das hier gefällt, sollten Sie vorbeikommen und sich mal die Herberge ansehen.«

Freudig nahm der Blonde Tobys Visitenkarte entgegen und steckte sie in sein Portemonnaie, das er geschmeidig aus der Gesäßtasche gezogen hatte.

»Ich bin auf Instagram«, sagte Kate rasch, und die Röte in ihrem Gesicht wurde noch dunkler als der aufgemalte Streifen am Bug von Alex' Boot. »Dort gibt es Bilder«, fügte sie unnötigerweise hinzu, als der Mann sie abermals mit einem strahlenden Lächeln betörte.

»Danke«, sagte er, nachdem Kate ihm alles in sein Handy getippt hatte. »Und hören Sie auf keinen Fall damit auf – Sie haben echtes Talent.«

»Donnerwetter, Nims«, flüsterte Toby, als der Mann – laut seinem Instagram-Account Finn_@_Freunde – davonschlenderte. »Über die Schönheit dieses Deutschen ließe sich eine ganze Predigt schreiben – der ist ja blonder, als die Polizei erlaubt.«

»Pssst«, zischte Kate. »Am Ende hört er dich noch.«

»Hoffnungslos hetero ist der«, tönte er traurig. »Aber ein herrlicher Lückenfüller für dich. Warum lädst du ihn nicht auf einen Drink ein?«

»Ich brauche keinen Lückenfüller«, sagte sie empört und trat beiseite, als sich eine Touristin nach vorn drängte, um das Boot zu fotografieren. »James und ich haben eine Beziehungspause eingelegt – es ist eine Auszeit, mehr nicht.«

»Glaubst du, wenn ihr beide, du und der Deutsche, Kinder bekommen würdet, wären sie rotblond?«, fuhr Toby fort. »James mit seiner kahlen Stelle ist er ja wohl haushoch überlegen.«

»Du musst reden«, versetzte sie ärgerlich.

Zum Glück traf in diesem Augenblick Filippo mit einer übellaunig aussehenden Siva auf dem Arm ein und sorgte für Ablenkung.

»Herrje!« Kate betrachtete die dunkelvioletten Kratzer an seinem Hals und der Brust. »Was ist denn nur passiert?«

»Siva mag ihr neues Katzengeschirr und die Leine nicht«, erklärte Filippo. So kleinlaut hatte er noch nie geklungen. »Es war ... Das Anlegen des Geschirrs war nicht ganz einfach.«

»Warum hast du sie überhaupt mit dabei, du Dummerchen?«, fragte Toby, der einen Finger mit der Zunge benetzte und die Kratzer behutsam abtupfte.

»Sie war aus der Fassung – hat am Fenster gegreint.« Filippo schmiegte den Kopf an Sivas Gesicht. »Ich glaube, sie vermisst Alex«, erklärte er und schien trotz seiner Verletzungen Mitleid mit dem kleinen grauen Ungeheuer zu haben, das ihn angegriffen hatte. »Ich habe ihn gebeten, mit dem Jeep herzukommen und sich hier mit uns zu treffen.«

»Hier?« Kate wurde zunehmend nervös. Der Stolz über das Lob des deutschen Touristen wurde schnell von der sehr realen Angst abgelöst, dass Alex das Boot schrecklich finden würde.

»Früher oder später wird er es zu Gesicht bekommen«, sagte Toby und runzelte die Stirn, als Siva ein tiefes, maunzendes Knurren von sich gab. »Und du bist jetzt mal ganz still, Mieze. Du hast heute schon genug Ärger verursacht.«

»Ich hatte keine Zeit, mich umzuziehen oder auch nur zu waschen«, fuhr Kate fort. Ihre Shorts waren über und über voll Farbe, und ihr Top und die nackten Beine waren mit Flecken von der Holzbeize übersät, die sie auf Deck verwendet hatte. Nachdem sie die Haare zwei Tage lang unter eine Baseballkappe gestopft hatte, glichen sie nun einem Heuhaufen nach einem besonders heftigen Sturm.

»Du und das Boot, ihr seht beide fabelhaft aus, *bambina*«, sagte Filippo treuherzig. »Sieh dir nur die ganzen Leute an.«

Die kleine Traube aus Schaulustigen war jetzt zu einer mittleren Menschenmenge angeschwollen. Etliche Leute fragten Kate, ob sie an Bord gehen und für ein Foto auf dem Deckstuhl posieren dürften. Sie selbst hatte auch schon viele Bilder geschossen – vor, während und nach ihrem bescheidenen Projekt –, hatte aber noch nichts ins Netz gestellt. Zuerst wollte sie Alex' Erlaubnis einholen.

Als sie Instagram öffnete, entdeckte sie, dass ihr neuer Account, den sie nach langem Grübeln @Unexpected_Items genannt hatte, noch einmal dreihundert Follower und eine Flut aus Kommentaren und Likes dazugewonnen hatte. Natürlich war es eigentlich völlig indiskutabel, sich auf derart durchschaubare Weise Bestätigung zu suchen, das wusste Kate, gleichzeitig ließ sich jedoch nicht leugnen, dass es sie beglückte, wenn freundlich gesinnte Menschen ihr Werk lobten. Ihr @Unexpected_Items-Account war zum einzigen Winkel im Internet geworden, wohin sie sich eine Stunde am Tag zurückziehen konnte, ohne das Gefühl zu haben, verhöhnt oder kritisiert zu werden. Dort lauerte ihr nichts Unangenehmes auf, es war ein sicherer Ort. Diese Woche hatte Kate mehr Zeit damit verbracht, sich durch Interior-Design-Feeds zu scrollen, als auf den Social-Media-Accounts von James, und das allein schon fühlte sich wie ein Erfolg an.

Sie entfernte sich ein paar Schritte von den anderen und starrte aufs Meer hinaus, blinzelte, als das tanzende Sonnenlicht von der Wasseroberfläche reflektiert wurde und sie kurzzeitig blendete. Ein anderes Boot hatte jetzt neben dem von Alex angehalten, und die Passagiere standen auf einer

Seite, um es sich besser ansehen zu können. Wieder spürte sie Unbehagen in sich aufsteigen.

Würde Alex wütend sein, wenn er sah, was sie getan hatte?

»Ich gehe wohl mal in die Herberge zurück«, erklärte sie Toby und Filippo, da sie auf einmal den überwältigenden Drang verspürte, an einem anderen Ort zu sein, bloß nicht dort. Doch als Kate sich zum Gehen wandte, sah sie, wie der Jeep auf der anderen Straßenseite anhielt, und erstarrte. Statt auszusteigen, öffnete Alex nur die Fahrertür und stemmte sich hoch, sodass er über die Köpfe der versammelten Menschen hinwegblicken konnte. Vergeblich versuchte Kate, seine Miene zu deuten – er sah völlig teilnahmslos aus.

»Hey«, sagte sie verhalten und ging langsam auf ihn zu.

Alex' hellblaue Augen wanderten von seinem Boot zu ihr.

»Hmm.« Mit den Fingern trommelte er auf das weiche Dach des Jeeps.

»Überraschung«, sagte sie matt und hob freudlos die Hände.

Alex zupfte an seinem Bart. Er schien sich seine Worte zurechtzulegen, und Kate machte sich darauf gefasst, die Leviten gelesen zu bekommen.

»Du findest es schrecklich, nicht wahr? Mist. Es tut mir so leid, Alex. Ich dachte, ich mache ... dass es schön wäre, wenn ich ...«

»Wenn du Hausfriedensbruch begehst und mein Boot verschandelst?«, schlug er vor, und seine monotone Sprechweise verriet nicht, ob er einen Witz machte oder nicht.

»Eigentlich wollte ich bloß sauber machen.« Sie senkte den Blick auf die Staubschicht auf der Motorhaube des Jeeps. »Aber dann habe ich mir gedacht, wieso nehme ich nicht die restliche Farbe her und setze noch ein paar Akzente, um es heimeliger zu machen?«

»Heimeliger?«, wiederholte er.

»Ich kann die Pflanzen wieder abhängen«, platzte es aus ihr heraus. »Und es ganz weiß streichen, wenn dir das lieber wäre? Es war ehrlich nett gemeint. Du bist so lieb zu mir gewesen, und ich wollte dir auch etwas Gutes tun.«

»Aha.« Alex seufzte. »Hör mal, ist schon okay. Das passt schon. Mir ist es nur lieber, wenn ...«

Fahrig rieb er sich die Augen. »Ich weiß, dass du es nur gut gemeint hast.«

»Du findest es schrecklich.« Kate konnte ihre Betroffenheit nicht verbergen. »Himmel, Alex – es tut mir so leid.«

Er schüttelte den Kopf. »Nein, es ist schon gut. Du hast mich an einem schlechten Tag erwischt, das ist alles.«

»Ist alles in Ordnung?« Ihr Tonfall wurde sanfter. »Ist etwas passiert?«

Mit zusammengekniffenen Augen sah Alex sie an. Seine Miene ließ sich immer noch nicht deuten.

»Nichts«, sagte er. »Jedenfalls nichts, worüber du dir den Kopf zerbrechen müsstest. Hier«, fügte er hinzu, kletterte herunter und drückte ihr Filippos Schlüssel in die Hand. »Kannst du die für mich weitergeben und meinen Dank ausrichten?«

»Sicher«, sagte sie, »aber willst du nicht rüberkommen und sie begrüßen? Dir das Boot richtig ansehen?«

Alex starrte auf seine Füße. »Jetzt nicht. Ich muss los. In die Stadt. Ich bin mit Joe verabredet, du weißt doch, mein alter Freund mit den Kajaks. Tatsächlich bin ich spät dran. Wir sehen uns bald, ja?«

»Aber ich ...?«

Alex hatte sich bereits in Gang gesetzt, ohne sich noch einmal umzublicken. Nicht zum Boot, nicht zu der Menschenmenge mit Kameras und nicht zu ihr. Sie hatte versucht, etwas Nettes zu tun, und es war nach hinten losgegangen. Schlimmer noch, es hatte jemanden verärgert, den sie mochte und der immer freundlich zu ihr gewesen war, der sie akzeptiert und ihr geholfen hatte.

Bei dem Versuch, Alex näherzukommen, hatte sie ihn nur noch weiter von sich weggestoßen.

25

Tagelang setzte Kate kaum einen Fuß vor die Herberge, um nur ja nicht Alex zu verpassen. Doch er kehrte nicht zurück. Sein Boot war auch nicht am üblichen Platz, als sie eines frühen Morgens in die Bucht spazierte, weil sie hoffte, ihn zu erwischen, bevor er seinen Tagesgeschäften nachging.

Da sie der festen Überzeugung war, allein die Schuld an seinem Verschwinden zu tragen, machte sie sich ständig bittere Vorwürfe.

Schließlich trug sie sich sogar einen Rüffel von dem normalerweise unerschütterlichen Toby ein. »Du bist nerviger als ein Weberknecht, der in einer Duschkabine festsitzt«, murrte er und scheuchte sie hinter der Rezeption hervor. »Leg dich in die Sonne, oder mach sonst etwas.«

»Und wenn er nie wieder zurückkommt?« Zum Gruß nickte Kate der Office Managerin Nika zu, die durch die Eingangstür hereinspazierte. In einem adretten weißen Hemd und Bleistiftrock, das lange dunkle Haar zu einem ordentlichen Zopf geflochten, sah sie wie immer makellos aus.

»Kann ich irgendwo mit anpacken?«, fragte Kate erwartungsvoll. »Gibt es was zu putzen?«

»Ana und Roko werden um elf Uhr da sein, um die Zimmer zu machen«, unterbrach Toby sie. »Wie du sehr gut weißt.«

Verärgert krümmte Kate die Zehen.

»Sind Sie schon auf der Festung Fortica gewesen?«, fragte Nika, deren ausgezeichnetes Englisch Kates erbärmliche Versuche, Kroatisch zu sprechen, noch peinlicher wirken ließ.

»Die Aussicht oben von den Festungsmauern ist wunderschön.«

»Da war ich tatsächlich noch nicht.« Kates Stimmung heiterte sich ein wenig auf. »Das könnte ich wohl machen. Aber nur, wenn ich hier bestimmt nichts tun kann?«

»Geh«, drängte Toby. »Bitte. Ich habe dich lieb, Schwesterherz, aber heute nervst du mich tierisch.«

»Na schön«, sagte sie. »Aber falls Alex zurückkommen sollte, dann ...«

»Ich werde ihn an einen Stuhl fesseln und dich anrufen. Und jetzt verschwinde!«

Bestimmt gab es statt des offensichtlichen Wegs zu Hvars gewaltiger Festung, der unten am Hauptplatz losging, eine schnellere Route durch irgendwelche Seitensträßchen, aber Kate hatte es nicht eilig. In der Hitze kam sie nur in gemächlichem Tempo voran, und ihr Nacken fühlte sich schon nach wenigen Schritten feucht an.

Jetzt im Juni erreichten die Temperaturen auf der Insel einen sengenden Höhepunkt, und die Nächte waren schwül und stickig. Kate kam nur langsam vorwärts, denn sie blieb immer wieder stehen, um den Duft von aufgeheizter Erde, Blumen und frischen Kräutern einzuatmen, der aus jedem Garten zu ihr wehte. Auf dem Weg zum Hafen kam sie an gepflegten Bäumchen in Pflanzentrögen neben gewaltigen Behältern voller Basilikum vorbei, und die sattgrünen Blätter weckten in ihr das Verlangen nach einem frischen Teller mit Tomaten-Mozzarella-Salat, voller Pfeffer und glänzend von Olivenöl.

Im Stadtkern herrschte reges Treiben, doch es war verhältnismäßig still. Kate mutmaßte, dass das teilweise an den hohen Häusern lag, die die schmalen Gassen säumten. Geräusche stiegen empor und wurden sofort von dickem Stein verschluckt, jedes Echo wurde gedämpft, bevor es in Fahrt kommen konnte. Außerdem hatte man hier das Gefühl, dass die Leute Zeit hatten. Sie waren nicht in Eile und stolperten übereinander, weil sie zur Arbeit hasteten, zu einer Besprechung oder nach Hause. Niemand trat einem auf den Fuß, weil er einen unbedingt überholen wollte, oder rempelte andere mit dem Ellbogen beiseite. Man schüttelte nicht den Kopf, wenn man im Gedränge stecken blieb, es gab kein passiv-aggressives Verhalten und kaum verhohlene Wut. Hvar war ein Ort der Gelassenheit, der seine Besucher auf der offenen Handfläche hielt statt in einer fest geballten Faust. Nicht zum ersten Mal fragte sich Kate, wie schwer es ihr fallen würde, sich wieder in London einzuleben.

Auf dem St.-Stephans-Platz schlüpfte sie rasch zwischen den einzelnen Menschengruppen hindurch, und ihre geübten Füße fanden leicht Halt auf dem marmornen Kopfsteinpflaster. Die Festung thronte prächtig auf dem Hügel über ihr, die Außenmauern spreizten sich wie steinerne Wurzeln nach unten in Richtung Stadt. Kate war davon ausgegangen, dass es fast eine Stunde dauern würde, bis sie den ganzen Weg nach oben gestiegen war, doch zu ihrer angenehmen Überraschung stand sie schon nach einer knappen Viertelstunde am Eingang zu den Außenanlagen.

Der Pfad vor ihr schlängelte sich wie ein fallen gelassenes Band nach oben, und um sie herum zirpte ein Grillenchor inmitten des aufgewirbelten Staubs, der in der Luft hing. Die Kakteen hier waren sogar noch größer als ihre stacheligen Verwandten am Strand und sahen wie Außerirdische aus, die Pinien ähnelten gekrümmten Spinnenkadavern. Entlang des Wegs waren hier und da Holzbänke aufgestellt, und es gab ein paar Stände mit kalten Getränken, Eis und Lavendelzweigen als Souvenir. Sobald Kate die Bäume hinter sich ließ, erstreckte sich unten die Stadt Hvar, und der Ausblick war so atemberaubend, dass sie minutenlang nur dastand und die roten Dächer unten und den makellosen blauen Himmel darüber betrachtete.

Auf ihrer Oberlippe hatten sich Schweißperlen gebildet, und das Haar unter ihrem Hut war mittlerweile feucht. Kate nahm ihn ab und schüttelte ihre dunkelroten Locken aus. Sie rochen nach dem Kokosnuss-Shampoo, das sie von zu Hause mitgebracht hatte. Am Morgen hatte sie die letzten Tropfen aus der Flasche gequetscht. Früher hatte James immer nach ihren Haaren gegriffen und das Gesicht darin vergraben. »Du riechst zum Anbeißen«, sagte er dann, und sie schmolz vor Liebe zu ihm dahin.

Der junge Mann aus der Anfangszeit ihrer Beziehung war so anders als der James, der am Abend ihrer Feier in jenem düsteren Pubflur gestanden hatte. Früher waren sie so ausgelassen und albern, optimistisch und fröhlich gewesen, mit Mitte zwanzig hatten sie einen Reigen aus Partys, Pubs und Nächten voller Leidenschaft gelebt, wo Schlaf keine Rolle gespielt hatte. Sie hatten einander ganz ohne Scham oder Absichten erkundet und Spaß gehabt - keine Spur damals von einer nagenden Stimme, die »vielleicht dieses Mal, vielleicht bringt ihr dieses Mal ein Baby zustande« flüsterte. Wenn Kate einmal ehrlich mit sich war, trauerte sie am meisten um diese sorglose Zeit ihrer Beziehung - nicht um den erwachsenen Teil, der später gekommen war, nicht um jene Gefühle der Unzulänglichkeit. Jetzt waren da natürlich der Schmerz der Zurückweisung und ihre Sehnsucht nach einer Zeit, als alles leichter gewesen war, lange bevor James' Enttäuschung über sie ihre Liebe getrübt hatte. Doch wenn man einmal davon absah, dann war das Leben, das übrig blieb - wie ihr allmählich bewusst wurde -, das Leben, das sie im Moment lebte, eigentlich ein glückliches. Im Grunde war sie glücklich.

Kate spürte ein Vibrieren in der Handtasche und kramte ihr Handy hervor. Vor jäher Hoffnung hatte sie einen Kloß im Hals. Doch es war nur eine Nachricht von Robyn, die ihre Anreise nächste Woche bestätigte und wissen wollte, ob Toby sie aus Split abholen würde. Kate lächelte. Das waren tolle Neuigkeiten. Sie konnte es kaum erwarten, ihrer besten Freundin alles zu zeigen. Nachdem Kate eine kurze Antwort getippt und zusätzlich ein GIF von einer sonnenbadenden Katze hinzugefügt hatte, setzte sie ihren Weg fort – blieb jedoch schon nach wenigen Sekunden wieder stehen.

Auf einer Bank ein paar Meter weiter saß eine ihr vertraute Gestalt.

So wie das Boot mit dem auf dem Dach festgenagelten Deckstuhl sich von allen anderen abhob, ließ sich Alex dank seines zerzausten Dreadlock-Schopfes nicht übersehen – oder mit irgendjemandem verwechseln. Das Knirschen der Piniennadeln unter Kates Füßen ließ ihn hochblicken, und er setzte ein Lächeln auf, das aufrichtig wirkte, ehe er sich erhob, um sie zu begrüßen.

»Ich kann einfach meines Weges gehen, wenn du mich immer noch hasst«, sagte sie und umklammerte die Krempe ihres Huts mit beiden Händen.

Alex runzelte die Stirn. »Dich hassen?«

»Verübeln könnte ich es dir nicht.« Sie beobachtete, wie er die Arme über einem Muskelshirt verschränkte, das ursprünglich einmal schwarz gewesen sein mochte. »Nach allem, was ich mit deinem Boot angestellt habe.«

»Sei nicht albern. Das war doch nett von dir, also: Nein, ich hasse dich nicht. Versprochen«, fügte er angesichts ihrer skeptischen Miene hinzu. »Eigentlich sollte ich mich bedanken, und zwar schon längst. Ich bin dir dankbar. Es war eine richtige Müllkippe, und ich hatte schon seit Monaten vor, das arme alte Mädchen zu streichen.«

»Echt?« Kate seufzte erleichtert auf. »Oh, Gott sei Dank! Ich habe mir solche Sorgen gemacht. Ehrlich, ich dachte, ich hätte dich verärgert. Es wäre ja auch typisch für mich, so etwas hinzukriegen.«

»Manchmal redest du wirklich Stuss«, erwiderte er.

»Aber als du nicht zurückgekommen bist, habe ich geglaubt, ich hätte dich gekränkt.«

Alex kratzte sich hinter dem Ohr. »Nun, das ist wohl meine Schuld«, sagte er. »So war's aber nicht.«

»Wo bist du gewesen?«, fragte sie. »Ich habe dich ver... Ich meine, wir alle haben dich vermisst. Besonders Siva. Filippo muss an die Gäste schon Ohrenstöpsel verteilen, weil sie die ganze Nacht maunzt.«

Alex reagierte mit einem leisen Lachen. »Das arme verblendete Wesen. Aber eigentlich ist es schön, gebraucht zu werden.«

»Gebraucht und vermisst«, stellte Kate klar.

Da er ihr nun offenkundig doch nicht böse war, ging es ihr gleich besser – es machte sie glücklich.

»Ich gehe bis ganz nach oben«, erklärte sie ihm und wies hinauf zur Festung. »Möchtest du mir Gesellschaft leisten?«

Alex überlegte und fuhr sich mit der Hand über den Bart. »Na gut.«

Er hatte ihre Frage, wo er die ganze Woche gesteckt hatte, nicht beantwortet, und Kate wiederholte sie bei der nächsten Wegbiegung.

»Ich habe Joe bei etwas geholfen.« Anscheinend wollte er nicht weiter ins Detail gehen. »Ich bin tatsächlich bloß heute in Hvar, dann muss ich wieder weg.«

»Ach?« Die Enttäuschung, die seine Worte in ihr hervorriefen, überraschte Kate. »Wohin denn?«

»Brač«, sagte er, wieder ohne jegliche Erklärung.

»Für wie lange?«

Ein Schulterzucken. »So lange es eben dauert.«

Kate seufzte entnervt. »Bist du immer so ... ausweichend?«

»Ich nenne es lieber geheimnisvoll.«

»Ein geheimnisvoller Mann von Welt?«

»Na ja«, entgegnete er leichthin, »nicht so ganz. Ein geheimnisvoller Mann aus Europa, das wohl schon.«

»Also kein James Bond? Eher Austin Powers?«

Geringschätzig blickte Alex an sich hinunter. »Nee, der hat eine viel bessere Brustbehaarung als ich.«

»Yeah, Baby! Bei meinem Ex ist da gar nichts gewachsen«, erzählte Kate. »Er hat noch nicht einmal ein einziges Härchen an der Brustwarze. Und eine Glatze kriegt er auch allmählich«, fügte sie treulos hinzu. »Er wäre so neidisch auf deine Haarpracht.«

Alex zog unsicher an ein paar Dreadlocks. »Da gibt's reichlich.«

»Spielst du je mit dem Gedanken, sie abzuschneiden?«, fragte sie hoffnungsvoll.

Alex sah sie von der Seite an. »Nein.«

»Und was ist mit dem Bart?«

»Nein.«

»Fühlt es sich denn nicht heiß an?«, hakte sie nach und fächerte sich mit dem Hut Luft in ihr eigenes glühendes Gesicht. »Mit dem ganzen Haar im Gesicht und auf dem Kopf?«

Wieder ein Schulterzucken. »Eigentlich nicht. Ich lebe hier jetzt schon lang genug und habe mich akklimatisiert.«

»Wie lange denn?«

Diesmal war es an Alex, genervt aufzuseufzen. »Bist du immer so ... wie sagt man doch gleich? Ach ja ... neugierig.«

Kate lachte. »Ich glaube, du hast nach dem Wort ›interessiert‹ gesucht.«

Mittlerweile waren sie bis an den Eingang der Festung spaziert. Eine gelangweilt dreinblickende Frau in einem kleinen Kiosk schenkte ihnen ein lustloses Lächeln, doch im Gegensatz zu Kate trat Alex nicht näher.

»Kommst du nicht mit rein?«

»Ich war schon drin«, sagte er, »und ich muss jetzt sparsam sein, um mein Boot in Schuss halten zu können«, fuhr er fort. »Die ganzen frisch gestrichenen Streifen dürfen schließlich nicht wieder abblättern, nicht wahr?«

»Der Eintritt geht auf mich«, sagte sie. »Es ist das Mindeste, was ich tun kann, nachdem ich ja mit meinem willkürlichen Renovierungsprojekt für die Streifen verantwortlich bin.«

Es war ein gutes Gefühl, für etwas bezahlen zu können, auch wenn sie das Alex nicht sagte. Da James mehr verdiente als sie, hatte er meistens gezahlt, wenn sie zu zweit essen oder im Theater waren. Angesichts der Höhe seines verfügbaren Einkommens ergab dieses Arrangement Sinn – jedenfalls behauptete er das immer. Und Kate hatte es hingenommen, obwohl so jeder Anlass für sie ein wenig schambesetzt gewesen war. Wenn ein anderer die Zeche bezahlte, konnte man im Grunde nichts bemängeln, selbst wenn die Pommes kalt oder das Steak zu durchgebraten war.

Kate kaufte die beiden Eintrittskarten und hielt eine Alex entgegen.

»Bitte«, sagte sie. »Mir zuliebe.«

Ganz sicher konnte sie sich nicht sein, aber Alex schien tatsächlich die Augen zu verdrehen.

»Neugierig war wirklich das falsche Wort«, sagte er und griff mit einem Grinsen nach dem Ticket. »Ich hätte herrisch sagen sollen.«

Im Gegensatz zum restlichen Hvar, das eigenwillig und malerisch war und eine stille Schönheit besaß, war die Festung Fortica prächtig, riesengroß und auf eine strenge Art beeindruckend. Allerdings ergab es Sinn, erklärte Kate Alex, dass eine so kostbare Insel einen derart starken Hüter hatte, der über sie wachte.

Nachdem die beiden jeden Turm und jede Wendeltreppe erkundet hatten, stiegen sie hinauf auf die vordere Festungsmauer und spähten über die Zinnen.

»Was für eine Aussicht!«, sagte Kate, deren Blick magisch vom Meer angezogen wurde.

»Ich glaube, ich kann da drüben Filippo sehen.« Alex deutete nach Nordosten. »Er sonnt sich nackt auf der Dachterrasse.«

»Wo?«, rief Kate amüsiert, schnaubte dann aber, weil Alex in Gelächter ausbrach.

»Sehr witzig«, sagte sie ausdruckslos. »Hat deine Mutter dir nie beigebracht, dass es gemein ist, die Dummen zu verspotten?«

Alex schüttelte nur den Kopf und genoss immer noch das Triumphgefühl, sie so erfolgreich hereingelegt zu haben.

»Leichtgläubigkeit ist eines meiner vielen Talente«, erklärte sie ihm. »Ansonsten kann ich noch gut in der falschen Tonlage singen, Kündigungen kassieren und mich von meinem Freund abservieren lassen. Ach ja, und Falten kriegen«, fügte sie hinzu. »Jeden Morgen kommen drei oder vier dazu, das schwöre ich.«

Alex strich mit einer Hand über den glatten Schaft einer

gewaltigen Kanone – eine von mehreren, die hinaus auf die Bucht gerichtet waren – und betrachtete forschend ihr Gesicht.

»Du siehst doch super aus«, sagte er. »Und ein paar Fältchen sind sowieso nicht schlimm.«

»Ich finde sie schrecklich«, jammerte sie und zog die Haut über ihren Wangen straff. »Sobald ich genug Geld habe, lasse ich mir Botox spritzen.«

»Ist das das Zeug, das einem die Gesichtszüge gefrieren lässt?«, erkundigte er sich, und Kate nickte. »Mach das bloß nicht.«

»Aber ich brauche es«, erwiderte sie, schob mit den Fingern die Augenbrauen nach oben und grinste ihn im Spaß anzüglich an. »Bald geht meinen Falten der Platz aus.«

»Was für ein Unsinn.« Alex trat um die Kanone herum auf sie zu. »Gib mir mal kurz deine Hand.«

»Warum?« Kate ballte die Finger zur Faust und drückte sie an die Brust. »Was hast du vor?«

»Vertrau mir einfach, okay? Ich möchte dir etwas zeigen.«

Kate öffnete die Faust.

»Gut«, sagte er, ergriff ihre Hand und führte sie an die Festungsmauer. »Berühr das hier«, befahl er und legte Kates Hand flach an die Steinmauer der Festung. »Und jetzt sag mir, wie es sich anfühlt.«

»Rau«, sagte sie. »Und kühl – was an einem Tag wie heute an ein Wunder grenzt.«

»Und gefällt es dir?«, fragte er. »Die raue Beschaffenheit?«

»Ja«, stimmte sie zu. Er nahm seine Hand von ihrer. »Und die Optik mag ich auch, so gezackt und ganz zerklüftet. Es ist stimmungsvoll.«

»Genau.«

»Willst du damit sagen, dass ich wie eine alte Ruine aussehe?«, fragte Kate. »Denn da würde ich dir beipflichten.«

»Nein«, sagte Alex geduldig. »Was ich damit sagen möchte, ist, dass Abnutzungserscheinungen etwas Positives sein können. Stell dir nur mal vor, diese Mauer hier wäre verputzt worden – dann wäre sie längst nicht so faszinierend, oder?«

»Nein, aber ...«

»Gerade die Widerstandskraft des Steins macht ihn so spannend«, fuhr er fort. »Er lässt eine Geschichte und ein gelebtes Leben erahnen. Die Risse zu verputzen, würde bedeuten, die Wahrheit auszulöschen, und auch die Schönheit.«

»Mag sein.« Kate rieb an der Mauer herum, bis Staub nach unten fiel. »Aber das hier ist ein Bauwerk und kein menschliches Gesicht. Es kann nicht sprechen, aber ein Mensch kann seine Geschichten erzählen.«

»Sicher«, sagte er gelassen, »aber ich finde, ein natürlich gealtertes Gesicht birgt viel mehr Faszination und Individualismus als eines, das durch Chemikalien zu einer Maske geworden ist. Diese Menschen mit ihren Plastikgesichtern interessieren mich kein bisschen, aber du ...«

»Ich?« Kate blickte auf und sah, wie ihm unter dem Bart die Röte in die Wangen stieg.

»Du bist interessant«, sagte er. »Und dein Gesicht ist so, wie es ist, ganz wunderbar – du brauchst dir kein Gift hineinspritzen zu lassen.«

»Kann ich mir eh nicht leisten«, murmelte Kate, allerdings mit einem Lächeln.

Sie drehten eine ganze Runde um die Festungsmauer, und Alex zeigte ihr jede der Pakleni-Inseln und nannte ihr die Namen der verschiedenen Strände.

»Wie viele Inseln gibt es in Kroatien?«, fragte sie und riss auf seine Antwort hin überrascht die Augen auf. »Über eintausendzweihundert? Kein Wunder, dass jeder ein Boot besitzt.

Apropos«, fügte sie hinzu. »Ich darf wohl nicht noch einmal zu deinem kommen und ein paar Fotos machen?«

»Fotos? Wozu?«

»Für meinen Instagram-Account Unexpected_Items«, erklärte sie und zückte zur Demonstration ihr Handy.

Alex sah verblüfft aus. »Von mir aus«, sagte er. »Wenn du willst, können wir jetzt hingehen. Es sei denn ...« Er hielt inne. Seine Lippen bewegten sich kaum merklich, während er sich die nächsten Worte durch den Kopf gehen ließ.

»Es sei denn?«, wiederholte Kate. Über sein Gesicht huschte ein Schatten, etwas wie Unsicherheit.

»Bei diesem Job in Brač handelt es sich um die Räumung eines Hotels. Die ehemaligen Besitzer haben es mit allem Drum und Dran verkauft, voll möbliert, und der neue Käufer will den Laden leer geräumt haben. Du hast wohl keine Lust ...«

»Mitzukommen und dir beim Ausräumen zu helfen? Ja, bitte!«

»Ich übernehme die Schlepperei«, versicherte er ihr. »Aber du kannst den ganzen Kram durchgehen und alles mitnehmen, was dir gefällt – na ja, so viel eben auf mein Boot passt.«

»Und der Käufer will einfach alles wegwerfen?«, fragte sie. »So eine Verschwendung.«

Er nickte. »Ein Grund mehr also. Mit dem Retten von ein paar Sachen würdest du eine gute Tat vollbringen. Wenn ich mich recht entsinne, rettest du doch gern alles Mögliche. Spiegel, Gartenzwerge, Katzen ...«

»Haha«, lachte sie. »Bist du dir sicher, dass du mich dabeihaben willst?«

»Ach, weißt du«, sagte Alex, »wenn du schon das Boot eines Mannes zum Gespött der Leute machst, könntest du ja wohl wenigstens den Anstand besitzen, zusammen mit ihm darauf zu segeln.«

26

Als Alex am nächsten Morgen um kurz nach sieben Uhr die breite, im Schatten liegende Straße entlangspazierte, wartete Kate bereits vor der Herberge.

»Genau das richtige Wetter«, sagte sie, nachdem er zur Begrüßung kurz eine Hand gehoben hatte. Er trug die zerschlissene kurze Jeans, in der er immer zu stecken schien, aber heute hatte er über das übliche Muskelshirt einen roten Kapuzenpulli gezogen. Es war zwar schon warm, aber die Brise, die vom Wasser herüberwehte, reichte für eine Gänsehaut an Kates Armen. Sie hatte sich für ein senfgelbes Trägerkleid über einem weißen T-Shirt entschieden. Ihre abgetragene Malerkleidung würde sie erst in Brač anziehen.

Die dichte Dreadlock-Mähne hatte Alex heute zurückgebunden und so weit wie möglich unter eine Baseballkappe mit der Aufschrift »Kroatien« gesteckt.

»Das ist alles?«, fragte er mit einem Blick auf den Rucksack neben Kates Füßen. Er gehörte Toby und wog auch beinahe so viel wie sein Besitzer, da sie ihn zum Bersten vollgepackt hatte.

»Ich wusste nicht, was ich mitnehmen sollte.«

»Also hast du einfach all deine Habe mitgebracht, plus noch ein paar Extras als Glücksbringer?«

»Wenn du das hier schlimm findest, dann solltest du mal meine Koffer sehen.«

»Koffer im Plural?« Alex biss die Zähne zusammen. »Ich werd' verrückt.«

Da war es wieder, dachte Kate – der Hauch eines Dialekts, den sie nie so ganz einer bestimmten Region zuordnen konnte.

»Du weißt schon, dass wir nur ein oder zwei Nächte unterwegs sind?«, fuhr er fort. Seine Verblüffung verstärkte sich noch, als er das Gewicht des Rucksacks überprüfte.

»Man kann nie gut genug vorbereitet sein«, erklärte Kate. Als er Anstalten machte, den Rucksack zu nehmen, sagte sie: »Das schaff ich schon.«

Unter gewaltigen Mühen hob sie den Rucksack hoch und schaffte es, beide Arme durch die Schultergurte zu schieben. Doch als sie sich bückte, um ihre zweite, viel kleinere Tasche vom Boden aufzuheben, wäre sie beinahe umgekippt.

»Augenblick«, sagte Alex und ging vor ihr in die Hocke. Kate wollte schon zurückweichen, doch er schloss nur ihren Hüftgurt. Sobald beide Seiten richtig festgezurrt waren, ließ das Gewicht auf ihren Schultern nach, und sie seufzte erleichtert auf.

»Toby hat sich nicht die Mühe gemacht, mir zu zeigen, wie man dieses Ding trägt.« Gutmütig schüttelte sie den Kopf, und im nächsten Moment fingen sie an, den Hügel hinunterzulaufen. »Wahrscheinlich hat ihn die Vorstellung ergötzt, wie ich als überladenes Kamel durch die Gegend torkele.«

»Kamele torkeln meist nicht«, sagte Alex. »Ich denke da eher an einen Esel – eines jener armen Tiere, die auf verregneten britischen Stränden Kerle mit ›Kiss me quick, squeeze me slow‹-Hüten durch die Gegend tragen.«

»Himmel.« Kate ächzte humorlos. »Danke auch.«

Alex hatte sein Boot in der Nähe der Kirche festgemacht, an der Kate an dem Tag, als sie von Nikas Schwangerschaft erfahren hatte, in Tränen aufgelöst vorbeigelaufen war. Doch sie verbannte jeglichen Gedanken daran aus ihrem Kopf.

Dank der Übung während ihrer Renovierungsarbeiten kletterte Kate viel eleganter über die Seite des frisch gestrichenen Boots als beim ersten Mal. Alex bugsierte ihren Rucksack durch die Öffnung nach unten in den kleinen Kajütenbereich an der Vorderseite des Boots, während Kate eine Schwimmweste überzog und sich Mühe gab, nicht auf die schmutzigen Fußspuren zu achten, die sie beide überall auf dem makellosen Deck hinterlassen hatten.

»Es sollte nicht allzu lang dauern, bis wir Brač erreichen«, sagte er. »Das Boot lassen wir im Hafen von Supetar und fahren dann von dort aus zum Hotel.«

»Hört sich gut an.« Kate sprach laut, um das Rasseln der Ankerkette zu übertönen. »Wo ist es – das Hotel, meine ich?«

»In Škrip«, sagte er und rückte seine Baseballkappe zurecht. »Das ist ein kleines Dorf mit viel Geschichte. Die meisten Touristen, die Brač besuchen, fahren nach Bol im Süden, aber wir werden oben im Norden sein.«

»Von Bol habe ich schon gehört«, sagte sie. »Das ist der Badeort mit dem berühmten langen Strand.«

»Richtig.« Er ließ den Motor an. »Wenn du magst, kannst du am Nachmittag dorthin – es gibt Busse.«

»Nein, nein. Das hier ist eine Geschäftsreise, kein Vergnügungstrip.« Sie ließ sich auf dem Sitz gegenüber von ihm nieder, während sie langsam den Hafen hinter sich ließen. »Arbeitsscheu bin ich nicht«, setzte sie hinzu und rückte ihre Brille zurecht. »James hat mir immer vorgeworfen, dass ich mich nicht ›genug ins Zeug lege‹, aber es war nie die Knochenarbeit, die mich abgeschreckt hat.«

Sie tat es schon wieder – *James, James, James.*

»Wie mir einst ein kluger Freund sagte: Das Wichtigste ist, etwas zu finden, das zu einem passt«, sagte Alex. »Und es ist schön, dass du heute mitkommst – das ist mein Ernst –, aber ehrlich gesagt arbeite ich besser allein. Ich knie mich gern richtig rein und erledige die Arbeit.«

»Du fleißiges Bienchen, du«, witzelte sie lahm.

Er lachte kopfschüttelnd. »Wenn du meinst.«

Mittlerweile hatten sie Hvar hinter sich gelassen, und der Himmel war von einem lauen Vergissmeinnichtblau. Je weiter sie aufs Meer hinausfuhren, umso stärker wurde der Wind, der am Morgen nur ein leichter Hauch gewesen war. Kate war froh, dass sie ausnahmsweise einmal auf ihren Strohhut verzichtet hatte.

»Kennst du all diese Leute?«, fragte sie, nachdem das dritte Boot, an dem sie vorüberkamen, freundlich das Signalhorn erklingen ließ.

»Nein«, antwortete er. »Das ist der Beifall für den Deckstuhl. Seit du ihn da oben festgenagelt hast, errege ich überall auf der Insel Aufsehen – ein Mädchen wollte neulich sogar ein Foto von mir schießen, als wäre ich so was wie ein Promi.«

»Oje!« Kate schaute mit einer Grimasse zum Dach der Kajüte hoch. »Das flatternde Geräusch ist mir auch schon aufgefallen.«

»Ja«, pflichtete er ihr bei. »Ganz schön laut, nicht wahr?«

»Es hört sich an, als würde dir eine gewaltige Menschenmenge applaudieren«, entschied sie. »Je schneller wir fahren, umso lauter klatschen sie.«

»Na dann«, sagte Alex und gab Gas.

Das laute Dröhnen des Motors machte zusammen mit dem flatternden Segeltuch des Deckstuhls und den dumpf aufklatschenden Wellen, die sich am Boot brachen, jede Unterhaltung unmöglich. Kate lehnte sich in ihrem Sitz zurück, und ihr Blick wanderte von der Aussicht zu Alex' breiten Schultern unter dem roten Hoodie. Da er die Dreadlocks endlich einmal weggesteckt hatte, sah er beinahe gut aus – nicht unbedingt ihr Typ, aber zweifellos attraktiv. Sie erinnerte sich an Robyns Dothraki-Bemerkung und fragte sich, ob das anfängliche Interesse ihrer Freundin erneut aufflackern würde, wenn sie den Mann erst einmal persönlich kennenlernte. Falls Robyn ihn zu Gesicht bekommen würde, denn Kate wusste nie so recht, wo Alex von einem Tag auf den nächsten Tag stecken würde – und ihm selbst schien es da nicht anders zu gehen. Wenn sie ihm nicht zufällig oben auf der Festung begegnet wäre, hätte sie ihn vielleicht ewig nicht wiedergesehen, und das wäre schade gewesen. Ohne den Grund genau benennen zu können, fühlte Kate sich in seiner Gegenwart wohl, und außerdem vertraute sie ihm – selbst wenn er ihr bei jeder zweiten Frage, mit der sie ihn bombardierte, eine Antwort schuldig blieb. Sie hatte noch immer keine Ahnung, woher er kam, wie seine Familienverhältnisse aussahen oder warum er Großbritannien überhaupt verlassen hatte – aber großes Kopfzerbrechen bereitete ihr das nicht, was eigentlich untypisch für sie war. Überhaupt war Kate, wenn sie einmal so richtig darüber nachdachte, hier in Kroatien so viel entspannter als je zuvor im Leben. Wenn es ihr nur gelänge, das Problem mit James zu lösen – *und das Problem mit ihrer Fruchtbarkeit,* flüsterte eine grausame Stimme –, dann wäre ihr Leben gar nicht so übel.

Es war Wochen her, seit sie auf der Dachterrasse beinahe eine Panikattacke erlitten hatte, seit sie ihren Gefühlen nachgegeben und sich von ihnen hatte überwältigen lassen. Jene andere Kate Nimble fühlte sich jetzt ganz weit weg an – ein dunkler Umriss am Ende eines langen Tunnels.

Alex hatte gerade etwas gesagt, aber Kate hatte es nicht verstanden. Vor ihrem geistigen Auge sah sie, wie seine Wörter vom Wind weggepeitscht, zerrissen und über dem Wasser verstreut wurden. Welch seltsame Vorstellung: all diese ausgesprochenen Sätze, die schwerelos und ohne Anker herumtrieben. So vieles, was Menschen sagten, geriet auf der Stelle wieder in Vergessenheit.

»Was ist los?«, rief sie über das Dröhnen des Motors, und Alex deutete nach vorn.

»Land ahoi!« Er lächelte sie mit einer Wärme an, die Kate durch Mark und Bein ging.

»Zu Befehl, Herr Kapitän!«, erwiderte sie und sprang von ihrem Sitz auf, während das Boot seine Fahrt verlangsamte.

Alex starrte sie an, und seine Miene war so plötzlich verschlossen, dass Kate sich fragte, ob es in seinem Innern einen Kurzschluss gegeben hatte. Doch beinahe im selben Moment, in dem ihr sein Stimmungswechsel aufgefallen war, schien Alex neu zu starten und tippte sich lachend an den Schirm seiner Kappe.

Spielte er, genau wie sie, aller Welt vor, dass alles in Ordnung war, während in Wirklichkeit etwas viel Dunkleres unter der Oberfläche lauerte? Wenn Kate selbst nicht längst zu einer Expertin im Übertünchen dieser Schwärze geworden wäre, wäre es ihr vielleicht nicht aufgefallen. Aber sie hatte es bemerkt.

Und wenn der Alex, der sie in diesem Moment anlächelte, eine tiefere Wahrheit verbarg, stellte sich die Frage: Wen oder was versteckte er?

27

»Aber du hast doch gesagt, dass wir fahren?«

Entsetzt starrte Kate erst Alex und dann das Moped an, von dem er eben gestiegen war. Mit dem Versprechen, sie innerhalb von zehn Minuten abzuholen, hatte er sie und den vollgestopften Rucksack im Schatten eines Granatapfelbaums zurückgelassen, dessen Früchte zu dem Sonnenbrand auf ihren Schultern passten. Kate hatte damit gerechnet, dass er in einem Jeep wie Filippos oder zumindest einem der kleinen Leihwagen, die überall in Hvar parkten, vorfahren würde. Dieses klapprig aussehende Gefährt fiel in keine von beiden Kategorien.

»Im Allgemeinen muss man Motorroller tatsächlich fahren«, sagte er. »Sie lenken sich noch nicht von selbst, auch wenn ich jede Wette eingehen würde, dass längst jemand an einer solchen Funktion arbeitet.«

»Auf dem Ding können wir unmöglich fahren!«, rief sie. »Wohin soll denn der ganze Kram aus dem Hotel? Wohin soll mein Rucksack? Und ich?«

»Du kommst hinter mich«, sagte er. »Und was dein Zeug betrifft ...« Alex holte einen Schlüssel aus der Tasche seiner Shorts und öffnete den zerschlissenen Ledersitz des Mopeds. Darunter befand sich ein kleines Fach mit zwei zusammengerollten Gurten.

»Wir können es hinten befestigen. Es sei denn, du hältst es für sicher, wenn du den Rucksack trägst?«

»Für sicher halte ich da gar nichts«, erwiderte Kate gereizt. »Und wenn ich herunterfalle?«

»Das wirst du nicht, solange du dich festhältst.« Er hob den Rucksack, als wiege er nichts, und zurrte ihn an dem Moped fest. Seine eigene Tasche, die nicht einmal halb so groß wie ihre war, passte problemlos in den Fußraum. Kate trat von einem weißen Chuck auf den anderen und kaute geistesabwesend an ihren Fingernägeln, während sie ihm zusah.

»Gibt es denn keine Autos?«, fragte sie in flehendem Tonfall. Hoffnungsvoll ließ sie den Blick im Hafen herumschweifen, als könnte gleich eines aus dem Nichts auftauchen.

Alex richtete sich auf und reichte ihr einen Helm. »Roller sind billiger«, sagte er. »Und besser für die Umwelt.«

»Und Todesfallen«, fügte sie hinzu, woraufhin er beide Augenbrauen hochzog.

»Der Besitzer hat mir gesagt, dass er gern sämtliches Mobiliar, das du haben möchtest, in seinem Lieferwagen hierher transportiert«, versicherte er. »Komm schon, guck nicht so – vielleicht macht es dir sogar Spaß. Mit dem Kajak hattest du kein Problem, und dieses Ding musst du noch nicht einmal lenken, sondern dich bloß festhalten.«

Kate verzog das Gesicht.

»Ich fahre jetzt schon seit Jahren Moped, und ich sage dir eins: Sie lassen sich viel einfacher handhaben als ein Boot. Bis hierher habe ich dich doch auch in einem Stück gebracht, oder?«

»Völlig unfallfrei ist deine Motorrollerlaufbahn nicht gewesen, wenn ich mich nicht irre«, stellte Kate fest und dachte an die Narben an seinem Ellbogen, die er ihr gezeigt hatte. Schließlich griff sie trotzdem nach dem Helm und setzte ihn auf. Sofort wurden ihre Ohren flach an den Kopf gedrückt, und ihre Brille verrutschte. Allerdings war sie nicht unbedingt scharf darauf, zu sehen, wie die Landschaft in beängstigendem Tempo an ihnen vorbeirauschte. Was sich auf dem Wasser beglückend anfühlte, war auf dem Trockenen viel beängstigender. Und wenn man ins Wasser fiel, endete man nicht mit einer Asphalttätowierung.

Alex stieg zuerst auf und hielt das Moped fest, während Kate hinter ihn kletterte. Ihre Füße fanden gleich die kleinen Metallrasten. So nah war sie Alex körperlich noch nie gekommen, und als sie vorwärtsrutschte, um es sich bequem zu machen, nahm sie sofort seine Körperwärme unter dem zerschlissenen Kapuzenpulli wahr. Am liebsten hätte sie ihre Oberschenkel nicht so eng an seine gedrückt, doch der hinter ihr befestigte Rucksack ließ ihr keinerlei Bewegungsfreiheit.

»Bist du bereit?«, fragte Alex. Mit einer Hand hielt er die Bremse gedrückt, mit der anderen ließ er die Kupplung kommen. Kate spürte das Vibrieren des Motors durch den Sitz hindurch und versuchte, nicht darüber nachzudenken, auf wie viele bewegliche Teilchen sie zu ihrer Sicherheit vertraute – ganz zu schweigen davon, wie dreckig, staubig und ölverschmiert sie an ihrem Ziel ankommen würde. Es war ein Fehler gewesen, dieses Kleid anzuziehen. Sie hätte von Anfang an ihre alten Leggings tragen sollen.

»Von bereit kann keine Rede ...«

Das letzte Wort entfuhr Kate als schrilles Kreischen, weil das Moped einen Satz nach vorne machte, und als sie die Hauptstraße entlangsausten, schloss sie die Augen.

»Macht Spaß, oder?«, rief er in dem Moment, als Kate einen Blick wagte und sah, wie ein Touristenpulk aufgeregt aus dem Weg sprang.

»Nein!«, schrie sie zurück und schlang die Arme fester um ihn, während sie zwischen Autos, Motorrädern und einem gewaltigen, Abgase ausstoßenden Reisebus hindurchflitzten. Eine von Alex' Dreadlocks hatte sich aus seinem Helm gelöst, und Kate prustete, als sie ihr direkt in den offenen Mund flog.

Sie folgten der Küstenstraße, doch Kates Wahrnehmung beschränkte sich auf die verschwommenen Bäume, das wespenhafte Motorengeräusch, den unter den Reifen dahinschießenden grauen Asphalt und das wilde Herzklopfen in ihrer Brust.

Alex hingegen wirkte völlig gelöst und lümmelte auf dem Moped, als sitze er in einem Sessel.

Ich muss versuchen, lockerer zu werden, überlegte Kate und entspannte ihre starren Schultern ein wenig. So schlimm war es auch wieder nicht, sie schaffte das schon. Alex schien zu wissen, was er tat, aber falls sie doch herunterfallen sollte, würde er sich auf keinen Fall auf dem Sitz halten können. Mittlerweile klammerte sie sich so fest an ihn, dass sie bestimmt beide von dem Moped stürzen würden, wenn sie fiel – kein allzu tröstlicher Gedanke.

Je weiter sie fuhren, desto mehr wurde Kates ursprüngliche Angst von so etwas wie Freude abgelöst. Allmählich schätzte sie den warmen Fahrtwind an ihren nackten Armen und Alex' Körper, der sich beruhigend an sie presste.

»Immer noch alles in Ordnung da hinten?«, rief er.

»Alles super«, erwiderte sie und stellte zu ihrer Verblüffung fest, dass dem tatsächlich so war. »Wenn man erst einmal die ständige Angst vor einem gewaltsamen und blutigen Tod verdrängt hat, ist es gar nicht so übel.«

Kate spürte, wie sich seine Bauchmuskulatur unter ihren Händen zusammenzog, als er lachte.

Das schmale Sträßchen, auf dem sie entlangschossen, führte auf einmal bergauf, und der freundliche blaue Vorhang des Meers fiel weg, während sich zu beiden Seiten dicht an dicht Häuser erhoben. Um sie herum wirbelte Staub auf, und das Moped gab auf dem immer steiler werdenden Abhang ein schrilles Kreischen von sich. Kate fragte sich schon, ob sie es überhaupt bis ganz nach oben schaffen würden, doch da bremste Alex abrupt, und sie kamen schlitternd neben einer Sandsteintreppe zum Stehen.

»Verzeihung wegen der Vollbremsung«, sagte er, als Kate fast seitlich vom Sitz kippte. »Ich dachte, das Hotel wäre weiter oben. Ich bin schon eine ganze Weile nicht mehr hier gewesen – seit dem Frühjahr nicht mehr.«

»Dabei hatte ich gerade eben angefangen, dem Ding hier zu vertrauen«, erwiderte sie und warf dem Moped beim Absteigen einen strengen Blick zu. Es fühlte sich seltsam an, wieder auf festem Boden zu stehen, und ihre Beine zitterten im Rhythmus des leerlaufenden Motors.

Alex nahm den Helm ab und hängte ihn über einen der Griffe am Lenker. Kate folgte seinem Beispiel und hängte ihren auf die andere Seite. Automatisch fuhr sie sich mit der Hand durch das platt gedrückte Haar und rückte ihre Brille zurecht. Der Besitzer hatte einen Schlüsselbund in einem Schließfach mit Code hinterlegt, und Kate sah zu, wie Alex geschickt die Stufen hochsprang, um die Schlüssel zu holen.

»Der Müllcontainer ist draußen beim Pool«, sagte er und wartete an der nun offenen Eingangstür. »Warum schaust du nicht, ob da schon etwas drin ist, und ich mache mich gleich mal ans Entrümpeln?«

Kate betrat einen dunklen Empfangsbereich und sah sich blinzelnd um, während ihre Augen sich an das Dunkel gewöhnten. Das Hotel war altmodisch, mit wuchtigen Holzmöbeln und einer Siebzigerjahre-Farbpalette aus Rost- und Brauntönen. Von Alex wusste sie bereits, dass der Mann, der das Hotel gekauft hatte, große Sanierungspläne hatte und alles entweder weiß oder grau streichen wollte. Bei dem Gedanken rümpfte Kate die Nase.

»Dein Gesicht spricht Bände«, stellte Alex offensichtlich amüsiert fest.

»Wenn der neue Besitzer sich hier drinnen für sterile Farben entscheidet, wird es am Ende nicht wie ein Hotel, sondern eher wie ein Krankenhaus aussehen.« Sie betrat eine Art Loungebereich und bewunderte die Strukturfarbe an der Decke. »Etwas Wärmeres wäre besser – und diese Wände sind so hoch, da wäre viel Platz für tolle Designelemente.«

»Soll ich ihn anrufen?«, schlug Alex vor, das uralte Nokia-Handy bereits gezückt. »Er ist Däne, aber sein Englisch ist ziemlich gut. Du könntest ihm deine Ideen unterbreiten.«

»Nein, nein.« Verlegen winkte Kate ab. »Ich habe bloß laut gedacht, weiter nichts. Es ist sein Hotel, und er kann tun und lassen, was er will. Er hat bestimmt mehr Ahnung als ich.«

»Bist du dir sicher? Ich bin ihm zwar erst einmal begegnet, aber er wirkt ziemlich entspannt. Ich glaube nicht, dass du ihm auf den Schlips treten würdest, falls das deine Sorge ist.«

»Er ist reich«, rief Kate ihm ins Gedächtnis. »Er kann sich einen professionellen Innenarchitekten nehmen.«

»Oder er kann dich bezahlen.« Alex lehnte mit verschränkten Armen am Türrahmen, die Baseballkappe wieder an ihrem Platz.

»Aber ich bin keine Innenarchitektin. Höchstens eine Hobbydesignerin.«

Mit schief gelegtem Kopf starrte Alex sie an.

»Warum schaust du mich so an?«

»Mir ist nur wieder unser Gespräch von vorhin eingefallen. Du weißt schon, wie wichtig es ist, etwas zu finden, das zu einem passt. Hast du dich nie gefragt, ob Interior Design vielleicht dein Ding ist?«

Kate hatte es sich gefragt. In letzter Zeit war ihr der Gedanke immer häufiger in den Sinn gekommen. Doch es war lächerlich. Jeder konnte mit ein bisschen Nachdenken Farben aufeinander abstimmen, Kunst an die Wände hängen und sich auf YouTube ein Tutorial ansehen, wie man Lampen aus alten Sülzformen bastelte. Die Herberge und Alex' Boot waren Glücksgriffe gewesen, aber nichts, woraus sich tatsächlich ein Beruf machen ließe.

»Wer hat das gleich noch mal gesagt?«, fragte sie. »Dein kluger alter Freund Yoda, nicht wahr?«

Alex trat einen Schritt zur Seite. »Josh.«

»Stimmt«, sagte sie leichthin. »Aber ich glaube, du misst ihm zu viel Bedeutung bei.«

»Wie meinst du das?« Alex' Miene war undurchschaubar.

»Ich glaube«, antwortete sie, »dass du der kluge Mensch bist.«

28

Erst als die Dämmerung einsetzte, fiel Kate auf, dass sie Alex schon eine ganze Weile nicht mehr gesehen hatte. Er hatte sie im Freien neben dem leeren Pool zurückgelassen, umgeben von ihren Stapeln aus eingesammelten Schätzen, und hatte ihr erklärt, er habe rasch etwas zu erledigen. Doch das war vor einer guten Stunde gewesen.

Beim Begutachten der geborgenen Gegenstände vorhin hatte sie sich einen True-Crime-Podcast angehört, doch jetzt schien die Stille in ihren Ohren zu dröhnen. In der Herberge herrschte ständig ein gewisser Lärmpegel – Schritte von Gästen und die Musik, die von der Dachterrasse herunterhallte –, aber hier in Škrip war nicht das geringste Lebenszeichen zu vernehmen. Selbst die Grillen waren verstummt, und ihr Gezirpe war, genau wie die Sonne, durch den Übergang vom Tag zur Nacht gedämpft worden.

Kate griff nach ihrem Handy, um Alex anzurufen, doch dann fiel ihr ein, dass sie seine Nummer gar nicht hatte, und bat stattdessen Toby per SMS darum. Es war absurd, dass sie Alex selbst noch gar nicht nach seiner Nummer gefragt hatte, schließlich kannten sie sich jetzt schon seit Wochen. Andererseits war er bestimmt niemand, der viele SMS verschickte. Er war eher jemand, mit dem man persönlich kommunizierte – zumindest wenn er sich tatsächlich einmal blicken ließ.

Kate hörte Zweige knacken und erhob sich ruckartig von der verrosteten Sonnenliege, auf der sie gehockt hatte. Die

Terrasse mit dem Pool war von Mauern umgeben, aber ganz allein fühlte sie sich hier draußen trotzdem ungeschützt.

Vielleicht war es keine so grandiose Idee gewesen, sich einen True-Crime-Podcast anzuhören. Sie schnappte sich ihre kleinere Tasche, eilte auf die Flügeltür an der Rückseite des Hotels zu und ging ins Haus. Dort brannte kein Licht, und in der Dunkelheit musste Kate die Taschenlampenfunktion ihres Handys benutzen, um an der Wand einen Schalter zu finden.

»Schon besser«, sagte sie laut, als das Zimmer wieder hell erleuchtet war, und nachdem sie die Türen ins Freie geschlossen hatte, begab sie sich in den Empfangsbereich. Der uralte Schreibtisch, der noch am Morgen dort gestanden hatte, war verschwunden. Alex und sie hatten ihn in Stücke zerlegt und in den Müllcontainer geschichtet. Doch ihr Rucksack lehnte noch an der Wand, dort, wo sie ihn zurückgelassen hatte.

Kate zuckte zusammen, als ihr Handy aufgrund einer SMS vibrierte. Sie stammte von Toby.

Alex' Nummer folgt. Filippo lässt ausrichten, tu nichts, was er und ich definitiv tun würden.

Mit geschürzten Lippen betrachtete Kate das zwinkernde Emoji, das er am Schluss hinzugefügt hatte. Idiot.

Alex ging nicht ran, als sie anrief, doch bevor sie eine SMS fertiggetippt hatte, traf eine ein.

Sorry. Hat länger gedauert als gedacht. Bin bald wieder da. A.

Er hatte also ihre Nummer. Da musste Toby am Werk gewesen sein.

Mit Schmutzflecken auf T-Shirt, Leggings und den ehemals strahlend weißen Chucks, die nach einem Tag des Möbelschleppens dreckverschmiert waren, fühlte Kate sich ungepflegt – und sah auch so aus. Oben gab es etliche Badezimmer, und der neue Besitzer würde doch gewiss nichts dagegen einzuwenden haben, wenn sie rasch duschte?

Da Alex Kate noch nicht gezeigt hatte, in welchem Zimmer sie übernachten würde, betrat sie das nächstbeste. Dort gab es zwar ein Bettgestell, aber keine Matratze und eine einzige Lampe mit gesprungenem Porzellanfuß. Im angrenzenden Badezimmer gab es natürlich keine Handtücher, aber Kate hatte zwei eigene dabei, zudem einen Kulturbeutel voller Kosmetikprodukte, eine Reiseapotheke – man konnte ja nie wissen – und ein eng anliegendes schwarzes Kleid für den Fall, dass sie auch etwas Schickes unternahmen.

Nicht sehr wahrscheinlich.

Kate zog sich aus, drehte das Wasser auf und stieg vorsichtig in die Duschkabine – aus der sie gleich wieder mit einem Aufschrei heraussprang. Es war kalt. Eiskalt.

»Tu mir das nicht an«, flehte sie und griff nach dem Hebel.

Es war zwecklos, Warmwasser gab es nicht.

Ihr blieben zwei Möglichkeiten: Entweder blieb sie weiterhin verschwitzt und schmutzig, oder sie trotzte der kalten Sintflut. Dreck kam allerdings nicht infrage, also blieb ihr im Grunde keine Wahl.

Verbissen stieg Kate mit eingezogenem Kopf unter die Dusche und schrubbte sich zähneklappernd so fest und schnell wie möglich sauber. Da sie sich nicht zum Haarewaschen überwinden konnte, drehte sie den Kopf aus dem Wasserstrahl und hielt ihren übrigen Körper der Reihe nach ins Wasser, wobei ihr in den Sinn kam, wie absolut lächerlich sie aussehen musste. Noch vor ein paar Wochen hätte diese Situation sie aus der Fassung gebracht, es wäre eine von vielen Katastrophen gewesen, die ihr – und immer nur ihr – zustießen. Doch heute stellte Kate fest, dass es ihr kaum etwas ausmachte. Wenn überhaupt, war es komisch. Typisch – das schon –, aber auch amüsant.

Sie begann zu lachen, erst leise glucksend, dann immer heftiger, während sie ihren seltsamen Tanz in der engen Kabine fortsetzte. Bei einer perfekten Pirouette flog Kate die Seife aus der Hand und landete auf den nassen Fliesen. Als sie sich danach bückte, hörte sie eine Stimme.

»Kate? Kate, bist du das? Alles in O... Oh!«

»Nein, nein, nein!«, schrie sie auf, als Alex durch die offene Badezimmertür gerauscht kam. Sie wirbelte herum und rutschte auf der Seife aus. Im nächsten Moment glitt Kate zur Seite, stürzte durch die Duschkabinentür und landete nass in Alex' Armen.

Zutiefst gedemütigt, versuchte sie, auf dem feuchten Boden Halt zu finden, sank dabei allerdings nur noch weiter Richtung Boden. Alex' Hände streiften bei seinem Versuch, sie aufzufangen, die Unterseite ihrer Brüste. Es war nur eine ganz leichte Berührung, kaum mehr als ein Vorüberstreichen, doch es löste ein Gefühl in Kate aus, das sie schon lange nicht mehr empfunden hatte – ein Begehren, das ihr die Röte in die Wangen trieb.

Mit rasendem Herzschlag taumelte sie zurück.

»Alles in Ordnung?«, fragte er. Da er nun die Hände frei hatte, schlug er sich eine vor die Augen.

»Aber sicher doch«, sagte sie mit bebender Stimme und griff eilig nach ihrem Handtuch. »Ich meine, ich stehe im Begriff, vor Peinlichkeit zu vergehen, aber abgesehen davon ...«

»Tut mir leid«, sagte er und ließ die Hand behutsam wieder sinken, während Kate in hilfloses Gelächter ausbrach. »Ich dachte, jemand würde dich hier oben foltern – was war denn das für ein Lärm?«

»Das war ich«, sagte sie empört. »Ich habe gelacht.«

»Echt?« Er sah aufrichtig verblüfft aus. »Wow! Ich dachte wirklich, du würdest Schmerzen leiden.«

»Du kannst von Glück sagen, dass ich nicht gesungen habe.« Sie ging an ihm vorbei ins Schlafzimmer. »Da wären wahrscheinlich die Fensterscheiben zu Bruch gegangen.«

Ihr Herz klopfte immer noch wie wild, ein Trommeln in ihrem Innern, das ihre grenzenlose Blamage begleitete.

»Ich ziehe mich wohl besser an«, fügte sie hinzu, als er keine Anstalten machte zu gehen. In Wahrheit hatte sie sich noch nie nackter gefühlt – bloß dass ihr dieser Umstand kein Unbehagen bereitete. Dabei sollten kalte Duschen doch gut gegen Gefühlsaufwallungen sein und die Erregung nicht noch schüren.

»Oh, ja. Ich verkrümele mich dann mal.« Zur Abwechslung einmal wirkte Alex unsicher. Kate blickte ihm nach, als er zur Tür schlenderte und verschwand.

Hatte er gemerkt, dass ihre Gänsehaut nur wenig mit der Wassertemperatur zu tun hatte? Spürte er das erotische Knistern, das auf einmal zwischen ihnen herrschte?

Kopfschüttelnd öffnete Kate den Reißverschluss ihres Rucksacks und zog das erstbeste Kleidungsstück heraus – ihr schwarzes Kleid. Die Unterwäsche, die sie den ganzen Tag getragen hatte, lag offen auf dem Boden, aber Alex hatte viel mehr als ihren Slip gesehen. Er hatte ihren nackten Körper gesehen – hatte ihren splitternackten nassen Körper berührt. Doch diese unerwartete Wendung löste in Kate weder Bestürzung noch Scham oder gar Bedauern aus. Sie war selbst überrascht, wie wenig es ihr ausmachte. Da die ursprüngliche Verlegenheit nun nachließ, wurde sie von einem unkontrollierten Kichern gepackt, und während sie sich ankleidete und die Haare bürstete, lächelte sie versonnen bei dem Gedanken, wie sie in seine Arme gefallen war. Ihr Schicksal demonstrierte auch weiterhin einen gewissen Sinn für Humor.

Bei ihrer Rückkehr ins Erdgeschoss befand sich Alex draußen auf der Terrasse. Er hatte etliche Teelichter angezündet und am Beckenrand des leeren Pools aufgestellt. Neben einem Campingkocher lagen zwei riesige Sofakissen.

»Hey«, sagte er und blickte hoch. Er saß über eine Bratpfanne gebeugt da. »Hoffentlich magst du Fisch?«

»Ja«, sagte Kate, und das heiße Glühen, das sie im Hotelzimmer verspürt hatte, brannte genauso intensiv wie die Kerzen.

Alex hielt eine kleine Glasflasche hoch.

»In Kroatien gibt es eine Redensart, die besagt, dass die Fische hier dreimal schwimmen: im Meer, in Olivenöl und in Wein. Letzteren habe ich nicht zu bieten, aber zwei von dreien ist gar nicht so übel, oder?«

»Das mit dem Wein ist schade«, sagte sie und ließ sich auf eines der Kissen sinken. »Nach dem, was eben passiert ist, könnte ich einen Drink gebrauchen.«

»Ich kann dir Wasser anbieten«, meinte er, ohne ihren Blick zu erwidern.

Kate stupste ihn mit einem Finger an. »Alles gut«, sagte sie. »Ich habe unter der Dusche reichlich Wasser geschluckt – das passiert, wenn man wie ich mit offenem Mund lacht.«

»Es ist schön, dass du etwas so lustig fandest«, sagte er. »Was hat dich eigentlich so aufgeheitert? Das hast du gar nicht gesagt.«

Kate setzte die Brille ab und putzte sie am Saum ihres Kleids.

»Ach, weißt du, das Leben – und ich«, erklärte sie ihm. »Das Wasser war eiskalt, und ich war einfach ... Es ist egal. Es ist dumm. Ich bin dumm, das müsstest du mittlerweile wissen.«

Alex schüttelte den Kopf. Die Baseballkappe trug er nicht mehr, und seine Dreadlocks hingen ihm über die Augen. Er roch nicht wie ein Mann, der den ganzen Tag körperlich gearbeitet hatte, und Kate stellte fest, dass seine Finger, mit denen er im Moment Kräuter aus einer kleinen Packung über zwei silbrige Fische streute, makellos sauber waren.

»Du bist nicht dumm, Kate.« Seine Stimme war sanft, aber fest.

»O doch.« Sie schraubte die Wasserflasche auf, die er ihr reichte. »Und das Ironische daran ist, dass ich nach Kroatien gekommen bin, um dem Gespött zu entkommen. Allerdings scheint es mir gefolgt zu sein.«

Jetzt kramte Alex in seiner Tasche herum und zog erst eine Handvoll Tomaten und dann eine schöne rote Zwiebel hervor.

»Wärst du so lieb?«, fragte er und deutete auf ein hölzernes Schneidebrett und ein Messer. »Ich muss den Fisch im Auge behalten, damit er nicht anbrennt.«

»Sicher.«

Kate setzte sich vor und fing mit dem Schneiden an. Sie war froh über die Aufgabe.

»Brot ist auch da drin«, fügte er hinzu und nickte in Richtung Tasche. »Wundersamerweise habe ich es noch kurz vor Ladenschluss in die Bäckerei geschafft.«

»Du hast an alles gedacht.« Sie lächelte ihm zu. »Danke.«

»Ich war ein bisschen länger als geplant unterwegs«, sagte er und legte das Kinn auf ein angewinkeltes Knie. »Die Fische haben nicht angebissen, und ich musste verschiedene Stellen ausprobieren.«

»Moment mal.« Kate hielt im Schneiden inne. »Willst du damit sagen, dass du die Fische gefangen hast?«

»Natürlich.«

»Im Sinne von, gerade eben, im Meer?«

»Nun, leider wachsen sie ja nicht auf Bäumen.«

»Das ist beeindruckend.« Sie schnitt in die Zwiebel. »Wenn ich angeln gehen würde, würde ich mir höchstens eine Erkältung einfangen, aber bestimmt keinen Fisch.«

»Soll ich das übernehmen?«, fragte Alex, da ihr die Tränen übers Gesicht strömten.

Sie schüttelte den Kopf. »Passt schon. Eigentlich ist es schön, mal zur Abwechslung über etwas anderes als James zu weinen. Tut mir leid«, fügte sie hinzu, als sich seine Miene verfinsterte. »Ich weiß, dass ich zu viel von ihm spreche. Es muss ermüdend sein. Das ist mir schon klar – Toby macht kein Geheimnis daraus.«

»Dieser James bedeutet dir wohl viel?«

Kate nickte.

»Dann ist es ganz natürlich, dass du über ihn reden willst.«

Stimmte das? Redete sie ständig über James, weil sie ihn liebte, oder lag es einfach daran, dass sie begreifen wollte, warum er sie so behandelt hatte? In jüngster Zeit war Kate zu der Erkenntnis gelangt, dass es wohl eher mit Letzterem zusammenhing, aber vielleicht hatte Alex recht, und sie wurde doch von ihrer Liebe angetrieben und nicht vom Kummer.

Denn sie liebte James schließlich immer noch. Oder etwa nicht?

»Ist dir je das Herz gebrochen worden?«, fragte sie, griff nach dem Öl und träufelte ein wenig über den Salat. Das Brot, das er gekauft hatte, duftete frisch, und als sie ein Stück abbrach, stieg Dampf empor.

»Nicht so wie dir«, erwiderte er. »Nicht auf die Art.«

Der Fisch war fast gar, und Alex richtete Teller und Besteck her. Seine kleine Tasche schien die bodenlosen Dimensionen von Mary Poppins' Reisetasche zu besitzen, und Kate sprach ihm ein Kompliment aus, als er alles auf dem Boden zwischen den Kissen ausbreitete.

»Willst du damit sagen, dass dir nie jemand den Laufpass gegeben hat?«, fragte sie lächelnd, als er ihr einen Teller reichte.

Alex überlegte kurz. »Eigentlich nicht.«

Ihm Informationen aus der Nase zu ziehen, war, als würde man Kohlestaub nach Diamanten durchsieben. Sie würde einen guten Moment abpassen müssen, um weiter in ihn zu dringen, denn da steckte bestimmt mehr dahinter. Doch sie würden sich gleich zu einem Mahl hinsetzen, das er zubereitet hatte, und Kate wollte auf keinen Fall etwas sagen oder tun, das ihm möglicherweise Unbehagen bereiten könnte.

Sie fragte sich, ob er, versteckt auf einer benachbarten Insel, eine Freundin hatte – oder vielleicht sogar einen Freund. Anzeichen gab es dafür zwar nicht die geringsten, aber er gehörte eben nicht zu den Menschen, die viel über ihr Privatleben preisgaben. Seine privaten Beziehungen behielt er vielleicht für sich, selbst wenn Kate hoffte, dass sie beide mittlerweile eine Freundschaft verband. Und Freunde teilten Dinge. Sie redeten miteinander, unterstützten den anderen und legten auch mal ihre Seele bloß. War es möglich, dass Alex nur eines kleinen Anstoßes bedurfte?

Vielleicht musste sie nur mit gutem Beispiel vorangehen.

29

»Herrgott, war der Fisch köstlich!«

»Zwei Stunden später, und du schwärmst immer noch davon?«

Mit einem Lächeln strich Kate sich genießerisch über den Bauch. »Das wird vielleicht nie aufhören«, erklärte sie. »Vielleicht hast du jedes andere Fischgericht für mich verdorben, von jetzt an bis zu dem Tag, an dem ich das Zeitliche segne, weil nichts dieser Mahlzeit je das Wasser reichen könnte.«

Alex hob den Blick von dem Fächer aus Spielkarten in seiner Hand. Sie spielten die siebte Partie Rommé, und da jeder dreimal gewonnen hatte, war es das Entscheidungsspiel.

»Du wirst mich hassen«, warnte er sie und legte den Herzkönig auf den Ablagestapel.

»Du hast gewonnen, oder?«, stöhnte sie und rollte zur Seite, während er seine restlichen Karten mit einer schwungvollen Geste ablegte. »Ich wusste doch, dass es nach meinem Dreifachsieg am Anfang nur noch bergab gehen konnte.«

»Da hättest du aufhören sollen«, sagte er. »Mit Großzügigkeit erreicht man gar nichts.«

»Sagt der Mann, der den Fisch zubereitet hat«, entgegnete sie. »Der Mann, der den Fisch gefangen hat, der mich hierhergebracht hat, der auch weiterhin meine Gesellschaft erträgt.«

»Hey!« Alex legte die Stirn in tiefe Falten, um ein Lächeln zu unterdrücken. »Genug davon. Als Rommémeister des Abends verlange ich hiermit, dass du mindestens vierundzwanzig

Stunden lang nichts Negatives mehr über dich sagst oder dich für irgendetwas entschuldigst.«

»Vierundzwanzig Stunden lang? Aber ... aber ...«

»Du hast Glück, dass ich nicht vierundzwanzig Jahre gesagt habe.«

Kate setzte sich wieder auf und begann mit dem Kartenmischen. Die Teelichter waren längst erloschen, aber über ihnen hing ein Vollmond. Sie hörte das Summen einer Mücke, verspürte jedoch nicht das Verlangen, sie zu verscheuchen. Es gab Schlimmeres im Leben als den einen oder anderen Mückenstich, und ihre Glieder waren bleiern vor Behaglichkeit. Diese Empfindung war eine Seltenheit, und Kate genoss sie jetzt in vollen Zügen, dieses Gefühl, dass im Grunde nichts von Bedeutung war, dass irgendwie alles gut werden würde.

»Was möchtest du als Nächstes spielen?«, fragte sie. »Oder sollte ich sagen, worin möchtest du mich als Nächstes schlagen? Es sei denn, du bist zu müde?«, fügte sie hinzu, da Alex ein Gähnen unterdrückte. Er hatte eine Silbermünze aus der Tasche geholt und warf sie mit dem Daumen in die Luft. Jedes Mal fing er sie blind wieder auf.

»Bin gleich wieder da«, sagte er. »Ich muss bloß was nachschauen.«

Kate starrte ihm nach. Auf seinem Weg ins Hotel glänzte die Münze, die im Mondschein immer wieder auf und ab flog, und die Kapuze seines Pullovers wippte im Takt, als er die Treppe hochlief. Kurz nachdem er verschwunden war, wurde ihr auf einmal kalt, und sie legte die Karten beiseite und griff nach ihrer Strickjacke.

In einem der Fenster im ersten Stock ging das Licht an, um gleich wieder zu verlöschen, und kurz darauf wurde es im Stockwerk darüber hell. War es vermessen zu hoffen, dass Alex die Minibars plünderte? Sie lechzte immer noch nach einem Drink, doch als er schließlich zurückkehrte, hatte er keinen Alkohol, sondern weitere Kissen und eine Decke dabei.

»Ich weiß schon, du hast gesagt, es wäre nicht dein Ding, an Deck eines Boots zu schlafen«, sagte er, »aber wie wäre es auf der Terrasse eines leeren Hotels? Da drinnen ist es ein bisschen unheimlich, wenn du mich fragst, und hier draußen wirst du die Sterne sehen können.«

»Ich weiß nicht recht.« Argwöhnisch betrachtete Kate die Gartenmauer. »Und wenn Bären hereinkommen?«

»Bären? Es gibt keine Bären. Das hier ist Kroatien, nicht die kanadischen Rocky Mountains.«

»Dann Schlangen? Und wenn Schlangen unter die Decken schlüpfen?«

»Du müsstest schon großes Pech haben, um hier draußen an eine Schlange zu geraten.«

»Dann eben Mörder? Mörder gibt's überall.«

Alex sah ihr in die Augen. »Ich werde hier draußen bei dir bleiben und dich vor jeglichen Bären, Schlangen und Mördern, die zufällig des Weges kommen, beschützen.«

»Gibt es im Hotel keine Matratzen?«, fragte sie, doch Alex schüttelte den Kopf.

»Geh du nur rein, wenn du möchtest, aber ich bleibe lieber im Freien. Mir macht das nichts aus«, fügte er hinzu. »Ich dachte mir bloß, es wäre sinnvoll, wenn wir zusammen bleiben.«

»Falls uns ein Killer auflauert«, stellte sie fest. »Gib's doch zu!«

»Was hast du nur mit deinen Mordgeschichten?« Lachend warf er ihr die Decke zu und ließ die zusätzlichen Kissen zu Boden fallen. »Ich versuche nur, gesellig zu sein.«

Alex richtete sich ein behelfsmäßiges Bett und legte sich

auf den Rücken, einen Arm angewinkelt unter dem Kopf und den anderen auf der Brust.

»Brauchst du denn keine Decke?«, fragte Kate, die ihre eigenen Kissen zusammenschob. Eigentlich sollte sie ins Hotel gehen, sich die Zähne putzen und abschminken. Doch ihr fehlte der Wille, sie konnte sich nicht dazu aufraffen.

»Das passt schon, keine Sorge.«

Am liebsten hätte Kate den BH ausgezogen, bevor sie sich hinlegte, aber würde Alex das als Zeichen missverstehen? Nichts deutete darauf hin, dass er auf diese Weise an ihr interessiert war, das wusste Kate, aber andererseits war da diese unbestreitbare erotische Atmosphäre oben im Schlafzimmer gewesen – und der Vorschlag, gemeinsam im Freien zu schlafen, stammte von ihm. Kate war schon so lange nicht mehr mit einem anderen Mann als James allein gewesen, dass sie befürchtete, die Situation völlig falsch zu deuten. Schmach war das Letzte, was sie wollte – weder für sich noch für ihn.

Als sie schon das Bettzeug zusammenpacken und nach drinnen gehen wollte, hörte sie Alex etwas murmeln.

»Wie bitte?«, fragte sie und ließ sich auf einen Ellbogen sinken.

»Ich habe den Mond bewundert.« Sein Blick war auf den Himmel gerichtet. »Den fand ich schon immer toll.«

Kate legte sich auf den Rücken, die Decke über den nackten Beinen.

»Ich habe mir wohl nie die Zeit genommen, mir Luna richtig anzusehen«, gestand sie. »Sie ist einfach immer nur da gewesen – eine Konstante, die ich gern hingenommen, aber nie hinterfragt habe.«

»Das gefällt mir«, sagte er. »Es gefällt mir, dass du den Mond als Sie betrachtest.«

»Ich weiß auch nicht, warum.« Kate hielt den Blick auf den glatten weißen Kiesel über ihnen gerichtet. »Vielleicht weil ich Einsamkeit mit dem Weiblichen in Verbindung bringe.«

»Du hältst den Mond für einsam?«

In seinem Tonfall schwang Überraschung mit, und als Kate ihm den Kopf zuwandte, sah sie, dass er sie beobachtete.

»Nun, das ist sie doch. Da oben ist sonst nichts, oder?«

»Ich glaube, allein sein und einsam sein sind zwei verschiedene Dinge«, sagte er leise. »Abgeschiedenheit hat etwas Elegantes. Ich habe mir immer vorgestellt, dass Luna ihre Position dort oben zum Wohl der Allgemeinheit hingenommen hat, weil die Menschen zu ihr aufblicken und sich von ihr führen lassen. Sie rettet Leben, indem sie dort oben ist und allein bleibt.«

»Die Worte eines echten Fischers.« Kate wandte den Blick ab und sah wieder zu den Sternen hoch. Ohne die Lichter von Hvar waren noch mehr als sonst zu sehen. Es war ein wunderschöner, ätherischer Anblick.

»Es braucht Mumm, seinen Weg allein zu gehen«, sagte sie. »Der Mond muss mutig sein – und dabei will immer keiner hinter dem Mond leben.«

Alex gab ein belustigtes Geräusch von sich, erwiderte aber nichts, und als Kate den Kopf drehte, stellte sie fest, dass er sie ansah. Die durchdringende Intensität, die sie mittlerweile mit seinen hellblauen Augen verband, war heute Abend nicht da, aber er sah nachdenklich aus, als versuche er, sich einen Reim auf sie zu machen.

»Das ist so typisch für mich, mitten in einem tiefen Gespräch einen Flachwitz zu machen«, sagte sie. »Da liegst du und sprichst von den Vorzügen des Mondes, und ich versuche, ein Wortspiel daraus zu basteln. Und noch nicht einmal ein gutes.«

»Ach, ich weiß nicht.« Er streckte die Arme aus und gähnte vor Anstrengung. »Ich habe schon Schlimmeres gehört.«

»Du schaffst es wirklich, einer Frau das Gefühl zu geben, dass sie etwas Besonderes ist.«

Alex lachte. »Ich habe dir Fisch zum Abendessen gekocht, junge Dame - was willst du noch?«

»Ach, weißt du«, sagte sie sanft. »Nur den Mond. Vielleicht ein oder zwei Sterne.«

»Verdient hättest du sie.«

Da war sie wieder - diese Intensität. Kate konnte sie fast körperlich spüren, ihr Blut strömte heiß, während sie ihn anstarrte und er sie. Sie öffnete die Lippen und sah, dass er das Gleiche tat, eine rosa Blüte inmitten des dunklen Bartgestrüpps. Langsam öffnete sie die Finger, die sie an der Brust verschränkt hatte. Er musste das wilde Klopfen ihres Herzens hören können, ein Hämmern in der Stille zwischen ihnen.

Was auch immer da gerade geschah, sie wollte es nicht hinterfragen.

Kate schloss die Augen, und mit einer Hand griff sie nach unten, um die Decke hochzuziehen. Es war eine laue Nacht, die dunkle Luft lag wie eine schwere Decke über ihnen, doch sie zitterte - ein Puls, der beharrlich irgendwo tief in ihrem Innern pochte. Es ergab überhaupt keinen Sinn, dass sie diese Gefühle empfand, dass sie so erregt war, aber sie wehrte sich nicht dagegen.

Er betrachtete sie immer noch, das konnte Kate spüren, und sie musste nicht die Augen öffnen, um zu wissen, dass er da war. Langsam, ganz langsam, sah sie ihn an. Alex war in Reichweite, und sie schob sich auf ihn zu, schloss die Lücke zwischen ihnen mit angehaltenem Atem.

Er wollte ihren Namen sagen, doch sie brachte ihn mit einem Kuss zum Schweigen, und im ersten Moment erstarrte er, ohne dass sein Mund nachgab. Kate ließ ab und fand seine Lippen dann noch einmal mit ihren – und diesmal reagierte er, küsste sie still und mit unendlicher Hingabe. Eine Hand umfasste ihr Gesicht, seine Finger streichelten sie und schoben behutsam eine Locke von ihrer Wange.

Sie wollte das hier, wollte ihn – doch in ihrem Innern regte sich ein Widerstand. Der Hauch einer Vorahnung, der sie zögern ließ. Alex öffnete die Augen, suchte forschend in ihren nach einer Antwort, und sie wandte den Blick ab.

»Es tut mir leid, ich ...«

»Es muss dir nicht leidtun«, sagte er. »Ich verstehe es.«

Seine Worte entlockten Kate ein Seufzen. Sie beugte sich vor, bis ihre Stirn an seiner lehnte, versuchte vergeblich, Stärke von ihm zu schöpfen und sich nicht von einer beharrlichen inneren Stimme einflüstern zu lassen, dass dies falsch sei – dass sie ihm oder er ihr wehtun würde. Am liebsten hätte sie vor Ärger laut geschrien, aber stattdessen atmete sie einfach, und ihre Brust hob und senkte sich, während Alex langsam von ihr wegrutschte.

»Ich bin gleich wieder da«, sagte er leise. »Pass auf, dass die Bären nicht das restliche Brot stehlen.«

»Mach ich«, flüsterte sie. Sie konnte ihm nicht nachsehen, als er die Terrasse überquerte, denn sie befürchtete, sie würde ihm folgen. Stattdessen atmete sie tief durch, sog die Luft in die Lunge und bis nach unten in die Magengrube, hielt sie dort und zählte bis eins, zwei, drei, vier, bevor sie wieder ausatmete.

Ein und aus. Ein und aus.

Sie wusste selbst nicht, wie lange sie so liegen blieb, nur auf ihre Atemzüge konzentriert, aber nach einer Weile verebbte das Unbehagen, und es gelang ihr, in die Gegenwart zurückzukehren.

Alex war zurück, den Arm hatte er wieder hinter dem Kopf, und die Kapuze seines Oberteils war über die Dreadlocks gezogen. Im Dunkeln waren seine Gesichtszüge jetzt kaum zu erkennen, und ein Blick nach oben offenbarte ihr eine große Quellwolke, die den Mond verdeckte. Das Atmen hatte sie beruhigt, nun würde sie bestimmt bald einschlummern.

»Was denkst du gerade?«, fragte sie leise.

Diese Frage hatte sie James oft gestellt, und es hatte ihn jedes Mal maßlos geärgert, aber Alex seufzte noch nicht einmal. Es erklang ein Räuspern.

»Mir ist gerade durch den Kopf gegangen, dass wir jetzt quitt sind.«

Kates Lider waren vor Müdigkeit schon ganz schwer, und ihre Antwort kam nur noch als Murmeln. »Was meinst du damit?«

»Bei unserer ersten Begegnung war ich nackt. Und nach dem heutigen Tag …«

»Hey«, unterbrach sie ihn schläfrig. »Wenn wir nie darüber sprechen, ist es auch nie passiert, schon vergessen?«

»Es wird unser kleines Geheimnis sein«, stimmte er zu.

»Zwischen uns gibt es keine Geheimnisse«, flüsterte sie. »Nicht mehr.«

Seine Antwort hörte sie nicht, weil sie in dem Moment der Schlaf überkam. Doch später sollte Kate sich fragen, ob sie seine Worte tatsächlich nur überhört hatte.

Oder hatte er einfach geschwiegen?

30

Ein wildfremder Mann war das Letzte, womit Kate am nächsten Morgen in der Hotelrezeption rechnete.

Als sie auf der Terrasse aufgewacht war, war Alex fort und ihr Handyakku leer. Das Ladekabel befand sich im vorderen Fach ihres Rucksacks, säuberlich aufgerollt wie eine Schlange beim Sonnenbaden. Kate blinzelte zu einem Himmel hoch, der hier und da immer noch die gedämpften Töne der Morgendämmerung erkennen ließ, zog die Decke beiseite und stand langsam auf. Vorsichtig stieg sie über die stehen gelassenen Reste des Essens vom Vorabend. Mit dem Ladekabel und dem Handy in der einen Hand und dem Kulturbeutel in der anderen ging sie barfuß über die laubbestreute Terrasse und schob die Flügeltür auf, die in den ehemaligen Speisesaal des Hotels führte. Hier war Alex nicht, aber sie hörte eine Stimme im Empfangsbereich.

»Du hättest mich wecken sollen - oh!«

Der Mann ließ das Handy vom Ohr sinken und hielt einen Finger in die Höhe zum Zeichen, dass sie kurz warten solle. Er war groß - um einiges größer als Alex - mit dichtem, goldblondem Haar und einer modischen, randlosen Brille, die Kates Geldbeutel bei Weitem überstiegen hätte.

Sie blieb am Fuß der Treppe stehen und blickte sich suchend um, als sie ein Knarzen vernahm. Da sah sie Alex vom Treppenabsatz herunterspähen.

»Hey«, formte sie lautlos mit den Lippen und wies mit fragendem Blick in Richtung des Neuankömmlings.

Alex lief die Treppe herab und erreichte sie genau in dem Moment, als der Mann sein Telefonat beendete. In Alex' Bart klebte Staub, und die Vorderseite seines roten Kapuzenpullis war schwarz verschmiert.

»Hallo.« Der Mann trat auf Kate zu und küsste sie auf die Wange. Überrascht stolperte Kate rückwärts und fiel gegen Alex.

Warum nur musste er sie immer auffangen?

»Das ist Mr. Van Dijk«, stellte Alex vor. »Der neue Besitzer.«

»Bram, bitte«, sagte der Mann, dessen Englisch einen starken Akzent aufwies. »Sie sind Katy – die Interior Designerin?«

»Ich ... Nein. Eigentlich nicht.« Kate starrte zu Boden.

»Ach so.« Bram Van Dijks Blick huschte von Alex zurück zu Kate. »Dann muss ich mich wohl getäuscht haben.«

»Nein, gar nicht«, sagte Alex. »Kate hier ist bloß ein wenig bescheiden. Ich habe Bram eben von deiner Website erzählt.«

»Du meinst meinen Instagram-Account«, verbesserte Kate ihn und erntete nur ein Achselzucken.

»Ich bin nicht sehr technikversiert.«

»Darf ich mal sehen?« Bram Van Dijk hielt erwartungsvoll die Hand ausgestreckt, und Kate wurde klar, dass er ihr Handy haben wollte, das sie immer noch umklammert hielt. Bedauernd schüttelte sie den Kopf.

»Leider hat es keinen Saft mehr. Ich wollte es gerade aufladen gehen und mich anziehen.« Sie wand sich unter seinem musternden Blick.

»Ein sehr schönes Kleid«, sagte er. »Sie sehen wie zwei Spice Girls in einem aus – Posh Spice und Ginger Spice.«

»Danke«, sagte Kate mit einem Lachen. »Sage ich jetzt mal.«

»Sollen wir dann?« Alex deutete auf die Tür am anderen Ende des Raums. »Ich werde Bram bloß zeigen, was wir gestern gemacht haben«, erklärte er Kate. »Dann können wir alles verladen und losfahren.«

Letzten Endes war Bram Van Dijk allerdings so von der geleisteten Arbeit beeindruckt, dass er darauf bestand, Alex und Kate zum Brunch einzuladen.

»Ich habe ein kleines Boot im Hafen«, erklärte er Kate verschwörerisch. »Ich glaube, es wird Ihnen gefallen.«

Eine Stunde später flüsterte Kate Alex zu: »Übersetzt man das dänische Wort für ›klein‹ vielleicht besser mit ›riesengroß‹?« Sie staksten gerade über eine polierte hölzerne Landungsbrücke an Deck einer gewaltigen, glänzenden Superjacht. Seitdem die spontane Einladung ausgesprochen worden war, verhielt Alex sich noch stiller als sonst, und in diesem Moment rümpfte er die Nase.

»Hallo!«, rief Bram, der tief eingesunken auf einem weichen Ledersofa saß. Zur Begrüßung stand er nicht auf, sondern winkte die beiden nur zu den Sesseln gegenüber und holte eine Champagnerflasche aus einem Eiskübel.

»Für mich nicht, danke.« Alex legte eine Hand über das ihm zugewiesene Glas. »Ich muss nachher noch das Boot nach Hvar zurücksteuern.«

»Katy?«

»Eigentlich heiße ich Kate – und ja, gern«, sagte sie höflich und ließ den Blick über die glänzende Einrichtung schweifen, während Bram ihre Champagnerflöte bis zum Rand füllte. »Da haben Sie ja ein nettes *kleines* Boot.«

Brams Gelächter war so laut, dass Kate ein Stück zurückwich.

»Es gehört mir nicht«, erklärte er. »Bloß gemietet. Würden Sie mir glauben, wenn ich Ihnen sage, dass es mehr wert ist als das Hotel?«

»Ja.« Ihr Blick glitt über den riesengroßen Flachbildschirm

an der Wand hinter ihm und dann zur anderen Seite des Unterdecks, wo sich so etwas wie ein Whirlpool zu befinden schien. »Und Sie sind allein hier?«

»Im Moment schon«, sagte er in anzüglichem Tonfall. »Aber Sie sind natürlich jederzeit willkommen.«

Mit einem Krachen fiel Alex' Wasserglas auf den Tisch.

»Pardon«, sagte er, während Bram Van Dijk sein iPad an sich riss. »Ein Missgeschick.«

»Kein Problem, Alex.« Bram lächelte freundlich. Unterdessen erschien ein junger Mann in einer Schürze und begann, das verschüttete Wasser aufzuwischen. »Danke, Marko«, sagte Bram. »Bedienstete zu haben, ist eigentlich vulgär, aber Marko gehört zum Boot«, erklärte er Kate.

Ganz sicher konnte Kate sich nicht sein, aber Alex schien leise etwas vor sich hin zu murmeln.

Kurz darauf erschien Marko mit Tellern voller Obst, luftigem Rührei und hauchdünn geschnittenem Brot. Das Essen war köstlich, genau wie der Champagner, den Bram Kate ständig nachschenkte, doch mit der Mahlzeit, die Alex und sie am Vorabend genossen hatten, konnte es nicht mithalten. Mehrmals versuchte Kate, Alex' Blick auf sich zu lenken, um ihm zu zeigen, wie albern sie das Ganze fand, doch er hielt die Augen starr auf sein Essen oder ihren Gastgeber gerichtet, der nun von seinen Plänen für das Hotel schwadronierte – die größtenteils ganz schrecklich klangen. Er erkundigte sich nicht noch einmal nach Kates Instagram-Account, und sie scheute sich, das Thema anzusprechen. In Gedanken war sie allerdings immer wieder bei dem armen alten Gebäude, dem ein Tod durch geschmackloses Design vorherbestimmt zu sein schien.

»Wir sollten bald aufbrechen«, sagte Alex und legte Messer und Gabel beiseite. Er hatte sein Essen kaum angerührt.

Die aus dem Hotel geborgenen Gegenstände hatten sie bereits auf Alex' Boot verfrachtet und auch das Moped und ihr Gepäck abgeliefert. Nach ihrer Verabschiedung von Bram, der schon bei der zweiten Flasche Champagner war und Kate ein wenig zu leidenschaftlich auf beide Wangen küsste, spazierten Kate und Alex die zehn Minuten am Meer zu seinem Boot zurück. Wie immer schien die Sonne heiß und grell, und das Wasser erstrahlte in einem fieberhaften Spiel des Lichts. Im Hafen von Supetar herrschte reges Treiben, und am fernen Horizont zeichnete sich ein Schattenspiel aus Auto- und Frachtfähren ab.

»Tja«, sagte Kate, sobald sie sicher war, nicht mehr in Brams Hörweite zu sein. »Mr. Van Dijk ist ... ähm ... interessant.«

»Er gefällt dir, ja?« Alex trug seine Baseballkappe so tief über die Nase gezogen, dass Kate seine Augen nicht sehen konnte.

»Gefallen ist nicht das richtige Wort.« Sie überlegte kurz. »Er ist ohne Frage ein unterhaltsamer Typ, das muss ich ihm lassen. Ausgesprochen exzentrisch.«

»Und reich«, warf Alex ein. »Steinreich.«

»James hätte ihn toll gefunden«, sagte sie. »Er hatte diesen Fünfjahresplan, an den er sich peinlich genau halten wollte, und der letzte Punkt lautete: ›Meine erste Million verdienen.‹ Er hätte sich die ganze Zeit über Notizen gemacht und um Ratschläge in Sachen lukrative Geschäfte gebeten.«

»Und du?«

Kate machte einen Bogen um eine winzige Eidechse, die aus dem Gestrüpp gekrochen war. »Ich? Ich werde nie reich sein.«

»Aber du möchtest es sehr wohl sein«, sagte er. »Ich habe unser Gespräch übers Lotto nicht vergessen.«

Ein wenig gekränkt zögerte Kate mit ihrer Antwort. »Ganz

ehrlich? Es wäre schön, ein bisschen Geld zu haben, aber bloß im Sinne von ein Auskommen haben, keine Schulden - nicht im Sinne von Superjacht. Ich meine, falls Bram Van Dijk ein Beispiel dafür ist, was passiert, wenn man zu viele Millionen verdient, dann verzichte ich lieber - selbst wenn er mit seiner Brille wie ein Bösewicht aus einem Bond-Film aussieht.«

Sie hatten das Schlauchboot erreicht, und Alex bückte sich lachend, um es loszubinden.

»Was denn?«, wollte Kate wissen. »Ständig lachst du über mich.«

»Ich weiß«, stimmte er ihr zu. »Aber es geschieht immer voller Zuneigung.«

Nachdem Alex ihr in das kleine Boot geholfen hatte, senkte er den Außenbordmotor ins Wasser, und sie fuhren langsam durch den Hafen. Kate nagte an ihrer Lippe herum, denn sie wusste nicht, ob sie den Kuss ansprechen sollte oder nicht. Zwar benahm sich Alex ihr gegenüber nicht anders als sonst, aber es ließ sich trotzdem nicht leugnen, dass etwas vorgefallen war. Waren sie jetzt mehr als bloß Freunde, oder war das, was letzte Nacht geschehen war, lediglich ein Ausrutscher? Das Resultat eines romantischen Augenblicks, der nun vorüber war.

»Musst du gleich nach Hvar zurück, oder hast du ein paar Stunden Zeit?«, fragte er im nächsten Moment.

Kate hatte sich bei dem Gedanken, dass sich ihr kleiner Roadtrip zu Wasser und zu Lande dem Ende zuneigte, schon ein wenig niedergeschlagen gefühlt. Nun strahlte sie.

»Auf jeden Fall. Was schwebt dir denn vor?«

»Wenn ich dir das verrate«, sagte er und schenkte ihr ein Lächeln, »ist es keine Überraschung mehr.«

31

Sobald sie Brač hinter sich gelassen hatten und übers Meer auf Hvar zurasten, winkte Alex Kate zu sich und erteilte ihr eine Bootsfahrstunde. Mit vor Nervosität klammen Händen hielt sie das kleine Steuerrad anfangs so fest gepackt, dass sich die Haut um ihre Knöchel weiß verfärbte, doch es dauerte nicht lange, und sie hatte den Dreh heraus. Schon bald jauchzte sie jedes Mal entzückt auf, wenn sie über eine Welle hüpften.

»Du bist ein Naturtalent«, erklärte er. »Ich hätte dir auch beibringen sollen, den Motorroller zu fahren.«

»Das hier ist mir viel lieber«, erwiderte sie laut, um das Flattern des Deckstuhls auf dem Dach zu übertönen. Und es stimmte. Bis zu diesem Sommer war Kate kaum je auf einem Boot gewesen, aber draußen auf dem Wasser fühlte sie sich sicher und genoss die Freiheit, ohne sich nach trockenem Land zu sehnen.

Alex übernahm das Steuer erst wieder, als sie die Westspitze von Hvar passierten, und Kate runzelte verwirrt die Stirn, als ihr klar wurde, in welche Richtung sie fuhren.

»Du bringst uns nach Jerolim«, stellte sie fest. »Hat dir die Duschszene gestern Abend nicht gereicht?«

»Wenn du so davon sprichst«, erwiderte er, »werden da Bilder von Messer schwingenden Mördern heraufbeschworen.«

»Das wäre weniger furchterregend. Aber mal im Ernst, wir fahren doch nicht zurück zu dem FKK-Strand, oder?«

Alex lachte. »Nein. Vertrau mir einfach – du vertraust mir doch, oder?«

Darüber musste Kate noch nicht einmal nachdenken. »Das weißt du ja wohl.«

Statt auf den Betonanleger zuzusteuern, wo das Wassertaxi sie bei ihrem ersten, schicksalhaften Besuch abgesetzt hatte, fuhr Alex weiter um die Insel. Als Kate über die Bootsseite spähte, konnte sie in dem klaren Wasser den Umriss eines jeden Felsens und Steins erkennen, während die Küstenlinie mit ihren knorrigen Bäumen und skelettartigen Pflanzen vorüberflog.

Auf der Fahrt hatte Alex seinen Kapuzenpulli ausgezogen, und die blonden Härchen an seinen Armen hoben sich in der Brise. Um dem Drang zu widerstehen, sie zu streicheln, rutschte Kate ein Stück weit weg und schob beide Hände unter die Oberschenkel.

»Wir werden hier vor Anker gehen«, sagte er ein paar Minuten später, würgte den Motor ab und ging zum Bootsheck. »Man ist im Nu rübergeschwommen - ich gehe mal davon aus, dass du in dem riesengroßen Rucksack dein Schwimmzeug mit dabei hast?«

»Ja, aber ...«

»Du kannst dich in der Kajüte umziehen, wenn du möchtest.«

Sie war noch nie im offenen Meer geschwommen und wusste nicht recht, ob sie es sich zutraute.

»Keine Sorge«, sagte Alex, als Kate zaudernd vor der Kajütentür stand. »Ich habe gestern Nacht nicht zugelassen, dass die Bären, Schlangen oder Mörder dich erwischen, und ich werde dich auch nicht von Haifischen auffressen lassen.«

»Haie?«

Belustigt zog Alex eine Augenbraue in die Höhe.

»Du bist überhaupt nicht witzig.«

Was soll's, überlegte sie, als sie in der Kajüte ihr senffarbenes Kleid auszog und in ihren grünen Badeanzug mit den weißen Punkten schlüpfte, zumindest wäre ihre Leiche ohne Weiteres zu finden, falls sie doch ertrinken sollte.

Als sie wieder an Deck trat, war Alex bereits im Wasser. Ideal war dieser Umstand nicht, bedeutete er doch, dass er freie Sicht auf ihren Hintern hatte, wenn sie an der rutschigen Strickleiter hinunterkletterte.

»Spring einfach!«, rief er, während sie wie erstarrt mit einem Bein über der Bootsseite dastand. »Es ist tief. Du wirst dir an nichts wehtun.«

»Ich werde vielleicht dir wehtun«, erwiderte sie süßlich und spähte blinzelnd in seine Richtung. Zum Schwimmen hatte sie die Brille abgesetzt und bereute nun, ihre Kontaktlinsen nicht eingepackt zu haben.

»Soll ich dich auffangen?« Der Vorschlag war so beschämend, dass sie den anderen Fuß vom Deck nahm.

»Wenn ich sterben sollte«, erklärte sie, die Arme nach hinten ausgestreckt, um sich am Außengeländer festzuklammern, »dann richte meinem Bruder auf jeden Fall aus, dass ich ihm die Sache mit dem FKK-Strand niemals verziehen habe. Sag ihm, dass ich den Groll sehr gern mit in mein nasses Grab genommen habe.«

Alex, der in einem guten Meter Entfernung Wasser trat, schüttelte langsam den Kopf. »Auf drei«, drängte er. »Komm schon – eins, zwei ...«

Kate sprang. Ihr Angstschrei wurde von dem kalten Wasser erstickt, das ihr in Mund und Augen strömte. Prustend schwamm sie mit aller Kraft zurück nach oben an die Oberfläche. Nur wenige Zentimeter entfernt schwamm Alex wie ein Wassermann mit seinem nassen Bart, der ihm an Gesicht und Hals klebte.

»Noch am Leben?«, erkundigte er sich bei der hustenden

und keuchenden Kate. Ihr Haar hatte sich aus dem Gummi gelöst und war an ihr Gesicht geklatscht, und sie spürte, dass ihr Badeanzug zwischen den Pobacken klemmte.

»Alles bestens«, antwortete sie, während Meerwasser aus ihren Nasenlöchern rann. Das Brennen in beiden Augen verriet ihr, dass ihre Wimperntusche verlaufen sein musste.

»Also gut.« Er nickte in Richtung Strand. »Mir nach.«

In London kam Kate nicht viel zum Schwimmen, und schon nach wenigen Minuten hielt sie sich nur noch keuchend über Wasser. Alex war vorausgekrault, allerdings musste man ihm lassen, dass er immer wieder innehielt und nach ihr schaute. Da Kate keine Ahnung hatte, welchen Küstenabschnitt sie ansteuerten, konzentrierte sie sich stattdessen auf Alex' Baseballkappe, die er immer noch trug, und zwang ihre müden Glieder, sich weiter zu bewegen. Das dichte Buschwerk, das den Großteil von Jerolim bedeckte, schien auf dieser Seite der Insel noch üppiger zu wuchern, doch als Kate sich dem Ufer näherte, entdeckte sie eine schmale Bucht, die sich zwischen zwei gegenüberliegende Felsbänke schmiegte. Alex hielt stetig darauf zu, und angetrieben von dem Gedanken an festen Boden, schlug Kate energischer mit den Beinen aus und folgte ihm mit kraftvollen Schwimmzügen.

»Herrgott noch mal«, brachte sie keuchend hervor, als sie endlich die Füße aufsetzte. Sie zuckte zusammen, weil sich die scharfen Kanten der Steine in ihr weiches Fleisch gruben. »Ich bin fix und fertig.«

Unter dem Schirm seiner Kappe hervor grinste Alex sie an.

»Ja, man muss schon ein Stückchen schwimmen«, räumte er ein. »Ich unterschätze jedes Mal, wie weit der Strand weg ist – und am Eingang der Bucht kann die Strömung stark sein.«

»Was du nicht sagst«, ächzte Kate und stakste auf ihn zu. »Ich wusste ja, dass ich nicht sehr fit bin, aber mir war nicht klar, dass es so schlimm um mich steht. Vielleicht muss ich die Insel zu Fuß überqueren und mich auf der anderen Seite von dir abholen lassen.«

»Apropos.« Er schlang die Arme um die angezogenen Knie, während Kate ihr Haar auswrang. »Zu Fuß kommt man nicht in diese Bucht. Ich bin eines Tages zufälligerweise beim Schnorcheln darauf gestoßen.«

»Oh«, sagte Kate ausdruckslos, obwohl sich Bestürzung in ihr ausbreitete, weil ihr keine andere Wahl blieb, als zum Boot zurückzuschwimmen.

»Schau, da ist ein steiler Abhang.« Über die Schulter deutete er auf die abbröckelnde Felswand hinter ihnen. »Nur ein Narr würde versuchen, da hochzuklettern.«

»Oder eine Bergziege«, sagte sie. »Eine Bergziege würde es wahrscheinlich schaffen.«

»In dem Fall bringe ich nächstes Mal unbedingt eine mit.«

»Tut mir leid, dass ich immer alberne Witze mache«, murmelte sie. Missmutig streckte sie die Beine aus und starrte auf die Wassertropfen an ihren nackten Zehen. »Ich habe schon immer gern in den unpassendsten Momenten gelacht. Das hat mir in etlichen beängstigenden Situationen geholfen.«

Sie hatte die Hand auf die weißen Steine zwischen ihnen gelegt, und im nächsten Moment legte Alex seine Hand auf ihre.

»Du musst dich nicht entschuldigen«, sagte er. »Und ich finde nichts verkehrt daran, gelegentlich einen Witz zu reißen, aber ich weiß auch, wie es sich anfühlt, Angst zu haben. Ehrlich gesagt habe ich dich deshalb hierhergebracht.«

Kate blickte auf seine Hand hinunter. Ihre eigene fühlte sich darunter warm und geborgen an.

»Ich werde dir einen Trick zeigen, den mir früher einmal jemand beigebracht hat«, sagte er. »Mir hat er geholfen, und dir wird es vielleicht genauso ergehen. Machst du mit?«

Er saß so dicht neben Kate, dass sie die Sommersprossen auf seiner Nase sehen konnte. Bisher waren sie ihr nie aufgefallen, denn sie war immer abgelenkt gewesen von dem Bart und den Haaren, von jenen hellen Augen, die jetzt unverwandt auf sie gerichtet waren.

»Na schön«, sagte sie. »Aber hoffentlich macht es mehr Spaß als Rommé.«

»Das hier ist kein Spiel, bei dem man gewinnt«, erwiderte er. »Zuerst einmal müssen wir so viele glatte, flache Kiesel wie möglich zusammensuchen.«

»Bauen wir einen Turm?«, fragte sie.

Alex griff nach einem großen runden Stein, und Kate musste an den Mond denken, den sie in der vergangenen Nacht gemeinsam betrachtet hatten.

»Das hier suchen wir«, sagte er. »Finde so viele solche Steine wie möglich.«

In den nächsten Minuten arbeiteten sie schweigend, wobei Kate mehr Steine verwarf, als sie aufhob. Aus der Ferne hatte es gewirkt, als lägen überall auf dem Strand perfekte blasse Ovale verstreut, aber wenn man genau hinsah, waren viele von ihnen eher grau, und etliche wiesen raue Stellen oder Einkerbungen auf.

»Allzu pingelig musst du nicht sein«, sagte Alex, der den Strand abgegangen war und mit vollen Händen zurückkehrte. Sein Brusthaar war voll von weißem Staub, und auch sein Bart war nicht verschont geblieben.

»Wie du meinst, Santa.«

»Heute heizt du mir aber ganz schön ein«, stellte er fest und ließ seine Steinausbeute zu Boden fallen.

»Mir wird ja auch eingeheizt«, sagte sie mit einem verdrießlichen Blick in Richtung Sonne.

»Hier.« Alex zog seine Kappe ab und setzte sie auf ihre feuchten Locken. »Damit du keinen Sonnenbrand auf der Nase bekommst.«

»Danke.« Sie zog die Kappe weiter nach unten und stellte sie hinten enger, bis sie nicht mehr rutschte.

Alex ließ sich im Schneidersitz nieder und bedeutete Kate, es ihm gleichzutun. Dann zog er etwas hinter dem Ohr hervor und reichte es ihr.

»Woher hast du denn den?« Verblüfft starrte sie den schwarzen Filzstift an.

»Du magst dich über die Dreadlocks lustig machen«, sagte er, »aber man kann wunderbar Dinge darin aufbewahren.«

»Ich mache mich doch nicht darüber lustig«, widersprach sie und errötete, als er ihr einen Blick zuwarf.

»Soll ich den Stift für dich im Meer abwaschen?«

»Nein.« Kate umklammerte den Stift, als er die Hand danach ausstreckte. Ihr Badeanzug war mittlerweile getrocknet, aber von den nassen Haarspitzen liefen in kleinen Rinnsalen kalte Wassertropfen ihren Rücken hinunter.

»Sind wir so weit?«, fragte sie und unterdrückte ein Zittern. »Wie funktioniert dieses Spiel?«

»Eigentlich ist es kein Spiel, sondern eher eine Übung«, erläuterte er. »Ich fange mit einer Frage an, und du musst nichts weiter tun, als sie so schnell und ehrlich wie möglich zu beantworten. Verstanden?«

»Ja.« In Kate regten sich allmählich Bedenken. »Aber was …?«

»Bereit?«

Sie nickte, die Lippen erwartungsvoll gespitzt. Alex ließ ihr einen Moment Zeit, um sich zu sammeln. Er wartete, bis sie nicht mehr herumzappelte, sondern still dasaß. Dann legte er los.

»Was macht dir Angst?«

»Schmerz«, sagte Kate wie aus der Pistole geschossen. »Und Keime.«

»Schreibe die Wörter auf die Steine – jeweils ein Stein für eine Sache, die dir Angst einflößt.«

Verständnislos befolgte Kate seine Anweisungen, wobei sie das »S« verschnörkelte und aus dem Punkt auf ihrem »i« einen Smiley machte.

»Was sonst noch?«, hakte Alex nach.

»Oben auf einem Felsvorsprung zu stehen«, sagte sie mit Nachdruck. »Also Höhen. Und Taubheit.«

»Meinst du dieses taube Gefühl – wenn man in einer seltsamen Körperhaltung einschläft und einem der Arm taub wird?«

»Nein«, antwortete sie. »Ich meine eine andere Taubheit – emotionale Empfindungslosigkeit. Ich habe zwar Angst davor, dass mir wehgetan wird, aber noch viel furchterregender finde ich die Vorstellung, nichts mehr zu empfinden, weißt du? Oder immun gegen Liebe oder Hass oder sogar Kummer zu sein. Eine leere Hülle zu werden.«

Eine Weile sagte Alex nichts mehr. Kate sah, wie sich der Adamsapfel in seiner Kehle bewegte, als schlucke er etwas hinunter. Als er wieder das Wort ergriff, klang er unsicher.

»Das war gut. Und sonst?«

»Tausendfüßler«, sagte sie, um die Stimmung aufzuheitern. »Einmal habe ich einen in meinem BH gefunden – als ich ihn anhatte. Mein Schrei hat beinahe die Scheiben von James' Auto zerbersten lassen.«

Alex nickte, und seinen Lippen entschlüpfte ein leises Lachen, während er einen Stein aussuchte, auf den das lange Wort passte.

»Was ist mit dir?«, fragte sie. »Wovor hast du Angst?«

»Schlangen.« Er ließ sich den Stift von ihr geben und schrieb es auf.

»Tatsächlich?«, wollte sie verwirrt wissen. »Als du gestern Abend behauptet hast, du würdest mich vor ihnen beschützen, hast du also eigentlich gemeint, dass du Reißaus nehmen und mich allein zurücklassen würdest?«

»Aber ich wäre geblieben und hätte gegen einen Bären gekämpft ...«

»Hmm, na gut, das geht dann wohl in Ordnung. Und sonst?«

»Untergehen«, erwiderte er. »Ich mache mir ständig Sorgen, dass mein Boot untergehen könnte.«

»Das überrascht mich nicht«, scherzte Kate und grinste angesichts seiner gespielten Empörung.

»Du bist dran.« Er reichte ihr den Stift, doch Kate fiel nichts mehr ein. Zwar gab es reichlich Material für ihre Steine, aber sie war nicht bereit, diese Dinge mit Alex zu teilen – solange er selbst keine weiteren eigenen Ängste offenbarte.

»Was machen wir mit den ganzen Steinen, wenn wir fertig sind?«, fragte sie.

Alex lächelte wehmütig. »Wir werfen sie ins Wasser.«

»Wird das die Wörter nicht abwaschen?«

»Genau«, sagte er. »Wie Josh sagen würde: ›Deshalb weinen wir – um unsere Ängste fortzuspülen.‹ Bloß dass man es in seiner Version vom Meer erledigen lässt.«

In dem Moment regte sich in Kate ein seltsames Gefühl, als würde sie seine Worte zum zweiten Mal hören. Eine Erinnerung stieg in ihr empor, aber nicht weit genug, und noch während sie sie spürte, war sie schon wieder verschwunden, in die dunstigen Winkel ihres Unterbewusstseins entschlüpft.

»Das hier ist Joshs Spiel?«, fragte sie.

Alex seufzte. »Er war immer ein Überlebenskünstler.«

»War?«, wiederholte sie zögerlich. »Du willst doch nicht sagen, er ist ...«

»Geschichte«, sagte er mit Bestimmtheit. »Josh ist längst Geschichte. Was willst du denn nun als Nächstes aufschreiben?«

»Verlust macht mir Angst«, sagte sie und schrieb es auf. »Der Gedanke, meine Eltern oder Toby zu verlieren oder dass ihnen oder James oder meiner besten Freundin Robyn etwas zustoßen könnte. Ich glaube nicht, dass ich mich jemals davon erholen würde. Dazu bin ich nicht stark genug.«

»Es gelingt den Menschen aber«, sagte er sanft. »Der Tod ist ein Teil des Lebens.«

»Ein Teil, mit dem ich nichts zu tun haben möchte.« Demonstrativ unterstrich sie das Wort dreifach.

»Wovor hast du mehr Angst?«, fragte Alex. »Davor, jemanden zu verlieren oder selbst zu sterben?«

»Ersteres selbstverständlich.«

»Dein eigener Tod jagt dir also keine Angst ein? Du würdest ihn nicht auf die Steine schreiben?«

»Nein.« Ihre eigene Antwort lenkte sie ein wenig ab. »Wie du schon sagtest, man entkommt ihm nicht, welchen Zweck hätte es also, Angst davor zu haben? Das würde das Leben unerträglich machen.«

»Du würdest dich wundern, wie viele Leute dir da widersprechen würden«, sagte er.

»Nun, in gewisser Hinsicht fürchte ich den Tod wohl schon«, sagte sie nachdenklich. »Denn wenn ich sterben sollte, würden die Menschen, die mir am Herzen liegen, traurig sein - wenn vielleicht auch nicht alle«, fügte sie hinzu und dachte verbittert an James. »Aber die Vorstellung, dass einer von meinen Lieben, jemand, der mir irgendwie am Herzen liegt, traurig ist«, fuhr sie fort und strich mit dem Daumen über einen unbeschrifteten Stein, »das macht mir sehr wohl Angst.«

»Sollen wir es zu den anderen hinzufügen?«, fragte er, doch Kate schüttelte den Kopf.

»Nein. Aber mach du es, wenn du willst. Es sei denn, dir fällt etwas Besseres ein?«

Alex nahm den Stift entgegen und schrieb in gedrungenen Großbuchstaben »mir die Zehe anstoßen«.

»Was denn?«, fragte er, als Kate spöttisch auflachte. »Das zählt! Es tut richtig weh, wenn man sich die Zehe anstößt – und scheint außerdem immer im falschen Moment zu passieren.«

»Ja, klar, aber Angst hast du ja wohl keine davor, oder? Die Vorstellung, dir die Zehen anzustoßen, hält dich nachts nicht wach.«

»Mag sein«, stimmte er ihr zu. »Aber ich schreibe es trotzdem auf.«

Eine Zeit lang machten sie so weiter und versuchten, den anderen mit zunehmend albernen Vorschlägen zu übertrumpfen. Kate entschied sich für Maden, Post vom Finanzamt und Pterodaktylen – und erklärte, es bräuchte nur ein Krokodil mit romantischen Gefühlen für einen Pelikan, damit Letzterer sein evolutionäres Comeback feiern könnte. Alex hingegen konterte mit Skorpionen, Tee mit zu viel Milch und Asteroiden. Mittlerweile hatten sie einen beachtlichen Steinhaufen, und allmählich versagte der Filzstift.

»Jeder noch zwei?«, schlug Alex vor, und Kate nickte.

»Ja, aber es müssen gute sein. Richtige«, forderte sie, als sie seine verschmitzte Miene sah. »Ich mache den Anfang.«

»Alleinsein«, las Alex laut über ihre Schulter. »Selbst nach unserem Gespräch gestern Abend?«

»Ich meine nicht das Abgeschiedensein«, sagte sie. »Ich

meine, allein zu enden. Mit sechzig festzustellen, dass ich keine Freunde und keine Familie um mich habe, weil sich niemand an mich erinnert. Ich bin vergessen.«

»Du hast keine Angst vor dem Alleinsein, sondern davor, dich einsam zu fühlen«, erklärte er ihr, drehte den Stein um und fing zu schreiben an.

Kate starrte das Wort an, die sechs ordentlichen Buchstaben, die so harmlos aussahen und denen doch eine solch katastrophale Bedeutung innewohnte.

Einsam.

»Habe ich dir erzählt, dass ich zu Beginn des Sommers weglaufen wollte?« Sie starrte aufs Wasser hinaus, weil das leichter war, als ihm in die Augen zu sehen. »Ich habe nämlich James einen Heiratsantrag gemacht. An meinem dreißigsten Geburtstag stand ich in einem Raum voller Freunde und Familienmitglieder auf und hielt um seine Hand an.«

Alex gab ein Geräusch von sich, das nach einem »Oh« klang.

»Offensichtlich hat er Nein gesagt. Nun, tatsächlich sagte er gar nichts, sondern stand nur da und starrte mich mit dieser Schreckensmiene an, während sein Mund auf- und zuging wie bei einem gestrandeten Goldfisch. Wenn die Situation nicht so unerträglich peinlich gewesen wäre, hätte sie vielleicht etwas Komisches gehabt.«

Kate wartete ab, aber es setzte kein Gelächter ein – weder von Alex noch von ihr. Dafür war die Sache noch zu frisch, die Zurückweisung noch zu schmerzhaft.

»Jemand hat die ganze Szene gefilmt«, fuhr sie fort und schloss die Augen, als das verschwommene Bildmaterial wieder vor ihr aufstieg. »Hat es ins Internet gestellt. Eine Zeit lang war ich regelrecht berühmt – auf eine Art, wie man es niemals sein möchte, wie man es nicht einmal seinem schlimmsten

Feind wünschen würde. Ich habe ein Hashtag, Möchtegern-Braut, was lächerlich ist, denn ich wollte gar keine Braut sein – nicht wirklich.«

Mit einem Seufzen griff sie nach einem kleinen Stein und warf ihn weit ins Meer hinaus. Es platschte, und der Stein verschwand, verschluckt von dem silbrig blauen Wasser.

»Warum hast du jemandem einen Heiratsantrag gemacht, wenn du nicht heiraten wolltest?«

Die Frage war verständlich, doch Kate kämpfte trotzdem mit den Tränen.

»Ich dachte, es könnte den Umstand wiedergutmachen, dass … dass ich ihm – uns – nicht geben konnte, was wir uns beide am meisten wünschten. Wenn wir erst einmal Mann und Frauen wären, so hoffte ich, würden all die Dinge, die schiefgelaufen waren, seit …«

Alex sagte nichts, das war auch gar nicht nötig. Sie wussten beide, was Kate meinte, doch da sie nun einmal so weit gekommen war, wollte sie die Worte aussprechen, musste es vielleicht sogar.

»Ein Baby«, flüsterte sie. »Ich kann ihm kein Baby schenken. Deshalb hat er mich verlassen, das ist der wahre Grund. Ich habe mein ganzes Leben lang in allen möglichen Bereichen versagt, aber ich dachte einfach, wenn ich Mutter sein könnte, wenn ich das schaffen würde, dann würde alles andere nicht ins Gewicht fallen. Aber jetzt bekomme ich noch nicht einmal das hin.«

»Es tut mir leid.« Alex streckte den Arm aus und bot ihr seine Hand. Im ersten Moment starrte Kate sie reglos an, dann ergriff sie sie, und ihre Tränen liefen, als sie spürte, wie seine Finger sich um ihre schlossen. Er hätte mehr sagen und ihr sein Beileid ausdrücken können, doch das tat er nicht. Dafür war Kate ihm dankbar. Er schien genau zu begreifen, welchen Trost sie brauchte: Sie wollte nicht in Watte gepackt werden, es reichte, dass er einfach da war und ihr zuhörte, dass er einen Teil ihres Kummers nahm und mit ihr teilte, die Last, die sie schon viel zu lange mit sich herumtrug, ein wenig verringerte.

»Hier.« Er griff nach einem der wenigen übrig gebliebenen Steine und balancierte ihn auf dem angewinkelten Knie. »Ich finde, das Wort ›Hashtag‹ gehört auch noch auf den Haufen.«

»Für uns beide?«, fragte sie zögerlich.

Er lächelte. »Nein. Ich weiß ja kaum, was das ist. Aber das hier«, fuhr er fort, indem er nach einem weiteren Stein griff und das Wort »Angst« in dicken Riesenbuchstaben darauf schrieb, »ist einer von meinen.«

»Du hast Angst vor der *Angst?*«

Ein Nicken.

Kate fügte noch einen Stein hinzu und schrieb mit zitternder Hand »Versagen« darauf. »Ein Stein ist noch übrig«, erklärte sie. »Du bist dran.«

Das Schweigen, das folgte, schien sich ewig hinzuziehen, und Kate drückte seine Hand, die sie immer noch hielt, drängte ihn dazu, mutig zu sein und ihr eine Wahrheit zu offenbaren, die etwas zu bedeuten hatte. Er hatte ihr geholfen, und jetzt wollte sie für ihn da sein.

Von allen Wörtern, mit denen Kate auf jenem letzten Stein rechnete, kam keines auch nur im Entferntesten an dasjenige heran, das schließlich dort zu lesen stand – klein, aber dennoch tiefgreifend, ohne die geringste dahingemurmelte Erläuterung.

Ich.

Lieber Josh,

ich hätte nie gedacht, dass es so weit kommen würde, aber hier sind wir nun.

Zehn Jahre.

Du wirst nun schon seit zehn Jahren vermisst.

Zugegebenermaßen bin ich manchmal wütend – frustriert, weil du dich nicht meldest, und empört über eine Welt, die dich weiterhin versteckt hält.

An anderen Tagen bin ich einfach nur traurig, weil du mein Bruder bist und ich dich vermisse.

Aber heute? Heute bin ich von einer wilden Entschlossenheit beseelt, denn ich habe entschieden, dass ich dich in diesem Jahr finden werde. Koste es, was es wolle.

Ich habe nie aufgeschrieben, was an jenem schrecklichen Tag zwischen uns vorgefallen ist, auch wenn ich an fast nichts anderes denke. Im Kopf gehe ich es immer wieder durch und frage mich, wie ich dir all das sagen konnte, wie ich an einen Punkt von solcher Verbitterung und solchem Groll gelangen konnte. Lag es an der Trauer? Mum und Dad verstarben in dem Jahr, keine vier Monate nacheinander. Erinnerst du dich noch, wie wir uns im Krankenhaus aneinanderklammerten? Ich weinte, aber du gabst dir Mühe, stark für mich zu sein. Oder vielleicht blieb dir auch keine andere Wahl. Vielleicht dachtest du, dass es zu viel gewesen wäre, wenn du den Schmerz auch noch zugelassen hättest, zusätzlich zu allem anderen. Dass du daran zerbrochen wärst.

In jenen schrecklich finsteren Tagen brauchtest du mich mehr denn je, aber jedes Mal, wenn ich dich ansah, erblickte ich ein Spiegelbild meines eigenen Kummers, und ich ertrug es nicht, Josh – es ging einfach nicht. Unser gemeinsamer Verlust hätte uns einander näherbringen sollen, aber ich ließ zu, dass er wie Wasser in die Ritzen floss, die es in unserer Familie schon lange Zeit gegeben hatte. Schuld an allem waren das Schicksal und das Universum und der Tod, aber ich wollte etwas Greifbares, jemanden, den ich schütteln und anschreien und mit den Fäusten schlagen konnte.

Zu meiner Schande wurdest du dieser Sündenbock.

Ich weiß, dass du wegen mir fort bist, dass du niemals gegangen wärst, wenn ich liebevoller, stärker und besser gewesen wäre. Bitte komm nach Hause, damit ich mich entschuldigen kann, damit wir beide verzeihen können. Ich vermisse dich.

In Liebe, Angela

Dritter Teil

32

Robyn hatte es so eilig, ihre beste Freundin in die Arme zu schließen, dass sie die Tür des Jeeps aufriss und regelrecht herausstürzte.

»Wie braun gebrannt du bist!«, waren ihre ersten Worte, nachdem sie Kate mit einem anerkennenden Grinsen gemustert hatte. »Sieh dir nur mal ihre Bräune an!«, sagte Robyn an Toby gewandt, der ein wenig unter der Last ihres Koffers taumelte.

»Du weißt schon, dass du dir dein Spülbecken nicht extra mitbringen musstest, ja? Wir haben selbst eines, mehrere sogar.«

»Ach«, seufzte Robyn und sah sich glücklich um. »Die Nimble-Geschwister und ihr exzentrischer Sinn für Humor – wie ich ihn vermisst habe!«

Kate sah ihrem Bruder in die Augen und lachte.

»Komm«, sagte sie zu Robyn. »Ich möchte dich herumführen.«

»Es ist so heiß!«, rief Robyn in der nächsten Minute. Sie fächerte sich mit einer Werbebroschüre für Bootsfahrten zu, die sie an der Rezeption bekommen hatte. »Ich dachte, in letzter Zeit sei es in London warm gewesen, aber hier ist es brennend heiß. Ich wette, auf dem Gehsteig draußen ließen sich Eier mit Speck brutzeln – apropos« – sie schenkte Kate einen hoffnungsvollen Blick – »Frühstück gibt es wohl keines mehr. Ich meine, im Flieger hatte ich überbackenes Thunfischbrot und davor am Flughafen Porridge, aber das war quasi mitten in der Nacht. Wie du weißt, zählt jegliches zwischen Mitternacht und sechs Uhr morgens konsumiertes Essen nicht zum Tagesbedarf.«

»Die Regel gilt immer noch, ja?«, fragte Kate. Aufgestellt hatten die beiden sie während des Studiums, wenn es beim Nachhausetorkeln von einem Pub oder Klub immer einen Zwischenstopp im örtlichen Dönerimbiss oder Fast Food-Laden gegeben hatte.

Ihre Freundin grinste. »Die richtig guten Regeln gelten ewig.«

Nachdem sie das Gepäck aufs Zimmer gebracht und einen Rundgang durch das Sul Tetto gemacht hatten, duschte Robyn rasch und schlüpfte in Strandkleidung. Mittlerweile hatten beide Frauen einen Bärenhunger. Statt oben auf der Terrasse zu essen, auf der es von Rucksacktouristen wimmelte, brachte Kate ihre Freundin in ihr liebstes Strandcafé, wo sie sich fluffig geschlagene Rühreier und starke, bittere Espressi bestellten.

»Ich weiß, ich sage es ständig, aber du siehst einfach toll aus!«, urteilte Robyn. Voller Stolz musterte sie Kate von Kopf bis Fuß, woraufhin diese errötete.

»Nein, gar nicht. Sieh dir bloß mal meine Haare an.«

Robyn betrachtete eine vereinzelte Strähne, zupfte sanft daran und beobachtete, wie sie sich wieder einkringelte.

»Du hattest schon immer eine wilde Mähne – so ist das eben bei dir.«

»Seit meiner Ankunft hier ist sie noch wilder geworden«, sagte Kate. »Es ist ganz gleich, wie viel Conditioner ich benutze, mein Haar kräuselt sich ständig, als wäre ich mit der großen Zehe in der Steckdose gewesen.«

»Wenigstens hat dein Haar Volumen«, lamentierte ihre Freundin und verdrehte die Augen.

»Zu viel«, entgegnete Kate. »Dein Haar ist glatt und glänzend, und du brauchst dich nicht vor Uma Thurman in *Pulp Fiction* zu verstecken. Ein bisschen müde siehst du heute zwar aus«, räumte sie ein, als Robyn das dritte Mal gähnte, seit sie Platz genommen hatten. »Aber trotzdem schön wie eh und je.«

»Schwätzerin.« Robyn spießte eine Tomatenscheibe auf. »In letzter Zeit habe ich pausenlos gearbeitet. Ich habe drei neue Patienten bekommen, und im letzten Monat habe ich unglaublich viel dazugelernt.«

»Ich auch«, pflichtete Kate ihr bei und tunkte mit einer Toastscheibe die buttrige Soße auf ihrem Teller auf.

»Die Herberge sieht großartig aus«, sagte Robyn. »Ich weiß, ich weiß – das habe ich schon ungefähr hundertmal gesagt, aber es ist wirklich so. Die Fotos werden deiner Vision nicht gerecht.«

»Danke.« Kate setzte sich kaum merklich aufrechter hin. »Es hat viel Spaß gemacht, viel Arbeit, aber auch Spaß. Bei vielem habe ich mich nur durchgemogelt, und bezüglich der großen Dinge wie Möbel und Beleuchtungskörper hatte ich gar keine Ahnung. Da schulde ich Alex Dank.«

»Ach ja.« Robyn hob die Espressotasse hoch und spreizte gekünstelt den kleinen Finger. »Dem hätte meine nächste Frage gegolten.«

»Oh?« Kate setzte eine, wie sie hoffte, ausdruckslose Miene auf.

»Werde ich das Vergnügen seiner Bekanntschaft haben?«

»Da bin ich mir nicht sicher. Wahrscheinlich. Ich habe ihm jedenfalls gesagt, dass du zu Besuch kommst.«

»Sieht er immer noch so verdammt gut aus?« Robyn lächelte verschmitzt.

»So hin und weg wirst du auch wieder nicht sein, wenn du

ihm begegnest«, erklärte Kate. »Er ist eigentlich nicht dein Typ.«

»Gott sei Dank.« Robyn rieb sich die Hände. »Meine üblichen Typen entpuppen sich größtenteils als Idioten. Es ist an der Zeit, dass ich mal was anderes probiere. Meine letzte Urlaubsromanze war auf Korfu, als wir achtzehn waren. Erinnerst du dich noch an Stelios?«

»Ich erinnere mich noch an seinen Hinterkopf«, sagte Kate. »Mehr habe ich wegen der ständigen Knutscherei nicht von ihm zu sehen bekommen.«

»Stimmt«, sagte Robyn voller Wehmut. »Zwei Wochen nach unserer Rückkehr hatte ich immer noch Ausschlag von seinen Bartstoppeln und musste so tun, als wäre es ein Sonnenbrand.«

Nach dem Essen führte Kate ihre Freundin auf dem Küstenpfad in Richtung des Stadtkerns von Hvar und deutete unterwegs auf verschiedene Wahrzeichen. Alex' Boot befand sich nicht an seinem üblichen Ankerplatz, weil er für ein paar Tage zur Nachbarinsel Vis gefahren war, um einem Freund zu helfen. Eben diese Worte hatte er Kate gegenüber benutzt – »einem Freund helfen«. Kate hatte sich gefragt, ob er möglicherweise den häufig erwähnten Josh besuchte, doch dann fiel ihr wieder ein, dass er erwähnt hatte, Josh sei »längst Geschichte«. Hoffentlich bedeutete das nicht, dass er gestorben war. Früher einmal musste Josh ein enger Freund gewesen sein, und sie fand die Vorstellung schrecklich, Alex könnte jemanden verloren haben, der ihm am Herzen lag. Er sollte Menschen um sich haben, auf die er sich verlassen konnte, die für ihn da wären, falls er selbst einmal Hilfe benötigte.

Zumindest konnte sie jetzt nach dem Handy greifen und Alex anrufen, wenn sie wollte. Getan hatte sie es bisher allerdings nicht. Ebenso wenig hatte Kate jemandem von ihrem Kuss erzählt oder von den Ereignissen an dem abgeschiedenen Strand von Jerolim. Das lag nicht an irgendeinem Schamgefühl ihrerseits - in Wahrheit empfand sie geradezu das Gegenteil -, sondern an ihrer Sorge, bei einem Erklärungsversuch würden ihre Worte das Erlebte irgendwie billig klingen lassen oder aber herunterspielen. Ein Großteil der allein mit Alex verbrachten Zeit hatte sich so tief, so ehrlich und so mutig angefühlt - und so ganz anders als alles, was sie bisher getan hatte. Er hatte ihr Dinge offenbart, die er, wie sie vermutete, vor den meisten Menschen geheim hielt, und das wollte sie respektieren. Doch vor allem wollte sie jene Teile von ihm für sich behalten, sie hegen und diese geteilten Momente nicht trüben, indem sie sie zum Gesprächsthema machte.

»Dass dieser Ort wunderschön ist, war nicht gelogen.« Robyn riss Kate mit ihren Worten aus ihrer momentanen Trance. »Das Meer ist einfach unglaublich«, sagte sie und starrte auf das kristallklare Wasser hinunter. »Am liebsten würde ich auf der Stelle, in meinen Klamotten, hineinspringen. Können wir später schwimmen gehen? Gibt es einen Strand?«

»Ja und ja.« Kate fand Robyns überschwängliches Entzücken amüsant. »Aber du bist eine ganze Woche lang hier, also ist reichlich Zeit - und keine Sorge«, fügte sie hinzu, »ich habe eine Vergnügung nach der anderen geplant.«

»Diese neue Kate gefällt mir«, sagte Robyn bewundernd. »Schau dich nur einmal an, wie du die Regie übernimmst und Entscheidungen triffst. James würde dich gar nicht wiedererkennen.«

»Kein Wunder bei den Strubbelhaaren«, scherzte Kate.

»Im Ernst«, widersprach Robyn. »Ich habe mir Sorgen gemacht, du würdest ohne ihn vergehen, aber du bist losgezogen und hast das Gegenteil getan – du wirkst so fröhlich, so selbstbewusst, so frei ...«

»Ich sehe es nicht als Freisein«, murmelte Kate und trat beiseite, um eine Mutter mit einem Kinderwagen vorbeizulassen. »Ich sehe es als zielloses Herumtreiben. Mehr mache ich nicht in Kroatien – ich treibe dahin und warte im Ungewissen darauf, dass James wieder zur Besinnung kommt.«

Robyn machte nicht den geringsten Hehl aus ihrer Ablehnung.

»Zieh nicht so ein Gesicht«, bat Kate. »Es ist toll gewesen, an diesen neuen Ort zu kommen und hier zu leben, neue Leute kennenzulernen und mehr Zeit mit meinem Bruder und Filippo zu verbringen. Das ganze Interior Design macht auch Spaß. Ich sage ja nicht, dass ich das alles nicht genossen habe, aber eigentlich ist das nicht mein Leben. Das Leben, wonach ich mich am meisten sehne, ist in London bei James.«

Robyn antwortete nicht gleich, aber die Niedergeschlagenheit war ihr anzumerken. »Sprechen wir jetzt nicht von James«, sagte sie schließlich. »Wir können später noch einmal auf das Thema zurückkommen – vorzugsweise bei ein paar Drinks.«

Erleichtert nickte Kate.

Noch vor wenigen Wochen hatte Kate Alex in Hvar durch das Wirrwarr aus Hintergassen folgen müssen, doch nun war sie die Fremdenführerin. Es war befriedigend, für die vielen »Oohs« und »Aahs« ihrer Freundin verantwortlich zu sein. Robyn blickte ehrfürchtig zu den Farbexplosionen der Bougainvilleen auf, bestand auf künstlerischen Fotos vor Türen mit abblätternder Farbe und stimmte unterwegs ekstatische Lobeshymnen auf die malerischen Cafés und Bars an. Nachdem sie die Altstadt erkundet hatten, führte Kate sie zum St.-Stephans-Platz und kaufte ihnen beiden je ein Blaubeersorbet, das sie in genüsslichem Schweigen verspeisten, während sie zu einem weiteren Spaziergang am Meer aufbrachen.

Obwohl Kate während ihres wochenlangen Aufenthalts auf der Insel schon unzählige Male hier entlangspaziert war, schlug die Aussicht auf das Meer mit den schaukelnden Segelbooten, planschenden Schwimmern und majestätischen Palmen sie immer noch in ihren Bann. Als Robyn den ohrenbetäubenden Lärm der Grillen erwähnte, stellte Kate zu ihrer Überraschung fest, dass sie ihn gar nicht mehr wahrnahm. Im Laufe ihrer Zeit auf Hvar hatte sie anscheinend einiges gelernt - einschließlich der Fertigkeit, das ortsansässige Insektenorchester auszublenden.

»Können wir bald irgendwo einkehren und etwas trinken?«, flehte Robyn, die stehen geblieben war und sich die Haare zurückband. »Ich habe das Gefühl, dass ich schneller dahinschmelze als das Sorbet vorhin.«

»Na klar.« Kate überlegte. »Das Hula Hula liegt am nächsten, aber da wird wahrscheinlich Hochbetrieb herrschen, oder wir gehen ein Stück weiter zum Falko, wo es Hängematten unter den Bäumen gibt.«

»Ich bin fürs Hula Hula, und zwar nicht bloß, weil ich die Chips mag.«

Kate lachte. »Und du behauptest, ich hätte einen skurrilen Sinn für Humor ...«

Die Geräuschkulisse des Hula Hula war schon lange, bevor sie den Strandklub erreichten, zu hören. Robyn und Kate tauschten einen erstaunten Blick, als sie näher kamen und eine Schar junger Frauen in Stringbikinis und hochhackigen Schuhen herausstolperte, die Haare zurückwarf und sich in einer Sprache unterhielt, die nach Russisch klang.

»Bist du dir sicher, dass du es wagen willst?«, fragte Kate nach, doch Robyn stieg bereits die Stufen hinunter und überquerte die Holzterrasse in Richtung Bar, wo sie ihnen auf der Stelle je eine Flasche des einheimischen Biers Ožujsko bestellte.

»Auf uns«, sagte sie und stieß mit Kate an. »Und auf meinen ersten richtigen Urlaub seit zwei langen Jahren. Und auf Hvar, vielleicht der schönste Ort, den ich je im Leben gesehen habe.«

»Auf all das trinke ich sehr gern«, stimmte Kate zu und versuchte, den Gedanken zu verscheuchen, dass es erst Nachmittag war und deshalb nicht ratsam, mit dem Trinken anzufangen.

Die Sitzgelegenheiten im Hula Hula reichten von Tischen mit langen Bänken, niedrigen Holzkisten mit Kissen bis hin zu Barhockern, von denen man aufs Meer blicken konnte. Wie Kate vorhergesagt hatte, war fast jeder Platz besetzt, aber schließlich fanden sie einen leeren Fleck auf halber Höhe des breiten Betonanlegers des Klubs und zogen die Sandalen aus, um die Zehen ins Wasser tauchen zu können.

»So lässt es sich leben!« Robyn seufzte wohlig auf und ließ sich die Sonne ins Gesicht scheinen. »Ich begreife, warum dein Bruder hierherziehen wollte.«

»Die Kroaten sind wunderbar entspannt und so freundlich«, sagte Kate. »Das ist auch ein Grund, warum Toby hier so gut herpasst – dieser Mensch ist der geborene Gastgeber.«

»Ich würde ja behaupten, dass das Gleiche für dich gilt«, stellte Robyn fest. »Bist du denn gar nicht versucht, auch nach dem Sommer noch hierzubleiben?«

Kopfschüttelnd trank Kate einen Schluck Bier. »Ich würde nicht in einem anderen Land als James leben wollen.«

Abermals machte ihre Freundin keinen Hehl aus ihrem Verdruss.

»Hast du von ihm gehört?«, fragte sie.

Kate schüttelte den Kopf, bevor sie entschlossen noch einen Schluck Bier trank. »Seitdem ich einfach aufgelegt habe, nicht mehr.«

»Aber du glaubst immer noch, dass es einen Weg zurück gibt? Bist du immer noch der Meinung, er wird es sich anders überlegen?«

»Das muss ich doch«, sagte sie schlicht. »Es ist die Hoffnung, die mich über Wasser hält.«

»Aber schau dir doch an, was du hier alles erlebt hast«, drängte Robyn. »Nichts davon wäre jemals passiert, wenn du immer noch in London wärst, wo James die Regeln aufstellt.«

»Das stimmt nicht so ganz«, widersprach Kate und lehnte sich zurück, um nicht mit Wasser vollgespritzt zu werden. Eine laute Männergruppe sprang der Reihe nach von dem Anleger, während im rückwärtigen Teil der Bar ein DJ auf einer Bühne seine letzten Vorbereitungen traf. Die Vorfreude in dem Klub war schier mit Händen zu greifen, aber Kate fühlte sich nicht als Teil davon. Sie war eine Außenseiterin, die das Geschehen nur beobachtete.

»Bei dir hört es sich an, als hätte mich James vor dem Fernseher angekettet, aber wenn überhaupt, war er derjenige, der mich ständig dazu ermuntert hat, Neues auszuprobieren. Ehrlich, Rob – er hat mich regelmäßig aus meiner Komfortzone getriezt. Es ist nicht James' Schuld, dass ich nicht ehrgeizig bin.«

»Aber bei diesen neuen Dingen ging es immer um etwas, das ihn interessierte«, warf Robyn behutsam ein. »Wann hat er je deine Vorlieben in Betracht gezogen und dementsprechend gehandelt?«

»Wie denn, wenn er sie gar nicht kannte?«, gab Kate zu bedenken. »Wenn ich nicht weiß, wofür mein Herz schlägt, wie zum Kuckuck soll er es dann wissen?«

Jetzt spürte sie, wie sich eine gewisse Frustration in ihr regte, ganz leise auf Zehenspitzen, wie ein Scharfschütze, der seiner Beute auflauert.

»Er ist kein Hellseher«, fügte sie trotzig hinzu. »Du kannst ihm vieles vorwerfen, aber nicht meine eigenen Defizite.«

»Aber warum hat er dich nie danach gefragt? Weißt du, dich so richtig danach gefragt? Sich mit dir hingesetzt und gesagt: ›Kate Nimble, Liebe meines Lebens, Frau meiner Träume, wofür schlägt dein Herz?‹ Oder fand er es leichter, dich zu jemandem umzuformen, der die gleichen Vorlieben hatte wie er?«

»Er brauchte mich nicht zu fragen«, murmelte Kate. »Er wusste, dass mein Herz für ihn schlug – für unsere Zukunft. Er wusste, dass ich alles dafür getan hätte, damit es funktioniert – dass ich immer noch alles tun würde.«

»Merk dir, wo wir stehen geblieben sind«, sagte Robyn, erhob sich und streckte eine Hand nach Kates leerer Flasche aus. »Ich muss mal. Auf dem Rückweg besorge ich uns noch einmal zwei hiervon.«

Kate nickte geistesabwesend und zog die Schultern hoch, den Blick auf ihre Füße unter der Wasseroberfläche gerichtet. Aus hohen Lautsprechern dröhnte jetzt Musik, und lautes Jubelgeschrei erhob sich um sie herum, als einer der tauchenden Männer einen perfekten Vorwärtssalto vollführte, während ein anderer eine Magnumflasche Prosecco entkorkte.

Alex würde es hier schrecklich finden. Das hier wäre seine Vorstellung von der Hölle.

In letzter Zeit schienen ihre Gedanken häufig zu ihm abzuschweifen. Es war beinahe, als wäre er zu ihrem inneren Gegenmittel gegen James geworden; ein Löffel Alex, um den bitteren Geschmack der Zurückweisung zu versüßen. Hatte sie ihn deshalb geküsst?

»Hast du mich vermisst?«

Kate kreischte auf, als die zurückgekehrte Robyn ihr eine kalte Flasche Bier an den nackten Arm drückte.

»Willst du, dass ich vom Steg falle, junge Dame?«

»Nein, aber ich hätte nichts gegen eine Runde im Wasser, wenn du magst?«, fragte Robyn hoffnungsvoll.

»Vielleicht später. Wir sprachen eben von James ...«

Robyn ließ sichtlich die Schultern hängen. »Ach ja.« Sie nahm Platz und ließ mit den Füßen Wasser aufspritzen. Ihre Zehennägel waren immer in unterschiedlichen Farben lackiert, und heute war es eine ganz eigene Palette aus Pink, Violett und Blau. »Er hat dir so wehgetan«, sagte sie. »Deine Verfassung nach deinem Geburtstag mit anzusehen, nach dem Auftauchen dieses verfluchten Videos ... Das war hart. Ich hasse die Vorstellung, dass du so etwas je wieder durchmachen müsstest. Was soll ich sagen? Ich will dich nur schützen. Ich bin quasi der Lichtschutzfaktor 50 der besten Freundinnen.«

»Du bist der Wahnsinn.« Kate betrachtete ihre Flasche, ehe sie noch einen großen Schluck trank. »Aber nichts und niemand hätte mich vor dem Kummer bewahren können. Der war schon lange da, bevor ich auf jenen Stuhl gestiegen bin und James einen Heiratsantrag gemacht habe.«

Robyn runzelte die Stirn zu einer Sorgenmiene. »Hat es mit dem Polyzystischen ...«

Kate nickte.

»Ich dachte, der Arzt hätte dir Tabletten verschrieben?«

»Hat er auch.« Kate versuchte ein Lächeln, scheiterte allerdings. »Aber es war nicht nur das - andere Gründe gab es auch.«

»Wie zum Beispiel?«

»Ein andermal.« Sie setzte die Brille ab, um sich die Augen

zu reiben. »Das hier ist der erste Abend deines ersten Urlaubs seit zwei Jahren – ich bestehe darauf, dass wir uns auf der Stelle amüsieren.«

»Das ist mir völlig egal«, widersprach Robyn, doch Kate hob ihre Flasche Ožujsko und stieß damit so fest an den Hals der Flasche ihrer Freundin, dass Bier hervorsprudelte. Robyn war völlig überrumpelt, und ihr blieb keine andere Wahl, als den Mund über die Öffnung zu legen und das Bier abzutrinken. Sie lachte prustend, während Kate sie anfeuerte.

»Dir ist doch wohl klar«, röchelte Robyn, als sie wieder Luft bekam, »dass es für eine solche Freveltat nur eine annehmbare Strafe gibt? Du musst jegliche Shots trinken, die ich dir gleich bestelle!«

Kate grinste. Von nun an führte dieser Tag in eine einzige Richtung, und ausnahmsweise einmal war die Besinnungslosigkeit ein Zustand, gegen den sie nicht das Geringste einzuwenden hatte.

33

Am nächsten Morgen konnte Kate ein paar selige Augenblicke lang unbekümmert schwelgen. Die Ereignisse des Vorabends waberten unkenntlich im dichten Nebel eines Katers, von dem sie hoffte, dass er gar nicht so schlimm war.

Dann versuchte sie, sich zu bewegen.

Ihr dehydriertes Gehirn schien von hinten gegen ihre Augäpfel zu drücken, und sie stöhnte gequält auf und tastete auf der verzweifelten Suche nach einem Glas Wasser unbeholfen auf dem Boden neben ihrem Bett herum. Kurze Erinnerungsfetzen blitzten wie Karteikarten auf: ein Bild von Robyn und ihr, wie sie einander mit Champagner bespritzten, wie sie zu zweit vollständig angekleidet bei Sonnenuntergang ins Meer sprangen, wie ein Mann die Arme um ihre Taille legte und sie in die Luft hob.

Kate setzte sich zu schnell auf und wurde von einer frischen Woge der Übelkeit erfasst. Sie setzte ihre Brille auf, die zum Glück an ihrem üblichen Platz auf dem Nachttisch lag, und hob das Bettlaken neben sich an, doch Robyns Seite war leer. Hatte ihre Freundin es zurück in die Herberge geschafft? Vage konnte Kate sich daran erinnern, wie sie beide auf der Straße gesungen und mit zwei Pizzastücken wie mit Dirigentenstäben herumgewinkt hatten.

Als sie sich endlich bis ins Badezimmer geschleppt hatte, bestätigte ihr Spiegelbild ihre schlimmsten Befürchtungen. Ihre Wangen waren mit Wimperntusche verschmiert, das Haar ein verknotetes Durcheinander, und ihre Arme waren mit Kratzern übersät. Sie sah wie eine Motte aus, die in ein Düsentriebwerk gesogen worden war.

Nachdem Kate zwei Paracetamol gefunden und hinuntergewürgt hatte, stand sie eine Weile mit den Händen an beiden Seiten des Waschbeckens da und kämpfte gegen den Brechreiz an.

Was war gestern Abend nur passiert?

So schnell es der pochende Schmerz in ihrem Kopf zuließ, kleidete Kate sich an und ging, das Treppengeländer umklammert und den ganzen Weg die Stufen hinauf wimmernd, auf die Dachterrasse. Sie hatte bereits auf ihrem Handy nachgesehen und mit dem Schlimmsten gerechnet, doch es waren keine Anrufe an James aufgelistet, und sie hatte ihm im Suff auch keine SMS-Nachrichten geschickt. Allerdings entdeckte sie zahlreiche Selfies und zusätzlich mindestens fünfzehn Bilder von Robyn auf dem Schoß des hauseigenen DJs im Hula Hula. Jedenfalls sah es nach ihm aus – sicher konnte Kate sich nicht sein, denn sein Gesicht war auf die gleiche Weise verdeckt wie dasjenige von Stelios vor all den Jahren auf Korfu. Zu ihrer großen Erleichterung stieß sie auf keine Beweisfotos von sich, wie sie jemanden küsste, allerdings handelte es sich natürlich um ihr Handy. Falls jemand in Besitz solchen Bildmaterials sein sollte, dann Robyn.

An der Tür sammelte Kate sich einen Moment, bevor sie sie aufstieß. Ausnahmsweise versteckte sich die Sonne einmal hinter ein paar bauchigen Wolken, doch die Hitze, die ihr entgegenschlug, fühlte sich feucht und schwer an. Robyn saß, ganz wie Kate gehofft hatte, auf einem Barhocker und unterhielt sich mit Toby, die Reste eines gebratenen Frühstücks auf einem Teller vor sich. Beim Anblick von Kate, die auf sie zugetaumelt kam, strahlte sie.

»Da bist du ja! Ich habe eben zu Tobes gesagt, dass ich

besser nach unten gehe und dich aufwecke. Wie geht es dir?«, fügte sie hinzu, als Kate sich mit feuchtkalter Hand an der Bar festklammerte. »Ein bisschen durch den Wind?«

Besorgt beobachtete Toby, wie Kate sich auf einen Hocker stemmte, und formte dann mit den Händen ein »T«.

»Ja, bitte«, krächzte sie. »Aber nicht zu viel Milch - ich glaube nicht, dass mein Magen da mitmacht.«

Mit einem Blick auf Robyn stöhnte sie auf. »Wieso bist du so putzmunter? Du musst doch genauso viel wie ich getrunken haben, wenn nicht mehr.«

»Gegen zehn Uhr bin ich auf Wasser umgestiegen«, erwiderte sie unbekümmert. »Ich habe versucht, dich auch dazu zu bringen, aber du hast darauf bestanden, Gin sei die bessere Wahl. Du hast mir erklärt, dein Leben müsse - und ich zitiere wörtlich - ›endlich wieder einen Gin bekommen‹.«

»O Gott.« Kate ließ den Kopf in die Hände sinken. »Was habe ich sonst noch von mir gegeben?«

»Nun«, setzte Robyn an und sog Orangensaft durch einen wiederverwendbaren Strohhalm, »es gab etliche ausgefeilte Pläne, wie du James zurückerobern würdest - auch wenn er eigentlich derjenige ist, der dich um eine zweite Chance anflehen sollte, wenn du mich fragst -, und dann haben wir noch recht lang mit dieser Männerrunde über Brand-Building gesprochen.«

»Tatsächlich?« Kate hob das Kinn. »Wieso das denn?«

»Sie arbeiten für eine Kreativagentur, und du hast ihnen unbedingt dein Unexpected_Items-Instagram-Account zeigen wollen - schon vergessen?«

Kate geriet leicht ins Wanken, als sie den Kopf schüttelte. »Größtenteils. Es ist alles etwas undeutlich.«

»Sie waren voll des Lobes«, fuhr Robyn fröhlich fort. »Du hast darauf bestanden, dass sie dir alle auf der Stelle auf Insta folgen, und hast ihnen gesagt, dass du demnächst Aufträge annimmst.«

Toby war mit dem Tee zurück, den er zusammen mit zwei Scheiben Toast mit Butter vor sie hinstellte.

»Geht nicht.« Kate erschauderte. »Ich werde mich übergeben.«

»Du musst etwas essen«, sagten er und Robyn einstimmig.

»Du bist so dünn geworden«, fügte ihr Bruder hinzu. »Wenn deine Wangenknochen noch ein bisschen schärfer hervorstehen, kann ich Salami darauf schneiden.«

»Mein Body-Mass-Index ist völlig in Ordnung«, protestierte sie, doch er schob den Teller trotzdem in ihre Richtung.

»Du brauchst Nahrung«, sagte er. »Wie sonst willst du an die Energie kommen, um noch einmal die *Dirty Dancing*-Pose nachzustellen, die du angeblich gestern Abend hingelegt hast?«

»*Wie* bitte?«

Just in dem Augenblick schlenderte Siva die Bar entlang und betrachtete den Neuankömmling mit zu blauen Schlitzen verengten Augen.

Robyn gurrte zur Begrüßung und streckte eine Hand aus, die sie jedoch eilig wieder zurückzog. »Autsch!« Sie sog an dem Blut, das jetzt aus einer Kratzwunde quer über ihren Fingerknöcheln hervorquoll. »Hab ich was Falsches gesagt?«

»Siva mag wie Dobby der Hauself aussehen«, sagte Toby und schenkte der Katze, die sich gemächlich die übrige Hälfte von Kates Toast unter den Nagel riss, ein zärtliches Lächeln, »aber vom Naturell her ist sie eher Voldemort.«

Kate verkniff sich ein Lachen, bei dem ihr aller Wahrscheinlichkeit nach nur übel geworden wäre.

»Wie bin ich zu den ganzen Schrammen an den Armen gekommen?«, fragte sie Robyn. »Ich habe doch wohl nicht versucht, bei unserer Rückkehr mit Siva ins Bett zu steigen?«

»Nee.« Robyn unterdrückte ein Lachen. »Du bist in einen Kaktus gefallen - eines dieser riesigen Gewächse am Strand. Ich musste dich retten.«

»Aus diesem Grund sollte ich niemals trinken«, jammerte Kate und legte abermals das Gesicht in die Hände.

»Du musstest ganz offensichtlich Dampf ablassen«, sagte Toby, der beim Durchsehen der Fotos auf Robyns Handy wie ein Pony wieherte. »Du meine Güte! Auf dem hier twerkst du!«

»Das ist eines meiner weniger bekannten Talente.« Kate trank den letzten Schluck von ihrem Tee. »Einmal hat James mich dabei erwischt, wie ich vor dem Schlafzimmerspiegel übte, und tat so, als würde er vor Entsetzen erblinden.«

Bei diesen Worten hatte sie gelächelt, doch nun sah sie niedergeschlagen aus. James war zum Teil der Grund, warum sie überhaupt erst so viel getrunken hatte - er und die seelische Erschütterung durch die Trennung.

»Mir ist schlecht«, sagte sie, aber die anderen beiden hörten sie nicht. Robyn war immer noch dabei, Toby etwas auf dem Handy zu zeigen, und Kate bemerkte, dass er nun eher fasziniert als belustigt aussah.

»Interessant«, sagte er und sah vom Display zu Kate. »Sehr interessant.«

»Was? Was denn? Ist es ein Video von mir, wie ich zu *Agadoo* tanze und tatsächlich einen Baum schüttele?«

Robyn ließ das Handy sinken. »Erinnerst du dich noch daran, wie du gestern Abend vorgeschlagen hast, Alex anzurufen?«

Kate gefror das Blut in den Adern. »Nein.«

»Du wolltest, dass er auch kommt und mitfeiert - das hast du sehr deutlich gemacht.«

»Aber ich habe ihn doch nicht angerufen, oder?« In ihrer Eile, auf dem Handy nachzusehen, ließ sie es beinahe fallen. »Schau, ich habe es nicht getan. Keine Anrufe oder SMS. Das wusste ich doch. Hula Hula ist der letzte Ort, an den ich Alex einladen würde. Das ist überhaupt nicht seine Szene.«

»Seine Szene«, neckte Toby sie. »Einmal Londonerin, immer Londonerin ...«

»Moment mal.« Kate betrachtete die etwas verlegene Miene ihrer Freundin. »Du wirst ihn ja wohl nicht angerufen haben, oder etwa doch?«

Robyn rutschte auf ihrem Hocker hin und her, und Toby brach in Gelächter aus. »Was haben im Moment nur alle mit Al? Ein Gast hat sich neulich nach ihm erkundigt, wie alt er sei, woher er stamme, wie lange er schon in Hvar wohne – ich glaube, sie wollte genug über ihn herausfinden, um ihn anquatschen zu können. Ich hatte ja keine Ahnung, dass er so ein stilles Wasser ist.«

Kate sah immer noch Robyn an. »Hast du Alex angerufen, Robyn?«, wiederholte sie, diesmal mit Nachdruck.

»Möglicherweise.«

»Nein! Was hat er gesagt? Was hast du gesagt?«

»Nichts.« Robyn reichte Kate ihr Handy, um ihr die Anruferliste zu zeigen. Dort befand sich Alex' Nummer, und die Zeit daneben lautete 00:45.

»Ich habe nicht mit ihm gesprochen – sondern du.«

Kate hob eine Hand und legte sie über den Mund.

»Du hast ihm gesagt, du wärst von einer Pflanze vermöbelt worden und dass du in seinem Deckstuhl schlafen möchtest. Jedenfalls etwas in der Richtung, du wolltest nicht, dass ich es mit anhöre. Aber er muss Nein gesagt haben, denn dann wurdest du unwirsch und hast, ehe du das Gespräch beendet hast, in etwa Folgendes gesagt: ›Nun, dann solltest du besser morgen herkommen und mit mir und meiner Freundin einen Bootsausflug machen.‹ Deshalb bin ich so früh aufgestanden und trage Make-up. Ich bin davon ausgegangen, dass wir mit Mr. Dothraki um die Häuser ziehen.«

»Doth-wie-bitte?«, warf Toby ein, doch Kate kam nicht dazu, ihm zu antworten.

Die Tür auf der gegenüberliegenden Seite der Terrasse war aufgegangen, und sie wusste – *wusste* einfach –, wer gleich ins Freie treten würde.

34

»Guten Morgen, Baby«, begrüßte Alex sie.

»Baby?«

»Anscheinend dein neuer Name. Gestern Abend hast du mir unmissverständlich erklärt, dass ich dich von jetzt an so zu nennen habe.«

»Tatsächlich?«

»Da bricht wohl wieder die *Dirty Dancing*-Obsession aus deiner Teenagerzeit durch«, erklärte Robyn, die von ihrem Barhocker gesprungen war und jetzt Alex die Hand entgegenstreckte. »Die kommt jedes Mal an die Oberfläche, wenn Kate was intus hat«, fügte sie hinzu. »Baby ist ihr zweites Ich.«

»Aha.«

Jetzt betrachtete Alex Kate forschend. »Wie ist der Kopf?«

»Einen Hauch weniger schmerzhaft als die Scham«, murmelte Kate, die mit Erleichterung den Anflug eines Lächelns um seinen Mund registrierte. »Es tut mir wirklich leid, dass ich dich gestern zu so später Stunde angerufen habe - dass ich dich überhaupt angerufen habe. Alkohol verwandelt mich in ein Monster. Deshalb trinke ich sonst nie etwas.«

»Kein Ding.«

Es folgte ein Schweigen, und Kate wand sich unbehaglich.

»Tja ...«, sagte Toby mit kaum verhohlener Freude. Es war ganz offenkundig, dass er die Situation viel zu sehr genoss, fand Kate. »Wohin soll es denn heute gehen, Kinder?«

»Kinder«, äffte Robyn ihn nach. »Tobes, du bist gerade

mal fünf Jahre älter als wir – nicht fünfzig. Wie alt bist du?«, fragte sie und drehte sich zu Alex um. »Das hat Kate gar nicht erwähnt.«

»Das liegt wahrscheinlich daran, dass ich es ihr nie gesagt habe«, erwiderte er und verschränkte die Arme. »Ich bin dreißig.«

»Genau wie wir.« Robyn strahlte. »Wann war dein Geburtstag?«

Kate warf Alex einen Blick zu. Irgendwie wusste sie instinktiv, dass ihm die Frage gegen den Strich ging.

»Ist schon ein Weilchen her«, sagte er. »Ich mache mir nichts aus Geburtstagen – viel Lärm um nichts, wenn du mich fragst.«

Robyn wollte schon widersprechen, doch Kate kam ihr zuvor. »Nach meinem katastrophalen Dreißigsten neige ich dazu, dir zuzustimmen. Und bitte fühle dich nicht an dein Versprechen gebunden, heute mit uns auf dem Boot rauszufahren«, schob sie nach. »Ich kann mich nicht sonderlich gut an den gestrigen Abend erinnern, aber angeblich habe ich dich genötigt einzuwilligen?«

»Ich würde sagen, du hast mich nachdrücklich dazu ermuntert«, räumte er ein. »Aber das passt schon. Ich habe heute frei.«

»Bist du dir auch sicher? Hast du nichts Besseres zu tun?«

Alex sagte nichts, aber als Kate ihm in die Augen sah, hatte sie den Eindruck, dass er ihr leicht zuzwinkerte.

Da Robyn der Gast war, fand Toby, dass sie das Ausflugsziel bestimmen sollte, und nach einer Weile einigten sie sich auf eine Bootsfahrt um die Pakleni-Inseln. Wie sich herausstellte, hatte Robyn in der Reisebeilage einer Sonntagszeitung vom todschicken Palmižana-Strand auf der Insel Sveti Klement gelesen und wollte unbedingt dorthin. Als Noa aus der Rezeption hochkam, um Toby wegen einer Buchungsanfrage zurate zu ziehen, und die allgemeine Aufbruchsstimmung bemerkte, bot er an, seine Freundin Klementina anzurufen und zu bitten, ein Auge auf die Bar zu haben, damit sein Chef sich den anderen anschließen konnte.

»Du nimmst dir nie frei«, sagte er. »Los – vergnüg dich ein bisschen.«

Die erholsame Wirkung von Tee, Toast und Tabletten nahm allmählich wieder ab, und Kate hatte zunehmend das Gefühl, als wäre das Innere ihres Kopfes eine Lavalampe. Auf wackeligen Beinen folgte sie Robyn die Treppe hinunter, um ihre Sachen zu holen, und während ihre Freundin vor Vorfreude auf den Tagesausflug schier platzte, wollte Kate sich im Grunde nur im Bett zusammenrollen – oder vielleicht um die Toilette, wie sie halb scherzte.

»Ich lasse dich auf keinen Fall hier zurück«, sagte Robyn mit Nachdruck. »Du wirst bloß klein beigeben und James anrufen – Kater lassen einen schnell schwach werden.«

»Mache ich nicht«, erwiderte Kate mürrisch, obwohl ihr der Gedanke am Morgen mehr als einmal in den Sinn gekommen war. Ihr letztes Gespräch lag nun schon sehr lange zurück – und wenn James sie nun völlig vergaß? Robyn hatte drei Bikinis auf dem Bett ausgebreitet und bedeutete Kate mit einer Handbewegung, ihr bei der Auswahl zu helfen. »Rosa«, sagte Kate auf der Stelle. »Du kannst von Glück sagen, dass du diesen Ton tragen kannst – bei mir geht das gar nicht.«

»Meinst du, er wird Alex gefallen?«

Kate mokierte sich. »Ganz bestimmt, aber was tut die Meinung eines Mannes schon zur Sache?«

Robyn warf ihr einen seltsamen Blick zu, ehe sie ins Badezimmer ging. In ihrer Abwesenheit grübelte Kate darüber nach, womit sie diese Reaktion verdient hatte. Es war nicht einfach, einen klaren Gedanken zu fassen, wenn man pochende Kopfschmerzen und einen ausgetrockneten Mund hatte. Sie griff nach ihrem grün-weißen Badeanzug und trat hinter die Schranktür, um sich umzuziehen und gleichzeitig einen verstohlenen Blick auf ihr Handy zu werfen, weil sie hoffte, auf eine Nachricht von James zu stoßen. Eine SMS, eine Benachrichtigung, ein neues WhatsApp-Foto, das ihr einen gewissen Einblick in seinen Gemütszustand verschaffen würde – doch da war nichts.

Sie rechnete mit der üblichen Enttäuschung, mit irgendeiner körperlichen Reaktion auf das anhaltende Schweigen, doch sie blieb ungerührt. Wenn überhaupt, schoss es Kate durch den Kopf, wurde sie in der Hinsicht allmählich empfindungslos. Oder vielleicht hielt der Kater ihre wahren Gefühle unter Verschluss, eine Art Schutzfilm wie eine dünne Baumwollschicht zwischen einer Fingerkuppe und einer heißen Herdoberfläche. Vom Verstand her wusste sie, dass sie die Verbrennung bald spüren, dass der Schmerz kommen würde, doch ihr Herz konnte es nicht akzeptieren.

Handelte es sich um ein Nichtwahrhabenwollen, oder hatte sie es irgendwie geschafft, die Temperatur herunterzudrehen?

»Ta-da!«, rief Robyn, stürzte ins Zimmer zurück und vollführte einen Zeitlupenlauf à la *Baywatch* zur Tür. »Kommst du nun, oder was?«

»Ich will ja deine Hassel*hoff*nung nicht enttäuschen.«

Robyn lachte. »Da ist sie ja – ich wusste doch, dass du immer noch irgendwo da drinnen steckst.«

»Gerade mal so«, erwiderte Kate, allerdings schon mit einem Lächeln.

Den Hügel hinunter rutschte Robyn mehrmals mit ihren Flip-Flops auf dem trockenen, steinernen Pfad aus und musste von Kate aufgefangen werden, doch auf dieser Abkürzung gelangten sie rasch zum Strand Pokonji Dol. Schon bald waren sie an Bord und startklar. Die Wolken, die Kate am Morgen vor der gleißenden Sonne geschützt hatten, waren längst verdunstet, und sie spürte voller Erleichterung, wie die kühle Fahrtluft über ihre Wangen strich. Draußen in der Bucht war heute viel los, da die Feriensaison ihren Höhepunkt erreicht hatte, und Alex musste sie um unzählige Fischerboote, Jetskis und Katamarane steuern, um aufs offene Meer zu gelangen.

»Hvar fühlt sich viel dekadenter an, als ich erwartet hatte«, stellte Robyn fest und reckte den Hals nach einer Superjacht, an der sie vorüberfuhren. »Eher wie Südfrankreich als wie die Adria.«

»Ich weiß, was du meinst«, stimmte Kate ihr zu. »Aber mir hat es bei meiner Ankunft besser gefallen – als es noch ruhiger war.«

Halb hatte sie gehofft, Alex würde eine Route nehmen, die sie um Jerolim herum führte, damit sie noch einmal einen Blick auf die versteckte Bucht werfen konnte, zu der sie gemeinsam geschwommen waren, aber das tat er nicht. Stattdessen fuhr er nach Westen, die rote Kroatien-Kappe tief in die Stirn gezogen und den Blick fest nach vorn gerichtet, ohne einen Kommentar, wohingegen Toby, ganz der Hobby-Fremdenführer, die Namen vorübergleitender Inseln ausrief.

»Das Wort ›Pakleni‹ kommt von einer Art Kiefernharz namens ›paklina‹«, erklärte er ihnen. »Früher wurde es hier geerntet und zum Anstreichen von Schiffen verwendet. Die Insel links von uns heißt Marinkovac, und dort befindet sich der berühmte Strand Carpe Diem, und auch die Bucht Ždrilca und das Dorf Mlini.«

»An deinem Bruder ist ein Lehrer verloren gegangen«, sagte Robyn halblaut. Ihr sorgfältig geglättetes Haar blies ihr ins Gesicht. Über dem rosa Bikini trug sie eine Schwimmweste und gemusterte Shorts mit Quastensaum. Sie war größer als Kate und hatte etwas breitere Schultern. Drei Jahre war sie im Ruderteam ihrer Universität gewesen, was ihre wohlgeformten Oberschenkel immer noch erahnen ließen, auch wenn ihre Figur durch die schmale Taille und die runden Hüften etwas Weicheres hatte. Als Ergotherapeutin begriff Robyn besser als die meisten Menschen, wie wichtig es war, fit zu bleiben, und an den seltenen Tagen, an denen sie nicht arbeiten musste, unternahm sie lange Läufe oder Fahrradtouren.

In den letzten fünf Wochen hatte Kate ihre Freundin vermisst und hatte ganz vergessen, wie gut Robyn darin war, sie zum Lachen zu bringen und ihr zu helfen, selbst noch den desaströsesten Situationen etwas Positives abzugewinnen. Außerdem war sie unglaublich loyal, ohne ungerecht zu sein, und sagte immer die Wahrheit, statt Kate in Watte zu packen. Das wusste Kate zu schätzen, selbst wenn die Wahrheit nicht immer leicht zu verdauen war.

Toby ließ Robyn wortreich an seinem Wissen über den kohlensauren Kalk im Wasser teilhaben, und Kates Augen wanderten unterdessen zu Alex, zu seinem zerzausten Dreadlock-Knoten und dem zerschlissenen Muskelshirt, den verblichenen Jeansshorts und den sonnengebräunten, nackten Füßen. Was hatte sie dazu veranlasst, gestern Abend ihn und nicht James anzurufen? Es war nicht fair von ihr, sich jedes Mal an Alex zu wenden, wenn die Dinge aus dem Ruder liefen, allerdings besaß er das Talent, immer in Krisensituationen aufzutauchen und sie durch seine Gegenwart zu trösten, selbst wenn das gar nicht in seiner Absicht lag. Trotz der kurzen Zeitspanne, die sie ihn erst kannte, war er zu einem wesentlichen Teil ihres Lebens avanciert – so sehr, dass ihr die Vorstellung, ihn nicht mehr um sich zu haben, zutiefst zuwider war.

»Gehen wir in der ACI Marina vor Anker?«, fragte Toby und trat in Richtung Bug.

»Das ist wohl am besten«, sagte Alex mit einem Kopfnicken. »Die Bucht Palmižana wird überlaufen sein.«

»Stimmt.«

Toby bemerkte Robyns fragenden Blick und lächelte beruhigend. »Keine Sorge – die Marina liegt auf der anderen Seite von Sveti Klement, aber es ist ganz einfach, zu Fuß über die Insel zu gelangen. Es dauert ungefähr zehn Minuten.«

»Darf ich auf dem letzten Stück das Boot fahren?«, fragte Robyn. Sie stand sich von ihrem Platz auf der Bank auf und schob sich an Alex heran. »Ich verspreche auch, dass ich keinen Unfall baue.«

»Sicher.« Er trat beiseite, damit sie das kleine Steuerrad übernehmen konnte.

Trübsinnig starrte Kate nach unten ins Wasser.

»Nims.« Toby strich mit einem Finger über ihren Arm. »Alles in Ordnung?«

Alex hatte einen Arm um Robyn gelegt, um ihr beim Steuern zu helfen, und Kate beobachtete, wie ihre Freundin sich an ihn lehnte und den Kopf zurückwarf, während sie über eine seiner Bemerkungen lachte.

»Meinst du, die beiden werden ...« Toby zog eine Braue in die Höhe.

»Nein«, sagte Kate so laut, dass die anderen beiden ihr einen Blick zuwarfen.

»Schade«, sinnierte er. »Sie scheinen sich gut zu verstehen. Seit ich Alex kennengelernt habe, habe ich ihn nicht so viel lächeln gesehen.«

»Das haben die Leute früher auch über James gesagt, nachdem wir zusammenkamen«, murmelte Kate. »Auf ein Lächeln sollte man nicht allzu viel geben.«

»Ach, Schwesterherz, lass dir nicht deine ganze Beziehung mit James verderben, bloß weil ihr euch am Ende getrennt habt. Lange Zeit lief es gut. Ihr *wart* glücklich miteinander. So ist eben der Gang der Dinge.«

Kate sollte ihm die Wahrheit über ihre Fruchtbarkeitsstörungen sagen, aber sie schaffte es nicht – der Gedanke an das Mitleid, das gewiss folgen würde, war ihr unerträglich. Alex davon zu erzählen, war gewesen, als hätte sie einen Stein ins Wasser geworfen, und zwar einen, unter dessen Gewicht sie schon seit Monaten gelitten hatte. Doch die gleiche Beichte bei ihrem Bruder abzulegen, würde bedeuten, sich die Bürde erneut aufzuladen. Letztlich würde sie nicht nur ihren eigenen Kummer mit sich herumtragen, sondern auch noch seinen, und dazu fehlte ihr die Kraft. Vorerst jedenfalls.

»Ich weiß.« Mehr als ein grimmiges Lächeln brachte sie nicht zustande. »Ich gebe mein Bestes.«

Toby legte den Arm um ihre Schultern und drückte sie rasch. »Du wirst schon darüber hinwegkommen, Nims. Da bin ich mir ganz sicher.«

Sie waren in die eimerförmige Marina eingefahren, und Alex übernahm wieder das Steuer und lenkte das Boot in Richtung des zweiten von drei langen Holzanlegestegen.

»Ich verstehe, warum du so viel Zeit mit ihm verbracht hast«, flüsterte Robyn mit geröteten Wangen, während sie Alex beobachtete, der hinten über das Dollenbord sprang und das Tau festknotete. »Er ist ein echter Mann der Erde und des Salzes und des Windes.«

»Er ist nicht der Letzte der Mohikaner«, sagte Kate. »Mittlerweile ist er zu einem guten Freund geworden, und er hat viel mehr zu bieten als bloß den Bart und das Boot.«

»Sehr viel mehr, wie ich vermute ...«

»Robyn!«

»Mir kannst du es erzählen – ich habe nicht vergessen, dass du ihn nackt gesehen hast.«

»*Das* habe ich nicht gesehen«, zischte Kate.

Robyn grinste, und ihr Lächeln wurde noch breiter, als Alex ihr seine Hand anbot, um ihr über die Bootsseite zu helfen.

»Aber danke, werter Herr.«

»Ich komme schon klar«, sagte Kate hastig, und Alex hob wie zur Kapitulation beide Hände.

Jeglicher Stolz darüber, einmal nicht auf seine Hilfe angewiesen zu sein, wurde von dem heftigen Stich überschattet, den ihr der Anblick von ihm und Robyn beim gemeinsamen Steuern des Boots versetzt hatte. Die offenkundige Sympathie zwischen zwei ihr lieben Menschen hätte sie beglücken sollen, doch stattdessen war es wie ein schwerer Druck auf ihrer Brust gewesen.

Für sie bestand überhaupt kein Grund zur Eifersucht, aber das Gefühl war doch unleugbar.

35

Der Pfad quer über die Insel war ausgetreten und wurde auf beiden Seiten von trockenen Palmen und hoch aufragenden Kaktusfestungen gesäumt. Ein Blick nach oben zeigte Kate die Blüten von Palisanderholzbäumen, die zwischen den rosaroten Rüschenröcken von Myrtenblüten um Platz kämpften, während die duftenden Lavendelzweige ihre zerbrechlichen Köpfchen weit zu Boden neigten. In der Luft lag das Summen von Insekten, unter ihren Füßen knirschten Piniennadeln, und ganz oben auf den höchsten Ästen unterhielten sich Vögel zwitschernd miteinander.

Wie am Vortag im Hula Hula war das rege Treiben auf dem Palmižana-Strand schon lange zu hören, bevor er in Sicht kam. Als sie die Stufen zu dem schmalen Streifen aus Kies hinunterstiegen, überraschte es Kate demnach nicht, dass es dort von Urlaubern wimmelte. Es war kaum Platz zum Durchkommen, geschweige denn, um ein Handtuch auf den Boden zu legen, jeder Tisch der drei Strandrestaurants schien besetzt zu sein, und weitere Leute standen vor den Lokalen Schlange. Der Hafen war voller Boote – von denen viele in die Kategorie noble Luxusjachten zu gehören schienen –, und Kate riss die Augen auf, als sie ein höchstens sechs Jahre altes Kind auf einem winzigen Jetski durch das seichte Wasser sausen sah.

»So lebt also die andere Hälfte.« Robyn sah sich gebannt um. »Das habe ich mich immer schon mal gefragt.«

Kate warf Alex einen Blick zu. Mit beiden Händen in den

Taschen und einer säuerlichen Miene machte er keinen Hehl aus seinem Unbehagen – und im nächsten Moment wurde dieser Umstand noch bekräftigt, als er verkündete, zum Boot zurückkehren zu wollen.

»Ach, bitte bleib doch«, flehte Robyn und ergriff seinen Arm. »Da drüben ist noch Platz.« Sie deutete zu einer Reihe hölzerner Umkleidehäuschen am Strand.

»Ich habe eine Schnorchelausrüstung dabei«, fügte Toby hinzu und drehte sich, um ihnen seinen Rucksack zu zeigen. »Wer mag, kann ein Stück vom Strand wegschwimmen, wo es nicht so voll ist.«

Alex sah Kate an, die ratlos lächelte. Sie hätte ihn nur zu gern zurück zum Boot begleitet, doch das wäre Robyn gegenüber nicht fair. Nun versuchte sie, ihm diesen Umstand durch einen bedeutungsvollen Blick in Richtung ihrer Freundin zu vermitteln.

»Na schön«, sagte er nach einer kurzen Pause. »Dann bleibe ich eben.«

Allerdings folgte er ihnen nur widerwillig die Stufen hinunter und um die Rundung der Bucht. Sein Mund war verspannt, die Augen zwei dunkle Höhlen unter dem Kappenschirm. Da Kate sich für sein Unbehagen verantwortlich fühlte – schließlich war sie es gewesen, die ihn angerufen und den Tagesausflug von ihm eingefordert hatte –, entschuldigte sie sich so oft bei Alex, dass er ihr schließlich den Mund verbot.

Ohne etwas von der inneren Unruhe ihrer Freundin zu ahnen, hüpfte Robyn voraus, wobei es ihr als agiler Läuferin keine Probleme bereitete, Sonnenbadende zu umrunden oder über sie hinwegzuspringen. Schon bald hatte sie ihr Ziel erreicht und winkte ihnen von einer flachen Felsfläche am Ufer zu.

»Ich hätte ein Kissen mitbringen sollen«, murrte Toby, der sich hinsetzte und begann, sein Hemd aufzuknöpfen. Robyn lag bereits, die Riemen ihres Bikinioberteils zur Vermeidung von Bräunungsstreifen heruntergeschoben, mit geschlossenen Augen ausgestreckt da und seufzte zufrieden auf.

Kate ging in die Hocke und band die Schnürsenkel ihrer Chucks auf, streifte sie zusammen mit den Strümpfen ab und schlüpfte aus ihrem Kleid mit dem Blattmuster. Als sie eben Sonnencreme aus ihrer Tasche holen wollte, spürte sie eine Berührung an der Schulter und drehte sich um. Alex starrte auf sie herab.

»Eine Runde Schwimmen?« Er hielt zwei Schnorchelmasken in die Höhe.

»Ähm, ich weiß nicht recht.« Kate stupste Robyn mit einer großen Zehe an. »Möchtest du schnorcheln gehen?«

»Nö, noch nicht«, erwiderte sie, machte ein Auge auf und schloss es dann wieder. »Macht ihr beide nur – Tobes und ich können auf die Taschen und den ganzen Kram aufpassen.«

»Sehr gern«, stimmte Toby zu, der sich Kates Handtuch geschnappt hatte und es in Form eines Kissens einrollte.

Alex ließ sein Muskelshirt und die Kappe fallen und watete in den Jeansshorts ins Wasser hinaus, während Kate immer noch zauderte.

Robyn setzte sich auf, um ihre Bikinihose ein Stück nach unten zu rollen. »Nun mach schon«, drängte sie. »Wie sollen Toby und ich sonst über dich tratschen?«

»So viel zum Thema Diplomatie«, murmelte Kate, die im Wasser nach Alex Ausschau hielt. Er war bereits ein gutes Stück hinausgeschwommen und winkte ihr zu. Das Wasser fühlte sich auf ihrer ausgedörrten Haut wunderbar erfrischend an, doch die Steine unter ihren Füßen hatten scharfe Kanten. Statt anmutig ins Meer zu gleiten, humpelte sie fluchend und torkelte dann mit einem Platschen ins Wasser, was ihr eine begeisterte Runde Applaus von den anderen beiden oben auf den Felsen einbrachte.

Als sie Alex erreichte, versuchte sie zu stehen, doch er hatte sie zu weit aufs Meer hinaus gelotst.

»Ist das jetzt der richtige Zeitpunkt, um zuzugeben, dass ich noch nie schnorcheln war?«, fragte sie.

Falls Alex Wasser trat, und das musste er wohl, dann tat er es, fast ohne sich zu bewegen. Um ihn herum kräuselte sich das Wasser noch nicht einmal.

»Nun, in Anbetracht deiner Begeisterung neulich, im offenen Wasser zu schwimmen, habe ich mir das schon gedacht.«

»Ich war sehr wohl begeistert!«, rief sie. »Jedenfalls nach einer Weile.«

»Mit dem Meditieren hast du Erfahrung.« Der Satz war keine Frage.

»In gewisser Weise«, stimmte sie zu. »Woher wusstest du das?«

»An dem Abend auf der Terrasse«, sagte er. »Da habe ich bemerkt, wie du deine Atemzüge gezählt hast.«

Kate errötete bei der Erinnerung an die Ereignisse kurz vorher.

»Mein Dad hat mir den Trick beigebracht, als ich noch klein war. Damals schlief ich schlecht. Ich war überzeugt davon, dass ich einen schrecklichen Albtraum haben würde, wenn ich einschlief. Also kämpfte ich gegen den Schlaf an, aber dann war ich natürlich am nächsten Tag todmüde und launenhaft. Meine Eltern probierten es mit allen möglichen Lichtquellen und Märchenkassetten und sogar mit Bestechung. Sie versprachen mir eine Reise nach Disneyland, wenn ich mich nicht mehr so albern benähme, aber selbst das funktionierte nicht. Schließlich regte eine Frau aus der Arbeit meines Dads den Atemtrick an, und zu seiner Verblüffung war es ein voller Erfolg. Seit damals setze ich ihn jedes Mal ein, wenn ich mich in einer Situation befinde, in der ich mich entspannen muss.«

»Ich gehe angeln«, sagte er. »Still dazusitzen und das Wasser zu beobachten, hat etwas – es lässt die Welt eine Weile langsamer werden und hilft mir, mich wieder zu zentrieren.«

»Das macht Sinn«, erwiderte sie. Als ihre Knie sich unter der Wasseroberfläche kurz berührten, durchströmte sie ein Kribbeln.

»Die Atmung kontrollieren zu können, ist eine wichtige Fertigkeit beim Schnorcheln.« Er reichte ihr eine Maske und einen Schnorchel. »Zieh erst einmal die hier auf, so ist es richtig, und dann stell sie hier an der Seite enger. Okay?«

Kate nickte.

»Gut, als Nächstes musst du dieses Mundstück nach vorne holen und es festhalten – nicht darauf herumkauen!« Er lachte, als Kate die Zähne fletschte. »Du musst dich so weit wie möglich entspannen.«

Kate zog eingeklemmte Haarsträhnen heraus, während Alex seine eigene Maske aufsetzte. Ihre Beine stießen unter Wasser an seine, da sie heftig strampelte, um nicht unterzugehen.

»Bereit für einen Versuch?«, fragte er, doch Kate schüttelte den Kopf und spuckte automatisch das Mundstück aus.

»Ich weiß nicht recht, ob ich es über mich bringe«, jammerte sie. »Ich habe Angst, keine Luft zu bekommen.«

»Wir können es gemeinsam üben«, sagte er und legte die Hände auf ihre Schultern, um sie ruhig zu halten. »Hör mal kurz auf, mit den Beinen zu strampeln ... keine Sorge, ich halte dich schon, so ist es gut ... und jetzt geh langsam mit dem Kopf unter Wasser.«

Kate vergewisserte sich, dass ihr Mundstück richtig saß, bevor sie seinen Anweisungen folgte, doch sobald ihr Gesicht unter Wasser war, wurde sie von Panik erfasst und atmete heftig durch die Nase aus, sodass ihre Maske beschlug und ihr Tränen in die Augen traten. Ohne ihre Brille sah sie ohnehin nicht sonderlich gut, doch jetzt war gar nichts mehr zu erkennen. Sie hob den Kopf wieder über Wasser und riss sich den Schnorchel aus dem Mund. »Ich kann das nicht. Meine Lunge hat einfach dichtgemacht. Es hat sich angefühlt, als würde ich ersticken.«

»Du bist in Sicherheit, ich passe auf dich auf«, sagte er besänftigend und gab ihr einen Moment, damit sie sich wieder fassen konnte. »Zuerst wird es sich komisch anfühlen – ein bisschen, als würde man auf der anderen Straßenseite Auto fahren. Lass deinem Gehirn ein bisschen Zeit, sich daran zu gewöhnen, dann kriegst du das schon hin.«

»Wenn es an meinem Gehirn hängt, dann haben wir definitiv ein Problem«, witzelte Kate lahm.

»Das glaube ich nicht, nicht eine Sekunde lang.«

Irgendwie waren sie auf einmal nur noch wenige Zentimeter voneinander entfernt. Kate konnte die Wassertropfen an seinen Wimpern sehen, die rötlichen Striemen an der Haut um seine Nase, wo die Maske einschnitt.

»Diesmal tauchen wir gemeinsam. Schau mir in die Augen, sieh genau hierhin.« Er tippte vorn an seine Maske.

Kate holte tief Luft und brachte das Mundstück wieder an ihre Lippen, während sie sich voll und ganz auf Alex konzentrierte. Äußerst behutsam ließ er ihre Schultern los, nur für einen Augenblick, um seinen eigenen Schnorchel in den Mund zu stecken. Dann ergriff er ihre Hände. Ihre Finger verschränkten sich, und Kate hielt sich fest. Bei der Berührung schlug ihr Herz schneller.

Langsam, ganz langsam, sodass es sich anfühlte, als hätte sie sich kaum bewegt, brachte Alex sie beide unter die Wasseroberfläche, seine Augen ständig auf ihre gerichtet. Einzelne Haarsträhnen von Kate tanzten im Wasser. Zwar spürte sie den Druck, der sich in ihrer Kehle bildete, doch sie ermahnte sich, einfach zu atmen, keine Angst mehr zu haben und darauf zu vertrauen, dass ihr Körper wusste, was zu tun war, dass sie diesmal nicht in Panik geraten würde. Da fiel ihr wieder ein, dass sie ihre Atemzüge zählen sollte, und sie konzentrierte sich nur auf die Luft, die in ihre Lunge drang, und hielt sie dort, bis ihr rasendes Herz begann, langsamer zu schlagen.

Alex hatte weder ihre Hände losgelassen noch den Blick aus seinen hellblauen Augen von ihren abgewendet. Sie wurde sich einer neuen Welt bewusst, die um sie her auftauchte, einer Unterwasserhöhle, die auf einmal klar erkennbar war. Kate sah alles, doch vor allem sah sie Alex; spürte nicht nur, wie er sie festhielt, sondern auch etwas tief in ihrem Innern – eine nicht zu leugnende Anziehungskraft, die jeden ihrer Nerven erweckte.

Alex entzog ihr seine Hand, und es war, als wäre ein Seil gerissen. Ohne das Band zwischen ihnen und völlig durcheinander kam Kate unter lautem Spritzen zurück an die Oberfläche, wo sie die Maske absetzte und sich von Alex wegdrehte, damit er die Verwirrung nicht von ihrem Gesicht ablesen konnte.

Jemand winkte am Ufer, und sie rieb sich das Wasser aus den Augen. Es war Toby. Er hielt etwas in die Höhe und wies darauf.

Alex war ein Stück von ihr fortgeschwommen, bevor er wieder auftauchte. Als er die Taucherbrille von seinem Gesicht schob, war seine Miene nicht zu deuten. »Ich glaube, da ruft dich jemand an«, sagte er.

»Ich sehe besser nach, was er will.« Kate deutete auf ihren Bruder.

Alex nickte nur. Er schien damit beschäftigt, wieder zu Atem zu kommen, was ihr doch ein wenig merkwürdig vorkam, denn unter Wasser hatte er völlig ruhig gewirkt. Er folgte ihr nicht, als sie losschwamm, sondern drehte sich stattdessen um und kraulte elegant durchs Wasser. Kate sah ihm nach und verspürte den Drang, ihm zu folgen.

»Nims!«, brüllte Toby, sobald sie in Hörweite war. »Komm schnell her!«

Robyn saß aufrecht neben ihm, ein breites Lächeln unter der Sonnenbrille.

»Was ist los?« Kate geriet ins Straucheln, als sie versuchte, auf den Steinen Fuß zu fassen. »Wer war denn dran?«

»Es war ein Typ namens Lovro«, sagte er. »Angeblich kennst du ihn? Ihm gehört eine Pizzeria. Wie dem auch sei, er sagt, er macht einen Coffeeshop in der Stadt auf und ... nun ... bei der Renovierung möchte er deine Hilfe.«

»Das soll wohl ein Witz sein.« Kate ließ sich ein Handtuch geben. »Im Sinne von, er will Hilfe beim Streichen?«

»Nicht nur das – er will dich als seine Innendesignerin anstellen. Offenkundig bist du in Hvar heiß begehrt. Er wird dich selbstverständlich bezahlen, und es handelt sich um eine großzügige Summe.«

»Bist du dir sicher, dass er von mir gesprochen hat?« Kate verengte die Augen zu Schlitzen. »Du nimmst mich doch nicht auf den Arm, oder?«

»Nein, Nims, auf keinen Fall. Über Berufliches mache ich nie Witze – das weißt du doch.«

Robyn war aufgestanden und umarmte sie. »Das ist so aufregend, Kate! Dein erster bezahlter Auftrag als Innendesignerin. Ich bin so stolz auf dich.«

»Moment mal.« Kate sah die beiden nacheinander an. »Ich habe noch nicht einmal eingewilligt.«

»Ach.« Toby nagte an seiner Unterlippe herum. »Eigentlich schon. Dein Assistent hat bereits in deinem Namen zugesagt.«

»Ach ja? Und ich tippe mal darauf, bei diesem Assistenten handelt es sich um ...«

»Mich? Ich fürchte, ja.«

»Aber ich kann so einen Auftrag doch nicht übernehmen - oder? Schließlich bin ich keine professionelle Innendesignerin, und ich bin mir ziemlich sicher, dass ich ohne die entsprechenden Visa nicht in Kroatien arbeiten darf.«

»Ach, nun hör schon auf, mir derart in die Parade zu fahren«, schalt Toby sie. »Um die ganzen langweiligen Einzelheiten können wir uns später kümmern - wichtig ist nur, dass du eine gefragte Frau bist. Das ist dein Durchbruch - du hast richtig Erfolg.«

»Aber ich ... Ich begreife das nicht. Woher wusste Lovro denn von der Herberge, und woher hatte er überhaupt meine Nummer?«

Toby zuckte mit den Schultern. »Jemand muss ihm einen Tipp gegeben haben. Vielleicht dieser attraktive Deutsche, dem du begegnet bist. Ich fasse es ja immer noch nicht, dass du ihn nicht auf einen Drink eingeladen hast.«

»Was für ein attraktiver Mann?«, wollte Robyn wissen, doch Kate war in Gedanken versunken.

Es gab nur einen Menschen, der das Ganze hatte einfädeln können, nur einen Menschen, der ihr genug zutraute, um es überhaupt vorzuschlagen; jemand, der Lovro kannte und dessen Vertrauen genoss. Kate drehte sich zum Wasser zurück und suchte fieberhaft das Meer nach ihm ab.

Doch von Alex war weit und breit keine Spur.

36

»Sollen wir uns zur Feier des Tages eine Flasche Champagner gönnen?«

Robyn sah Kate erwartungsvoll an, erntete allerdings ein Kopfschütteln. »An Alkohol kann ich nicht einmal denken. Ich bin immer noch viel zu verkatert.«

»Zumindest werde ich uns alle zu einem späten Mittagessen einladen«, sagte Toby. Er reichte Kate ihr Handy und machte sich auf den Weg über den Strand, um nach einem freien Tisch Ausschau zu halten.

Kate fühlte sich seltsam schwindlig und schwerelos. Das musste der Schock sein.

»Wer ist denn dieser Lovro?«, erkundigte sich Robyn. »Wie kann es sein, dass du ihn kennst, Toby aber nicht?«

»Ich bin ihm durch Alex begegnet«, erwiderte sie. »Was? Warum schaust du mich so an?«

»Wie denn?«

»Wie Mrs. Bennet auf dem Ball, als Jane von Mr. Bingley zum Tanz aufgefordert wird.«

Robyn griff nach der Sonnencreme. »Ich bin deine beste Freundin, Kate Nimble. Ich merke es, wenn dir jemand gefällt.«

»Ich mag Alex tatsächlich. Auf die gleiche Art, wie ich Kartoffelbrei und Sitze in Fahrtrichtung in Zügen mag. Mehr nicht.«

»Wenn du meinst.« Robyns Tonfall ließ keinen Zweifel daran, dass sie Kates Worten keinen Glauben schenkte. »Aber wäre es denn so schlimm, wenn du ihn mehr als Kartoffelbrei mögen würdest? Vielleicht sogar viel mehr?«

»Robyn ...«

»Ich sage lediglich, dass du Single bist, er ist Single, ihr versteht euch offensichtlich gut, und er ist ein netter Kerl. Wäre eine Urlaubsromanze denn das Ende der Welt? Eine sommerliche Liebelei.«

»Du vergisst einen wichtigen Punkt«, erklärte Kate.

»Oh, bitte sag jetzt nicht J...«

»Doch – James.«

Robyn setzte dem Gespräch ein Ende, indem sie sich wieder auf ihr Handtuch legte und den Kopf wegdrehte. Kate wollte schon fortfahren, doch da bemerkte sie Alex, der – mit angeklatschten Haaren und klitschnassem Bart – durch das seichte Wasser auf sie zuschlenderte.

»Haben dir die Ohren geklingelt?«, wollte Robyn wissen, woraufhin Kate eine Spur zu laut lachte.

»Sollten sie das?« Er ließ sich auf dem Felsen nieder.

»Ich habe Robyn eben erzählt, wie ich Lovros Bekanntschaft gemacht habe«, erläuterte Kate.

»Ach so.« Alex wrang etwas Wasser aus seinen Dreadlocks. »Aus einem besonderen Grund?«

Ohne auf Robyns Kichern zu achten, erzählte Kate ihm die Neuigkeiten bezüglich des Coffeeshops.

»Danke«, sagte sie, »dass du ein gutes Wort für mich eingelegt hast. Ich weiß, dass du das gewesen sein musst«, fügte sie hinzu, als Alex widersprechen wollte. »Keiner sonst kennt uns beide.«

»Er hat gefragt, ich habe ihm eine Antwort gegeben.« Alex zuckte mit den Schultern. »Keine große Sache.«

Aber das war es. Erst allmählich ging Kate auf, wie groß diese Sache tatsächlich war.

»Hoffentlich vermassele ich es nicht und enttäusche euch beide«, sagte sie jetzt. »Da du mich doch empfohlen hast.«

»Das wirst du nicht«, erwiderte er. »Du musst nur ein bisschen Selbstvertrauen haben.«

»Bravo!«, rief Robyn.

Kate setzte ein Lächeln auf, doch kleiner wurde ihre Sorge dadurch nicht. Ein paar Wandfarben auszusuchen und alte Möbelstücke umzufunktionieren, war eine Sache, aber von einem Fremden bezahlte Arbeit als Innendesignerin angeboten zu bekommen, war etwas völlig anderes. Was würde passieren, wenn sie es verpatzte, oder noch schlimmer – wenn sie dort aufkreuzte und merkte, dass ihr keine Ideen oder guten Anregungen einfielen?

Als sie bemerkte, dass Alex über ihre Schulter blickte, drehte sie sich zu ihm um.

»Hier werden wir nie einen Tisch bekommen«, murrte Toby, der von seiner Erkundungstour der Restaurants in der Bucht Palmižana zurückgekehrt war. »Wie wäre es stattdessen mit einem schönen Abendessen? Mein reizender Gatte wird bestimmt sehr gern etwas *favoloso* auf dem Grill zaubern.«

»Wenn Essen mit im Spiel ist, lautet meine Antwort immer Ja«, sagte Robyn, die sich mit geschlossenen Augen sonnte.

»Ich werde auf dem Rückweg vielleicht bei diesem neuen Coffeeshop von Lovro vorbeischauen«, sagte Kate. »Es wäre gut, sich eine Vorstellung davon zu verschaffen, in welchem Zustand er sich genau befindet und wie viel zu tun ist.«

»Al kann dich bestimmt auf dem Weg in der Stadt absetzen«, sagte Toby.

Kate sah Alex an, und ihr Blick glitt unwillkürlich über seine nackte Brust.

»Klar«, sagte er. »Kein Problem.«

Am Nachmittag verließen sie Palmižana und fuhren in

gemächlichem Tempo nach Hvar zurück. Es war geplant, dass Alex sie alle im Hafen absetzen und dann sein Boot zurück an den üblichen Ankerplatz fahren würde. Die Herberge, wo sie alle zum Abendessen verabredet waren, würde er zu Fuß erreichen. Doch als sie im Hafen eintrafen, blieb Robyn im Boot.

»Vielleicht komme ich mit dir mit«, sagte sie zu Alex. »Ich möchte mal den Deckstuhl ausprobieren.«

Kate hielt mitten im Klettern inne.

»Von mir aus gern«, sagte er, eine Hand an der Ankerleine des Boots.

»Dann bis später, ihr zwei«, fügte sie hinzu und lächelte Kate an. »Viel Glück!«

»Aber ...« Kate fiel nichts ein, was dagegen sprach, und ihr blieb nichts anderes übrig, als schweigend dem Boot nachzusehen, sobald Alex vorsichtig wieder anfuhr. Eine Hand hatte er ausgestreckt, falls Robyn auf ihrem Weg zu dem Deckstuhl stürzen sollte. *Dieser blöde Deckstuhl.* Das hatte sie ganz allein sich selbst zuzuschreiben.

»Bist du so weit?«, fragte Toby, während Kate niedergeschlagen aufs Meer hinausstarrte.

Sie riss sich zusammen. »Aber sicher doch.«

Kate wünschte sich, sie hätte den Morgen vor ihrem ersten offiziellen Arbeitstermin nicht am Strand verbracht. Sie war ungeschminkt, ihre Haare waren zu einer Pusteblumenkrause getrocknet, und eigentlich sollte sie elegant in Bluse und Rock gekleidet sein und nicht in einem ausgeschnittenen Strandkleid mit einem nassen Fleck am Gesäß, wo sie in ihrem feuchten Badeanzug gesessen hatte.

Lovro hatte die Adresse seines neuen Ladens gesimst, und laut Toby handelte es sich um eines der schmalen Gässchen, die zum Fortica hochführten. Doch als das kleine Geschäft in Sicht kam und Kate mit jedem Schritt nervöser wurde, blieb er auf einmal stehen.

»Ich habe ein paar Dinge in der Stadt zu erledigen«, erklärte er. »Ab hier kommst du klar, nicht wahr?«

»Du gehst?« Kate war fassungslos. »Das kannst du nicht machen!«

»Sei nicht albern. Du bist jetzt eine erfolgreiche Geschäftsfrau – das hier ist deine Sache.«

»Aber ich brauche dich an meiner Seite.«

»Nims, hör mir mal zu. Du brauchst mich nicht, du brauchst niemanden – besonders dann nicht, wenn es um die Arbeit geht. Ich habe aufgehört mitzuzählen, wie oft du mich bei den Renovierungsarbeiten im Sul Tetto verscheucht hast.«

»Das war etwas anderes.«

»Nein, war es nicht«, widersprach er geduldig. »Du musst dich jetzt konzentrieren, und ich werde dich bloß ablenken. Du bist richtig gut – geh einfach da hinein und tu, was du am besten kannst. Es wird klappen, du wirst schon sehen. Hab endlich einmal ein wenig Selbstvertrauen.«

Alex hatte das Gleiche gesagt. *Du musst nur ein bisschen Selbstvertrauen haben.* Das sagte sich so leicht.

Toby beugte sich vor, wünschte ihr »Viel Glück« und gab ihr ein Küsschen auf den Scheitel. Dann war er fort.

Kate stand allein in der Gasse und wartete ab, bis ihre Hände nicht mehr so stark zitterten. Die Tür des zukünftigen Coffeeshops stand offen, und aus dem Innern drang Hämmern. Zögerlich trat sie einen Schritt vor. Ihr drehte sich der Magen um.

Ihr Benehmen war einfach lächerlich.

Diese Arbeit war, was sie wollte, was ihr Spaß machte. So leidenschaftlich hatte ihr Herz noch nie für etwas geschlagen – weshalb war sie dann derart durcheinander? Warum ließ sie sich wieder einmal von ihrer Versagensangst zurückhalten?

Vor ihrem inneren Auge sah Kate Alex und sich, wie sie zu zweit inmitten von weißen Steinen gesessen hatten. Wie wunderbar es sich angefühlt hatte, sämtliche Dinge zu benennen, die ihr Angst einjagten, und jenen metaphorischen, von ihr selbst errichteten Hindernissen, die ihr Selbstwertgefühl beeinträchtigten, einen Namen zu geben und sie wegzuschleudern, damit sie fortgewaschen wurden.

Sie konnte das hier tun. Sie musste es tun.

Mit einem letzten beruhigenden Atemzug trat Kate an die offene Tür.

»Klopf, klopf«, rief sie durch den Spalt. Wenn sie ihren ersten Kunden doch nur in seiner eigenen Sprache begrüßen könnte. Mit einem scheuen *»zdravo«* trat sie über die Schwelle in einen staubigen Raum mit dunklen Wänden. Er wies eine lange, schmutzige Arbeitsfläche, ein hohes Fenster mit Fensterläden und einen Haufen nicht zusammenpassender Holzmöbel auf. In der hinteren Ecke stand ein Radio, und daneben war eine Kreissäge eingesteckt, die auf einem niedrigen Tisch zu ihrer Rechten lag. Darunter befand sich ein Stapel aus einfachen weißen Fliesen.

Kate war entzückt. Sie würde an einer relativ weißen Leinwand arbeiten. Es war leichter, sich etwas Neues einfallen zu lassen, wenn nicht schon viel vorhanden war, und während sie dastand und sich umsah, stiegen Ideen in ihr empor.

Das einzelne Fenster würde nicht viel Tageslicht hereinlassen – zumal in einer derart schmalen Hintergasse –, demnach würden sie zuerst einmal leistungsstarke Deckenstrahler benötigen. An der Decke befand sich ein Wirrwarr aus freigelegten Balken, die als Inspiration für eine Ästhetik aus

Erdtönen und natürlichen Materialien dienen würden. Sie sah gedruckte Speisekartenzettel auf hölzernen Klemmbrettern vor ihrem geistigen Auge, Besteck in polierten Metalldosen, Gläser mit Kaffee und Teebeuteln auf gelaugten Holzregalen hinter dem Tresen, nicht einheitlich, sondern in unterschiedlichen Größen nebeneinander aufgereiht. Das Geschirr sollte einfarbig sein, aber die Untertassen gemustert, auf die wenigen Tische gehörten Grünpflanzen von unterschiedlicher Form und Größe, jede in einem aus der Region stammenden Tontopf, und vielleicht sollte man sie sogar an Touristen verkaufen. Die Backsteinmauern konnten bleiben, mussten allerdings weiß gestrichen werden, und gegenüber vom Fenster sah sie einen Ehrenplatz für eine gewaltige Pinnwand – ein Bereich für Broschüren von umliegenden Geschäften oder für Gäste, die Notizen oder Fotos hinterlassen wollten. Upgecycelte Barhocker würden Hängepflanzen beherbergen, Spiegel konnten Licht reflektieren und Raum schaffen, und mithilfe von runden Bilderrahmen oder Wandschmuck ließ sich das Kastenförmige des Ladens abschwächen.

Es würde funktionieren. Sie würde es doch schaffen.

Als Lovro nach zehn Minuten aus dem Hinterzimmer geschlendert kam, war Kate bereits damit beschäftigt, Fotos zu schießen und Notizen in ihr Handy zu tippen. Von ihrer ursprünglichen Verzagtheit war nichts mehr zu spüren, als sie mit einem herzlichen Lächeln seine Hand schüttelte. Sie nahm den angebotenen Kaffee an, bevor sie Lovro langsam erklärte, was ihr bisher eingefallen war. Sein Englisch war zum Glück viel besser als ihre Kroatischkenntnisse, und er begriff ihre Vision für das Geschäft auf der Stelle, nickte immer wieder und klopfte die Taschen seiner Jeans nach einem Stift und Papier ab, um sich Dinge zu notieren. Innerhalb einer Stunde hatten sie eine umfangreiche Liste an Materialien zusammengestellt und sich auf einen praktikablen Terminplan geeinigt. Glückselig vor Stolz und Vorfreude hüpfte Kate praktisch auf die Gasse hinaus, als es an der Zeit war aufzubrechen, und griff direkt nach ihrem Handy.

Sie wollte unbedingt Alex anrufen und ihm erzählen, wie gut ihr Gespräch gelaufen war, doch es wartete bereits eine Nachricht von ihm.

Musste Freund treffen – kann leider nicht zum Essen kommen.

Neun kleine Wörter, vierzehn niederschmetternde Silben, und eine Bestätigung, dass Kate ihre Gefühle nicht länger leugnen konnte.

37

An Einschlafen war nicht zu denken.

In der Herberge teilte Kate immer noch ihr Doppelbett mit Robyn, und sie schlüpfte so leise wie möglich unter dem Laken hervor und schlich sich aus dem Zimmer. Die Dunkelheit und die völlige Stille verrieten ihr, dass es gegen drei Uhr früh sein musste – eine Vermutung, die von der Wanduhr in der Gemeinschaftsküche bestätigt wurde.

Kate goss sich ein Glas Leitungswasser ein. Sie hatte die Herberge zwar in ihrem frisch gestrichenen und völlig aufgeräumten Zustand toll gefunden, aber jetzt, mit all den Gästen, fühlte sie sich hier mehr zu Hause. Ihr gefielen die beschrifteten Lebensmittelverpackungen, die sich in den von Alex gebauten Regalen stapelten, sie mochte das Echo von Schritten im Haupttreppenhaus, wenn Leute frühe Flüge zu erwischen hatten oder nach einer durchzechten Nacht im Carpe Diem, Hula Hula oder in einer der vielen anderen Bars auf der Insel zurückkehrten. Menschen machten aus einem Haus ein Zuhause – oder, wie in diesem Fall, eine Herberge.

Letzten Endes hatten sie nur zu viert auf der Terrasse zu Abend gegessen, und Kate war überzeugt gewesen, sie hätte sich ihre Enttäuschung über Alex' Fernbleiben nicht im Geringsten anmerken lassen. Doch dann waren Robyn und sie unten zu Bett gegangen.

»Wohin musste Alex gleich noch einmal?«, fragte ihre Freundin beiläufig, während sie aus den Sandalen schlüpfte und sie in Richtung ihres offenen Koffers schob. Trotz Kates nicht gerade subtilen Hinweisen hatte Robyn noch immer nicht richtig ausgepackt, und an den Seiten des Koffers quollen Kleidungsstücke, Schuhe und Kosmetikartikel hervor.

»Er musste sich mit einem Freund treffen.«

»Und du bist nicht verärgert?«

Kate hob den Blick. »Verärgert? Wieso das denn?«

»Okay, vielleicht ist verärgert das falsche Wort. Ich hätte enttäuscht sagen sollen.«

»Ich bin weder verärgert noch enttäuscht«, sagte Kate, doch sie konnte Robyn nicht in die Augen sehen. Sie war schon immer eine schlechte Lügnerin gewesen.

»Schuld daran bin nämlich möglicherweise ich.« Robyns Stimme klang ungewohnt kleinlaut. »Vielleicht habe ich ihm das eine oder andere gesagt, nachdem wir dich und Tobe zurückgelassen hatten ...«

Kate blieb im Türrahmen zum Badezimmer stehen.

»Ach ja?«, fragte sie. »Was denn?«

»Ich habe vielleicht Andeutungen gemacht, dass ihr beide ... etwas füreinander übrighabt.«

Kate hatte ein Gefühl, als würde in ihrem Magen ein Wannenstöpsel herausgezogen.

»Und bevor du sauer wirst – lass mich erst einmal ausreden! Die Vorstellung schien ihm nicht unangenehm zu sein. Groß was erwidert hat er ehrlich gesagt nicht. Er hat bloß irgendwie gelächelt und ein wenig den Kopf geschüttelt ...«

»Aber was genau hast du gesagt?«, unterbrach Kate sie. »Was war der genaue Wortlaut?«

»Ich habe gesagt: ›Kate ist nett, nicht wahr?‹ Und er hat zugestimmt. Dann habe ich gesagt: ›Übrigens ist sie Single.‹ Und er antwortete: ›Ich weiß.‹«

So weit, so unverbindlich – typisch Alex.

»Und dann?«

»Ich sagte, meiner Meinung nach bräuchtest du ein bisschen Spaß – und dass er ja vielleicht genau der Richtige dazu wäre.«

»Robyn!« Kate schlug die Hände vors Gesicht. »Wieso denn bloß?«

»Weil ich euch beiden anmerke, dass da eine Anziehungskraft besteht. Ehrlich, das Knistern ist greifbar – den ganzen Tag schon. Jedes Mal, wenn ich euch beide angeschaut habe, habt ihr einander tief in die Augen geblickt. Er macht vielleicht keine großen Worte, aber das ist auch gar nicht nötig – es ist ihm deutlich ins Gesicht geschrieben. Der Kerl ist völlig hin und weg.«

»Nun, offensichtlich doch nicht, wenn er gleich mal das Weite gesucht hat«, erwiderte Kate. »Der arme Kerl hat wahrscheinlich befürchtet, ich würde mich auf ihn stürzen.«

Sie verkniff es sich, den Kuss zu erwähnen. Das würde Robyn nur noch in ihrem Vorhaben bestärken, sie beide miteinander zu verkuppeln, doch Kate wollte Alex' Freundschaft nicht aufs Spiel setzen. Und wenn sie ehrlich war, wollte sie ebenso wenig, dass derartige Neuigkeiten am Ende James zu Ohren kämen. Denn Robyn würde Kates Geheimnisse zwar nicht vorsätzlich verraten, aber sie ließen sich ihr bestimmt mit etwas Geschick entlocken – besonders, indem man sie reizte. Außerdem war es nur ein ganz flüchtiger Kuss gewesen, und es würde ganz bestimmt nicht noch einmal vorkommen. Den Punkt hatte Alex überaus deutlich gemacht, indem er am Abend nicht in Erscheinung getreten war, überlegte Kate, als sie eine halbe Stunde später steif zu Bett ging.

Doch ganz gleich, wie oft Kate sich ermahnte, nicht ihren Sorgen nachzuhängen, war sie in Gedanken stets bei Alex und fragte sich, wohin er gegangen war und was er wirklich für sie empfand. Aus dem Grund war sie zu dieser Stunde wach und schlich im Dunkeln durch die Herberge, ohne Ruhe zu finden.

Sie trank ihr Glas Wasser und starrte düster aus dem Fenster. Wie immer wurde ihr Blick von der schwarzen, seidig glänzenden Oberfläche des Meeres angezogen. Sie würde dorthin gehen, würde an den Strand laufen und die Sterne oben am Himmel um Weisung bitten.

Über der Rückenlehne des Stuhls an der Rezeption hing ein Kapuzenpulli von Toby, und Kate zog ihn über die Shorts und das Unterhemd, in denen sie schlief. In der Fundkiste stieß sie auf ein Paar Flip-Flops, die ihr ein oder zwei Nummern zu groß waren, doch das machte nichts. Der Weg war nicht weit.

Ohne das übliche Grillenkonzert war es still. Das einzige Geräusch war das leise Klappern ihres zu großen, geborgten Schuhwerks, und Kate fuhr heftig zusammen, als etwas Kleines und Geschmeidiges zwischen ihren Füßen hindurchhuschte.

»Siva«, zischte sie die Katze an, die scharfäugig zu ihr aufblickte. »Was machst du hier?«

Die Katze hob ein Bein und begann verächtlich, sich das Hinterteil zu putzen.

»Reizend.« Kate bückte sich, um Sivas überdimensionale Ohren zu kraulen. »Dann los, schauen wir mal, ob wir ein paar Fische zu Gesicht bekommen.«

Die Straßenlaternen erhellten ihren Weg, bis sie den steinigen Abhang erreichten, der nach unten zur Badebucht Pokonji Dol führte. Hier machte Kate viel vorsichtigere Schritte und hielt die Hände bereit, falls sie ausrutschen oder stürzen sollte. Bei Tag war es schon ein tückischer Weg, ganz zu schweigen im Stockdunkeln, doch ihre Wahl war bewusst auf diesen besonderen Küstenabschnitt gefallen. Von hier oben auf dem Pfad wirkte der Strand menschenleer, und es gab nur ein paar wenige erleuchtete Fenster auf der gegenüberliegenden Seite der Bucht. Kate ließ den Blick über den Hafen streifen, bis die die vertrauten Umrisse von Alex' Boot mit seinem Deckstuhl-Aufsatz erspähte, doch an Bord war kein Licht zu erkennen. Entweder schlief er, oder er übernachtete woanders.

Siva erreichte den Fuß des Hügels als Erste und schoss über die Straße hinweg auf den weißen Kies zu, während Kate ihr in den zu großen Sandalen hinterherschlurfte. Als sie diesen Strand zum ersten Mal gesehen hatte, hatten die weißen Kieselsteine sie an heruntergefallene Blütenblätter erinnert, doch in dieser Nacht waren sie ein stiller Fischschwarm, ein Echo des Lebens, das selbst im Angesicht des Todes seine Schönheit bewahrte. Als sie kurz stehen blieb, vernahm sie ein Schnurren. Sie runzelte die Stirn. Es gab nur einen Menschen, der Siva eine solche Reaktion entlocken konnte, und das war ...

»Hallo.«

Auf einer der Sonnenliegen in der Nähe hatte sich plötzlich eine Gestalt aufgesetzt. Mit einem Kreischen stolperte Kate rückwärts, wobei sie die Flip-Flops von den Füßen verlor.

»Herrgott, Alex – du hast mich fast zu Tode erschreckt.«

»Tut mir leid.« Er klang verwirrt. »Zu meiner Verteidigung möchte ich anführen, dass ich hier nicht mit dir gerechnet habe.«

»Gleichfalls«, entgegnete sie, was nicht ganz der Wahrheit entsprach.

»Du schlafwandelst, ja?« Er stützte die Ellbogen auf die Knie.

»Nein.« Vorsichtig stakste Kate über die Steine und nahm

neben ihm Platz. »Mir war bloß nach einem Spaziergang, das ist alles.«

»Um halb vier Uhr in der Früh?«

»Genau.«

»Verstehe.«

Kate lächelte. Es war schön, ihn zu sehen. In seiner Gegenwart ging es ihr gleich viel besser.

»Was ist deine Ausrede?«, fragte sie. Sie hob die Füße auf die Kante des Liegestuhls und zog Tobys Kapuzenpulli bis zu ihren Fußknöcheln hinunter. »Mondbaden, ja?«

»Ich konnte nicht schlafen.« Er zupfte an den Ärmeln seines eigenen Hoodies. Es war der Pulli, den er schon in der Nacht in Brač getragen hatte, und Kate war sich sicher, einen leichten Geruch von Kerzenrauch wahrnehmen zu können, als er sich bewegte. Über den Dreadlocks trug er ein Kopftuch, das sie noch nicht an ihm gesehen hatte und das im Mondschein blau aussah. Blau wie seine Augen.

»Beim Abendessen bist du uns abgegangen«, sagte sie. »Ich habe mein eigenes Körpergewicht in Tintenfisch-Risotto gegessen, und die Tinte hat meine Zunge schwarz verfärbt. Halloween ist dieses Jahr früher. Schau!« Sie streckte ihm die Zunge heraus.

Sein Blick huschte nach unten. »Sehr hübsch.«

Kate schloss den Mund wieder und fragte sich, warum sie sich immer derart lächerlich aufführen musste.

»Hast du dich mit deinem Freund getroffen?«, fragte sie und erntete einen ratlosen Blick.

»Freund?«

»Die Person, wer auch immer es sein mag, wegen der du das Abendessen verpasst hast?«

»Oh, ja. Sicher.«

»Wirklich?«

Alex ließ die Fingerknöchel knacken und sah wortlos zu, wie Siva ihren weichen Körper an seinem Schienbein rieb. »Ich musste wohin, das ist alles.«

»Wohin denn? Hierher?«

Ein leichtes Kopfschütteln.

»Wohin denn dann?«

»Frierst du?«, fragte er. Kate hatte die Arme aus ihren Ärmeln gezogen und sich mit hochgezogenen Schultern und eingerollten Zehen in Tobys Kapuzenpulli eingemümmelt.

»Ein bisschen«, sagte sie. »Aber das ist kein Grund, das Thema zu wechseln.«

»Na gut.«

»Also ...?«

»Ich wollte ja kommen, aber ...«

»Robyn hat dich verschreckt«, beendete sie seinen Satz.

Alex drehte sich überrascht zu ihr. »Mich verschreckt? Nein. Gar nicht. Ich wollte wohl einfach allen genug Raum geben.«

»Uns allen oder nur mir?«

Alex holte tief Luft und hob das Kinn, um zu den Sternen sehen zu können. »Dir.«

Einen Moment lang saßen sie in geselligem Schweigen da, während Kate seine Worte auf sich wirken ließ und ein Stück weiter Siva beobachtete, die sich anmutig einen Weg über die Steine suchte. Als Alex zwei Finger an die Lippen hob und einen Pfiff ausstieß, kam die Katze sofort zurück und sprang auf den freien Platz zwischen ihnen beiden.

»So sieht sie beinahe sanftmütig aus«, stellte Kate fest, während Siva sich einrollte und wieder zu schnurren begann. »Du übst definitiv eine beruhigende Wirkung aus - sowohl auf Menschen als auch auf Tiere«, fügte sie hinzu. »Ich bin wohl das Gegenteil - meine nervöse Energie lässt andere gereizt sein.«

»Mich nicht«, sagte er. »Ich finde, du strahlst eine gute

Energie aus. Ich meine« – er wies in die ungefähre Richtung seines Boots – »manchmal veranlasst sie dich vielleicht zu verrückten Entscheidungen, aber …«

»Schon klar.« Kate lachte und schaukelte dabei auf den Fußballen nach vorn.

»Dir ist kalt«, sagte er, nahm die Katze auf und setzte sie sich auf die Schulter. »Komm schon – auf dem Boot habe ich einen Gaskocher. Vielleicht gibt es sogar ein oder zwei Decken, wenn du sie nicht zu einem behelfsmäßigen Segel oder so was umfunktioniert hast.«

»Sehr witzig«, erwiderte Kate und stand rasch auf.

Das nächtliche Übersetzen auf dem dunklen Wasser hätte sich unter anderen Umständen vielleicht gespenstisch angefühlt, aber mit Alex neben sich fand Kate die Fahrt im Schlauchboot aufregend. Nachdem Alex eine ziemlich missmutige Siva an Deck abgesetzt hatte, bestand er darauf, Kate über die Bootsseite zu helfen, was irgendwie mit ihrem Hintern auf seinen Schultern endete. Und bildete sie es sich nur ein, oder verweilten seine Hände länger als nötig an ihren Oberschenkeln?

Die Luft auf dem Boot fühlte sich lebendig an. Kate fror nicht mehr.

»Hier entlang«, sagte er und schob die Kajütentür mit dem Fuß auf.

Kate folgte ihm, ihr Herz ein gefangener Schmetterling, jedes Nervenende ein unter Strom stehender Draht, der gleich Funken sprühen würde. Alex faltete eine Decke auf.

»Sollen wir hier drinnen sitzen oder draußen an Deck?«, fragte er.

»Hier drinnen ist es gut.« Ihre Stimme klang hoch und seltsam. Sie hatte vergessen, wie klein die Kajüte war. Bei der geringsten Bewegung würde sie ihn berühren.

Alex breitete eine Decke quer über dem Boden aus und reichte ihr dann noch eine.

»Mach's dir bequem«, sagte er. »Ich hole den Kocher.«

»Nein, lass es«, sagte Kate hastig, kam näher an ihn heran und trat beinahe auf Siva, die von draußen hereingestürzt war. Das empörte Fauchen der Katze reichte aus, um die Anspannung zu lösen, und die beiden lächelten einander an.

»Du willst den Kocher nicht anhaben?«, vergewisserte er sich.

»Nein.« Kate starrte auf ihre Zehen, um seinem Blick auszuweichen. In der Kajüte brannte kein Licht, und die Fensterluken waren nachtschwarz.

»Wenn du dich zu mir setzt, können wir uns gegenseitig wärmen.«

Es trat eine lange Pause ein.

»Also gut«, sagte er, legte sich hin und winkelte den Arm unter dem Kopf an. Kate zögerte einen Moment, setzte dann die Brille ab und legte sich neben ihn, wobei sie die Decke, die er ihr gegeben hatte, ausschüttelte, bis sie sie beide bedeckte. Alex wartete ab, bis sie fertig war, und bot ihr schließlich seine Schulter an, damit sie den Kopf darauf legen konnte. Wenn Kate sich gestattete, ihm zu nahe zu kommen, wäre es um sie geschehen, das war ihr klar, aber sie hatte längst jegliche Logik hinter sich gelassen. Als spürte Alex ihren inneren Kampf, zog er den Arm unter dem Kopf hervor und schlang ihn um sie, zog sie eng an seine Brust und hielt sie dort fest.

Die Zeit schien stillzustehen.

Kate spürte sein rasendes Herzklopfen, als sie bei ihm lag, das Knie über seinem Oberschenkel, und mit den Fingern ein Muster nach oben und quer über seine Brust beschrieb. Als er schluckte, hob sie das Kinn und kräuselte die Nase, weil sein Bart kitzelte. Er sah sie an, aber es war mehr als das – es fühlte sich an, als werde sie tatsächlich gesehen.

Alex sah unmittelbar durch die Person hindurch, die sie der Welt vorspielte; er sah sie.

Kate hob die Hand und ließ langsam den Daumen über seine Lippen gleiten. Er erzitterte. Zwischen ihnen war kein Spalt mehr, aber sie presste sich dennoch fester an ihn, um ihm mit ihrem Körper zu sagen, was sie empfand, wie viel mehr sie empfinden wollte.

»Ich will aber nicht, dass du mir genug Raum gibst, Alex.«

Bei ihren Worten drehte er sich zu ihr, sein Atem heiß an ihrer Wange, und sie öffnete die Lippen, schloss erwartungsvoll die Augen.

»Kate.«

Ein einziges Wort, dessen Bedeutung unendlich war.

»Alex.«

Der Name schien ihn zu überraschen, und für den Bruchteil einer Sekunde sah Kate so etwas wie Zweifel über sein Gesicht huschen. Gewiss gab es unzählige Gründe, warum sie das hier nicht tun sollten, doch Kate fiel kein einziger mehr ein. Gegen einen ungeduldigen Gegner wie das Begehren hatte Besonnenheit nicht die geringste Chance. Die Partie war längst entschieden.

Wortlos schlang Alex die Hände um ihre Taille und hob Kate hoch, bis sie auf seinem Schoß saß. Sie spürte ihn hart unter sich und bog den Rücken durch, als er sich aufsetzte, sie sanft ein Stück heranzog und mit den Lippen die Kuhle an ihrem Hals fand. Die Decke war von ihnen abgefallen, und Kate zog den Kapuzenpulli aus. Sie lächelte, als er ihrem Beispiel folgte und seine nackte Brust warm an ihrer lag.

»Du bist schön«, sagte er leise.

»Du auch«, erwiderte sie. Und es stimmte. In dem Moment

war Kate davon überzeugt, dass Alex der schönste Mann war, den sie je gesehen hatte.

»Bist du dir auch sicher?«, murmelte er und sah Kate mit einer solchen Intensität an, dass sie sich versengt fühlte. Ihr Verlangen schien eine Antwort unmöglich zu machen, und so nickte sie nur und presste sich an ihn, bis kein Raum mehr war für Zweifel, kein Bedarf an Worten, kein Grund, aufzuhören. Alex strich eine Locke von ihrer Wange. Die Berührung ließ sie erbeben.

»Kate, ich muss ...«, setzte er an, doch sie brachte ihn mit einem Blick zum Schweigen.

»Später«, flüsterte sie und legte die Nase an seine. »Hinterher.«

Alex senkte die Augen, und für eine Sekunde hatte Kate das Gefühl, dass die Verbindung zwischen ihnen schwankte. Sie wartete ab und wagte kaum, sich zu bewegen oder auch nur zu atmen, bis er die Hände wieder um ihre Taille gleiten ließ. Jetzt fühlte sich seine Berührung anders an und hatte etwas Dringliches, das zuvor nicht da gewesen war. Kate spürte es – spürte ihn –, und das verlieh ihr den nötigen Mut.

Um endlich abermals die Lippen glückselig auf seine zu drücken.

38

Kate musste eingenickt sein, denn als sie erwachte, war Alex fort, und das Boot bewegte sich. Er hatte die Kajütentür nur angelehnt, und durch den Spalt konnte sie sehen, dass der Tag noch nicht ganz angebrochen war. Sie beide hatten das behelfsmäßige Bettlager völlig durcheinandergebracht, doch irgendwann musste Alex sie zugedeckt haben. Jetzt brachte Kate den rauen Stoff an ihr Gesicht und atmete seinen Duft ein, den Duft von ihnen beiden. Siva, die auf einem Haufen T-Shirts eingerollt lag, öffnete ein Auge und warf ihr einen vernichtenden Blick zu. Das war verständlich, fand Kate, wenn man bedachte, was die arme Katze miterlebt hatte.

»Guten Morgen«, sagte sie, als sie ein paar Minuten später an Deck trat. Statt sich wieder Tobys Kapuzenpulli über die Shorts zu ziehen, hatte sie sich für Alex' roten Pullover entschieden, und bei ihrem Anblick lächelte er.

»Hey«, erwiderte er, zog sie an einer der Kapuzenkordeln zu sich und küsste sie leicht auf die Lippen. Sie passten so gut zusammen, dachte Kate. Sie musste sich nicht auf Zehenspitzen stellen, um zu ihm hochzukommen, und ihre aufregendsten Körperteile konnten sich ungehindert aneinanderschmiegen.

»Wohin fahren wir?«, fragte sie Alex, der sich auf dem Sitz aufrichtete und sie zwischen seine Oberschenkel zog. Er trug lediglich seine ausgefransten Jeansshorts, aber seine nackte Haut fühlte sich warm an. Kate wünschte sich, dass er das Steuer losließe, um die Hände stattdessen für sie frei zu haben.

»An einen Ort, wo wir uns den Sonnenaufgang ansehen können.« Er drehte sie sanft um. »Hier.« Er hob ihre Hände und legte sie auf das kleine Steuerrad. »Du kannst mir beim Navigieren helfen.«

»Wenn du nicht aufhörst, baue ich noch einen Unfall«, neckte sie Alex, als er begann, ihren Hals zu küssen. »Aber weitermachen. Bitte weitermachen.«

Jetzt wölbte sich der Himmel stahlblau über ihnen, und die einzige Vorahnung des Tages war ein schmaler goldener Streifen am fernen Horizont. Das Meer sah fast schwarz aus, die Wellenkämme blass und gespenstisch, während die fernen Landmassen riesigen schlafenden Ungeheuern glichen. Für Kate grenzte es an ein Wunder, dass sie überhaupt hier war, bei einem Mann, der sie dazu gebracht hatte, sich so viel mutiger und stärker zu fühlen, ein Mann, der alles irgendwie so viel leichter machte. Wenn sie an die Gründe zurückdachte, warum sie im Laufe dieses seltsamen, mäandernden Sommers auf Hvar gelandet war, schienen sie zu einem anderen Menschen zu gehören: Eine andere Kate war in jenem Pub aufgestanden und hatte James einen Heiratsantrag gemacht, und jetzt war hier auf diesem Boot eine neue Kate. War dies schon immer der Pfad gewesen, den ihr Leben einschlagen sollte? Vielleicht war dies eine Belohnung für alles, was sie auf dem Weg hierher erlitten hatte.

Alex hatte eine Hand unter den roten Kapuzenpulli geschoben, und Kates Knie wurden weich, als seine Fingerknöchel über ihre Brust strichen.

»Dir ist doch wohl klar«, murmelte sie, »dass wir aufs offene Meer hinausfahren?«

Alex legte das Kinn auf ihre Schulter und spähte nach unten auf das Armaturenbrett.

»Die Koordinaten stimmen«, sagte er. »Wir sind auf Kurs.«

»Alles hier fühlt sich an, als würde es stimmen«, sagte sie leise und lächelte, als er die Beine enger um sie schloss.

Als Nächstes ließ Alex die Hände unter den Bund ihrer Shorts gleiten.

»Halt bloß das Steuer fest«, flüsterte er, als Kate leise lustvoll aufstöhnte. »Nimm die Hände nicht vom Steuerrad.«

Sie zwang sich dazu, aufs Meer zu schauen, und versuchte alles, um sich auf den Ausblick zu konzentrieren und nicht darauf, was er mit ihr anstellte – so zärtlich und doch so fordernd –, bis kurze Zeit später alles vor ihren Augen verschwamm.

Anschließend drehte sie den Kopf und küsste ihn.

Allmählich wurde es heller. Schon bald würde die Sonne aufgehen.

»Wie weit ist es noch?«, fragte sie und schmiegte sich neben ihn auf den Sitz.

Alex legte einen Arm um ihre Schultern. »Wir sind fast da – siehst du die beiden Felsvorsprünge da vorn?«

Kate spähte durch die Dämmerung. »Ja, eben mal so.«

»Das ist der Eingang zur Bucht Stiniva.«

»Die gerade erst zum besten Strand in ganz Europa gekürt wurde?«

»Tatsächlich?«

»Ja.« Kate schmiegte sich enger an ihn. »Ich habe den Artikel aus der Zeitung ausgeschnitten und in der Rezeption der Herberge aufgehängt. Moment mal«, fügte sie hinzu, als Alex die Fahrtgeschwindigkeit drosselte, »die Lücke sieht nicht mal annähernd breit genug aus, um hindurchzufahren.«

»Das ist sie auch nicht.« Er sah ein wenig verlegen aus. »Wir werden leider an den Strand schwimmen müssen.«

»Aber ich habe meinen Badeanzug nicht dabei. Was denn? Warum lachst du?«

Alex stellte den Motor ab und kletterte auf dem Boot herum. Er befestigte Taue an der Festmacherleine im Wasser und vergewisserte sich, dass Siva sicher unter Deck eingesperrt war.

»Du brauchst keinen«, sagte er. »Außer uns ist hier niemand.«

»Im Moment nicht – aber was ist, wenn noch ein Boot auftaucht?«

Er sprang vom Waschbord herunter, öffnete den Gürtel an seinen Shorts und ließ sie zu Boden gleiten. »Unwahrscheinlich«, erklärte er ihr und grinste, als Kates Augen gierig seinen Körper entlangglitten. »Aber wenn doch, na und?«

»Dann sieht mich irgendein Fremder nackt!«

Alex zuckte mit den Schultern. »Glückspilz.«

»Können wir uns den Sonnenaufgang nicht einfach von hier aus ansehen?«, flehte sie. »Gemeinsam unter der Decke?«

»Verlockend.« Alex trat auf sie zu und fuhr mit einem Finger über ihre Wange. »Aber nein.«

Und bevor Kate Gelegenheit zu weiteren Protesten hatte, hatte er sich umgedreht und war seitlich vom Boot gesprungen. Sein geschmeidiger Körper verursachte kaum ein Aufspritzen, als er die Oberfläche durchschnitt.

»Warte auf mich!«, rief sie, riss sich die Kleidung vom Leib und ließ sie zusammen mit ihrer Brille an Deck zurück. Zum Springen fehlte ihr das Geschick. Stattdessen setzte sie sich an die Bootskante, schob sich zentimeterweise vorwärts und hielt sich die Nase zu, ehe sie sich nach unten plumpsen ließ.

»Es ist scheißkalt!«, rief sie, als sie wieder an die Oberfläche kam. Alex trat einen guten Meter weiter Wasser.

»Ich werde dich wärmen«, versprach er, und dankbar schwamm sie in seine geöffneten Arme. Ganz unwillkürlich und ohne jegliches Zögern fanden ihre Körper zueinander.

Statt sich entblößt zu fühlen, stellte Kate schnell fest, dass das Nacktbaden aufregend war. Sie fühlte sich frei – losgelöst nicht nur von ihrem normalen Leben, sondern auch von ihrem normalen Ich. Und obwohl Alex und sie nur zwei winzige Punkte sein mochten, die auf dem endlosen Ozean des Lebens trieben, war es für Kate, als seien sie das Einzige, was zählte. Der Rest ihres Lebens – ihrer beider Leben – würde warten müssen.

Sie hatte immer noch die Arme um Alex geschlungen, ließ im nächsten Moment aber von ihm ab, damit sie auf die Bucht zuschwimmen konnten. Das Wasser um sie herum war tintenschwarz, die Klippen zu beiden Seiten wurden von der Dämmerung in bleiches Weiß bis hin zu blassem Gelb getaucht. Sobald sie durch die Lücke geschwommen waren, schien das Meer ruhiger zu werden, und die Wellen, die das Ufer aus weißen Steinen erreichten, taten es sanft, nur mit einem leisen Rauschen. Am Hang über dem halbmondförmigen Strand konnte Kate vage die wild wuchernden Bäume ausmachen.

»Wir hätten unsere Schnorchelausrüstung mitbringen sollen«, sagte Alex. »Gleich unter uns ist ein junger Schwertfisch.«

Kate fuhr zusammen. »Was? Wo?«

»Keine Sorge – er ist nicht größer als meine Hand.«

»Er wird mir doch nichts mit seinem Ding tun, oder?«

Bei dem Wort »Ding« hatte Alex die Augenbrauen gehoben und versicherte ihr, nein, das werde er ganz bestimmt nicht.

»Ich schwimme vielleicht doch lieber an Land«, sagte sie. »Vorsichtshalber.«

Sobald Kate so elegant wie möglich über die kreideweißen Kiesel gestakst war, setzte sie sich hin und zog die Knie ans Kinn. Sie sah Alex dabei zu, wie er immer wieder tauchte. Der neue Tag kroch über der Landschaft herauf, und Kate blickte zu einem Himmel hoch, der in Rosa- und Goldtönen erstrahlte. Wie oft war sie in London so dagesessen, fragte sie sich – überhaupt je einmal? Hier erst hatte sie zu schätzen gelernt, wie wichtig es war, stehen zu bleiben und sich umzusehen, innezuhalten und nachzudenken, die Welt zu betrachten, anstatt sich auf die Zahl der Kommentare zu konzentrieren, die unter einem Online-Post erschienen. Doch ihr Dank gebührte nicht nur dem Zauber Kroatiens.

Sondern auch dem Menschen, der jetzt mit ihr hier war.

Alex kam knirschend über den Strand und ließ sich neben sie fallen. Wie ein Hund nach einem Bad schüttelte er kräftig das Wasser aus seinen Dreadlocks. Kate hatte ihn noch nie zuvor so sorglos und lässig erlebt. Er hatte seine übliche Reserviertheit abgelegt und war unbeschwerter geworden, rollte sie auf den Rücken, damit er Küsse auf ihr ganzes Gesicht herabregnen lassen konnte.

»Du bist wie ein liebestoller Teenager«, sagte sie lachend, als er den Kopf in ihrem Busen vergrub. »Es ist beinahe so, als hättest du noch nie zuvor eine nackte Frau gesehen. Dabei weiß ich von unserer ersten Begegnung, dass dem definitiv nicht so ist.«

Alex sah sie voller Begehren an.

»Du bist ja nicht irgendeine Frau. Eine nackte Kate ist besser als jede andere nackte Person.«

»Schwätzer.« Sie ergriff seine Hand. »Übrigens vielen Dank, dass du mich hierhergebracht hast. Es ist wirklich wunderschön – den Preis hat die Bucht auf jeden Fall verdient.«

»Preisgekrönt wird sie aber leider noch beliebter werden«,

sagte er mit einem Seufzen. »Wenn es hier vor Booten nur so wimmelt, herrscht bei Weitem nicht dieser Friede, diese stille Freude ...«

»Dieser Eierkuchen?«, unterbrach sie ihn, worauf er sie abermals küsste.

»Es wird wieder ein wunderschöner Tag werden«, sagte sie und legte den Kopf an seine Schulter, während sie sich beide im milden Sonnenschein aalten. »Ist es schlimm, dass ich nicht zurück nach Hvar möchte, zurück in die Wirklichkeit? Ich wünschte, wir könnten einfach hierbleiben.«

Alex griff nach einem Stein und warf ihn ins Wasser. »Wenn du willst, können wir bleiben«, erwiderte er schlicht. »Aber falls ich dich so gut kenne, wie ich glaube, dann wird dein Gewissen es nicht zulassen. Du hast Menschen, die sich auf dich verlassen, eine Freundin zu Besuch, ein neues Arbeitsprojekt.«

»Stimmt.«

»Aber wenn du ernsthaft fort möchtest - eine Zeit lang verschwinden -, dann könnte ich das bewerkstelligen.«

»Willst du damit etwa sagen, dass du nicht nur ein Handwerker und Fischer bist, sondern auch ein Zauberer?«

»Um zu verschwinden, bedarf es keiner Zauberei«, entgegnete er. »Man muss es nur wollen.«

Kate setzte sich auf und löste den Blick von der Aussicht, um ihn ansehen zu können. »Ich glaube nicht, dass ich das je könnte«, sagte sie ernsthaft. »Ich hätte ein zu schlechtes Gewissen. Außerdem ist das hier zwar schön - und das ist es, weißt du, es ist das Schönste, was ich seit einer Ewigkeit erlebt habe -, aber es gibt doch andere Menschen, an die man denken muss.«

Alex nickte. Seine hellen Augen sahen forschend in ihre.

»Aber wir können das hier wieder machen. Ich meine, wenn

du möchtest. Wenn ich dich nicht mit meinen Speckröllchen abgeschreckt habe?«

»Ich habe es dir doch schon gesagt«, sinnierte er. »Du bist schön. Das hätte ich dir schon bei unserer ersten Begegnung gesagt, wenn ich damals nicht nackt gewesen wäre.«

»Und warum hast du es seither nicht getan?«, neckte sie ihn.

»Ich wusste nicht recht, ob du es hören möchtest, jedenfalls von mir«, sagte er und setzte sich ein Stück auf. »Du schienst ziemlich mit deinem Ex-Freund beschäftigt zu sein.«

»Sprechen wir nicht von ihm«, bat sie. »Nicht hier, nicht jetzt. Die Situation mit James ist ... kompliziert. Aber ich habe das Gefühl, dass ich doch darüber – über ihn – hinwegkomme. Es ist nur ... ach, ich weiß auch nicht.«

»Hey, Kate. Alles gut.«

Er schlang die Arme um sie, und sie schmiegte sich an ihn. Es war leichter, Gedanken an James abzuschütteln, wenn sie Alex küsste, wenn sie sich ihm voll und ganz hingeben konnte, seinen Lippen und Händen und seinem Geschmack. Ihr Körper reagierte auf eine Art, die sie immun gegen jeglichen Einspruch vonseiten ihres Verstands machte, und – zumindest in diesem Moment – ließ Kate sich gern einfach fallen.

39

Als Kate ein paar Stunden später in ihr Herbergszimmer zurückschlich, war das Bett, das sie sich mit Robyn teilte, leer und die Badezimmertür geschlossen. Die Versuchung war groß, so laut anzuklopfen, dass es über die Dusche zu hören war, und ihrer Freundin alles zu erzählen, doch Kate widerstand. Robyn würde eine Meinung haben - und zweifellos nicht damit hinter dem Berg halten. Immer wieder hatte Kate beharrlich behauptet, dass sie Alex nicht auf diese Art mochte, dass sie beide nur Freunde waren, und vor allem, dass sie James immer noch liebte.

Sie durfte nicht an James denken.

Es gab keinen Grund zu der Annahme, dass sich bei ihm irgendetwas geändert hatte, und Kate merkte, fast mit so etwas wie Genugtuung, dass sie in diesem Moment nicht das geringste Verlangen verspürte, ihn zu sehen oder auch nur mit ihm zu sprechen.

Sie setzte sich und griff nach ihrem Handy. Als Robyn aus dem Bad kam, das dunkle Haar nass an den Schultern klebend, war sie immer noch dabei, gedankenlos zu scrollen.

»Oh, hallo!« Robyn schlang sich das Handtuch ein wenig fester um die Brust. »Du bist wieder da.«

»Ja.« Kate gab sich Mühe, unverbindlich zu klingen.

Robyn rieb sich die Augen, um die noch Reste der gestrigen Wimperntusche verschmiert waren. »Du siehst ... anders aus. Deine Haare sind ganz verkrustet. Warst du schwimmen?«

»Ja.« Kate zog das Wort in die Länge wie Kaugummi über

der Zunge. Es war zwecklos, sie würde die Ereignisse nicht geheim halten können – nicht vor Robyn.

»Kate Nimble«, sagte ihre Freundin argwöhnisch und bückte sich, bis ihre Augen auf gleicher Höhe waren. »Was verschweigst du mir?«

Kate atmete tief durch und ließ das Lächeln zu, das sie sich verkniffen hatte.

»Du meine Güte – das ist ja mal ein exquisites Lächeln! Um nicht zu sagen, sexquisit!«

»Was bist du denn, ein Orakel oder so was?« Kate lachte.

»Erzähl mir alles – sofort!«

»Willst du nicht vielleicht erst einmal eine Tasse Tee und ...«

»ERZÄHL!«

»Okay, okay.« Kate hielt die Hände hoch. »Aber du musst versprechen, dass du es keiner Menschenseele verraten wirst.«

Als sie geendet hatte, saß Robyn einfach da und starrte sie mit offenem Mund an.

»Himmel«, sagte sie schließlich. »Ich meine, wow! Ich wusste nicht, dass du das Zeug dazu hast.«

»Du lässt es klingen, als hätte ich es geplant«, sagte Kate. »Das habe ich nicht – es ist einfach irgendwie passiert.«

»Allerdings«, sagte Robyn verschlagen. »Hab ich's doch gewusst. Ungefähr zwei Minuten nachdem ich seine Bekanntschaft gemacht hatte, wusste ich, dass ihr beide ineinander verliebt seid.«

»Hey! Wer hat denn hier etwas von Liebe gesagt – wir sind nicht ineinander verliebt.«

Robyns Miene verriet, dass sie ihr kein Wort glaubte.

»Sind wir nicht. Es war ein bisschen Spaß, das ist alles. Einvernehmlicher Sex unter Erwachsenen.«

»Kate, mal ganz im Ernst, es war viel mehr als das. Das Boot, die Decken, der einsame Strand bei Sonnenaufgang – es war

Romantik pur, wie im Film. Wenn es bloß Sex gewesen wäre, hätte er dich auf der Sonnenliege gevögelt und fertig.«

»Reizend.«

»Aber ich habe doch recht, nicht wahr?« Robyn war energisch. »Bezüglich der Liebe. Und ich finde es toll – er ist nett und wirkt wie ein unkomplizierter Typ. Ich glaube, bei ihm wäre dein Herz in sicheren Händen. Aber das ist alles nebensächlich, wenn du es nur als Freundschaft plus betrachtest. Tust du das? Oder gibt es da echte Gefühle?«

Sei mutig. Sag die Wahrheit.

»Ein paar schon, schätze ich«, antwortete sie. »Einordnen möchte ich es noch nicht, aber wenn ich mit ihm zusammen bin, fühle ich mich einfach so ... ich fühle mich wie ich. Ergibt das Sinn? Als wäre ich ich, aber eine bessere Version von mir. Was denn? Warum schaust du so?«

Robyn lächelte nachsichtig. »Weil ihr einander liebt.«

»Sag das nicht«, flehte Kate und schlug mit den Händen aufs Bett, bevor sie sich die Haare raufte und ins Gesicht fallen ließ. »Herrgott – was soll ich bloß tun? Wie bin ich nur in diese Situation geraten?«

»Und mit dieser Situation meinst du: Du magst einen Mann, der dich mag? Was ist denn daran so schlimm?«

»Es ist viel komplizierter, und das weißt du.«

»Ach ja?« Robyns Tonfall war gemessen, aber doch eindeutig. »Oder ist es ganz einfach? Du hast James geliebt; James hat dich verlassen. Du bist nach Hvar gekommen und hast Alex kennengelernt, und nun liebst du stattdessen ihn. Hört sich für mich ziemlich einfach an.«

»Hör endlich mit diesem Wort auf! Ich liebe Alex nicht. Wie denn? Ich kenne ihn ja kaum. Ich kenne noch nicht einmal seinen Nachnamen«, fügte sie hinzu. Dieses besondere Detail hatte etwas so Lächerliches, dass sie verzweifelt auflachte.

»Und er lebt hier in Kroatien, ich lebe im Norden von London. Wie würde es jemals funktionieren?«

Kate stand auf und ging im Zimmer auf und ab, wobei sie sich die Zehe an einem der Schemel anstieß, die sie aus dem Müllcontainer gerettet hatte. Sie fluchte inbrünstig.

»Du flippst völlig aus, dabei ist das gar nicht nötig«, sagte Robyn besänftigend. Sie erhob sich vom Bett und zog ein Kleid aus ihrem Koffer. »Ihr steht noch nicht kurz vor dem Traualtar. Du und Alex, ihr hattet eben erst einmal Sex – es geht noch nicht um die Entscheidung, in ein anderes Land zu ziehen. Warte doch einmal ab, was passiert. Du wirst sowieso noch ein Weilchen hier sein, um den Coffeeshop zu renovieren.«

Kate blieb stehen. »Stimmt.«

»Diese Sache zwischen dir und Alex ist vielleicht bloß eine Urlaubsromanze, aber es könnte auch mehr sein. Um das herauszufinden, gibt es nur einen Weg: Triff dich weiter mit ihm, hab tollen Sex und schau, wohin es führt. Ich gehe doch recht in der Annahme, dass der Sex toll war, oder?«

Kate unterdrückte ein Lächeln. »Ja«, sagte sie. »Aber er hatte auch etwas zu bedeuten. Nichts daran war billig oder hat sich unangebracht angefühlt. Irgendwie war es ... erwachsen. Wir waren im Einklang.«

»Oje.« Robyn lächelte wieder wie eine stolze Mutter. »Hört sich in meinen Ohren sehr nach Liebe an.«

Kate zog die Kapuze von Tobys Pullover hoch und zerrte an den Kordeln, bis ihre Augen und ihr Mund nicht mehr zu sehen waren. Liebe war so ein großes Wort. Sie hatte nicht das Gefühl, dass dafür Platz in diesem Zimmer war, geschweige denn in ihrem Leben. Doch wenn es für sie und Alex keine Aussicht auf Liebe gab, was sollte das Ganze dann? Sie war dreißig Jahre alt, eine erwachsene Frau. Sie wollte eine Perspektive und kein Abenteuer.

Robyn hatte begonnen, langsam, aber mit Nachdruck die Kapuze von Kates Gesicht zu lösen.

»Du kannst dich vor dieser Sache nicht verstecken«, sagte sie ruhig. »Und du solltest es auch gar nicht wollen. Nach allem, was du mit James durchgemacht hast, hast du ein bisschen Spaß verdient. Das sage ich doch schon die ganze Zeit. Und ich habe dich in Alex' Gegenwart gesehen«, fuhr sie fort und klang jetzt ernster. »Anfangs dachte ich, Hvar sei für dieses unglaubliche neue Strahlen verantwortlich, aber jetzt sehe ich, dass mehr dahintersteckt. Er hat etwas in dir entfacht, ein Licht, das ich schon lange nicht mehr gesehen habe. Bei James hatte ich immer ein bisschen das Gefühl, als wärst du sein Hofnarr. Du hast immer alles heruntergespielt und herumgealbert, wie du es bei den Jungs in der Schulzeit gemacht hast, in die du verknallt warst - aber bei Alex bist du nicht so. Du bist nicht so hektisch, fühlst dich wohler in deiner eigenen Haut.«

Kate konnte bei keiner dieser Beobachtungen widersprechen. Sie schwieg.

»Möchtest du meinen Rat?«, fragte Robyn.

Kate nickte. »Bitte.«

»Gib dieser Sache mit Alex die Chance, die sie verdient hat. Bleib hier, übernimm den Auftrag in dem Coffeeshop, verbring Zeit mit ihm, finde seinen vermaledeiten Nachnamen heraus, und«, fügte sie hinzu, als Kate ratlos lächelte, »wenn es an der Zeit ist, eine Entscheidung zu treffen, wirst du längst wissen, was du machen willst.«

»Danke«, murmelte Kate. »Es tut mir leid, dass ich so bescheuert bin.«

»Das lässt sich nun wirklich nicht leugnen.« Robyn lachte. »Nur du, Kate Nimble, würdest es hinbekommen, den besten Sex deines Lebens unter den Augen einer verfluchten Katze zu haben.«

40

Der restliche Tag verstrich für Kate in einem surrealen Zustand verwirrter Entrückung. Um Robyn nicht zu vernachlässigen, schenkte sie ihr ihre ganze Aufmerksamkeit, ging mit ihr in die Stadt Hvar und lud sie in einem der Restaurants am Platz zum Mittagessen ein.

Sie hatte entschieden, dass ihre Freundin recht hatte. Am besten würde sie dieser neuen Sache mit Alex – was auch immer es sein mochte – einfach ihren Lauf lassen und sich keine allzu großen Sorgen bezüglich des Ausgangs machen. In Kates Leben herrschten so viele Unsicherheiten, doch ihre Gefühle für Alex waren eine Sache, der sie vertrauen konnte. Jedes Mal, wenn Kate sich gestattete, in Gedanken zu den Ereignissen der vergangenen Nacht zurückzukehren, erfasste sie auf der Stelle eine strahlende Glückseligkeit. Als am Abend eine Nachricht von ihm eintraf, in der er sie zu sich aufs Boot einlud, nachdem Robyn zu Bett gegangen war, konnte sie ihre Zusage kaum schnell genug ins Handy tippen.

Diesmal hatte sein Benehmen nichts Scheues, und Kate erwiderte seinen Begrüßungskuss so leidenschaftlich, dass sie beinahe das Gleichgewicht verloren hätten und vom Rand des Küstenpfads ins Wasser gefallen wären.

»Komm«, sagte Alex, als die beiden sich schließlich voneinander lösten. »Ich nehme dich auf eine Mitternachtsfahrt mit.«

Sie setzten in dem Schlauchboot über, und er half Kate, über die Seite des Boots zu klettern. Dort ließ sie sich nieder und beobachtete, wie die Lichter Hvars immer kleiner wurden und verblassten. Es war eine schöne Nacht, mit einem Himmel, der ganz genauso klar wie das Wasser unten war. Die leichte Brise, die über den Bug heranwehte, duftete nach Pinien.

Nach einem verstohlenen Blick zu Alex lächelte Kate unwillkürlich und konnte nicht länger widerstehen. Sie erhob sich und trat zu ihm.

»Was ist so lustig?«, fragte er, als sie sich an seine Brust schmiegte.

»Ach, nichts.« Kate zögerte. »Ich meine, einfach das hier. Wir, wie wir hier so zusammen sind. Ich lache nicht, weil es lustig ist, eher, weil es unsagbar toll ist.«

»Wer sich hier der Schmeicheleien schuldig macht, landet im Wasser«, erwiderte er gut gelaunt.

»Wahrscheinlich ist es die falsche Wortwahl«, gab sie zu. »Es überrascht mich nur, dass ich mir nicht komischer vorkomme. Es ist lange her, seit ...« Kate verstummte jäh. Sie hatte sagen wollen, dass es lange her sei, seit sie mit einem anderen Mann als James zusammen gewesen war, doch sie wollte weder diese Nacht noch diesen Augenblick ruinieren, indem sie seinen Namen erwähnte.

Alex musste jedoch geahnt haben, was sie meinte, denn er zog sie nur zu einem Kuss an sich und murmelte: »Bei mir ist es sogar noch länger her.«

Auf dem offenen Meer gab er Gas, und Kate kreischte auf, weil der Rock ihres Kleids über ihren Kopf geweht wurde.

»Nimm dir gern eine Decke, wenn du frierst«, bot Alex an, aber Kate erwiderte, sie ließe sich lieber von ihm wärmen. Eigentlich hätte es unglaublich kitschig klingen müssen, doch die Äußerung war ihr nicht peinlich. Ganz im Gegenteil, sie hatte das Gefühl, bei diesem Mann überhaupt kein Blatt vor den Mund nehmen zu müssen. Seit ihrer ersten Begegnung hatte sie diese Unerschütterlichkeit an Alex gemocht. Im Gegensatz zu so vielen anderen Menschen urteilte er nicht schnell. Stattdessen nahm er sie, wie sie war, und akzeptierte jeden Charakterzug, jede Eigenart. Das schätzte Kate an ihm. Sie hatte sich daran gewöhnt, dass ihre Handlungen – oder ihre Unfähigkeit, zu handeln – von jedem Menschen in ihrem Leben beurteilt wurden. Alex kam ihr wie eine Offenbarung vor.

Sie schmiegte sich dichter an ihn, während sie weiter um die Insel fuhren. Der Motorenlärm lieferte ihnen einen guten Grund, das gemeinsame Schweigen zu genießen, bis das Boot nach einer Weile langsamer wurde.

»Das da vorn ist der Hafen von Stari Grad. Die schmale Bucht, die zu der Ortschaft führt, ist nicht so belebt wie die Marina in Hvar, aber es werden trotzdem noch reichlich Leute unterwegs sein. Möchtest du hineinfahren und es dir näher ansehen, oder ist es dir recht, wenn wir hier ein Weilchen vor Anker gehen?«

»Letzteres«, sagte Kate, und angesichts ihrer schnellen Antwort riss er belustigt die Augen auf.

»Der Wunsch der Dame sei mir Befehl.«

Kate wartete auf dem gesprungenen Ledersitz, während Alex das Tau verknotete und aus der Kajüte ein paar Kissen und Bettzeug holte.

»Ich habe mir gedacht, wir könnten unter dem Sternenhimmel liegen«, sagte er und breitete eine Decke aus.

Die Einladung reichte Kate.

»Ich wette, du bist der totale Sternenexperte, nicht wahr?«, fragte sie kurze Zeit später.

Alex verschränkte die Finger mit ihren und streichelte sie sanft, bis Kate der Atem stockte. »Ich weiß nicht, welcher

Stern welcher ist«, antwortete er. »Für einen Fischer ist das ein schreckliches Eingeständnis. Aber ich kann dir Folgendes sagen: Jeder einzelne Stern, den wir jetzt sehen können, ist größer als die Sonne.«

»Bloß viel weiter weg?«

»Genau.«

»Würdest du in den Weltraum fliegen?«, fragte sie. »Wenn dir jemand einen Platz in einer Raumfähre anböte?«

»Ich glaube nicht.« Alex drehte sich zu ihr. »Ich finde, ich habe jetzt einen ausgesprochen guten Grund, hier auf der Erde zu bleiben.«

Der neckende Tadel für seine kitschigen Worte lag Kate schon auf der Zungenspitze, doch sie blieb stumm. Stattdessen beugte sie den Kopf vor und küsste ihn, erst nur flüchtig, doch dann ertrug sie es nicht, sich wieder von ihm zu lösen. Sie beide passten so nahtlos aneinander, dass Kate das Gefühl hatte, als würde sie geradezu gegen irgendein Gesetz verstoßen, wenn sie dieses Band zerrisse.

Vielleicht ein Gesetz, das in den Sternen geschrieben stand.

Es fühlte sich tatsächlich schicksalhaft an, dass sie hier bei Alex war: ein vorherbestimmter Umstand, der unabhängig von jeglichen Umständen immer eingetreten wäre. Dieses Wissen ließ vieles andere wegfallen; die durchlittenen Seelenqualen und der Schmerz hatten einen Sinn erhalten. Ohne sie hätte Kate niemals den Weg hierher gefunden, den Weg hin zu ihm.

In diesem Augenblick schien James ganz weit weg zu sein – ein weit entfernter Stern neben dem hellen, sonnengleichen Alex. Und er *war* wie die Sonne. Er hatte so viel Wärme in ihr Leben gebracht, und so viel Hitze in ihr Herz. Und natürlich auch an andere Stellen, überlegte Kate und löste sich nun doch von ihm, um ihr Kleid aufzuknöpfen.

»Ist das hier in Ordnung?«, murmelte Alex. »Willst du es?«

Kate nickte, und ein befreites Lächeln breitete sich auf ihrem Gesicht aus, als sie die Wahrheit erkannte.

Denn in diesem Moment, mit diesem Menschen, hier unter den Sternen, gab es nichts auf der ganzen Welt, was sie mehr wollte.

41

Zwei Tage nach Robyns Rückflug begann Kate mit der Arbeit an Lovros Coffeeshop.

Robyns Aufenthalt hatten sie mit Besichtigungstouren, Sonnenbaden und dem Kosten einheimischer Delikatessen ausklingen lassen, aber jeden Abend hatte Kate abgewartet, bis ihre Freundin sich schlafen legte, um dann die Herberge zu verlassen und sich mit Alex zu treffen. Sie war erschöpft, gleichzeitig aber von einem Glück beseelt, das sie so noch nie empfunden hatte.

Es war nicht einfach gewesen, am Morgen den Kopf wieder auf die Arbeit einzustellen, doch als Kate erst einmal ihren Terminplan ausgebreitet und ihn bei einem sehr starken Kaffee mit Lovro besprochen hatte, schlüpfte sie ohne Weiteres wieder in ihre kreative Rolle, markierte Bereiche an den Wänden für Regale und Haken, bestellte Farben und blätterte durch Haushaltswarenkataloge. Um sich eine professionellere Aura zu verleihen, hatte sie sich für elegante Kleidung entschieden, bereute die schicke Hose und schlichte Bluse allerdings schnell, als Lovro anfing, mit seiner Kreissäge Holz zu bearbeiten. Kate musste so oft Sägemehl von ihrer Brille putzen, dass sie sie schließlich nur noch ins Haar geschoben trug.

In den Laden war sie um kurz nach neun gekommen, und als die Uhr sechs schlug, verspürte sie längst eine bleierne Müdigkeit. Mit einer gewissen Erleichterung wünschte sie *»lacu noć«* und trat hinaus in die warme Abendluft. Alex und sie hatten sich lose auf dem Strand Pokonji Dol verabredet, sobald Toby und Filippo – die immer noch nicht ahnten, dass die beiden jede Nacht miteinander verbrachten – in ihr Apartment zurückgekehrt waren. Dementsprechend blieben Kate noch ein paar freie Stunden, und aus einer Laune heraus entschloss sie sich, einen guten Tropfen für ihr Rendezvous später zu kaufen.

Wie immer herrschte ein lebendiges Lärmen und Treiben auf dem Platz. Zwischen den Dächern schossen Schwalben hin und her und flogen hoch um die Glocken des großen venezianischen Turms. Geplagte Eltern liefen Kleinkindern hinterher, die Jagd auf die Tauben machten, wobei beide Gattungen – Vögel und Kinder – auf dem unebenen Boden nur wackelig vorankamen. Am Rand des Platzes ächzten die Restauranttische unter der Last von Essen und Getränken, die Gesichter der Gäste rosig nach einem Tag in der Sonne.

Kate ging in den Tisak-Supermarkt und gab etwas mehr als üblich für einen Rotwein aus der Region aus. Dazu kaufte sie ein Körbchen Kirschen und eine Tafel dunkler Schokolade. Die beiden hatten noch nie gemeinsam getrunken, und selbst wenn er es nie angesprochen hatte, ging sie davon aus, dass er diesem Laster nicht oft frönte. Jedes Mal, wenn er in ihrer Gegenwart Alkohol angeboten bekommen hatte, hatte er abgelehnt, und es gefiel ihr, dass er kein Gewohnheitstrinker war.

Im Grunde gefiel ihr das meiste an ihm.

Die Aussicht, ihn in nur wenigen Stunden zu sehen, versetzte Kate in eine Hochstimmung, gegen die sie sich nicht wehren konnte. Mit einem Lächeln auf den Lippen schwebte sie durch die schmalen Gassen und Durchgänge und schwelgte in der natürlichen Schönheit der goldenen Steinmauern vor dem azurblauen Himmel und der Terrakottatöpfe, aus denen sich smaragdgrüne Kletterpflanzen ergossen. Es war nicht verwunderlich, dass Hvar – eine Insel, die an jeder Ecke dynamische Schönheit ausstrahlte – diese Kreativität in ihr entfacht hatte. Je länger Kate vor Ort war, desto weniger vermisste sie ihr Zuhause. Waren ihr die Tage zu Beginn des Sommers noch als Mühsal erschienen, vergingen sie nun wie im Flug. Einerseits freute sie dieser Umstand, andererseits bereitete er ihr aber auch Sorge. Denn obwohl es schön war, in einer Blase aus Glücksgefühlen dahinzuschweben, war da immer die Angst, dass etwas sie zum Platzen bringen könnte.

Ihr Handy klingelte.

Kate ließ es zu Ende läuten, da sie annahm, dass Toby etwas aus dem Supermarkt, den sie soeben verlassen hatte, mitgebracht haben wollte – Alex rief nie an, er simste immer nur. Neugierig wurde sie erst, als ihr Handy im nächsten Moment schon wieder zu vibrieren begann.

Es war James.

Voller Entsetzen starrte Kate auf das Handy in ihrer Hand.

Als James das letzte Mal angerufen hatte, hatten sie sich gestritten. Danach war sie tagelang traurig gewesen, hatte kaum geschlafen und sich obsessiv gequält. Ihre Nachrichten hatte er herzlos ignoriert. In Anbetracht dieser Umstände war es nur vernünftig, wenn sie den Anruf nicht entgegennahm. Er hatte es nicht verdient.

Kate nahm den Anruf entgegen. »Hallo.«

»Kate, da bist du ja! Wie geht es dir? Wo bist du?«

»Immer noch weg.«

»Ja, nun, das ist offensichtlich – da war wieder der ausländische Klingelton.«

Kate sagte nichts. Die Einkaufstasche mit dem Wein, der Schokolade und den Kirschen rutschte trübselig ihren Arm hinunter, doch sie nahm es kaum wahr.

»Wie geht es dir?«, fragte er abermals.

»Gut.«

Sie unterließ es, sich nach seinem Wohlbefinden zu erkundigen.

»Wir haben seit einer Ewigkeit nicht mehr miteinander gesprochen«, fuhr er fort. »Ich habe mir gedacht, ich sollte mich mal melden - mich vergewissern, dass es dir gut geht.«

Kate hatte das Ende der Straße erreicht, blieb jedoch einen Moment stehen. Die Arme hatte sie trotz der Hitze eng um den Leib geschlungen. Noch vor wenigen Wochen hätte die Vorstellung, dass James sich nach ihr erkundigte, einen Freudentaumel in ihr ausgelöst, doch nun ging es ihr gegen den Strich. Wollte er damit andeuten, dass sie nicht selbst auf sich achten konnte? Und warum jetzt - warum machte er sich auf einmal solche Sorgen um sie?

»Ich habe deine Mum getroffen«, sagte er.

Aha, das war also der Grund.

»Soso ...«, sagte Kate mit fragendem Unterton.

»Sie wirkte nicht sonderlich erbaut, mich zu sehen«, fuhr er fort und gab sich Mühe, die Sache herunterzuspielen. »Sie hat versucht, mir die Tür vor der Nase zuzumachen.«

»Nun, schließlich hast du ihrer Tochter das Herz gebrochen«, erwiderte Kate, in Gedanken bei den herabhängenden Bougainvilleablütenblättern über sich, die wie Farbkleckse aussahen. Vielleicht würden dem Coffeeshop ein paar Farbakzente guttun? Eine dieser Kakteen mit den leuchtend roten Blüten.

»Hast du deinen Eltern je davon erzählt?«, fuhr er fort. »Du weißt schon, von der Sache mit der Fruchtbarkeit?«

»Nein.« Plötzlich stieg Panik in Kate hoch. »Du doch auch nicht, oder?«

»Selbstverständlich nicht«, sagte James. »Du hast mich darum gebeten, und ich bin ein Mann, der zu seinem Wort steht.«

»Wenn du meinst«, sagte sie schnippisch. Sie stieg breite Steinstufen hinunter und kam auf halber Höhe der Riva heraus. Der frühe Abend glitt in die Dämmerung hinüber, und das Wasser im Hafen erstrahlte golden im Glanz der untergehenden Sonne. Während sie vorüberging, erwachten die Lichter auf den Jachten zum Leben, als wäre sie der elektrische Strom, der eine mit der anderen verband. Noch vor wenigen Augenblicken hatte sie sich elektrisiert gefühlt, hatte vor Hoffnung nur so gesprudelt. Dieses Gespräch laugte sie aus. James laugte sie aus.

»Hast du aus einem bestimmten Grund angerufen?«, fragte sie. »Oder hast du nur meine Mum gesehen, und dir ist wieder eingefallen, wie schäbig du mich behandelt hast?«

»Jetzt mach aber mal halblang«, setzte er an, doch Kate wollte nicht halblang machen, wollte nicht vorgeschrieben bekommen, was sie denken oder empfinden sollte - ganz besonders nicht von ihm. Allmählich kristallisierte sich heraus, dass der emotionale Zusammenbruch, den sie befürchtet hatte, seitdem sein Name auf ihrem Handydisplay erschienen war, ausbleiben würde. Denn mittlerweile verspürte sie keinen Kummer mehr - sondern nur noch Wut.

»James, du hast mich in dem Moment aufgegeben, als wir herausfanden, dass ich der einzige Grund für unsere Zeugungsprobleme war. Du hast acht Jahre genommen und zum Klo hinuntergespült, als wäre unsere ganze Beziehung nichts weiter als ein Haufen Scheiße. Du sagtest, du würdest mich lieben, hast dich aber benommen, als wäre ich dir vollständig gleichgültig. Wenn du jetzt anrufst, um mir das noch einmal unter die Nase zu reiben, ist das wirklich nicht nötig. Ich bin mir meiner Schwächen durchaus bewusst und auch darüber im Bilde, wie sehr sie dir zuwider sind.«

»Was redest du da?«

Er klang aufrichtig verwirrt, doch davon ließ Kate sich nicht beirren. Da sie nun einmal in Fahrt gekommen war, konnte sie nicht mehr aufhören, ihm Vorwürfe zu machen. Sie hatte es vielleicht nicht geschafft, ihm ein Baby zu schenken, aber er hatte Schlimmeres getan – er hatte es nicht geschafft, es ihr zu verzeihen.

»Kate, ich gebe dir nicht die Schuld. Das versuche ich ja zu erklären – aus dem Grund rufe ich an.«

»Warum denn dann?«, rief sie so verzweifelt, dass eine Passantin erschrocken zur Seite auswich. Kate hatte die Stelle erreicht, wo immer die schwarze Katze saß und sich putzte. Als sie sich bückte, um das Tier zu streicheln, merkte sie, dass ihre Hand zitterte.

»Du hast unsere Beziehung beendet, weil du es nicht versuchen wolltest. Du dachtest, du könntest mich abservieren und dir eine andere suchen, eine Jüngere und Fruchtbarere – eine Frau, mit der du deinen lächerlichen Fünfjahresplan einhalten kannst. Sag mir, dass ich falschliege!«

»Es gibt keine neue Freundin«, erklärte er. »Ich fasse es nicht, dass du das auch nur in Betracht ziehst. Du meine Güte, wir haben uns erst vor ungefähr einem Monat voneinander getrennt!«

»Es ist schon viel länger her«, fuhr sie ihn an. Ihr schlechtes Gewissen wegen Alex steigerte ihre Wut noch.

»Na gut«, sagte er. »Ist doch egal. Jedenfalls gibt es da keine andere. Ich bin zu deinen Eltern gefahren, weil ich hoffte, dass du dort sein würdest, und als dem nicht so war und deine Mutter sich weigerte, mir zu sagen, wo du wirklich steckst, habe ich mir Sorgen gemacht. Ich mache mir Sorgen.«

Kate sank der Mut. Sie musste das Telefonat beenden, andernfalls würde sie zusammenbrechen.

»Ich vermisse dich«, sagte er. »Ich möchte dich sehen.«

»Hör auf, James.«

»Ich meine es ernst. Deiner Mum habe ich das auch gesagt – frag sie, wenn du mir nicht glaubst.«

»Bitte halte meine Mum aus unseren Privatangelegenheiten heraus«, sagte sie erschöpft. Sie trottete den Hügel so schnell hinauf, dass ihre Wadenmuskeln vor Anstrengung schmerzten. »Und sag nicht, dass du mich vermisst, damit ich ein schlechtes Gewissen bekomme und nach Hause fahre. Wenn du mich wirklich dort haben wolltest«, fügte sie zornig hinzu, »dann hättest du mich gar nicht erst verlassen.«

»Ich habe Schluss gemacht, weil wir nicht glücklich waren«, sagte er. »Wir beide nicht. Ich weiß, dass du das nicht wahrhaben willst, aber ich kenne dich, Kate. Dir war anzusehen, dass du nur so getan hast, als wäre alles in Ordnung. Ich habe den Mut besessen zu handeln, aber das heißt nicht, dass ich aufgehört habe, dich zu lieben. Natürlich nicht. Das habe ich dir doch gesagt.«

Kate blieb wie angewurzelt stehen. »Willst du damit sagen, dass du mich noch immer liebst?«

James setzte zu einer Antwort an, zögerte dann jedoch und strauchelte über seine Worte, während er erfolglos versuchte, einen zusammenhängenden Satz hervorzubringen.

»Ein einfaches Ja oder Nein würde reichen, James – liebst du mich?«

Kate wusste, wie seine Antwort lauten würde, und machte sich darauf gefasst. Ihre Schultern waren starr, und den freien Arm hielt sie an die Seite gepresst. James fühlte sich so weit weg an, gleichzeitig war ihr fast so, als stünde er auf dem Pfad direkt vor ihr und als würde sich sein feines Haar in derselben Brise heben, die ihre dünne Baumwollbluse in Falten warf. Sosehr sie auch versuchte, wütend auf ihn zu sein, wusste sie doch, dass sich ein kleiner Teil von ihr immer noch nach ihm verzehrte, sich danach sehnte, dass er sie zurückhaben wollte.

James räusperte sich. Es hörte sich wie eine Kapitulation an.

»Ja, Kate«, sagte er mit einem leisen Seufzen. »Ja, ich liebe dich immer noch.«

42

Kate beendete das Telefonat und starrte ihr Handy an, als könnte es sie beißen.

James vermisste sie, wollte sie sehen – *liebte* sie immer noch?

Nur aufzulegen, reichte nicht. Kate drückte fest auf den Power-Button und atmete die Luft, die sie anhielt, erst wieder aus, als das Display dunkel wurde. Damit konnte sie sich jetzt nicht auseinandersetzen, es war einfach zu viel.

Die Herberge war keine fünf Minuten entfernt, doch statt nach Hause zu gehen, machte Kate kehrt und lief zum Küstenpfad zurück. Halb rechnete sie damit, dass weder Alex noch sein Boot am üblichen Ankerplatz sein würden, doch zu ihrer Erleichterung waren sie da. Im nächsten Moment musste sie allerdings gegen die Tränen ankämpfen, als er sich umdrehte und sie erblickte. Angesichts seines Lächelns und der überraschten Freude, die sich darin widerspiegelte, kam sie sich noch mehr wie eine Verbrecherin vor. Er befand sich nicht an Deck, sondern im Schlauchboot. In der Hand hielt er einen Pinsel und balancierte in der anderen einen kleinen Eimer.

»Ich habe mir gedacht, es ist an der Zeit, dass ich ihr einen richtigen Namen gebe«, rief er Kate zu, die vorsichtig den steinigen Hang zum Meer hinunterging. »Was hältst du davon?«

Mit einem Stirnrunzeln betrachtete Kate die roten Buchstaben. Sie hatte keine Ahnung, was das Wort »Okretan« bedeutete, und demonstrierte ihre Unkenntnis mit einem Kopfschütteln.

»Ich komme rüber!«, rief er. Sein Lächeln hatte ein wenig von seinem Strahlen eingebüßt. Kate wartete, während er das Malerwerkzeug aufs Boot verfrachtete, und versuchte, sich ihren Gefühlsaufruhr nicht anmerken zu lassen. Natürlich hätte sie es besser wissen müssen, denn es war unmöglich, Alex etwas vorzumachen.

»Was ist los?«

»Nichts.« Ihre Stimme klang hoch und schrill.

Alex stieg an Land und griff nach der Festmacherleine, vertäute sie allerdings nicht. »Möchtest du an Bord kommen?«, fragte er.

Kate schüttelte den Kopf, ohne ihm in die Augen sehen zu können.

»Hey«, sagte er. Diesmal legte er ihr eine Hand auf den Arm. »Was ist denn geschehen? Dir geht es nicht gut.«

»Doch«, brachte sie hervor, aber die Lüge erlitt Schiffbruch, bevor Kate sie mit weiteren Erklärungen ausschmücken konnte. »Es tut mir leid«, fuhr sie fort. »Ich will mich nicht seltsam benehmen. Ich bin nur ... Es ist bloß ...«

Alex sagte kein Wort, und entgegen ihren Hoffnungen küsste er sie auch nicht. Besorgt sah er zwar immer noch aus, doch in seinem Blick lag ein Argwohn, als ahnte er, dass das, was immer sie in Aufruhr versetzt hatte, auch Auswirkungen auf ihn haben würde.

»James hat angerufen.« Sie ließ den Kopf hängen. »Gerade eben. Ich wusste nicht, wohin ich ... Es tut mir leid.«

Sie hörte, wie Alex einatmete, vernahm einen Hauch von Ungeduld in seinem Tonfall, als er sagte: »Aha.«

Noch am Morgen hatte sie nackt in seinen Armen gelegen, ihre Beine waren ineinander verschlungen gewesen, und seine Finger hatten ihr die Haare aus dem Gesicht gestrichen. Jetzt kam er ihr wieder wie ein Fremder vor.

Kate hielt ihm die Einkaufstasche hin. »Das hier habe ich gekauft«, sagte sie. »Für uns, für später, meine ich.«

Alex griff danach und schaute hinein. »Das war sehr aufmerksam«, sagte er. »Aber den Wein wirst du allein trinken müssen.«

Das würde ihr keine großen Probleme bereiten.

»Möchtest du mich denn immer noch heute Abend sehen?«, fragte sie, und nun runzelte Alex verwirrt die Stirn.

»Gibt es irgendeinen Grund, warum du annehmen solltest, dass ich es nicht möchte?«

»Nein, es ist nur ...« Abermals verlor sich ihre Stimme, und sie starrte gebannt einen roten Farbklecks auf seinem T-Shirt an. Als spürte Alex den prüfenden Blick, ließ er die Tasche zu Boden sinken und verschränkte die Arme, schloss Kate aus.

»Ich brauche etwas Zeit«, erklärte sie und hasste sich mit jedem Wort nur noch mehr. »Zeit zum Nachdenken.«

»Also gut.« Alex spielte an seiner Kappe herum und zog sie nach unten, sodass seine hellblauen Augen im Schatten lagen. »Na dann.«

Als er Anstalten machte, zum Schlauchboot zurückzukehren, stürzte Kate vor und griff nach seiner Hand. »Wohin gehst du?«, fragte sie.

»Zurück zum Boot«, erwiderte er, als sei es das Offensichtlichste von der Welt. »Um dir Zeit zu geben. Das wolltest du doch, nicht wahr?«

»Ja, aber ...«

»Na dann. Du weißt ja, wo du mich findest, wenn du mit dem Nachdenken fertig bist.«

»Bitte sei nicht so.« Kate war jetzt den Tränen nahe, doch sie ließ seine Hand los. »Ich möchte es dir erklären. Diese Sache zwischen James und mir, sie ist kompliziert. Ich muss mir Zeit nehmen, um zu verarbeiten, was er mir eben gesagt hat.

Im Moment bin ich so wütend auf ihn, auf die ganze verfahrene Situation, aber ich bin es ihm schuldig, es mir wenigstens durch den Kopf gehen zu lassen.«

»Sprechen wir von dem James, von dem du mir erzählt hast? Der Kerl, der dich erniedrigt hat, der dir das Gefühl gegeben hat, dass du nichts wert bist, der dir das Herz gebrochen hat?«

»All das hat er getan«, räumte sie ein. »Aber er ist auch der Mann, mit dem ich acht Jahre verbracht habe, der Mann, den ich heiraten und mit dem ich eine Familie gründen wollte, der Mensch, wegen dem ich nach Kroatien gekommen bin.«

»Was meinst du damit?« Alex sah ratlos aus.

»Ich dachte, wenn ich verschwände, eine Zeit lang fort wäre, dann würde ihm klar werden, wie sehr er mich vermisst, wie sehr er mich noch liebt.«

Alex zuckte zusammen, als hätte sie ihn angefaucht. Seine Hand umklammerte die Leine des Schlauchboots noch fester.

»Und gehe ich recht in der Annahme, dass dein Plan aufgegangen ist?«

Kate brachte nur ein Nicken zustande.

Mit verzerrtem Gesicht sah Alex auf seine nackten Füße.

»Ich will mich nicht mit dir streiten«, flehte Kate. »Du bist mir wichtig, und ich hasse ... das hier.« Verzweifelt hob sie die Hände.

Alex kramte in seiner Tasche herum und zog eine Silbermünze hervor. Als er sie so völlig beiläufig und sorglos hochwarf und wieder auffing, hätte Kate sie ihm am liebsten entrissen und ins Wasser geschleudert. Ihr war klar, wie ungerecht es von ihr war, wütend auf ihn zu sein, nachdem er sie immer nur liebevoll behandelt hatte. Doch diese Scharade brachte sie in Rage.

»Ich sollte dir nicht wichtig sein«, sagte er tonlos, den

Blick nicht auf sie, sondern auf die Münze gerichtet. »Menschen, denen ich etwas bedeutete, ist nie Gutes widerfahren.«

»Jetzt sprichst du in Rätseln«, sagte sie verzweifelt. »Du bist mir aber wichtig - natürlich bist du das. Deshalb bin ich ja so verwirrt. James ist ein großer Teil meines Lebens, ich dachte, er sei meine Zukunft. Dann bin ich dir begegnet, und ... nun ja, alles hat sich geändert. Ich liebe die Person, die ich bin, wenn ich mit dir zusammen bin, ganz ehrlich«, sagte sie voller Ernst und sah, wie ein Hoffnungsschimmer über sein Gesicht huschte. »Aber gleichzeitig weiß ich so gut wie nichts über dich. Wenn du dich mir gegenüber nur ein wenig mehr öffnen könntest oder mir von dir erzählen würdest ... Ich möchte, dass sich das hier real anfühlt.«

»Du kennst mich doch«, sagte er mit bebender Stimme.

»Nein, das stimmt nicht.«

Kate fuhr erst fort, als er sie ansah.

»Ich weiß nur, dass du Alex heißt und dass du vielleicht irgendwann einmal im Westen von England gelebt hast. Ich weiß, dass du gern angelst und dass du mit Holz arbeitest und diese blöde Münze wie eine Art Glücksbringer mit dir herumträgst. Ich weiß, dass du im Moment sauer auf mich bist, aber die meiste Zeit über bist du viel wütender auf dich selbst oder auf die Welt im Allgemeinen, und ich weiß nicht, warum. Ich kenne deinen Nachnamen nicht und weiß auch nicht, wer deine Eltern sind, ob du Geschwister hast oder was du früher einmal werden wolltest. Und ich will das alles wissen, Alex, aber das lässt du nicht zu. Warum öffnest du dich nicht und lässt mich teilhaben?«

Kate hatte so schnell gesprochen, dass sie ganz außer Atem war. Am liebsten würde sie ihre Worte ungesagt machen und erst einmal im Stillen durchdenken. Ihr Ausbruch war aus dem Nichts gekommen, aber in ihrem Unterbewussten musste er sich schon eine ganze Weile angebahnt haben. Alex war das offensichtlich auch klar. Er sah jetzt traurig aus, nicht mehr verstimmt, und Kate sehnte sich danach, ihn an sich zu ziehen, seinen Erklärungen zu lauschen und jegliche Wunden zu heilen, die er davongetragen haben mochte - doch dazu fehlte ihr die nötige Kraft.

»Es tut mir leid. Ich gehe wohl besser«, sagte sie, hielt jedoch inne, als er nach ihrer Hand griff und ihre Finger einen flüchtigen Moment lang drückte. Sein Gesicht war eine Maske, die hellblauen Augen, in denen sie sich schon so oft verloren hatte, waren jetzt leer und ausdruckslos. Sie entzog ihm ihre Hand und wandte sich zum Gehen.

»Kate.«

»Ja?«

Da sah er sie an, sah sie wirklich an. Für einen kurzen Moment wirkte es, als werde Alex sich öffnen. Dann war seine Miene wieder verschlossen, und der Augenblick war vorbei.

»Nichts. Du hast recht. Du gehst jetzt besser.«

Kate unterdrückte ein Schluchzen und machte sich langsam auf den Weg den Hang hinauf. In ihrem Gefühlschaos aus Scham und Verwirrung nahm sie kaum die Gesichter derer wahr, die ihr auf dem Küstenpfad entgegenkamen.

Erst viele Stunden später, als Kate allein in ihrem dunklen Herbergszimmer kauerte, fiel ihr wieder ein, womit Alex beschäftigt gewesen war, als sie zu ihm gestoßen war. Sie öffnete die Übersetzungs-App auf ihrem Handy und tippte den Namen ein, den Alex auf sein Boot gepinselt hatte. Beim Anblick des Ergebnisses rann eine einzelne Träne über ihre Wange.

Okretan bedeutete *flink*, es war das kroatische Wort für Nimble.

Er hatte sein Boot nach ihr benannt.

43

Es dauerte eine Weile, bis Kate den nötigen Mut aufgebracht hatte, um ihr Handy wieder einzuschalten, doch als sie es tat, warteten keine Nachrichten auf sie. Nicht von James, nicht von Alex, von niemandem. Selbst die Benachrichtigung von Instagram, dass ihr Unexpected_Items-Account noch einmal zweihundert Follower dazugewonnen hatte, konnte sie nicht aufheitern.

Was hatte es schon zu bedeuten? Was hatte irgendetwas davon zu bedeuten?

Kate ging auf Twitter und tippte #MöchtegernBraut in die Suchleiste. Sie scrollte durch die unzähligen Kommentare und Posts, bis sie das ursprüngliche Video gefunden hatte. Jedes Mal, wenn sie es sich angesehen hatte, hatte sie es mit selbstkritischem Blick getan und alles verrissen, von ihrer Wortwahl bis hin zu ihrer Figur, sie hatte sowohl sich als auch ihre Handlungsweise niedergemacht und verurteilt.

Heute Abend wollte sie etwas anderes ausprobieren.

Der Film setzte mitten in ihren Versuchen ein, die Aufmerksamkeit der Anwesenden zu erregen, wobei ihr das Scharren des Stuhls, den sie über den Boden geschrammt hatte, die Sache um einiges erleichtert hatte. Als Kate auf den Stuhl kletterte, erklang ein Jubeln, und ihre Gäste bildeten schnell einen Halbkreis um sie, vermutlich in der Erwartung, sie werde gleich eine Rede darüber halten, wie es sich anfühlte, die gefürchtete Dreißig erreicht zu haben.

Doch zu dem Thema hatte sie nichts verlauten lassen.

Eigentlich hatte sie gar nichts über sich selbst gesagt. Selbst an ihrem dreißigsten Geburtstag, auf einer Party, die ihre beste Freundin organisiert hatte, um ihr Leben zu feiern, hatte Kate James in den Mittelpunkt gestellt.

»Heute Abend ist hier ein ganz besonderer Mann«, sagte sie, und ein Murmeln ging durch die Versammelten, gefolgt von ein paar »Aaahs«, als jemand James nach vorn bugsierte. Im Film sah Kate Robyns glatten, glänzenden Haarschopf. Ihre Freundin bahnte sich bereits einen Weg durch die Menge, hatte beinahe schon, als Kate auf den Stuhl gestiegen war, eine Ahnung, dass Ärger drohte. Als Kate diesen Umstand zum ersten Mal bemerkt hatte, hatte sie sich geschämt. Die arme Robyn, mit so einer wandelnden Katastrophe zur besten Freundin. Doch dieses Mal zwang sie sich dazu, die Situation mit Robyns Augen zu sehen, und erlebte nichts als Sorge und Zuneigung.

Das Video ging weiter.

Kate hatte den Anwesenden ein paar der Gründe genannt, warum sie James so sehr liebte. Erst jetzt fiel ihr auf, dass jeder einzelne Punkt, den sie aufzählte, sie in einem schlechten Licht dastehen ließ. Der arme, leidgeprüfte James, hatte sie gesagt, was für ein Held er doch sei, »mich auszuhalten«, »sich um mich zu kümmern«, »mich trotz meiner Schwächen zu lieben«. Im Grunde war es kein Heiratsantrag, sondern ein Akt der Selbstgeißelung.

Kate suchte in der Menge nach James und erkannte an seinem Profil, dass er immer wieder nickte und ihr beipflichtete, während sie seine Fähigkeiten lobte und erklärte, er habe eine Art Medaille dafür verdient, dass er acht Jahre in ihrer Gesellschaft ausgehalten habe.

Zustimmendes Nicken.

Wer auch immer die Kamera hielt, flüsterte jetzt einer anderen Person etwas zu.

»Was ist das hier, die Preisverleihung für den Freund des Jahres?«, woraufhin jemand antwortete: »Der arme James.«

Als Kate diese Worte das erste Mal gehört hatte, hatten sie sie zutiefst getroffen, doch jetzt ärgerte sie sich nur. Wie konnten sie es wagen, sich über sie lustig zu machen? Es war ihre Party gewesen, die Drinks gingen auf ihre Kosten, es war ihre Rede. Unausstehliche Dummköpfe!

»Ich sollte wohl auf den Punkt kommen, was?«, fragte die Kate im Video und erntete Jubelrufe und Gejauchze. Jeder hatte gewusst, was sie sagen würde, noch bevor sie es aussprach, und viele freuten sich, solch einer großen romantischen Geste beizuwohnen.

»James«, setzte sie an und starrte zu ihm hinunter. Kate wusste, dass ihr zu dem Zeitpunkt Tränen in den Augen gestanden hatten, dass ihre Knie gezittert hatten und sich ihr Herz wie ein gefangener Vogel gefühlt hatte, doch auf dem Display wirkte sie ruhig und gefasst - sogar entschlossen.

»Du weißt, dass ich dich liebe«, fuhr sie fort. »Mehr als alles und jeden auf der Welt. Alles, was ich mir für meine Zukunft wünsche, ist, dass ich mit dir zusammen bin, dass wir beide den Rest unseres Lebens miteinander verbringen.«

Jetzt war Stille in dem Raum eingekehrt, nur die leisen Geräusche unten aus dem Pub waren noch zu hören.

»James Frederick Clifford Morrison - willst du mich heiraten?«

Die Person, die filmte, keuchte zusammen mit den anwesenden Gästen auf. James' Miene war wie versteinert. Kate, hoch oben auf ihrem Podest, lächelte immer weiter.

Nun wurde dazwischengerufen.

»So schwer ist es nicht!«, »Komm schon, Jimbo - lass sie nicht hängen!«, »Sag Ja! Sag Ja! Sag Ja!«

Wer auch immer versucht hatte, einen Sprechchor ins

Leben zu rufen, verstummte rasch wieder, weil er vielleicht schneller als Kate selbst gemerkt hatte, dass dieser Heiratsantrag kein gutes Ende nehmen würde.

Kate wischte sich jetzt die Tränen von den Wangen und musterte ihre kleine, hoffnungsvolle Gestalt, und sie empfand weder Ärger noch Widerwillen, sondern Mitleid. Trauer für eine Frau, die ihr Herz aufs Spiel gesetzt und die mit angesehen hatte, wie es in Stücke gerissen wurde.

Das Video lief weiter und fing Robyn ein, die zur Rettung heranstürmte, und Kate, die beinahe vom Stuhl fiel, und James, umgeben von seinen Freunden, der nervös lachte und sich über die Stirn wischte.

»Wie peinlich«, sagte jemand, und das Bild wurde schwarz.

Kate ließ das Handy sinken. Sie weinte nicht mehr. Schließlich wusste sie, wie diese Geschichte ausging. Im Gegensatz zu den Hunderttausenden Twitter-Usern, die diesen Akt der Hoffnung geteilt und angesehen und darüber gelacht hatten, konnte sie mit fester Überzeugung sagen, dass die Frau in dem Video nicht »traurig«, »verzweifelt«, »verblendet« oder »erbärmlich« war. In den Wochen, seitdem sich Kates größte Angst bewahrheitet hatte – und sie in aller Öffentlichkeit zu einer Versagerin geworden war –, hatte sie ihre eigentliche Passion entdeckt. Sie hatte Dinge erschaffen und hatte ihrer Kreativität freien Lauf gelassen, sie hatte Müll in Schätze verwandelt, hatte ihre tiefsten Ängste benannt und sich ihnen gestellt. Die Liebe, die sie für verräterisch gehalten hatte, war ihr doch treu geblieben, und sie hatte sie willkommen geheißen, hatte darauf vertraut und geglaubt, sie verdient zu haben – aber am wichtigsten von allem war, dass Kate irgendwie gelernt hatte, sich selbst zu lieben.

Und das war, wie sie jetzt wusste, das einzig wirklich Wichtige.

44

Zwei Tage vergingen, ehe Kate Alex wiedersah.

Zwei Tage, in denen sie Nachrichten verfasste, die sie gleich wieder löschte, und am Meer spazieren ging in der Hoffnung, sein Boot zu erspähen. Sie war hin- und hergerissen zwischen ihrem schlechten Gewissen, nach ihrem Telefonat mit James zu ihm gelaufen zu sein, und dem Ärger über seine Weigerung, sich ihr gegenüber zu öffnen. Letztlich entschied sie, dass es wahrscheinlich am besten wäre abzuwarten, bis er von selbst wieder auftauchte.

Zu James hatte sie keinen Kontakt aufgenommen und auch nicht von ihm gehört. Sie waren wieder dort, wo sie schon einmal gewesen waren – in einer Pattsituation. Kate hatte noch immer nicht ganz verarbeitet, wie es ihr mit seiner unerwarteten Liebeserklärung ging, allerdings war ihr jetzt klar, dass sich die Uhr nicht zurückdrehen ließ. Die Dinge zwischen ihnen hatten sich verändert. Sie hatte sich verändert.

Alex schickte weder eine Nachricht, noch rief er an, er tauchte einfach wieder auf. Als Kate aus dem Coffeeshop trat, lehnte er an der Häuserwand gegenüber, die rote »Kroatien«-Kappe ins Gesicht gezogen und die Hände tief in den Taschen vergraben. Bei ihrem Anblick versuchte er ein Lächeln, und Kate erwiderte es ohne das geringste Zögern.

»Hey, Fremder«, sagte sie und ging mit verschränkten Armen auf ihn zu. Lovro und sie hatten heute die Wände gestrichen, und Kates dunkelrote Locken waren mit kleinen weißen Spritzern gesprenkelt.

»Hey«, sagte er und sah ihr in die Augen. »Hast du für eine halbe Stunde oder so Zeit?«

Statt nach unten in den Altstadtkern führte Alex sie durch Hintergassen mit Kopfsteinpflaster, bis sie auf halber Höhe des Hangs einen breiten, offenen Weg erreichten. Ein verfallener Friedhof mit von Efeu und Wildblumen überwucherten Grabmälern lag unter ihnen, und eine kleine Herde Geißen graste auf einer verwilderten Weide weiter oben. Toby hatte sie gewarnt, dass es bald Regen geben würde, aber heute war davon nicht das Geringste zu spüren. Der Himmel über den rostfarbenen Dächern war von einem satten, undurchdringlichen Blau, und die Hitze war rau und trocken.

Alex ging hinüber zu der unebenen Steinmauer, die den Pfad vom Unterholz trennte, und stützte die Ellbogen darauf. Den Blick hielt er auf den Horizont gerichtet. Im nächsten Moment trat Kate neben ihn und wartete schweigend, während er seine Gedanken sammelte.

»Ich muss mich bei dir entschuldigen«, sagte er. »Für mein Verhalten neulich. Es war falsch, und ich hätte nicht so barsch mit dir sein sollen.«

Kate schluckte die Wörter »es war alles meine Schuld« wieder hinunter und nickte stattdessen nur.

»Ehrlich gesagt bin ich schon lange niemandem wie dir begegnet.«

»Wie mir?«

»Einem Menschen, den ich mag. Der mir am Herzen liegt.«

»Oh.«

Kate schob sich ein Stück näher an ihn heran und spürte, dass er sich kaum merklich entspannte.

»Als du mir erzählt hast, dass dein Ex-Freund sich wieder gemeldet hat, wollte ich für dich da sein und dich trösten, aber ich kam nicht gegen den Gedanken an, dass es leichter ist wegzugehen.«

»Ich hätte auf keinen Fall gleich nach meinem Telefonat mit ihm zu dir laufen sollen«, sagte Kate. »Das war nicht fair. Das weiß ich jetzt, und es tut mir leid.«

»Ich dachte, du wärst vielleicht fort«, murmelte er. »Zurück nach Hause geflogen, um mit ihm zusammen zu sein – aber das bist du nicht.«

»Nein.« Kate lächelte. »Ich bin nicht fort.«

»Das freut mich.« Alex drehte sich zu ihr. »Andernfalls hätte ich dich wohl ein bisschen vermisst.«

»Nur ein bisschen?«

»Ein ziemlich großes bisschen. Ein bisschen, so groß wie ein Stück von Lovros Pizza.«

»So viel?« Kate riss die Augen auf. »Jetzt schmeichelst du mir aber.«

Alex streckte einen kleinen Finger aus und strich damit über ihren. Es war nur eine ganz leichte Berührung, doch Kate stockte der Atem. Sie hörte das heftige Klopfen ihres Herzens, spürte heißes Sehnen in sich aufsteigen – oder war es Besänftigung? Erleichterung, dass er sie noch wollte.

»Ich habe über deine Worte nachgedacht«, sagte er. »Dass du Dinge über mich wissen möchtest, dass du mehr von mir brauchst, als ich dir bisher gegeben habe.«

»Schon, aber ...«

Alex drehte sich wieder weg und sah nach vorn. »Du hattest recht.« Er schüttelte den Kopf, als sie Anstalten machte, Einspruch zu erheben. »Ich will ja ehrlich zu dir sein, aber es ist schwer. Es fällt mir nicht leicht, anderen zu vertrauen, das ist schon seit meiner Kindheit so. Als ich heranwuchs, fühlte ich mich von vielen Menschen in meinem Umfeld im Stich gelassen.«

»Von deiner Familie?«, fragte sie, doch Alex schüttelte den Kopf.

»Nein, sie waren toll.«

Bedeutete die Vergangenheitsform, dass sie nicht mehr lebten?

»Wahrscheinlich hast du dich gefragt, warum ich ab und zu verschwinde«, fuhr er fort. »Weißt du, es ist nämlich so, dass mir gelegentlich alles zu viel wird. Ich stürze in diese Dunkelheit ab und finde nicht immer wieder heraus – jedenfalls nicht so ohne Weiteres. Um wieder klar sehen und denken zu können, hilft es manchmal nur, eine Weile allein zu sein. Ich will niemandem zur Last fallen, verstehst du?«

Kate griff nach seiner Hand. »Du fällst niemandem zur Last.«

»Das sagst du so«, erwiderte er, ohne ihr in die Augen zu sehen. »Aber du hast mich nicht zu meinen schlimmsten Zeiten erlebt, an meinen ganz düsteren Tagen. So ist es bei mir schon immer gewesen, ich bin schon immer in einem endlosen Kreislauf aus Hochs und Tiefs gefangen. Es ist wie eine beschissene Achterbahnfahrt, bei der ich niemals aussteigen kann. Wenn ich total am Boden bin, kann ich nur abwarten, bis es vorübergeht – und das kann ich besser allein. Dann ist da kein Druck, verstehst du? Keiner da, der es mit ansieht. Die Vorstellung finde ich schrecklich.«

Kate fühlte mit ihm. »Aber du solltest das nicht ganz allein durchstehen müssen«, sagte sie. »Und wenn du nie jemanden hast teilhaben lassen, woher willst du dann wissen, ob es mit jemand anderem zusammen nicht vielleicht besser wäre?«

»Ich habe es sehr wohl versucht«, wehrte er ab. »Vor sehr langer Zeit. Aber ich hatte bloß ein schlechtes Gewissen, und das hat die Sache nur noch verschlimmert.«

»Das verstehe ich«, sagte Kate wahrheitsgemäß. Wie viele

ihrer eigenen Ängste hatte sie verborgen gehalten? Wie oft war es ihr in Stresszeiten schwergefallen zu schlafen, klar zu denken, zu atmen?

Schweigend hörte Alex zu, als sie ihm das erklärte und eine eigene Wahrheit im Tausch für das Bruchstück der seinen eingestand. Sie waren sich so ähnlich, beide völlig außer sich bei der Vorstellung, sie könnten anderen Sorgen bereiten. Doch während Alex die Schuld immer noch bei sich suchte, hatte Kate zumindestens ansatzweise erkannt, dass sie sich selbst mehr akzeptieren musste. Sie würde Alex dabei helfen, das Gleiche zu tun, genau wie er ihr gezeigt hatte, wie sie ihre Ängste besiegen konnte.

»Wir brauchen beide jemanden, bei dem wir uns darauf verlassen können, dass er uns niemals verurteilt, ganz gleich, was für Mist wir bauen«, erklärte sie und legte ihm zögerlich einen Arm um den Rücken. »Warum einigen wir uns nicht darauf, dieser Mensch für den anderen zu sein?«

»Ich weiß nicht.« Seine Stimme wurde von ihrem Haar gedämpft. »Ich weiß nicht, ob ich das schaffe.«

»Aber du kannst es versuchen.«

Kate spürte seinen gleichmäßigen Herzschlag, sobald sie sich an ihn lehnte, und als er sie ansah, las sie in seinen hellen Augen die Verletzlichkeit.

»Ja«, sagte er nach einer Weile. »Ich kann es versuchen.«

Kate zog ihn sanft herum, bis sie sich gegenüberstanden. Dann griff sie nach oben und nahm ihm die Kappe ab.

»Früher dachte ich, dass große, glatt rasierte Männer mein Typ sind«, sagte sie leichthin. »Da sieht man mal, wie wenig ich wusste.«

»Hey«, schalt er sie liebevoll. »Nichts gegen die Dreadlocks.«

»Doch, klar«, erwiderte sie fröhlich. »Und der Bart übrigens auch. Ich lebe in der ständigen Hoffnung, dass du ihn abrasierst.«

»Kratzt er dich?« Alex wich zurück.

»Nein«, sagte sie. »Aber es wäre schön, mehr von deinem Gesicht zu sehen. Es ist eines meiner Lieblingsgesichter.«

»Nur eines von vielen?«

»Hör auf, nach Komplimenten zu fischen.«

Lachend neigte Alex den Kopf, um sie zu küssen, anfangs sanft, doch dann mit einer Heftigkeit, bei der ihr die Knie weich wurden. In Kate stieg eine köstliche, drängende Wärme empor. In ihrem Unterleib machte sich ein pochender Puls bemerkbar, und sie bog sich gegen Alex, um seinen kräftigen Körper, die Bestätigung seines Verlangens, das wunderbar einfache, aber doch unbestreitbare Begehren zu spüren, das sie füreinander empfanden.

In eben diesen Momenten fühlte sie sich am lebendigsten, am gegenwärtigsten, als wäre die Welt zu einem winzigen Lichtfleck zusammengeschrumpft, während Alex und sie frei zwischen den Sternen schwebten, ineinander verschlungen und im Einklang, so wie die Natur es schon immer gewollt hatte. Er hatte sie verlassen, aber er war zurückgekommen, hatte die Facetten seiner selbst, an denen er etwas auszusetzen hatte, nicht instinktiv verborgen, sondern sie stattdessen mit ihr geteilt. Im Moment reichte das. Die restlichen Fragen konnten noch warten.

»Sollen wir aufs Boot gehen?«, flüsterte sie, doch als Alex sie losließ, klingelte sein Handy.

»Es ist Bram Van Dijk«, sagte er.

»Ignorieren?«, schlug sie hoffnungsvoll vor.

Alex griff nach ihrer Hand und küsste sie. »Ich finde besser heraus, was er will.«

Doch nach ein paar höflichen Begrüßungsfloskeln gab

er das uralte Nokia-Handy an Kate weiter. »Er will mit dir sprechen.«

»Hallo?«, meldete sie sich recht verhalten.

»Katy! Geht es Ihnen gut? Hier spricht Bram Van Dijk.«

»Mir geht es gut, danke. Wie geht es ...«

»Gut, gut. Also ich sehe mir gerade Ihren Instagram-Account an, und ich finde ihn toll. Alex hat ihn mir gezeigt, weil der andere Kerl, den ich angeheuert habe ... nun ja, wir sind nicht völlig einer Meinung.«

»Oh ...« Kate sah Alex fragend an, woraufhin er grinste und theatralisch die Schultern hob.

»Sie haben ein paar Ideen zur Innengestaltung meines Hotels, ja?«

»Nun, ich ...«

»Gut. Dann müssen Sie sie mir zeigen. Wann können Sie nach Brač kommen?«

»Ich bin noch ungefähr eine Woche lang mit einem Projekt hier in Hvar beschäftigt, aber sobald das fertig ist, könnte ich mit dem Boot ...«

»Gut. Geben Sie mir Bescheid, dann nehme ich mir Zeit. Danke, Katy.«

»Ich heiße Kate.«

»Kate. Okay. Wiederhören.«

»Ähm, wiederhören – und danke«, stammelte sie, doch Bram Van Dijk hatte das Telefonat bereits beendet.

»Himmel«, hauchte sie und gab Alex das Handy zurück. »Er will Designideen für das Hotel sehen.«

»Ach ja? Nun, das sind doch gute Neuigkeiten.«

»Das warst du!«, rief sie entzückt. »Er hat gesagt, du hättest ihm meinen Instagram-Account gezeigt.«

»Ich habe ihn vielleicht daran erinnert, aber beeindruckt hast du ihn selbst.«

»Ein ganzes Hotel.« Ihre Verwunderung schlug rasch in Verzagtheit um. »Ich weiß nicht, ob ich das Zeug für so ein Großprojekt habe – und wenn es zu viel ist?«

»Wenn du es nicht versuchst, wirst du es nie herausfinden«, sagte er. »Und auf mich wirkst du nicht wie jemand, der gleich aufgibt.«

»Nein, normalerweise bin ich nur jemand, der ständig rausgeworfen wird.«

In Alex' Blick lag nur ein Hauch von Strenge, im Grunde sah er sie zärtlich an.

»Glaubst du wirklich, dass ich das hinbekomme? Ich meine, im Ernst?«

Alex zog sie an sich, und seine Lippen suchten ihre. »Ich glaube an eines«, sagte er, »und zwar an dich.«

45

»Heißt das, dass du über den Sommer hinaus bleiben wirst?«

Zu Kates Erleichterung stellte sie fest, dass die Vorstellung bei ihrem Bruder kein Entsetzen hervorrief. Beide, er und Filippo, strahlten sie mit unverhohlenem Stolz an.

»Sieht so aus«, sagte sie. »Aber wenn ihr es leid seid, dass ich das Zimmer in Beschlag nehme, kann ich auch umziehen?«

»Dieser Van Dijk wird dir bestimmt etwas in dem Hotel anbieten, sobald die Umbauarbeiten beginnen«, sagte Toby, der sich bückte, um eine Flasche Ožujsko aus dem Kühlschrank der Tiki Bar zu holen. »Auch wenn du hier selbstverständlich so lange wohnen kannst, wie du möchtest.«

»Danke«, erwiderte Kate. »Aber ich sollte wirklich anfangen, euch Miete zu bezahlen.«

»Silenzio, bambina«, wehrte Filippo ab, der sich auf dem Barhocker neben ihr niederließ. »Nach allem, was du für uns und die Herberge getan hast, sollten eigentlich wir dich bezahlen.«

»Ich kann es noch immer nicht fassen«, sagte Kate. »Ein ganzes Hotel. Ich muss so viel recherchieren.«

Es gab einiges zu überdenken, das wusste sie, allem voran steuerliche Fragen und Visumsangelegenheiten, aber wenigstens heute Abend würde es warten müssen. Alex hatte sie sehnsuchtsvoll geküsst, als sie ihn unten am Wasser mit dem Versprechen zurückgelassen hatte, wieder zurückzukommen, sobald sie sich die Farbspritzer des Tages abgewaschen hätte. Er wollte mit dem Boot hinausfahren, um ihnen einen ungehinderten Blick auf den Sonnenuntergang zu verschaffen.

Im Anschluss beabsichtigte Kate, ihn in die Kajüte zu zerren, um sich einen ungehinderten Blick auf seinen schönen nackten Leib zu gönnen. Schon bei dem Gedanken musste sie lächeln.

»Ich finde, wir sollten zur Feier des Tages einen guten Tropfen öffnen«, sagte Toby, der sein Bier schnell ausgetrunken hatte.

Filippo klatschte Beifall. »Bravo!«

»Legt mir was auf Eis.« Sie hüpfte von ihrem Hocker, während Siva bedrohlich auf dem Tresen heranpirschte. »Ich muss duschen.«

Sie begann, sich schön zu machen, indem sie ihre Haare wusch und föhnte, sich mit duftender Körperlotion eincremte und sich dezent, aber schmeichelhaft schminkte. Alex wäre es egal, ob sie in einem Ballkleid oder einem Sack auftauchte, aber sie wollte sich nicht nur für ihn, sondern auch für sich selbst Mühe geben. So entschied sie sich nach reiflicher Überlegung für ein bodenlanges olivgrünes Kleid, das an der Taille vorteilhaft gerafft war, und wählte ein Paar schlichter Goldcreolen aus.

»Wow.« Toby pfiff, während Filippo die fauchende Siva von Kates Platz hob. »Ich wollte gerade einen Suchtrupp losschicken«, fügte er hinzu. »Der Champagner liegt schon so lang auf Eis, dass er quasi Slush ist.«

»Viel Zeit habe ich nicht.« Sie blickte zum Himmel auf, der bereits puderrosa verfärbt war. »Ich ... ähm, habe mir gedacht, ich gehe ans Meer und sehe mir den Sonnenuntergang an.«

Toby und Filippo tauschten einen Blick, aber keiner von beiden sagte etwas.

Auf der Dachterrasse war es ruhig, nur wenige Gäste wuselten herum und nippten an Tobys hochprozentigen Cocktails, und mit einem zufriedenen Seufzen nahm Kate Platz. Sie zog ihr vibrierendes Handy aus der Tasche und rechnete mit einem neckenden Marschbefehl von Alex, doch es war eine SMS von Robyn.

Kannst du reden?

Knapp, präzise und rätselhaft. Kate rief bei ihr an.

»Ich habe was Schlimmes gemacht«, lautete Robyns Begrüßung.

Kate schnalzte gutmütig mit der Zunge. »Du bist doch nicht wieder bei Tinder, oder?«

»Schön wär's. Nein, das hier ist viel schlimmer.«

Ihre Freundin hatte noch nicht einmal kurz gekichert; die Lage musste ernst sein. Kate nahm ein Champagnerglas von Toby entgegen und beobachtete, wie die winzigen Bläschen an die Oberfläche stiegen.

»Was könnte denn schlimmer als Tinder sein? Hast du dich bei Heiße-Kerle-in-Uniform-dot-com angemeldet?«

»Ich bin James begegnet.«

Kate ließ ihr Glas sinken. »Und?«

»Im Grunde war es seltsam, fast so, als hätte er mir aufgelauert. Ich kam von meiner Patientin – du weißt schon, die in der Nähe deines alten Hauses wohnt –, und da war er und stand neben meinem Auto.«

»Ich habe vor ein paar Tagen mit ihm telefoniert«, sagte Kate. »Er hat mich angerufen und wollte wissen, wo ich sei, und hat gesagt, er wolle mich sehen. Es tut mir leid«, fuhr sie fort, als Robyn nichts erwiderte. »Ich hätte daran denken sollen, dich zu warnen, dass er auf dem Kriegspfad ist. Bei meiner Mum ist er nicht weit gekommen, da warst du offensichtlich die nächstbeste Wahl.«

»Er hat mit keiner Silbe erwähnt, dass er deine Eltern gesehen hat«, sagte Robyn verblüfft. »Er tat so, als sei er rein zufällig da, was mich verwirrte, und dann hat er angefangen, sich nach meiner Familie und allem möglichen Kram zu erkundigen, was mich noch mehr verwirrt hat. Ich meine, sonderlich beflissen war er ja sonst nie, nicht wahr? Aber auf einmal hieß es: ›Wie geht es deiner Mum seit der Hüft-OP?‹ und ›Dein Haar sieht gut aus – warst du beim Friseur?‹ Völlig verrückt.«

»Ich begreife nicht, was an der ganzen Sache so schlimm sein soll«, sagte Kate, die es nicht abwarten konnte, ihren Champagner zu trinken und aufzubrechen. »Solange ihr nicht über mich gesprochen habt.«

Am anderen Ende der Leitung trat Schweigen ein.

»Robyn?«

»Ja?«

»Du hast ihm doch nicht verraten, wo ich bin, oder?«

»Es tut mir so leid, Kate – die ganzen Komplimente haben wie Jedi-Kräfte auf mich gewirkt. Er sagte sogar, es freue ihn, dass es dir so gut gehe, und da stimmte ich natürlich zu und erzählte ihm, wie stolz ich auf dich sei, weil du endlich herausgefunden hast, wo deine Talente liegen, und dass du dich voll ins Zeug legst und Innendesign-Aufträge bekommst. Da er kein bisschen überrascht wirkte, bin ich davon ausgegangen, dass er Bescheid wusste. Und dann bewunderte er meine Bräune und fragte, wie heiß es in Spanien gewesen sei, also lachte ich und korrigierte ihn. Jetzt ist mir klar, dass mir der hinterlistige Mistkerl Informationen aus der Nase gezogen hat.«

Toby winkte langsam vor Kates Gesicht herum. »Nims ...«

»Gleich. Wann hat dieses Gespräch stattgefunden, Robyn – wie lang ist es her?«

»Vor ein paar Tagen. Am Morgen nach meiner Rückkehr.«

Kate sah förmlich vor sich, wie ihre Freundin sich reumütig wand.

»Ich hätte dir früher Bescheid geben sollen, aber ich hatte Angst, dass du böse auf mich bist.«

»Ich bin dir nicht böse. Früher oder später musste er ja herausfinden, wo ich bin, und ...«

»Nims ...«

»Gleich.«

»Nein, Kate, im Ernst.« Toby griff über die Bar und legte die Hände auf ihre Schultern. Langsam drehte er sie um, bis sie sehen konnte, wer am anderen Ende der Terrasse stand.

Robyn schien das jähe Schweigen ihrer Freundin als verzögert eingetretenen Ärger zu deuten, und erging sich in ernst gemeinten Entschuldigungen, doch Kate hörte sie kaum. Einen langen Moment sagte niemand etwas. Siva bemerkte die Anspannung und gab von ihrem Sitzplatz auf Filippos Schoß ein leises Fauchen von sich.

»Kate?« Robyn klang besorgt. »Bist du noch da?«

»Ja«, antwortete Kate und beobachtete wie in Zeitlupe den Neuankömmling, der zum Gruß unsicher die Hand hob. James sah anders aus. Sein Gesicht war voller, als habe er zugenommen, und seine Wangen waren schlecht rasiert. So angestrengt Kate ihn auch anstarrte, bekam sie es doch nicht in ihren Kopf hinein, dass er hier war: der Mann, den sie so gut kannte und doch auch wieder gar nicht. In ihrer Abwesenheit war er ein Fremder geworden, eine Gestalt aus ihrem früheren Leben und jetzt ein unliebsamer Gast in ihrem neuen.

»Ich bin noch da«, sagte sie und hielt das Handy fest umklammert, während James auf sie zukam. »Und ich bin nicht die Einzige.«

46

Auf der Terrasse spielte Musik, doch Kate nahm sie kaum wahr. Um sie herum verschwammen die Gesichter der Gäste. Die Wärme der Abendsonne drang genauso wenig bis zu ihr durch wie der Rauch, der vom Grill herüberwehte. Da war nur noch James.

Was machte er hier? Wie war das möglich?

Einen Meter vor der Bar hob James die Hände wie zu einer Umarmung, ließ sie jedoch gleich wieder sinken, als er ihren Gesichtsausdruck bemerkte. Ein Teil von ihr wollte von ihrem Hocker springen und auf ihn zulaufen, aber ein noch größerer Teil hätte am liebsten die Flucht ergriffen. Sie wollte ihn gleichzeitig umarmen und schlagen und wusste nicht, ob sich in ihrer Brust ein Lachen oder ein Wutausbruch zusammenbraute. Sie fürchtete sich davor, es herauszufinden.

»Hi, Kate«, sagte er.

»James.«

»Der Typ am Empfang hat mir gesagt, dass du wahrscheinlich hier oben bist. Ich habe meinen Koffer unten gelassen. Ich wusste nicht, ob ...« Er versuchte ein Lächeln, das Kate nicht erwiderte. »Nun, was ich damit sagen will, ist, dass ich mir natürlich eine andere Bleibe suchen kann.«

»Um diese Jahreszeit könnte das schwierig werden«, sagte sie kühl. »Wir haben Hauptsaison.«

»Wir finden hier bestimmt was ...«, setzte Toby an, wurde allerdings von einem Zornesblick zum Schweigen gebracht.

Kate atmete tief durch.

»Nun«, sagte Toby milde. »Diese Situation ist jetzt ein bisschen heikel, nicht wahr? Nims, warum bringst du James nicht rüber in unser Apartment, damit ihr ungestört reden könnt?«

»Nein.« Kate glitt von ihrem Barhocker. Ihr vergessenes Glas Champagner blieb allein auf dem Tresen zurück. »Hier passt es schon.«

Sie ließ die drei verblüfften Männer stehen und marschierte quer über die Terrasse zu der niedrigen Außenmauer und setzte sich auf die Kante. Das Meer weit unten war ein glitzernder Teppich, die Hügel in der Ferne ungestalte, von Tüchern verhangene Möbeltürme. Beim Betrachten der Vögel, die sorglos in der Brise trieben und dann wieder jäh nach unten schossen, wurde sie von Neid ergriffen. Was für ein Glück, in den Sonnenuntergang zu fliegen.

»Schöne Aussicht von hier oben«, sagte James. Er hatte ihr Champagnerglas mitgebracht, aber Kate hätte eher mit den Vögeln mitfliegen können, als auch nur einen Schluck zu trinken.

»Das ganze Haus ist ziemlich beeindruckend. Natürlich habe ich mir noch nicht alle Räumlichkeiten angeschaut, aber was ich gesehen habe, sieht toll aus. Das hast du gut hinbekommen.«

»Wir«, verbesserte sie ihn. »Ich hab das nicht allein gemacht.«

»Ich habe mir deinen Instagram-Account angesehen«, fuhr er fort und fingerte am aufgestellten Kragen seines Polohemds herum. Kate bemerkte einen helleren Hautstreifen unter seinem Haaransatz – was verriet, dass er sich erst kürzlich die Haare hatte schneiden lassen, und zwar nach einem Wochenende in einem sonnigen Pubgarten. Die Sommerrituale aus der Heimat hatte sie nicht vermisst: die Picknicks in Hampstead Heath, das Gebimmel des Eiswagens oder träge Spaziergänge am Regent's Canal, unterbrochen von kalten Gläsern Cider. Sie war zu sehr mit neuen Ritualen beschäftigt gewesen.

»Es ist unfassbar, dass du über dreißigtausend Follower hast«, fuhr er fort. »Ich wette, damit machst du ganz gut Kohle?«

Er hatte es als Frage formuliert, was sie ärgerlich fand. In ihrem Posteingang warteten unzählige Mails, die ihr Produkte im Gegenzug für ihre Empfehlung anboten, doch bisher hatte Kate alle unbeantwortet gelassen.

»Was ist los?«, fragte sie tonlos. »Hast du Sorge, dass ich meine erste Million vor dir mache?«

James nahm die Spitze hin und nestelte am Etikett seiner Bierflasche herum. Diese nervöse Angewohnheit war Kate früher schon oft aufgefallen, und sie hatte ihn jedes Mal schnell getröstet. Sein bekümmerter Anblick war schrecklich für sie gewesen, und sie hatte alles in ihrer Macht Stehende getan, um James aufzuheitern. Doch der Zug war abgefahren. Seine Nervosität kümmerte sie nicht.

»Was machst du hier, James? Du bist ja wohl nicht den ganzen Weg nach Kroatien geflogen, bloß um mich zu meinem Instagram-Account zu befragen.«

»Nein.« James sah sie beschwichtigend an. »Ich bin natürlich hergekommen, um dich zu sehen. Ich habe dir doch schon am Telefon gesagt, dass ich mit dir reden muss.«

Kate sah ihm in die Augen. »So, jetzt hast du mich gesehen. War's das?«

»Warum bist du auf einmal so ... so kalt? Noch vor ein paar Wochen hast du mich angefleht, es mir anders zu überlegen, und hast mir gesagt, du würdest mich immer noch lieben.«

»Das war damals«, sagte sie. »Die Dinge haben sich geändert.«

»Das ist mir klar«, sagte er. »Und ich kann nachvollziehen, warum du vielleicht sauer auf mich bist.«

»Ach, tatsächlich, ja?«

Verwirrt sah James sie an, und seine Hand fuhr verlegen zu der kahlen Stelle an seinem Kopf.

»Du tust so, als wäre das alles meine Schuld«, sagte er im gekränkten Tonfall eines Kleinkinds, dem man den Ball weggenommen hatte, nachdem eine Scheibe zu Bruch gegangen war.

»Da liegst du richtig.« Sie griff nach ihrem Glas und trank es zur Hälfte aus. »Aber das ist mein gutes Recht, wenn man bedenkt, dass ich diejenige bin, die verlassen, lächerlich gemacht und öffentlich vorgeführt wurde. Du scheinst bei der ganzen Angelegenheit kaum einen Kratzer abbekommen zu haben.«

»Kaum einen Kratzer?«, entfuhr es ihm. »Glaubst du etwa, es war leicht, mich von dir zu trennen? Meinst du nicht, dass ich auch gelitten habe? Dass ich dich nicht vermisst hätte? Dass ich nichts bereue?«

Kates fester Vorsatz, sich nicht aus der Fassung bringen zu lassen, geriet allmählich ins Wanken.

»Was genau willst du damit sagen?«, wollte sie wissen. »Dass du auf einmal einen wundersamen Sinneswandel hattest und mich zurückhaben willst?«

»Ich wollte dich nie verlieren«, beschwor er sie und versuchte, nach ihr zu greifen.

Kate rückte an der Mauer ein Stück von ihm weg und bemerkte seinen verletzten Blick.

»Ich dachte ganz ehrlich, dass es richtig wäre, sich zu trennen. Ansonsten hätte ich es nicht getan.«

»Was ist denn geschehen, dass du deine Meinung so radikal geändert hast?«, fragte sie müde. »Und warum jetzt?«

James setzte sich und stieß ein Seufzen aus, bei dem er in sich zusammenzusacken schien.

»Ich habe dich vermisst.« Er sah sie mit einer Inbrunst an, die Kate dazu zwang, ihm in die Augen zu blicken. Sie waren dunkel und lagen tief, das Gegenteil von dem hellblauen Paar, in das sie in diesem Moment eigentlich schauen sollte.

Alex würde sich fragen, wo sie war, und auf sie warten, ohne auch nur zu ahnen, warum sie sich derart verspätete. Kate hatte die Handtasche mit ihrem Handy an der Bar gelassen, doch als sie Anstalten machte aufzustehen, ergriff James ihre Hand.

»Hast du mich gehört, Kate? Ich habe gesagt, dass ich dich vermisst habe. Ich vermisse dich wirklich. Ich war dumm. Ich habe einen dummen Fehler begangen. Ich habe dich als selbstverständlich betrachtet – das weiß ich jetzt. Ich werde es nie wieder tun.«

Seit jenem schicksalhaften Abend im April hatte sie davon geträumt, diese Worte aus seinem Mund zu hören, doch sie zeigten keinerlei Wirkung, prallten vielmehr wie Kieselsteine an einer dicken Steinmauer ab. James musste ihren Widerstand spüren können, denn als sie sich von ihm weglehnte, packte er sie noch fester und zog sie zu sich, bis sich ihre Knie berührten.

»Hier geht es um dich und mich, Kate – wir gehören doch zusammen.«

»An meinem Geburtstag hast du etwas anderes gesagt«, rief sie ihm ins Gedächtnis. »Wenn ich mich recht entsinne, ging es da nur um dich und darum, was du wolltest. Laut dir war da kein ›Wir‹ mehr übrig.«

»Das war egoistisch von mir.« Er verschränkte seine Finger

mit ihren. Sie roch den Zitrusduft seines Eau de Cologne und sah an seinem Hals eine Schnittwunde vom Rasieren.

»Ich kann dir aber trotzdem nicht geben, was du willst, James.« Sie starrte auf ihre ineinander verschlungenen Finger. »Ich bin immer noch dieselbe Person mit genau denselben Fehlern.«

»Aber du bist überhaupt nicht dieselbe«, sagte er in flehendem Tonfall. »Sieh dich doch an, Kate – du hast alles viel besser im Griff und bist selbstbewusster. Als ich durch die Tür da kam und diese attraktive Frau dort sitzen sah, die langen Haare über den Schultern und sonnengebräunt in diesem grünen Kleid, dachte ich: ›Wow – wer ist diese Erscheinung?‹ Und das warst du, Kate. Du bist schöner denn je.«

»Das sind Bräune, ein Kleid und eine Föhnfrisur«, erwiderte sie leichthin. »Unter all dem bin ich immer noch dieselbe bei der Familienplanung gehandicapte Idiotin, selbst wenn die Verpackung anders aussieht.«

»Eine Idiotin mit ihrer eigenen Designerkarriere und Zehntausenden Followern auf den Social Media. Dein Erfolg ist … nun, ehrlich gesagt echt richtig sexy. Ich komme mir in deiner Gegenwart genauso nervös vor wie bei unserem ersten Date.«

Kate lächelte zum ersten Mal, als sie vor ihrem geistigen Auge sah, wie sie einander im Pizza Hut gegenübergesessen hatten. Ihr erstes Rendezvous hatte am Valentinstag stattgefunden, und jedes andere Restaurant in ihrem Viertel in Nord-London war ausgebucht gewesen. Sie hatten sich eine Schüssel von der Salattheke geteilt und entschieden, dass jeder einen extra Belag für die Pizza bestellen würde, und dann hatten sich beide für Krabben entschieden.

Es hatte sich wie eine Fügung des Schicksals angefühlt.

Kate spürte Tränen aufsteigen und musste schlucken. Den

Sonnenuntergang hatte sie mittlerweile verpasst. Alex würde denken, sie hätte ihn versetzt.

Als Kate zur Bar sah, fuhr sie überrascht zusammen. Alex war dort und saß auf eben dem Hocker, den sie vor keiner halben Stunde frei gemacht hatte, vor sich ein Glas, in dem sich Wasser zu befinden schien. Noch während sie hinstarrte, drehte er sich um und sah in ihre Richtung. Seine Miene war nicht verständnislos oder missbilligend, sondern voller Zärtlichkeit und Sorge. Toby und Filippo waren beide in seiner Nähe, also konnte für Alex kein Zweifel daran bestehen, wer dieser Mann neben ihr war. Er musste verstehen, was das bedeuten konnte, aber dennoch war er geblieben.

»Lass mich mal eine Minute lang reden, James.« Kate entzog ihm ihre Hand. »Lass mich dir sagen, was meiner Meinung nach geschehen ist«, setzte sie an. »Ich glaube, am Anfang hat dir das Single-Dasein Spaß gemacht. Wahrscheinlich hattest du ein paar Verabredungen, hast die Hausarbeit ein bisschen schleifen lassen, hast übers Wochenende dieselbe Unterhose getragen und den ganzen Tag im Fernsehen Sportsendungen geschaut – aber dann ist allmählich die Erkenntnis in dir aufgestiegen, dass all die Dinge, die du wolltest, all die Punkte auf deiner Lebensliste nicht einfach magisch in Erscheinung treten würden, bloß weil ich fort bin. Ich glaube, dir ist klar geworden, dass man an Beziehungen arbeiten muss und dass ich in den vergangenen acht Jahren den Löwenanteil dieser Arbeit geleistet hatte – zumindest in Sachen Emotionen.«

James wollte widersprechen, doch sie schnitt ihm das Wort ab.

»Nein, lass mich ausreden. Ich glaube nämlich, dass du hier bist, weil die Alternative zu schwierig ist. Mich willst du gar nicht – eigentlich nicht. Ich glaube, du willst dich einfach nicht anstrengen müssen. Mit mir kannst du derjenige sein, der Leistung bringt, derjenige mit dem guten Job, dem höheren Einkommen und der problemlos funktionierenden Zeugungsfähigkeit«, sagte sie mit brüchiger Stimme. »Wenn du mit mir zusammen bist, bist du mit dir zufrieden, und jetzt ist das nicht mehr so einfach. Habe ich recht?«

»Nein.« James' Tonfall war mürrisch geworden. »Das ist es überhaupt nicht.«

»Was denn dann? Denn dass du mich vermisst hast, ist nicht sehr überzeugend. Tut mir leid, aber so ist es eben«, fügte sie hinzu, da James gekränkt aussah. »Du hast recht«, fuhr sie fort. »Ich habe mich verändert, seitdem ich nach Kroatien gekommen bin – ich habe gelernt, mich selbst mehr wertzuschätzen. Es hat einen großen Unterschied gemacht, mit Leuten zusammen zu sein, die mich nicht für nutzlos halten.«

Bei diesen Worten hatte Kate instinktiv zu Alex gesehen – was James nicht entgangen war.

»Wer ist das?«, wollte er knapp wissen.

»Das ist Alex. Er ist ein Freund von mir.«

»Der Typ da?« Ungläubig kniff James die Augen zusammen. »Dieser Hippie? Ich dachte, du magst es sauber und adrett, Kate – der Kerl sieht aus, als hätte er sich das ganze Jahr über noch nicht gewaschen.«

»Sei nicht so arschig«, erwiderte sie. »Alex ist gütig, tolerant und authentisch. Du hast ja keine Ahnung, wie wohltuend es ist, Zeit mit einem Mann zu verbringen, der nicht von Geld oder seiner Karriere besessen ist, ein Mann, der zufrieden damit ist, einfach mit dem Strom zu schwimmen.«

»Bloß nicht im Strom«, versetzte James mit einem lauten Auflachen. »Und du magst über meinen Ehrgeiz spotten, Kate, aber ich will doch hauptsächlich aus einem Grund

Erfolg haben und Geld zur Seite legen: damit wir eine Familie gründen können, damit ich uns einen angemessenen Lebensunterhalt sichern kann und wir unsere Kinder großziehen können. Wenn mich das zu einem Bösewicht macht, dann weiß ich auch nicht, Kate, echt nicht.«

Kate schwieg. Seine Worte hatten sie verletzt, und ihr waren verräterische Tränen in die Augen gestiegen, sobald er das Wort Familie erwähnt hatte. Es war so lang ihr gemeinsamer Plan gewesen; die Zukunft, von der sie geglaubt hatte, sie sich mehr als alles andere zu wünschen. Und sie wollte eines Tages unbedingt eine Mutter sein, ganz gleich, wie schwierig der Weg dorthin sein mochte. James stand jetzt hier vor ihr und versprach ihr genau das. Konnte sie es sich leisten zu warten? War es vermessen, auch nur warten zu wollen?

»Ich weiß nicht, was ich machen soll«, flüsterte sie so leise, dass James den Kopf zu ihr neigte. Irgendwann musste er wieder ihre Hand ergriffen haben. Kate hatte nicht die Kraft, sie ihm zu entziehen. Ihr ganzer selbstgerechter Zorn war am Verebben, und sie wurde schwach. Die Sache mit Alex war etwas ganz Besonderes gewesen, aber das hier war James – ihr James, der Mann, den sie noch vor wenigen Wochen unbedingt als ihren Partner in ihrem Leben hatte zurückhaben wollen. Sie war bereit gewesen aufzugeben, weil sie geglaubt hatte, es bestünde keine Hoffnung mehr, doch nun hatte sich das Blatt gewendet, und die Entscheidung lag bei ihr. Sehr entscheidungsfreudig war Kate noch nie gewesen.

»Kate, bitte«, sagte er und drückte den Kopf an ihren. »Es tut mir leid, dass ich dich verletzt habe. Ich habe in so vielen Dingen falschgelegen. Ich bitte dich ja nur um die Chance, es dir zu beweisen.«

»Ich weiß nicht.« Ihre Stimme war angespannt. »Es ist so viel geschehen. Zu versuchen, über dich hinwegzukommen, war das Schwierigste, was ich je getan habe – beinahe wäre ich daran zerbrochen. Ich kann es nicht riskieren, mich noch einmal diesem Kummer auszusetzen. Es geht einfach nicht.«

»Dann mach es nicht für mich«, sagte er. »Mach es für keinen von uns beiden.«

Kate setzte sich ein Stück zurück, weg von ihm, sodass sie sich nicht mehr berührten.

»Was meinst du damit?«, fragte sie, jetzt müde. »Wenn nicht für uns, für wen denn dann?«

Mit einem Lächeln zog James ein Bündel Papiere aus der Gesäßtasche seiner Jeans und faltete sie auseinander, ehe er sie Kate reichte. Oben war ein herzförmiges Logo mit den Wörtern *Adoptionen in Nord-London* und darunter die Überschrift: *Kinder auf der Suche nach Adoptiveltern.*

»Tu es für unser Kind«, sagte er.

47

»Du willst, dass wir ein Kind adoptieren?«

Im ersten Moment starrte Kate fassungslos die Papiere in ihren Händen an, dann James.

»Ich habe ein bisschen recherchiert und glaube, dass wir gute Chancen hätten.« Unter ihren entgeisterten Blicken blähte er sich ein Stück auf, nun wieder selbstgefällig. »Meine Firma bietet tolle Leistungen für Familien, und du hättest doch bestimmt nichts dagegen, ein paar Jahre mit diesem Innendesignkram zu warten, nicht wahr? Es wäre die Sache wert«, fügte er hinzu, indem er ihre ungläubige Miene fehldeutete, »für ein Baby.«

Toby hatte die kleinen Lampions angeschaltet, die über der Tiki Bar aufgehängt waren, und die Farben verschwammen Kate vor Augen. Alex war nicht mehr da, und sie hoffte, dass es ihm gut ging.

»Ich verstehe das nicht«, murmelte sie und überflog nochmals die Blätter. James musste sie aus dem Internet ausgedruckt haben. Neben Agenturfotos von Kinderhänden an Spielzeug oder Füßen in Gummistiefeln, die durch Pfützen platschten, standen dort Namen und kurze Lebensabrisse.

Charlie, fünf, liebt Dinosaurier, das Weltall und Gutenachtgeschichten. Er ist ausgelassen, aber liebevoll und sucht nach einem richtigen Zuhause.

Maisie, siebzehn Monate, badet gern und liebt Teddybären und Schmuseeinheiten.

Jonas, drei, hat Sprach- und Entwicklungsverzögerungen, macht aber bei seiner Pflegefamilie gute Fortschritte.

Am liebsten hätte Kate jedes einzelne Kind adoptiert, gleichzeitig war sie klug genug, um emotionale Manipulation zu erkennen, wenn sie direkt vor ihrer Nase ablief.

Langsam faltete sie die Blätter wieder.

»Ich dachte, für dich wäre eine Adoption unvorstellbar?«, fragte sie. »Mir hast du nachdrücklich versichert, dass du dein eigenes Kind haben möchtest.«

»Das stimmt«, entfuhr es James reflexartig. »Aber nicht so sehr, wie ich mit dir zusammen sein will«, fügte er hastig hinzu.

»Da schlägst du jetzt aber eine ganz andere Tonart an«, warf sie ihm vor. »Das ist eine komplette Kehrtwende.«

Mittlerweile hatte James das gesamte Etikett seiner Bierflasche in Fetzen gerissen und fingerte nun am Kleber herum. »Ich habe Zeit gebraucht, um mich an die Vorstellung zu gewöhnen, und nun bin ich so weit.«

»Einfach so?«

»Mmh.«

»Aber warum Adoptieren? Warum es nicht zuerst mit künstlicher Befruchtung probieren?«

»Es wird zu lang dauern.« Er nahm ihr die Ausdrucke aus den Händen und entfaltete sie. »Die kleine Maisie braucht jetzt eine Mum und einen Dad – sie ist bereits auf der Welt. Mit dem ganzen Geld, das wir sparen, indem wir auf endlose IVF-Behandlungen verzichten, könnten wir ihr tolle Geschenke kaufen.«

»Wenn wir uns darauf einigen würden, eine Zeit lang abzuwarten, würden wir den ersten Versuch bestimmt vom NHS bezahlt bekommen«, stellte Kate fest. »Und ich könnte immer noch auf natürlichem Weg schwanger werden. Vor meiner Kroatienreise habe ich angefangen, die Pille zu nehmen, aber ich könnte sie ohne Weiteres wieder absetzen.«

James schüttelte den Kopf, als fände er diesen zweiten Vorschlag lachhaft. »Aber denk nur an die ganzen Untersuchungen und Medikamente, das ganze Herumgestochere und Geteste, wenn wir uns für eine Kinderwunschbehandlung entscheiden sollten – es wäre schrecklich für dich, und Garantien gibt es keine.«

»Das weiß ich alles«, räumte sie ein. »Aber dann wäre es unser Baby. Und ich würde schwanger werden.«

»Aber willst du das denn wirklich? Morgenübelkeit, Hängebusen und Schwangerschaftsstreifen.«

Kate sah ihn zornig an. »Was für eine haarsträubende und engstirnige Aussage, James – als wäre das irgendwie von Bedeutung.«

»Nein, tut mir leid. Natürlich nicht.«

Völlig überrascht von diesem neuen Feuer in ihren Eingeweiden, hielt Kate inne. James entschuldigte sich nur äußerst selten – entweder tat es ihm aufrichtig leid, oder er hatte sich seit ihrer letzten Begegnung einer vollständigen Persönlichkeitstransplantation unterzogen. Ihr Blick wanderte wieder zur Bar. Alex war nicht zurückgekehrt. Sie versuchte, sich auszumalen, wie sie sich gefühlt hätte, wenn James auch nur zwei Wochen früher aufgetaucht wäre. Hätte jene Kate sich auf die Chance gestürzt, nach Hause zurückzukehren, oder hätte sie gezögert? Sie hatte sich so oft gesagt, dass sie unbedingt ein Leben mit James wollte, doch in seiner Abwesenheit hatte sie die Lücke, die er hinterließ, mit so vielen anderen Dingen gefüllt – nicht einfach mit Alex, sondern auch mit einem Beruf. Der Auftrag von Lovro und nun von Bram Van Dijk hatten den brennenden Schmerz gelindert, den sie aufgrund ihres Versagens und der Zurückweisung empfunden hatte. Sie war in eine Rolle geschlüpft, die sich richtig anfühlte. Wenn sie jetzt nach London zurückkehrte, würde sie das alles aufgeben müssen.

Aber ein Baby.

Beim bloßen Gedanken an das Muttersein ging ihr das Herz auf. Sie hatte ihre Reaktion nicht vergessen, als sie die Neuigkeiten von Nikas Schwangerschaft belauscht hatte, und die dunkelhaarige Office Managerin seitdem gemieden. Um über ihren unerfüllten Kinderwunsch hinwegzukommen, hatte sie ihre Gefühle tief vergraben, aber vorhanden waren sie immer noch. Wenn sie James abwies, verdammte sie sich dann zu einer kinderlosen Zukunft?

»Ich würde es zuerst mit künstlicher Befruchtung versuchen wollen«, sagte sie entschlossen und sah, wie James niedergeschlagen die Schultern hängen ließ.

»Warum ist das auf einmal eine derart schreckliche Vorstellung?«

»Das ist es nicht, es ist nur ...«

James schien nicht die richtigen Worte für das, was auch immer er sagen wollte, finden zu können. Eine tiefe Röte stieg seinen Hals empor, sein Gesicht war schweißbedeckt, und seine Finger kratzten immer noch Kleber von der leeren Bierflasche.

»Alles in Ordnung?«, fragte sie. »Du siehst aus, als müsstest du dich gleich übergeben.«

James schüttelte den Kopf.

»Warte hier - ich gehe etwas Wasser holen.«

Toby unterhielt sich mit einer Gästeschar, und Alex blieb immer noch verschwunden. Sie bückte sich hinter den Tresen und zapfte ein Glas Mineralwasser. Dass James überhaupt hier war, war noch nicht richtig in Kates Bewusstsein gedrungen, und da sie nun eine gewisse Distanz zwischen sie beide gebracht hatte, konnte sie die Situation klarer einschätzen.

Es gab da etwas Wichtiges, das er ihr nicht verriet – aber was?

Kate griff über den Tresen nach ihrer Handtasche und dem Handy. Sie stieß auf eine »Sorry«-Nachricht gefolgt von zahllosen Kuss-Emojis von Robyn. Am liebsten hätte sie Alex angerufen, doch der Gedanke an ihn brachte sie auf eine Idee. Sie eilte über die Terrasse und drängte James dazu, schnell auszutrinken.

»Warum die Eile?«, fragte er. Im Mondschein war sein Gesicht blass.

»Ich finde, wir sollten einen Spaziergang machen«, sagte sie. »Ich möchte dir etwas zeigen.«

James nickte. Er schien das rege Treiben in der Herberge, wo die neugierigen Blicke von Toby, Filippo und – eine Zeit lang – Alex seit seiner Ankunft auf ihn gerichtet gewesen waren, gern hinter sich zu lassen. Als er dies Kate erzählte, war sie unbeeindruckt.

»Sie haben alle mit angesehen, wie sehr mir die Trennung zu schaffen gemacht hat. Ich war völlig fertig. Und das sage ich dir jetzt nicht aus Gemeinheit«, fügte sie hinzu, da James die Mundwinkel herunterzog. »Ich erzähle dir da nichts Neues.«

»Magst du meine Hand halten?«, fragte er, als sie den zerbröckelnden Steinpfad erreichten, der zum Strand Pokonji Dol hinunterführte. »Es fühlt sich komisch an, wenn wir uns gar nicht berühren.«

Widerwillig streckte Kate einen Arm aus.

Sie konnte ihm nicht erklären, dass für sie das Gegenteil zutraf, dass ihr die Vorstellung, irgendetwas zu tun, das über ein Händchenhalten hinausging, insgeheim Unbehagen bereitete.

Im Gegensatz zu Robyn, die Hvar während ihres einwöchigen Besuches auf der Insel mit überschwänglichen Lobeshymnen überhäuft hatte, blieb James stumm, als sie den Hang umrundeten und die Bucht unter ihnen in Sicht kam. Allerdings machte er eine mürrische Bemerkung darüber, dass es »keine richtige Treppenstufen« den Hügel hinunter gebe. Als Kate ihm erklärte, sie möge das natürlichere Ambiente der zerfallenden Felsen, nahm er seine Worte rasch wieder zurück.

»Du musst nicht unbedingt einer Meinung mit mir sein«, erklärte sie ihm, doch James schüttelte den Kopf.

»Nein, doch. Es ist ganz neu für mich: Ich versuche, nicht mehr so – wie sagtest du doch gleich – engstirnig und arschig zu sein.«

Auf dem Strand saßen noch ein paar Urlaubergrüppchen mit Bierdosen zu ihren Füßen und um die Schultern gewickelten Handtüchern, und Kate führte James zum anderen Ende der Bucht, wo sie sich auf einem Stapel aus hölzernen Liegestühlen niederließen. Beim Überqueren der Steine hatte James ihre Hand losgelassen, und Kate hatte die Hände nun in die Achselhöhlen geschoben und die Knie ans Kinn herangezogen. Ihre Körpersprache sendete ein deutliches »nicht anfassen« aus, und die Botschaft war klar und deutlich bei James angekommen.

Mit verschränkten Armen starrte er düster aufs Wasser hinaus und wartete auf eine Erklärung für den Strandausflug.

»Es gibt da etwas, das du mir nicht erzählst«, sagte sie ohne Einleitung.

Unbehagen huschte über James' Gesichtszüge, doch er sagte nichts.

Kate nahm die Hände aus den Achseln, ließ die Knie sinken und hob einen glatten, flachen Stein auf. Sie hatte ihre Handtasche dabei und kramte nun darin herum, bis sie einen Stift gefunden hatte.

»Mein Freund, über den du dir oben auf der Terrasse so schnell ein Urteil gebildet hast, hat mir vor ein paar Wochen einen Trick beigebracht.«

»Du wirst jetzt doch wohl nicht anfangen zu jonglieren, oder?«, fragte James. »Ich habe deine verhängnisvolle Woche als angehende Alleinunterhalterin auf Kinderpartys noch nicht vergessen.«

Kate lachte. Das Gelächter fühlte sich befreiend an.

»Zugegeben, nicht meine Glanzzeit, diese sieben Tage. Allerdings möchte ich zu meiner Verteidigung hinzufügen, dass es nicht so leicht ist, wie es aussieht, Tiere aus Luftballons zu basteln. Aber nein – ich werde nicht jonglieren. Und zwar weil ich es nicht möchte, und nicht, weil ich es nicht kann«, fügte sie hinzu, als er sie hämisch angrinste. In diesem Augenblick war es, als hätten sich die letzten Monate nicht zugetragen, als wären sie wieder auf dem Sofa, das sie im Winterschlussverkauf bei DFS ergattert hatten, und würden sich lachend über Kates neuesten Fehltritt auf dem Arbeitsmarkt amüsieren. Bevor das Fortpflanzungsthema katastrophal in ihr Leben eingebrochen war, hatten sie viel miteinander gelacht – in den meisten Fällen über etwas, das Kate passiert war.

»Hier.« Sie reichte ihm den Stein und den Stift. »Ich möchte, dass du die Sache aufschreibst, die dir am meisten Angst macht.«

James schien eine abfällige Bemerkung machen zu wollen, überlegte es sich dann jedoch anders.

Kate sah schweigend zu, wie er sorgfältig das Wort »GLATZE« in dicken Großbuchstaben aufschrieb.

»Haarausfall?«, rief sie. »Das ist echt die eine Sache im Leben, die dir mehr Angst macht als alles andere?«

»Gib mir eine Chance, ich muss mich erst warmlaufen«, protestierte er, suchte einen anderen Stein aus und schrieb »ARMUT« in noch dickeren Großbuchstaben darauf.

»Okay, du willst also nicht ohne Haare und ohne Geld enden«, mutmaßte sie. »Das ist verständlich. Was ist mit emotionalen Ängsten?«

»Du meinst, vor welchen Gefühlen ich Angst habe?«

»Ja. Fürchtest du dich vor Angst? Oder Hoffnung? Oder Liebe?«

»Nein.« James schüttelte den Kopf. »Aber ich habe Angst davor, dich zu verlieren – kann ich das aufschreiben?«

»Wenn es wahr ist. Aber überleg mal, James – geht es wirklich darum, oder hast du Angst vor der Reue? Denn wenn du mal darüber nachdenkst, war es doch deine Entscheidung, mich zu verlieren. Jetzt denkst du allmählich, dass es vielleicht ein Fehler gewesen ist, und diese Gefühle bereiten dir Sorge, weil du nicht weißt, wie du damit umgehen sollst.«

»Das übersteigt jetzt aber meinen Horizont«, sagte er, schrieb aber dennoch das Wort »REUE« auf einen Stein.

Allmählich machten sie Fortschritte.

»Hat alles, was du mir seit deiner Ankunft in Kroatien erzählt hast, der Wahrheit entsprochen?«, fragte sie so sanft wie möglich. Es war wichtig, dass sie ihm die Antwort behutsam entlockte, anstatt ihn zu bedrängen. Kate wollte vollständige Offenheit, nicht noch einen Streit. »Und bevor du antwortest«, fuhr sie fort, »sollst du wissen, falls – und es ist ein großes ›falls‹ – ich mich entscheiden sollte, dass wir es noch einmal miteinander versuchen können, dann muss ich alles wissen, ganz gleich, wie hässlich die Wahrheit sein mag und wie sehr sie mich deiner Meinung nach verletzen könnte.

Sich zu verstellen, ist sinnlos – wir sind zu alt für Spielchen, und der Einsatz ist zu hoch. Wie sollen wir vor einem Adoptionsgremium sitzen, wenn wir noch nicht einmal ehrlich miteinander umgehen können?«

James wollte gerade den nächsten Begriff notieren, doch bei ihren Worten verharrte er reglos. Sein innerer Kampf spiegelte sich in seinen Gesichtszügen, die vor Unschlüssigkeit verzerrt waren, und während er mit seinem eigenen Gewissen rang, legte Kate die Hand auf seine.

»Was auch immer es ist, ich werde es mir anhören. Versprochen.«

Zu ihrer Verblüffung begann James zu weinen.

»Mist, sorry«, platzte es aus ihm heraus. »Ich weiß nicht, ob ich es schaffe. Es ist zu viel.«

Kate rutschte an ihn heran, bis sie einen Arm um ihn legen konnte. »So schlimm kann es doch auch wieder nicht sein, oder? Hast du mich betrogen, ist es das?«

Heftig schüttelte James den Kopf. »Nein, das würde ich nie tun.«

»Hast du heimlich Schuldenberge angehäuft? Leidest du an einer Spielsucht, von der ich nichts weiß?«

Bei seinem »Nein« schob James die Unterlippe vor. »Wenn es doch etwas in der Richtung wäre«, sagte er verzweifelt. »Etwas, woran ich arbeiten könnte.«

Mittlerweile hatte Kate Unbehagen beschlichen, doch sie musste Bescheid wissen. Sie musste weiter bohren, bis sie die Antwort kannte.

»Es ist ... Ich kann nicht ...«

Jetzt liefen Tränen über James' Wangen, und er wischte sie wütend mit geballten Fäusten fort. Kate hatte ihn noch nie so aufgelöst gesehen.

»Ist schon gut«, tröstete sie ihn und drückte ihn an sich.

»Du kannst es mir sagen – ich bin's. Womit auch immer du nicht herausrücken willst, es ist offensichtlich schlimm, also musst du dich jemandem anvertrauen, und das kann genauso gut ich sein – und es kann genauso gut hier sein.«

James hob den Kopf und sah sie an. In seinen dunklen, verzweifelten Augen lag ein flehender Blick. »Es ist alles meine Schuld.« Er stieß die Worte unter Schluchzen hervor. »Ich bin ein Versager.«

»Nein, das bist du nicht«, besänftigte Kate ihn, doch sein Gesichtsausdruck ließ sie stutzen. »Was ist es, James – sag's mir.«

»Es liegt an mir«, antwortete er. »Ich bin derjenige, der keine Kinder zeugen kann.«

48

Die Geschichte über die schwangere Studentin an der Universität war keine Lüge gewesen, doch wer auch immer jenes Kind gezeugt hatte, James war es jedenfalls nicht gewesen. Die Untersuchungen, denen er sich zu Kates Beruhigung unterzogen hatte, hatten niederschmetternde Ergebnisse zutage gefördert. Ergebnisse, die James weder ihr noch auch nur sich selbst gegenüber hatte eingestehen können.

»Und stattdessen hast du also lieber mir weisgemacht, es wäre alles meine Schuld?«

Obwohl Kate völlig überrumpelt war und auch Mitleid mit ihm hatte, fand sie sein Verhalten dennoch empörend.

James ließ den Kopf hängen und wich ihrem Blick aus.

»Es tut mir leid für dich, das tut es wirklich, aber wie konntest du mir das verheimlichen? Wie konntest du mich glauben machen, dass die Tabletten nicht funktionierten, dass mein Polyzystisches Ovarialsyndrom der Grund sei, warum ich nicht schwanger wurde? Ich habe mich dafür gehasst, James. Ich habe meinen Körper gehasst und mir die ganze Schuld gegeben.«

»Ich weiß, ich weiß.« James schüttelte den Kopf. Er weinte immer noch, aber jetzt wusste Kate, dass es sich um Selbstmitleid und Selbstekel handelte. »Es ist unverzeihlich, ich weiß schon. Aber ich konnte es dir nicht sagen. Ich wusste einfach nicht, wie.«

»Du hättest es zumindest versuchen sollen«, sagte sie, selbst den Tränen nahe. Sie hatte regelrechte Höllenqualen durchlitten, nachdem sie zu der Überzeugung gelangt war, nie schwanger werden zu können, wahrscheinlich nie einen ersten Ultraschall zu erleben oder ein erstes Strampeln zu spüren.

»Warum dachtest du, es wäre in Ordnung, mich anzulügen?«, wollte sie wissen und verschränkte die Arme, mit denen sie ihn nun nicht mehr festhielt. »Wenn du die Worte nicht aussprechen konntest, hättest du doch die Untersuchungsergebnisse offen liegen lassen können, damit ich darauf stoße. Du hättest mir einen Brief schreiben oder es deiner Mutter erzählen können, damit sie es mir erklärt. Ich hätte Verständnis gehabt, James - ich hätte trotzdem mit dir zusammen sein wollen.«

»Ich weiß.« Jetzt vergrub er das Gesicht in den Händen, und seine Worte klangen gedämpft.

»Aber du«, sagte sie vorwurfsvoll, »hast dich von mir getrennt, weil du *deine eigenen Kinder* haben wolltest. Das hast du mich glauben gemacht. Weißt du eigentlich, wie verletzend das war, James? Ist dir klar, welchen Schaden das bei mir angerichtet hat?«

»Schaden?« Er nahm die Hände vom Gesicht und starrte sie ungläubig an. »Du warst so beschädigt, dass du gleich nach Kroatien abgedüst bist, und jetzt hast du hier eine neue Arbeit und viele neue Freunde.« Das letzte Wort hatte er missmutig betont, und Kate dachte voller Sehnsucht an Alex, an seine Ehrlichkeit und seine Abgeklärtheit. Er hätte sie niemals auf diese Weise belogen.

»Ich war zu einer landesweiten Witzfigur geworden, falls du es schon vergessen haben solltest. Es war nicht so, als wäre ich weggelaufen, ich habe mir nur eine Auszeit gegönnt. Ich war krank, James - ich stand kurz vor einem Nervenzusammenbruch, aß kaum und schlief so gut wie nicht. Nach Hvar zu kommen, hat mich kuriert. Es hat mich von d...«

»Von mir kuriert?«, beendete er ihren Satz. »Als du mir gesagt hast, dass du mich noch lieben würdest, war das also gelogen?«

Kate errötete. »Versuch bloß nicht, jetzt mir die Schuld in die Schuhe zu schieben. Deine Lüge schlägt jede Flunkerei, die ich mir in meinem ganzen Leben habe zuschulden kommen lassen. Ganz gleich, wie traurig ich war oder wie viel Angst ich hatte, ich hätte dich niemals in dem Glauben gelassen, dass du keine Kinder zeugen kannst. Mir fehlen die Worte. Es ist wirklich zum Kotzen.«

James kaute hektisch an seinem Daumennagel herum, seine Zähne machten kurzen Prozess damit, bis er die zarte Haut darunter aufriss. Verärgert saugte er das hervorquellende Blut auf.

»Ich habe mich scheußlich benommen«, sagte er. »Das weiß ich, Kate. Und ich stimme allem zu, was du gesagt hast. Ich weiß auch nicht, warum ich es dir nicht erzählt habe. Wahrscheinlich hatte ich mich daran gewöhnt, immer der Starke zu sein, und es ist nun einmal so, dass ich nie versage, bei nichts. Das ist mir noch nie passiert. Als ich herausfand, dass ich die Erwartungen nicht erfüllte und den Anforderungen ausgerechnet im allerwichtigsten Bereich nicht entsprach, war ich völlig durch den Wind. Ich log dich ganz unwillkürlich an, und dann wurde es unmöglich, es zurückzunehmen. Je mehr Zeit verstrich, desto leichter wurde es, es geheim zu halten - aber ich verabscheute mich deswegen. Ich habe es gehasst, was es mit dir machte. Begreifst du denn nicht? Deshalb habe ich Schluss gemacht - nicht weil ich dich nicht liebte, sondern weil es zu schwer wurde, dich weiterhin anzulügen.«

»Und dennoch bist du den ganzen Weg mit deinen blöden Adoptionsausdrucken hergekommen und hattest nicht die leiseste Absicht, mir gegenüber reinen Tisch zu machen«, stellte sie, nun gefasster, fest.

»Du hast doch immer gesagt, Adoptieren sei etwas Wunderbares«, sagte er gereizt. »Dass Mutterschaft mehr ist als nur eine Schwangerschaft.«

»Ja«, stimmte sie ihm zu. »Und so ist es auch - aber ich hätte die Wahl haben sollen. Ich hätte sehr gern zusammen mit dir ein Kind adoptiert, wenn du mir die Wahrheit gesagt hättest. Das musst du doch gewusst haben?«

»Ich hatte panische Angst. Ich war dumm, und ich habe das Falsche gesagt. Ich wusste nicht, wie ich es zurücknehmen sollte, und es tut mir leid, Herrgott noch mal! Hast du denn überhaupt kein Verständnis für meine Lage?«

Jetzt war der Strand abgesehen von ihnen menschenleer. Sie waren allein. Der Mond, der auf ihrem Weg über die Steine so hell gewesen war, wurde jetzt von Wolken verdeckt, und das Wasser unten lag im Schatten. Was vorhin so einladend ausgesehen hatte, wirkte jetzt furchterregend, als lauerten Hände unter der Oberfläche und warteten nur darauf, jeden hinabzuzerren, der töricht genug war, ins tiefe Wasser zu waten. Kate hatte das Gefühl, ausgesetzt worden zu sein, allein auf einem Floß aus Kummer, Leid und Verwirrung. James' Handlungen waren schändlich, aber sie konnte nachvollziehen, wie es dazu gekommen war - und warum. Besser als die meisten Menschen wusste sie, was es bedeutete, zu versagen und den damit einhergehenden Kontrollverlust zu ertragen. Und so verheerend es auch gewesen war zu glauben, sie werde niemals schwanger werden, hatte James im Grunde davon ausgehen können, dass sie darüber hinweggekommen wäre. Kate war seit Langem daran gewöhnt, sich mit ihren Unzulänglichkeiten auseinanderzusetzen, wohingegen James noch keine Erfahrungen in dieser Hinsicht gesammelt hatte.

Sie wählte einen Stein aus und griff sich den Stift.

»Ich weiß, wovor du am meisten Angst hast«, erklärte sie ihm, nahm die Kappe ab und beugte sich zum Schreiben vor. »Wahrheit. Du hast eine Scheißangst vor der Wahrheit.«

Er widersprach nicht, sondern sah sie nur an, mit nassen Wangen und dunklen, tief liegenden Augen.

»Was machen wir denn nun?«, fragte er mürrisch. »Was sollten die ganzen Steine?«

Kate seufzte. »Eigentlich soll man sie ins Wasser werfen und zusehen, wie die eigenen Ängste fortgewaschen werden, aber ich bin mir nicht sicher, ob du dazu schon bereit bist – oder ob du es überhaupt verdient hast.«

James sackte zusammen. »Wahrscheinlich habe ich es nicht verdient.«

»Ist das alles?«, fragte sie. »Ist das die einzige Sache, die du vor mir verheimlicht hast?«

Er konnte ihr nicht in die Augen sehen, sondern starrte stattdessen zum Horizont. Es war zu dunkel, um die unverkennbaren Umrisse von Alex' Boot auszumachen, doch Kate fand es tröstlich, es dort zu wissen und dass er aller Wahrscheinlichkeit nach auch dort war.

»Das ist die einzige Sache«, sagte er schließlich mit dumpfer Stimme. »Sonst gibt es nichts, Ehrenwort.«

Kate nickte, ohne etwas zu erwidern.

»Was denkst du gerade?«, wollte er wissen. Die Verzweiflung in seiner Stimme traf sie ins Herz.

»Ich denke, dass ich müde bin und dass wir beide erschöpft sind. Wir könnten gut die ganze Nacht hier sitzen, diese Angelegenheit durchdiskutieren und kein Ende finden, oder wir können in die Herberge zurückkehren und die Sache überschlafen. Und ich weiß ja nicht, wie es dir damit geht, aber ich muss sie ganz bestimmt überschlafen.«

»Das ist eine gute Idee«, pflichtete er ihr bei und klang eine Spur weniger verzweifelt.

»Ich sage nicht, dass diese Unterhaltung beendet ist«, warnte sie ihn. »Denn das ist sie nicht. Dir ist nicht verziehen, und ich sage auch nichts anderes, als dass ich Zeit zum Nachdenken brauche.«

»Verstanden«, versicherte er, erhob sich und streckte ihr die Hand entgegen.

Kate ignorierte ihn und schlang stattdessen die Arme um sich. Sie trug immer noch das grüne Kleid, das sie für Alex ausgesucht hatte. Die Zehennägel, die sie golden lackiert hatte, sahen im Dunkeln verdrießlich und grau aus. Ihr Handy in der Handtasche hatte sich nicht gerührt, und sie hoffte, dass Alex nicht glaubte, sie habe ihn vergessen. Als James begann, den steinigen Pfad vor ihr hochzuklettern, tippte Kate eine kurze SMS: *Tut mir leid wegen heute Abend. K xx*

Die Antwort traf bei ihrer Ankunft im Sul Tetto ein.

Bin da, falls du mich brauchst. Immer. Ax.

49

In der Nacht träumte Kate, sie hätte sich auf dem Meer verirrt.

Überall um sie herum hoben und senkten sich schwarze Wellen, unnachgiebig in ihrem Bestreben, über ihr zusammenzuschlagen, während der Himmel oben von Blitz und Donner durchzuckt wurde und die gleiche brüllende Wut herausschrie, die in ihren Adern tobte. Sosehr sie sich auch gegen die Wogen abmühte, wusste sie doch, dass es kein Entrinnen gab. Niemand konnte sie retten, aber sie kämpfte weiter, mit ermüdenden, um sich schlagenden Gliedern, bei dem erfolglosen Versuch, ihr gebrochenes Herz zu retten.

Sie wachte inmitten des zerwühlten Bettzeugs zum Klang von Wasserrauschen auf. Die zusätzliche Matratze, die Toby für James auf dem Boden deponiert hatte, war leer und die Badezimmertür geschlossen. Kate rieb sich die Augen und sah nach der Uhrzeit: Es war früh. In der vergangenen Nacht hatte sie eine Barriere aus Kissen errichtet, um dem ungeladenen Gast eindeutig zu signalisieren, dass er sich ihr nicht nähern sollte. Nun lagen die meisten Kissen auf dem Boden. Sie musste unruhig geschlafen haben. James' Handy, dessen Ladekabel in der Wand hinter ihrem Kopf eingesteckt gewesen war, war ihrem Bewegungsdrang ebenfalls zum Opfer gefallen und irgendwie in der anderen Zimmerecke gelandet.

Kate streifte Tobys Kapuzenpulli über, den sie ihm noch immer nicht zurückgegeben hatte, und hob das Handy vom Boden auf. Sie wollte es schon wieder an das Ladekabel stöpseln, da bemerkte sie eine ungelesene Nachricht von einer gewissen Claire.

Vage entsann sie sich, dass James eine Claire aus dem Büro erwähnt hatte - eine andere Architektin, mit der er gelegentlich in den Planungsphasen neuer Projekte zusammenarbeitete -, doch mit Sicherheit konnte sie es nicht sagen. Er hatte ihr versichert, dass er seit ihrer Trennung mit niemandem etwas angefangen hatte, andererseits zählte James' Wort mittlerweile nicht mehr viel. Wenn Kate auch nur in Erwägung ziehen wollte, ihm zu verzeihen, musste sie herausfinden, ob er sich noch weitere Lügen zuschulden hatte kommen lassen. Es fühlte sich gerechtfertigt an, heimlich einen Blick auf sein Handy zu werfen, aber dennoch schlüpfte sie wieder unter die Bettdecke, bevor sie seinen PIN-Code eingab. Da James nicht der einfallsreichste Mann auf Erden war, benutzte er dieselbe Zahlenkombination wie für ihren Login bei Amazon Prime und Sky TV - und es würde Kate nicht überraschen, wenn es auch die PIN seiner Bankkarte war.

Die Nachricht wurde geöffnet, und Kate atmete erleichtert aus. Es war genau die Claire. In der neuesten SMS stand die Frage, ob sein »romantisches Wiedersehen« - daraufhin verzog Kate den Mund - nach Plan verlaufen sei, und die arme, liebe, verblendete Claire hatte noch eine Reihe Emojis mit gekreuzten Fingern angehängt. Darüber war eine Nachricht von James, in der er ihr für den »tollen Rat« dankte und ihr schrieb, er habe einen Flug gebucht. Sie mussten die Situation in der Arbeit besprochen haben.

Kate scrollte sich durch viele langweilige Nachrichten über Baugenehmigungen, baurechtliche Vorschriften und Baustellenbesuche, bis sie jäh bei dem Wort »Video« innehielt.

Claire hatte geschrieben:

Hey, ich wollte dir bloß Bescheid geben, dass ich meinem Freund gesagt habe, er soll herausfinden, wer das Video gepostet hat, und es entfernen lassen. Ich fasse es nicht, dass der Vollidiot es seinen Kumpels überhaupt geschickt hat. Die arme Kate, sie tut mir so leid. Aber vielleicht werdet ihr beide eines Tages darüber lachen – es auf eurer Hochzeit vorspielen oder so? Es war so mutig von ihr, auf den Stuhl zu steigen und dir auf diese Weise einen Heiratsantrag zu machen. Bitte richte ihr von mir aus, dass sie meine Heldin ist!

Ganz langsam scrollte Kate weiter zu James' Antwort:

Hey Claire, du Süße – kein Ding. Das ist doch alles nur lustig gemeint, nicht wahr? Alles gut. Kate nimmt die Sache locker, es muss also nicht gelöscht werden. Hoffentlich wird es eine Million Mal geklickt. LOL.

Kate hatte beide Nachrichten dreimal durchgelesen, bevor die Dusche abgestellt wurde, und sie wartete schweigend, während James sich schnäuzte und die Zähne putzte. Da sich die Badezimmertür direkt gegenüber vom Bett befand, sah er sie gleich bei seinem Herauskommen dort sitzen.

»Hey, Schlafmütze. Was ist los?«

Er hatte sich ein Handtuch um die Hüften geschlungen, und auf seiner nackten, haarlosen Brust glänzten Wassertropfen. Kate atmete tief durch.

»Wer hat dieses Video, in dem ich dir einen Heiratsantrag gemacht habe, ins Internet gestellt?«

James' Ohren liefen rot an, gefolgt von seinem Hals. »Keine Ahnung – wahrscheinlich eine deiner verrückten Freundinnen.«

»Also nicht Claires Vollidiot von einem Freund?«, fragte

sie abschätzig und hielt sein Handy hoch, damit er das Display sehen konnte.

»Kate, hör mir z...«

»Nein. Warum sollte ich? Warum sollte ich mir noch ein einziges verfluchtes Wort von dir anhören?«

James bückte sich, um ein Paar Boxershorts aus seinem offenen Koffer zu fischen, und zog sie unter dem Handtuch an.

»Warum durchstöberst du mein Handy?«, wollte er mürrisch wissen. »Das sind meine privaten Nachrichten.«

»Nenn es eine Ahnung«, sagte sie eisig. »Eine SMS von Claire kam an – sie wollte wissen, ob es dir gelungen ist, mich zurückzugewinnen, auch wenn es eher Nötigen als Gewinnen gewesen wäre, wenn man bedenkt, was ich jetzt weiß.«

»Ich habe ihr erzählt, dass ich herfliege«, protestierte James. »Sie riet mir zu einer großen romantischen Geste – zwischen uns läuft nichts.«

»Das weiß ich«, sagte Kate durch zusammengebissene Zähne. »Darum geht es hier nicht, sondern um das Video.«

Die Schärfe in ihrer Stimme schien James zu erschüttern, und er streckte einen Arm aus, um sich an der Zimmerwand festzuhalten.

»An dem Abend haben dich unzählige Leute gefilmt«, sagte er. »Selbst wenn ich Claire gesagt hätte, sie solle dafür sorgen, dass das Video entfernt wird, hätte ein anderer das nächste Video gepostet. Das Unheil war bereits geschehen.«

»Ach ja? Statt mich zu verteidigen, statt den Urheber, wer auch immer es war, zu verurteilen, dachtest du dir, du würdest die Sache herunterspielen? Würdest allen erzählen, dass ich es urkomisch fände, dass ein Video, über das – dank seines einprägsamen Hashtags ›MöchtergernBraut‹ – selbst jetzt noch in ganz England gelacht wird, nichts weiter als ein Witz sei?«

»Nun, das ist es doch auch, oder?«, fragte er herausfordernd. »Es ist keine große Sache, Kate.«

Keine große Sache?

»Nein, nein«, stimmte sie ihm sarkastisch zu. »Es ist ja nicht so, als hätte ich mich deswegen gequält und beinahe den Verstand verloren, indem ich es mir auf Dauerschleife anschaute. Ich meine, natürlich habe ich es nicht unter die Lupe genommen, nichts anderes mehr wahrgenommen und mich gefragt, wie ich die Schmach je überstehen soll.«

»Kate, ich ...«

»Aber du!« Es war beinahe ein Fauchen. »Du warst ganz heiß darauf, dass es über eine Million Mal angeklickt wurde. Hast du gehofft, wenn ich die bekannteste alte Jungfer der Welt werde, würdest du dich nicht mehr so mies fühlen, weil du mich belogen hattest? Dass es deine Entscheidung, mich zu verlassen, rechtfertigen würde?«

Sie rechnete damit, dass er es abstritt, und ein Teil von ihr hoffte es sogar. Denn die Alternative war so verabscheuenswert, dass Kate ehrlich nicht wusste, wie sie reagieren würde. Nach einem kurzen, angespannten Moment, in dem die beiden sich nur wütend anstarrten, senkte James den Blick.

»Okay.« Er hob die Hände. »Die Wahrheit lautet, dass ich mich deswegen tatsächlich besser fühlte.«

»Weil es der Beweis war, dass du ohne mich besser dran warst?«

»Nein, das nicht«, erwiderte er schlicht. »Es war meine Ausrede, um mich fernzuhalten, um dich abzuweisen, um die Wahrheit über meine Zeugungsunfähigkeit geheim zu halten – und ich ergriff sie mit beiden Händen. Als Claire diese Nachricht schickte, hatten erst ganz wenige Leute das Video gesehen. Woher sollte ich denn wissen, dass es im Internet wie eine Bombe einschlagen würde?«

»Zwei Tage nachdem es gepostet worden war, haben sie es in mehreren Morgenmagazinen im Fernsehen gezeigt!«

Kate spannte die Kieferpartie an und schloss die Augen bei der Erinnerung an die grausamen Wörter, die jenen schrecklichen ersten Post begleitet hatten: #MöchtegernBraut #LondonerLiebesdebakel #VerlobungsFiasko #Torschlusspanik. Es war dazu gemacht, sich viral zu verbreiten, und ein kleiner Teil von James musste die in die Länge gezogene Aufmerksamkeit genossen haben, selbst wenn er in dem Film nicht zu erkennen war. Kate öffnete die Augen und starrte den Mann, den sie so lange so sehr geliebt hatte, unverwandt an. Er war doch nicht stark und kompetent, sondern ein schwacher Angsthase. Während sie sich ihren Ängsten gestellt und einen Weg gefunden hatte, Frieden mit ihren Schwächen zu schließen, hatte James sich völlig von seinen Schamgefühlen und seinem Egoismus bestimmen lassen. Er war hier, um sich von ihr retten zu lassen - weil er es selbst nicht konnte. Doch um das zu tun, müsste Kate ihn noch lieben, und James zu lieben, bedeutete, sich selbst nicht zu lieben. Das konnte Kate nicht mehr tun, denn sie war jetzt ein anderer Mensch.

»Du siehst aus, als würdest du mich am liebsten ohrfeigen«, sagte er und angelte nach seinen Shorts.

Kate schleuderte sein Handy aufs Bett. Sie hätte ihm eine gewaltige Szene machen können, hätte sein Handy an die Wand werfen und im Zimmer herumstürmen können, unter lauten Schimpftiraden all seine Habseligkeiten in seinen Koffer fegend. Doch bei genauerer Betrachtung stellte Kate fest, dass sie gar nicht erbost war. Sie war einfach nur fertig - mit ihm, mit ihrer Beziehung, mit der Unehrlichkeit - mit allem.

Sie schob die Bettdecke beiseite, ging an ihm vorbei zum Kleiderschrank und zog Unterwäsche, ein schlichtes weißes T-Shirt und das senffarbene Kleid heraus, das sie am Tag ihres Ausflugs mit Alex nach Brač getragen hatte. An dem Tag, als sie ihn zum ersten Mal geküsst hatte.

»Ich werde mich jetzt anziehen«, sagte sie auf dem Weg zum Badezimmer. »Ich schlage vor, dass du das Gleiche tust. Dann kannst du mit dem Packen anfangen.«

»Aber was ist mi...«

Kate brachte ihn zum Schweigen, indem sie ihm die Tür vor der Nase zumachte. Zu ihrer Überraschung stellte sie fest, dass sie dabei lächelte. Irgendwie fühlte sie sich leichter, als hätte sie eine Saftkur eingelegt und über Nacht drei Kilo abgenommen.

Als sie wieder ins Zimmer trat, stopfte James gerade verdrießlich zusammengerollte Strümpfe in seinen Koffer.

»War's das dann?«, fragte er. »Du wirfst mich raus, nach allem, was wir gemeinsam durchgemacht haben?«

Kate griff nach ihrer Bürste. Ursprünglich hatte ihr heute ein Pferdeschwanz vorgeschwebt, aber vielleicht würde sie ihr Haar doch offen tragen. Alex würde später ohnehin mit den Händen hindurchfahren. Bei dem Gedanken wurde ihr Lächeln eine Nuance breiter, woraufhin James noch übellauniger wurde.

»Es freut mich, dass du die Situation so überaus genießt«, sagte er aufgebracht.

»Ich triumphiere nicht«, erwiderte sie gelassen. »Ich hätte es nur vorgezogen, wenn du woanders übernachtet hättest. Ich kann dir helfen, eine Bleibe zu finden.«

Die Herberge erwachte allmählich. Kate hörte Schritte auf den Treppen und Stimmen aus dem Gemeinschaftsbad im Gang. Ihr Handy kündigte summend eine SMS an. Es war Lovro, der ihr schrieb, er müsse geschäftlich aufs Festland, und sie solle sich den Tag freinehmen.

»Kate, das hier kann es nicht gewesen sein. Du kannst

nicht im Ernst deine gesamte Zukunft wegen eines Videos wegwerfen.«

»Das mache ich nicht.« Sie griff um ihn herum nach ihrem Lippenbalsam. »Wo habe ich bloß meine Schuhe gelassen – ach, da sind sie ja!«

»Kate!« Jetzt wurde James weinerlich. Wenn es eine Sache gab, die sie nicht ausstehen konnte, dann erwachsene Männer, die wie Kleinkinder greinten.

»Ich werde unten auf dich warten«, sagte sie. »Wir können Nika bitten, herumzutelefonieren und herauszufinden, wer ein freies Zimmer für dich hat. Ich gehe einmal davon aus, dass du einen Rückflug gebucht hast, nicht wahr? Der lässt sich nötigenfalls bestimmt auch umbuchen.«

»Glaubst du etwa, dass ich einfach so gehen werde?«, fragte er entgeistert und warf das Hemd, das er gerade faltete, auf den Boden. »Lass dir hiermit gesagt sein, Kate, das werde ich nicht. Ich werde auf dieser Insel bleiben, bis du zur Vernunft kommst. Ich werde ... ich werde ... Ich weiß, dass du mich immer noch liebst«, fügte er verzweifelt hinzu. »Das weiß ich.«

Kate zog das Brillenputztuch aus ihrem Etui und begann, ihre Brille zu reinigen.

»Hast du mich gehört?«, rief James. »Ich habe gesagt, ich werde nicht kampflos abziehen!«

Da war nichts, bemerkte sie. Weder das kleinste Fünkchen Zorn noch Trauer noch Zuneigung. Ein wenig Mitleid hatte sie mit ihm, wegen der misslichen Lage, in der er steckte, und der Reue, mit der er nun, da er sie für immer verloren hatte, zu kämpfen haben würde. Aber das war es auch schon. Sie hatte ihm längst alles gegeben, er hatte noch den letzten Tropfen aus ihr gewrungen. James liebte sie nicht, nicht auf die Art, wie sie es verdient hatte, und in dem Moment verspürte

Kate ein schmerzhaftes Stechen für die Frau, die sie in London zurückgelassen hatte. Diese verwirrte, ziellose, verlorene Frau, die so schlecht von ihr behandelt worden war. Eigentlich hätte Kate sie lieben sollen, aber stattdessen hatte sie ihr ganzes Herz, ihr ganzes Ich einem anderen geschenkt – einem Mann, der sie auf die schlimmste Art betrogen hatte. Einem Lügner.

Sie wusste jetzt, dass sie diesen Fehler ganz bestimmt nie mehr wieder begehen würde.

Kate setzte ihre Brille wieder auf und griff nach ihrer Handtasche. »Ich bin dann unten«, sagte sie und ging zur Tür, bevor James etwas entgegnen konnte.

Nika war im Büro hinten, aber von Kates Bruder oder Filippo fehlte jede Spur, was wohl ein Segen war. Zwar wollte sie, dass James verschwand, aber seine Abreise sollte nicht zu einem Spektakel ausarten. Kate stieß die Eingangstür der Herberge auf und ließ sich draußen auf den Stufen nieder, um auf ihn zu warten. Wieder durchzuckte sie die Erkenntnis, wie wunderbar frei sie sich fühlte. Jegliche fest verzurrten Knoten der Nervosität lösten sich allmählich, der restliche Kummer und die Angst verebbten. Irgendwie fühlte sich alles weicher an – selbst der Sonnenschein, in den das Straßenpflaster getaucht war, wirkte weniger unerbittlich.

Kate war genau da, wo sie sein sollte, und sie war auch genau zu dem Menschen geworden, der sie eigentlich sein sollte.

Hinter ihr erklang ein Geräusch, und als sie sich umdrehte, trat James auf die Straße. Seine immer noch feuchten Haare standen in sämtliche Richtungen ab, und er sah mutlos aus. Noch nicht geschlagen, aber doch niedergedrückt.

»Ich wollte dir einen Heiratsantrag machen«, sagte er. »In meinem Koffer ist ein Ring.«

Kate stand auf. Instinktiv wollte sie ihn trösten, doch sie verkniff es sich. »Ich werde dir verzeihen«, erklärte sie ihm.

Ein Hoffnungsschimmer hellte seine Gesichtszüge auf. »Tatsächlich?«

»Ja, irgendwann. Aber ich liebe dich nicht - nicht mehr. Es tut mir leid, aber das ist die Wahrheit. Ich weiß nicht, was ich sonst noch sagen soll.«

Ihre Worte hatten ihn zum Schweigen gebracht, und im nächsten Moment nickte er, da er endlich begriff, dass dies das Ende war. Ihre Beziehung war vorüber.

Kate spürte, dass er ihre Hand ergriff, doch sie sah ihn nicht an, sondern blickte stattdessen über die Dächer nach unten zu dem wie Flittergold glitzernden Wasser. Früher einmal war er so etwas wie ihr Zuhause gewesen, aber sie hatte eigentlich nie dorthin gehört. Das wussten sie nun beide.

James drückte ein letztes Mal fest ihre Finger, und dann flüsterte er etwas zum Abschied, so leise, dass sie sich später fragen sollte, ob er es überhaupt gesagt hatte.

»Leb wohl.«

50

James war eben erst über die Hügelkuppe verschwunden, da kamen Toby und Filippo aus ihrem Apartment. Wie sich herausstellte, hatten sie die Szene durch die Gardinen beobachtet, ständig in den Startlöchern, um Kate bei Bedarf zu Hilfe zu eilen. Als sie ihnen erklärte, was geschehen war, kannte Tobys Stolz keine Grenzen.

»Ich wusste es doch!«, sagte er triumphierend zu seinem Mann. »Ich wusste, dass sie ein Einsehen haben und mit Alex zusammenbleiben würde.«

»Was?«, entfuhr es Kate, die sich verwirrt stellte, doch Filippo brachte sie mit gesenktem Kinn und einer Miene tiefster Skepsis zum Schweigen.

»Wir wissen schon seit einer Weile davon, *bambina* - und wir freuen uns sehr für euch beide.«

Kate war versucht, augenblicklich nach unten zur Marina zu eilen und Alex alles zu erzählen, doch sie entschied sich für eine SMS, in der sie ihn fragte, ob er Zeit habe, da sie spontan einen Tag freihabe. Die Antwort traf prompt ein, und Toby bemerkte ihr Lächeln beim Lesen.

»Ich wollte dich zum Frühstück einladen«, sagte er. »Aber ich gehe mal davon aus, dass das, was bei Alex im Angebot steht, viel aufregender ist?« Als Kate lediglich grinste, schob er nach: »Na, dann geh schon!«

Alex wartete am Fuß des langen Pfads, der zum Wasser hinunterführte. Quer über seinem weißen T-Shirt war ein Ölfleck, und noch einer auf seiner Wange.

»Weißt du was?«, sagte sie im Herankommen. »Ich fürchte, unser Geheimnis ist in aller Munde. Ich habe meinen Bruder, glaube ich, noch nie im Leben so glücklich gesehen, dass er eine Wette gewonnen hat.«

»Zum Glück gehört er nicht zu der Sorte, die mir mit geschwellter Brust rät, ich solle dich besser gut behandeln, oder ich könne etwas erleben«, sagte Alex mit lächerlicher Schlägerstimme. Er hatte seine Kroatienkappe abgenommen und in die Gesäßtasche seiner Shorts gesteckt, und Kate konnte sehen, dass die Haare unter den blonden Dreadlocks dunkel nachwuchsen.

»Aber nein.« Sie grinste. »Er ist ein Schmusekätzchen - obwohl ich, seitdem ich Siva kenne, finde, dass dieser Begriff möglicherweise irreführend ist.«

»Ich musste noch nie die Einwilligung von Geschwistern einholen«, fuhr Alex fort. »Ich bin noch nie den Familienangehörigen der wenigen Mädchen begegnet, mit denen ich in meiner Jugend ausgegangen bin.«

»Und seit du hier bist?«

»Es hat keine gegeben - seit Jahren schon nicht mehr.«

Kate fragte nicht nach dem Grund. Sie hatte gelernt, dass es bei Alex besser war, nichts zu sagen, sondern abzuwarten, bis er etwas von sich aus erklärte. Er zog es vor, sich seine Antworten durch den Kopf gehen zu lassen.

»James ist fort«, sagte sie, und er nickte.

»Alles in Ordnung?«

Kates Antwort bestand darin, dass sie sich zu ihm beugte und ihn küsste.

Das Boot lag nicht weit vom Haupthafen der Stadt vor Anker, und sobald sie an Bord waren, warf Alex den hörbar stotternden Motor an, an dem er den ganzen Morgen herumgewerkelt hatte. Er steuerte sie an den Pakleni-Inseln vorbei zu einer Stelle auf dem offenen Meer, weit weg von jeglichen neugierigen Blicken. In der vergangenen Nacht hatte Kate ihn vermisst und war nun ganz beherrscht von ihrem Bedürfnis, ihm wieder nahe zu sein, sich ihm hinzugeben, das ganze Theater mit James zu vergessen und sich in reinem Empfinden zu verlieren.

Alex hatte es allerdings nicht eilig, sondern zügelte ihren Eifer, indem er sie zärtlich küsste und mit den Fingern sanft durch ihr Haar, über ihre Brust und nach unten zu ihrem Bauch strich. Als Kate die Augen öffnete, sah sie, dass er die seinen nicht geschlossen hatte, sondern jeden Zentimeter von ihr betrachtete.

»Ich kann es immer noch nicht glauben, dass ich das hier tun kann«, murmelte er. »Dass ich dich in meinen Armen halten kann, dass ich dich hier küssen kann« – er drückte die Lippen leicht an ihre Wangenknochen – »und hier« – flüsterte er und ließ die Zunge über ihre Kehle gleiten. Seine Bartlocken kitzelten an ihrer nackten Haut und sandten ein wohliges Kribbeln von Kates Zehen bis hoch zu ihren Schultern.

»Nun, lass dich davon bloß nicht abhalten«, neckte sie und seufzte zufrieden auf, als er ihr Gesicht weiter mit federleichten Küssen bedeckte. Ihr Herz klopfte jetzt nicht mehr wie wild, aber ihr Begehren brannte immer noch glühend in ihren Eingeweiden. Kate wusste, ihre Gefühle gingen weit über ein rein körperliches Verlangen hinaus. Es war das überwältigende Gefühl, richtig zu sein, am richtigen Platz mit dem richtigen Menschen. Sie war erregt, gleichzeitig aber auch in Sicherheit und ihre einst massive Mauer der Verletzlichkeit nur noch ein Häufchen Staub auf dem Bootsboden. Jede Sinneswahrnehmung war gesteigert, jede Farbe leuchtete besonders intensiv.

»Fühlst du es?«, flüsterte sie. »Uns?«

Alex nickte, und sein Blick war jetzt noch aufmerksamer. Sein Körper, der weich und geschmeidig neben ihr gelegen hatte, verhärtete sich bei ihren Worten. Wie schon beim ersten Mal, als Alex in der Kajüte seines Boots mit ihr geschlafen hatte, schob er sich unter sie und legte die Hände an ihre Taille, um sie hochzuheben, bis sie ihn ansah. Es verging ein Moment, in dem Kate glaubte, er werde ihr etwas sagen, und zum ersten Mal wünschte sie sich eine Erklärung von ihm und hielt in ihren Bewegungen inne - doch dann atmete sie überrascht aus, als ihre Körper miteinander verschmolzen. Innerhalb von Sekunden war sie völlig verloren.

»Wärst du zu mir in die Herberge gekommen, wenn ich dir heute Morgen keine SMS geschickt hätte?«, fragte sie ihn nachher, als sie - schweißüberströmt - auf den zerwühlten Decken lagen.

»Wahrscheinlich schon.« Er grinste. »Ich bin mir ziemlich sicher, dass ich meinen Schraubenschlüssel dort liegen gelassen habe, und den brauche ich, um die Reparaturen am Motor abzuschließen.«

»Das ist ja reizend!« Kate schlang ein nacktes Bein über seines.

Alex erwiderte den Druck. »Die Wahrheit?«

Sie lächelte. »Immer.«

»Ich wollte gerade aufbrechen, als ich von dir hörte. Die Wahrheit lautet, dass ich dir sagen wollte, du sollst dich für mich entscheiden, nicht für ihn.«

Kate stützte sich auf einen Ellbogen. »Echt?«

Alex tippte ihr mit einem Finger auf die Nase. »Echt.« Er hielt inne. »Die Sache ist die, ich ... mache so was eigentlich nicht. Ich versuche bewusst, keine Gefühle für andere Menschen zu entwickeln, seitdem ... Nun, das geht jetzt schon recht lange so. Aber aus irgendeinem Grund hat sich das geändert, als ich dir begegnet bin. Anfangs versuchte ich, es zu ignorieren, aber irgendwie bin ich dich nicht losgeworden.«

»Du lässt mich wie eine Stechmücke klingen«, erwiderte sie und summte ihm leise ins Ohr.

»An dem Tag, als du den Müllcontainer entdeckt hast und ich rüberfuhr und dich kopfüber darin vorfand, staubbedeckt und hin und weg von einem Haufen kaputter Möbel, wusste ich, dass ich in Schwierigkeiten steckte. Ich konnte den Blick nicht von dir wenden. Ich erklärte mich nur dazu bereit, bis zum Schluss bei der Inneneinrichtung der Herberge mitzuhelfen, um in deiner Nähe bleiben zu können. Ich schlug andere Arbeit aus – andere, bezahlte Arbeit«, fügte er hinzu und sah Kates Miene, die halb geschmeichelt, halb bestürzt wirkte. »Mir war klar, dass du noch deinem Ex-Freund nachgetrauert hast, aber das war in Ordnung so, denn es bedeutete, dass nichts passieren würde. Dass ich dich quasi aus der Ferne anhimmeln konnte, verstehst du?«

»Und dann fuhren wir nach Brač«, warf sie ein und strich mit der Hand durch seine weiche, dichte Brustbehaarung.

»Und du hast mich geküsst.« Bei der Erinnerung lächelte er. »Das ließ mich Hoffnung schöpfen.«

»Es tut mir leid, wenn ich verwirrende Signale ausgesendet habe«, sagte sie. »Ich wusste, dass sich da etwas zwischen uns anbahnte, aber ich war mir nicht sicher, was es war, oder auch nur, was ich mit jenen Gefühlen anfangen sollte – klingt das irgendwie nachvollziehbar? Ich war im Zwiespalt, weil ich mir eingeredet hatte, es ginge letztlich nur darum, James zurückzuerobern. Erst nachdem Robyn aufgekreuzt war und mir die Wahrheit aus der Nase zog, war ich mir sicher. Apropos Robyn, ich sollte ihr simsen, dass sie kein schlechtes Gewissen mehr haben muss, weil sie James meinen Aufenthaltsort verraten hat.«

Doch als sie sich aufsetzte, um ihr Handy hervorzukramen,

beugte Alex sich zu ihr, umschlang sie mit den Armen und zog sie zu sich, bis sie auf ihm lag. Kate rechnete damit, dass er sie küssen würde, doch stattdessen blieb er einfach reglos und starrte sie an, seine hellblauen Augen silbrig in der verdunkelten Kajüte.

»Wenn wir das hier machen, Kate«, sagte er leise, eindringlich, »dann will ich, dass wir es richtig angehen.«

»Das hier im Sinne von wir?«

»Ja, das hier im Sinne von wir.« Er strich mit solcher Zärtlichkeit eine Locke aus Kates Gesicht, dass ihr Herz kurz auszusetzen schien.

»Und du glaubst, dass wir das können?«, murmelte sie. Es war ihr unangenehm, den Augenblick durch Fragen zu verderben, aber sie musste die Antworten erfahren. »Im Moment halte ich mich natürlich in Kroatien auf und werde das dank Bram Van Dijk auch noch ein Weilchen tun, aber irgendwann werde ich nach Hause nach England zurückkehren müssen, selbst wenn es nur vorübergehend ist.«

Entgegen ihren Erwartungen verstummte Alex nicht völlig, aber er schloss doch eine Sekunde lang die Augen und ließ Kate im Ungewissen, während er sich seine Antwort überlegte. »Das verstehe ich«, sagte er. »Wir werden später einmal viele Entscheidungen zu treffen haben, aber ich will daran beteiligt sein. Ich will, dass die Sache mit uns funktioniert.«

Kate konnte die Tränen nicht zurückhalten, sondern blinzelte überwältigt, während sie ihre Wangen hinabrannen. »Ich weine bloß, weil ich glücklich bin«, flüsterte sie, als Alex sie mit den Daumen wegwischte. »In der Hinsicht bin ich merkwürdig.«

»Allerdings«, stimmte er fröhlich zu und küsste ihr nasses Gesicht. »Aber ich will dich genau so haben, wie du bist. Du bist perfekt.«

»Niemand ist perfekt«, widersprach sie schläfrig, bereit, sich ein weiteres Mal zu verlieren. »Aber wenigstens weißt du jetzt alles. Es lauern keine Überraschungen mehr, versprochen. Keine Ex-Freunde, die plötzlich auftauchen und verzweifelt um meine Hand anhalten.«

Einen Moment lang schwieg Alex mit versteinerter Miene. »Es gibt da Dinge, die ich dir erzählen muss«, sagte er. Kate spürte, dass sein Herz unter ihrem eigenen wild klopfte. »Dinge, die du über mich und über meine Vergangenheit wissen musst. Du sollst alles zu hören bekommen, bevor du irgendwelche Entscheidungen triffst, bevor du dich entscheidest, ob du das hier tatsächlich willst.«

Kate brachte ihre Lippen nahe an seine. »Dann erzähl es mir«, drängte sie. »Ich will dich kennen, Alex. Ich will alles über dich wissen.«

»Das mache ich«, murmelte er zwischen Küssen. »Bald. Versprochen.«

Alex' Hände streichelten ihren Rücken, seine Berührung federleicht und sein Atem warm an ihrem Hals. Kate drückte sich an ihn. Sie fühlte sich geradezu trunken vor Verlangen.

»Wann?«, flüsterte sie. Ihr Atem ging flach, denn sie spürte ihn, spürte, dass er sie wollte, dass er sie brauchte.

»Heute Abend«, sagte er. »Ich werde dir heute Abend alles erzählen.«

Das Boot schaukelte leicht, während die beiden sich ineinander verloren. Das Meer wirkte trübe durch die grauen Wolken am Himmel. In der Ferne braute sich ein dumpfes Grollen zusammen, und Meeresvögel stießen – hoch und schrill – Warntöne aus. Überall in der Kajüte lag Werkzeug verstreut herum. In Vergessenheit geraten.

51

Schläfrig nach stundenlangem Liebesspiel und guter Laune nach einem lebhaften Telefonat mit Robyn schlenderte Kate am Nachmittag gemächlich zur Herberge zurück. Alex hatte sie mit dem Vorschlag überrascht, dass sie am Abend zusammen in der Stadt essen gehen sollten, anstatt wie üblich etwas über dem Campingkocher auf seinem Boot zuzubereiten. Ein sommerliches Unwetter war im Anzug auf Hvar, und schon bald würde das Meer bewegt sein – viel zu stürmisch für sie beide, um schlafen zu können, falls sie an Bord blieben. Deshalb hatte Kate ihn zum ersten Mal eingeladen, in der Nacht das Bett auf der Insel mit ihr zu teilen.

Der kalte Wind, der den Staub über die Gehsteige blies, ließ den nahenden Regen erahnen, und Kate öffnete zitternd die Eingangstür der Herberge und eilte nach oben in ihr Zimmer. Nachdem sie geduscht und sich eine kurze Jeans und ein einfaches schwarzes T-Shirt angezogen hatte, bezog sie das Bett frisch und räumte rasch ein wenig auf, bevor sie den Loungebereich aufsuchte. Die Tiki Bar und der Grill waren aufgrund des aufziehenden Unwetters für den Abend geschlossen, doch Toby war niemand, der sich von einer Lappalie wie schlechtem Wetter dazwischenfunken ließ, und so hatte er an einem Ende des langen hölzernen Esstischs einen Servierbereich für seine experimentellen Drinks eingerichtet.

»Hey«, sagte Kate und nahm auf der Bank Platz. Ein paar Plätze weiter saß ein japanisches Pärchen und sah sich gemeinsam etwas auf einem iPad an, während gegenüber eine dunkelhaarige, ihr vage bekannt vorkommende Frau saß, vor sich einen von Tobys grellen Cocktails. Ein paar andere Gäste saßen in kunstvollen Grüppchen auf den Sofas um den Fernseher und unterhielten sich angeregt, während auf einem Videokanal gerade ein geschmeidiger und viel jüngerer Justin Timberlake etwas über einen Fluss sang.

»Etwas, um dir die Kehle anzufeuchten?«, fragte Toby und hielt ein Bier in die Höhe.

»Nein, danke.« Kate holte eine halb leere Wasserflasche aus der Handtasche und winkte damit.

»Du bist wohl schon liebestrunken, was?«, scherzte er.

»Wie alt bist du eigentlich? Zwölf?«

»Sorry«, wandte Toby sich an die Frau, die verwirrt ihrer Unterhaltung lauschte. »So sind wir immer, schon seit unserer Kindheit.«

»Oh«, sagte sie, jetzt verständnisvoll. »Sie sind Bruder und Schwester? Jetzt sehe ich die Ähnlichkeit – rotes Haar und grüne Augen.«

»Wir teilen auch den gleichen albernen Sinn für Humor«, fügte Kate hinzu und fragte sich, wo sie die Frau schon einmal gesehen hatte. Wenn sie einander früher schon einmal begegnet wären, wäre ihr doch gewiss der starke walisische Dialekt im Gedächtnis hängen geblieben.

Die Frau lächelte. »Es ist schön, dass Sie beide sich so nahestehen. Ich wünschte, ich könnte das Gleiche sagen.«

»Angela hier ist nämlich auf der Insel, um nach ihrem Bruder zu suchen«, erläuterte Toby. »Können Sie Kate erzählen, was Sie mir erzählt haben?«, bat er. »Es ist eine abenteuerliche Geschichte.«

»Tja.« Angela nahm das Papierschirmchen aus ihrem Drink und drehte es in den Händen. »Mein Bruder ist seit einer Weile verschwunden – genauer gesagt seit zehn Jahren –, aber vor ungefähr einer Woche bekam ich eine Nachricht, er sei möglicherweise hier in Hvar gesichtet worden.«

In Kates Unterbewusstsein regte sich vage eine Erinnerung, doch sie bekam sie nicht ganz zu fassen.

»Ich habe vor ein paar Monaten einer dieser Illustrierten mit Geschichten aus dem wirklichen Leben ein Interview gegeben. Sie kennen diese Zeitschriften doch auch. Ich selbst lese sie nicht, aber ich weiß, dass viele Menschen es tun, und ... nun ... ich war fest entschlossen, ihn dieses Jahr zu finden. Ich war gewillt, alles zu versuchen. Jemand hat die Illustrierte hier in der Herberge durchgeblättert und meine Geschichte gelesen, und dann sah die junge Frau, die sich bei mir meldete, gleich am folgenden Tag jemanden in der Stadt, von dem sie glaubte, dass er es sein könnte.«

»Ist das nicht verrückt?« Toby trank einen Schluck aus seiner Bierflasche. »Wie unwahrscheinlich ist das denn?«

Kate hörte ihm nicht zu, ihre ganze Aufmerksamkeit galt der Frau, Angela.

»Diese junge Frau folgte dem Mann eine Weile und fragte ihn schließlich, ob sie ihn fotografieren dürfe, was er ablehnte. Sie machte allerdings trotzdem ein Foto«, sagte Angela. »Es ist verschwommen, und sein halbes Gesicht wird von seiner Hand verdeckt, also kann ich mir nicht vollkommen sicher sein, aber ich glaube, er könnte es sein. Ich glaube, es könnte Josh sein.«

»O mein Gott!«, rief Kate. »Das ist es! Ich habe mir doch gedacht, dass ich Sie von irgendwoher wiedererkenne«, sagte sie zu Angela. »Ich habe Ihre Geschichte auch gelesen. Wahrscheinlich war ich diejenige, die die Illustrierte überhaupt erst hierhergebracht hat – ich hatte im Mai einen ganzen Stapel im Handgepäck, um sie auf dem Flug zu lesen.«

Angela hatte das Papierschirmchen in Fetzen gerissen, die nun auf dem langen Tisch verstreut lagen.

»Und Ihr Bruder heißt Josh?« Kate verspürte ein aufgeregtes Kribbeln. »Kann ich das Foto mal sehen?«

Toby sah Kate fragend an, während Angela ihr Handy hervorholte. »Mist.« Sie zeigte ihnen das dunkle Display. »Kein Akku mehr. Dieses Ding ist so alt – ihm geht ständig der Saft aus.«

»Wie sah er aus?«, fragte Kate. »Der Typ auf dem Foto?«

»Langes blondes Haar, sonnengebräunte Haut – ein bisschen, wie ich mir einen Surfer vorstelle«, sagte Angela. »Es ist auf einem Strand entstanden – im Hintergrund waren Kajaks zu sehen. Ich gehe nur eben hoch in mein Zimmer und suche mein Ladekabel«, fügte sie hinzu. »Dann kann ich es Ihnen zeigen.«

Lächelnd wartete Kate ab, bis Angela durch die Tür verschwunden war. Erst dann wandte sie sich zu Toby.

»Ich glaube, ich weiß, wer ihr Bruder ist!«

Toby riss die Augen auf. »Wer?«

»Kennst du den Kerl, der unten auf dem Strand Pokonji Dol Kajaks verleiht?«

Toby schüttelte den Kopf. »Nein.«

»Nun, ich schon. Er ist ein guter Freund von Alex und nennt sich Joe, hört sich aber genau wie der Typ auf diesem Foto an. Die Sache ist die: Alex hat mir gegenüber ein paarmal einen gewissen Josh erwähnt, reagiert aber jedes Mal verschlossen, wenn ich mich nach ihm erkundige. Was, wenn dieser Joe tatsächlich Josh ist und Alex gebeten hat, seine wahre Identität geheim zu halten? Das würde Sinn ergeben, wenn man bedenkt, dass er schon jahrelang verschwunden ist.«

»Wenn das stimmt, dann musst du es Angela sagen«, erwiderte Toby, doch Kate war sich da nicht so sicher.

»Ist das kein Vertrauensbruch gegenüber Alex?«

»Wenn Alex jetzt hier wäre und sehen könnte, wie sehr

diese arme Frau ihren Bruder wiederfinden möchte, würde er helfen wollen. Er würde auf keinen Fall einem Wiedersehen im Weg stehen.«

»Ich weiß nicht recht, Tobe – und wenn ich mich bezüglich Joe täusche?«

»Wenn dem so ist, schadet es doch nichts.«

Die Tür zum Treppenhaus ging auf, und Angela kehrte zu ihnen zurück, ein Handyladekabel in der Hand. Als sie sich dem Tisch näherte, warf Toby Kate einen bedeutungsvollen Blick zu.

»Sag es ihr.«

Angela erstarrte. »Mir was sagen?«

»Wenn du es nicht tust, mache ich's.«

Kate atmete tief durch, und ihr Blick huschte von der entschlossenen Miene ihres Bruders zu Angelas verzweifeltem Gesicht.

»Bitte«, flehte Angela. »Das hier ist die erste richtige Spur in Sachen Josh, die ich seit über zehn Jahren habe. Wenn Sie etwas wissen, müssen Sie es mir sagen.«

»Vielleicht ist es nichts«, warnte Kate sie. »Ich könnte mich irren.«

Doch obwohl Kate Alex auf keinen Fall in Schwierigkeiten mit seinem Freund bringen wollte, konnte sie doch auch nicht die Notlage dieser armen Frau ignorieren. In Angelas großen dunklen Augen standen zitternde Tränen, und ihre Kleidung war ganz zerknittert von dem langen Flug – den sie in dem Moment gebucht hatte, als sie den leisesten Hinweis auf Neuigkeiten von ihrem Bruder erhalten hatte.

Toby hatte recht. Ihr zu helfen, war ihrer aller Pflicht.

»Es gibt da jemanden in Hvar, der einen gewissen Josh kennt«, sagte sie. »Und ich kann Sie zu ihm bringen.«

52

Mit widerstreitenden Gefühlen führte Kate später am Abend Angela in Richtung Hafen. Man hatte sie zwar davon überzeugt, Alex nicht im Vorfeld Bescheid zu geben, dass sie jemanden mitbrachte, aber sie wurde die Sorge nicht los, wie er wohl reagieren würde.

Alex und sie hatten endlich eine Perspektive, und ihre erste Handlung hatte darin bestanden, ihn zu hintergehen. Wie würde er auf Angela und all ihre Fragen reagieren? Am besten hätte Kate ihre Vermutungen für sich behalten sollen, bis sich ihr die Gelegenheit bot, von ihm mehr Informationen über Josh zu erhalten. Wenn sie sich irrte und Joe doch nicht Angelas verschwundener Bruder war, dann hätte sie ganz umsonst Alex' Vertrauen hintergangen und Angela Hoffnungen gemacht.

Doch jetzt war es zu spät, ihr blieb keine andere Wahl, als die Sache durchzuziehen.

Vorhin hatte Alex ihr eine SMS geschickt:

Reservierung im Podrum. In einer Stunde. PS: Ich habe dir etwas zu zeigen, das dir bestimmt gefallen wird …

Sie hatte es gehasst, mit einem einfachen *Ich kann es kaum erwarten!* zu antworten. Es fühlte sich an, als würde sie ihn hereinlegen.

Angela ging still neben Kate her, doch als sie Kates Blick auf sich spürte, wandte sie sich zu ihr und lächelte scheu.

»Nochmals vielen Dank«, sagte sie. »Dass Sie das hier tun. Ich weiß, dass ich viel von Ihnen verlange.«

»Gar nicht«, versicherte Kate ihr. »Und Alex ist ein guter Kerl. Wenn er Ihnen helfen kann, wird er es auch tun.«

»Das fühlt sich alles so surreal an«, fuhr Angela fort. »So lange Zeit ist nichts passiert, keine Neuigkeiten, kein Wort, nicht die geringste Hoffnung – und plötzlich bin ich hier, auf dem Weg zu jemandem, der vielleicht tatsächlich weiß, wo Josh ist. Es fühlt sich nicht real an. Ich rechne ständig damit, dass ein Kamerateam hinter einem der Pflanzentröge hervorstürzt und mir erklärt, es sei alles ein großer Witz.«

»Ich kann mir vorstellen, dass Sie die Situation nicht sonderlich lustig finden?«, erwiderte Kate, und Angela biss sich auf die Unterlippe.

»Nein«, pflichtete sie ihr bei. »Anfangs dachte ich noch, er würde zurückkommen. Eines Tages vor der Tür stehen, als wäre nichts gewesen. Ich sagte mir, wenn er es täte, würde ich ihn noch nicht einmal fragen, wo er gesteckt habe, ich würde ihn einfach willkommen heißen und dankbar sein, dass er am Leben ist.«

Bei den letzten Worten war ihre Stimme brüchig geworden, und Kate ließ ein paar Augenblicke verstreichen, ehe sie wieder das Wort ergriff.

»Was Sie durchgemacht haben, ist einfach unvorstellbar für mich«, sagte sie. »Was Sie immer noch durchmachen. Der Artikel hat mich gerührt. Ihre Worte über Ihren Bruder und auch die Dinge, die Sie ihm in jenem Brief schrieben, waren so offen und ehrlich. Sie müssen ausgesprochen mutig sein.«

»Nein.« Angelas dunkles Haar fiel vor ihr Gesicht, als sie das Kinn zur Brust senkte. »Überhaupt nicht mutig – ganz im Gegenteil. Wenn ich mutiger gewesen wäre, wäre Josh vielleicht nie fortgegangen. Wenn ich nicht so egoistisch gewesen wäre, wäre er vielleicht ...« Sie verstummte, und Kate ging vor ihr durch eine schmale, von Limettenbäumen überwachsene Gasse.

»Wenn ich diesen Sommer eines gelernt habe, dann, dass Menschen für ihr eigenes Handeln verantwortlich sind«, erklärte Kate ihr. »Was auch immer geschah und Ihren Bruder dazu veranlasste, von zu Hause wegzugehen, die Entscheidung lag bei ihm. Die Verantwortung trägt er, nicht Sie.«

Angela nickte zwar, sah allerdings nicht überzeugt aus. »Aber ich muss die Wahrheit erfahren«, sagte sie. »Selbst wenn es schlechte Nachrichten sind. Damit ich damit umzugehen lerne. Wenn Menschen verschwinden, ist es viel schlimmer als bei einem Todesfall, denn man hat nichts als diese anhaltende Hoffnung, dass sie zurückkommen werden. Je länger sie wegbleiben, desto tiefer zeichnet einen diese Sehnsucht. Allmählich definiert es, wer man ist, welche Entscheidungen man trifft, wie man das eigene Leben lebt. Ich kann nicht umziehen für den Fall, dass er zurückkehrt oder mir schreibt und ich den Brief nie erhalte. Ich kann nicht in den Urlaub fahren oder mich wirklich auf eine Beziehung einlassen. Die Vorstellung, ein Kind zu bekommen, versetzt mich in Angst und Schrecken, denn was, wenn es mit den gleichen Problemen wie Josh auf die Welt kommt? Ihm konnte ich schon nicht helfen, wie sollte ich also meinem Kind helfen?«

Am liebsten hätte Kate sie getröstet, aber alles, was sie in Gedanken formulierte, fühlte sich nutzlos, leer und herablassend an. »Ich wünschte, ich wüsste, was ich sagen soll.«

»Keine Sorge.« Angela atmete tief durch und fasste sich wieder. »Ich sollte nicht so viel schwafeln. Selbstmitleid ist eine grässliche Angewohnheit. Aber ich habe einfach keine Lust mehr aufs Traurigsein, wissen Sie?«

»Ich glaube schon«, sagte Kate. »Und ich persönlich hoffe

ja, dass Sie heute Abend vielleicht einen Grund finden, um wieder ein klein wenig optimistisch zu sein.«

»Das hoffe ich auch«, erwiderte Angela.

Kate wusste, wo sich die Kellerbar Podrum befand, weil sie auf ihrem Weg zu Lovros Coffeeshop jeden Tag daran vorbeikam. Ein Blick zum Himmel, an dem schwarze Wolken hingen, verriet ihr den Grund, warum Alex keinen Treffpunkt im Freien ausgesucht hatte. Die Bar war leer außer einem alten Paar, das sich eine Flasche Rotwein teilte. Um sich ein wenig Mut anzutrinken, bestellte Kate sich auch ein Glas, während Angelas Wahl auf einen großen Gin Tonic fiel. Unter anderen Umständen hätten Kates Augen begierig die Inneneinrichtung der Bar in sich aufgenommen, doch sie war so nervös, dass sie die gepflegten, mit bernsteinfarbenem Licht angestrahlten Wandnischen, die mit Weidengeflecht umgebenen Vasen voller getrockneter Blumen oder die Mosaikfliesen in harmonischen Zartrosa- und Karamelltönen kaum wahrnahm.

Es war so weit. Alex sollte jeden Moment hier sein.

Kate trank einen Schluck Wein, dann noch einen.

Die Klimaanlage in der Bar war zu hoch eingestellt, und sie wünschte, sie hätte eine Jacke mitgebracht. Doch es machte nichts, denn Alex würde bald hier sein und sie wärmen. Er würde den Arm um sie legen und sie an sich ziehen, wäre nicht wütend, weil sie ihn hereingelegt hatte, sondern froh, behilflich sein zu können. Kate machte sich unnötige Sorgen. Alles würde gut werden.

Sie ließ den letzten Rest Wein in ihrem Glas kreisen, da ging die Tür in die Bar auf, und ein Mann erschien. Er war nicht viel größer als sie, trug einen roten Kapuzenpulli und zerschlissene Jeansshorts sowie ein Paar ausgetretener Chucks an den Füßen.

Kate erstarrte.

Es waren Alex' Kapuzenpulli, Alex' Jeansshorts, Alex' ausgelatschte Turnschuhe.

Doch dieser Mann konnte nicht Alex sein, denn er war glatt rasiert mit sehr dunklem, kurz geschnittenem Haar. Während sie den Mann weiter anstarrte, ließ er den Blick durch den Raum schweifen und sah sie, doch das Lächeln, das seine Lippen umspielte, verzerrte sich zu einer Schreckensmiene.

Endlich kam Kate wieder zur Besinnung.

»Alex!«, rief sie. Die Augen, die sie als seine wiedererkannt hatte, wurden vor Entsetzen groß.

Angelas Gin Tonic fiel mit einem lauten Klirren zu Boden.

»Josh!«

Mit einem Schluchzen stürzte sie vor und warf sich auf Alex, fasste sein Gesicht mit beiden Händen und blickte voll Staunen zu ihm auf.

»O mein Gott, Josh! Du bist es, du bist es wirklich.«

Kate öffnete den Mund, um etwas zu sagen, doch ihrer Kehle entrang sich nur ein Krächzen. Ihr erster Gedanke war richtig gewesen: Dieser Mann war tatsächlich nicht Alex.

Er war Josh.

53

Es war unmöglich. Es war einfach unmöglich.

Kate stand starr vor Schock da, ihr Weinglas in der Hand, und das Herz klopfte wild in ihrer Brust.

Alex war Josh. Josh war Alex.

Sie schüttelte den Kopf in der Hoffnung, aus diesem Albtraum aufzuwachen. Denn wie konnte es wahr sein? Wie konnte der verschwundene Mann, über den sie vor so vielen Wochen in der Illustrierten *Me Time* gelesen hatte - in einem Artikel, der sie überhaupt erst dazu veranlasst hatte, nach Kroatien zu reisen -, eben der Mann sein, in den sie sich in diesem Sommer verliebt hatte?

Denn das hatte sie. Es war zwecklos, es noch abzustreiten. Sie hatte sich in ihn verliebt.

Angela schien mit dem Weinen nicht aufhören zu können, ihr Schluchzen war so heftig, dass es den Barbetreiber auf den Plan rief, der herübereilte, um zu sehen, ob er irgendwie helfen könne. Eine Angestellte kehrte diskret die Glasscherben um Kates Füße auf. Der Blick der jungen Frau huschte vom Boden zu der laut jammernden Frau und dem Mann, der noch gar nichts gesagt hatte.

»Ich kann es nicht glauben«, sagte Angela immer wieder unter keuchenden Atemzügen. Sie klammerte sich an ihren Bruder, dessen Körper steif und unnachgiebig blieb. »Ich kann es nicht glauben, dass du es bist.«

Nach einer halben Ewigkeit gelang es Angela, ihre Fassung wiederzuerlangen, als würde die Erde sich endlich weiter auf ihrer Umlaufbahn drehen. Sie ergriff Alex' Hände und zog ihn sanft zurück in Richtung Tisch. Er sah aschfahl aus, ohne jegliche Farbe oder Gefühlsregung, kein Mann, sondern eine Statue.

Kate wollte etwas sagen, musste jedoch feststellen, dass sie sprachlos war. Wie der Mann, der ihr jetzt gegenübersaß, hatte sie das Gefühl, zu Stein erstarrt zu sein, und obwohl sie ihn sehen konnte, war es so, als wäre keiner von ihnen beiden anwesend. Fühlte sich so eine außerkörperliche Erfahrung an? War die Welt, ohne dass sie es gemerkt hatte, untergegangen und hatte sie alle in ein Paralleluniversum katapultiert? Eine Art Fegefeuer, wo schwarz zu weiß wurde, gut zu böse, wo alles, was man für die Wahrheit hielt, zur Lüge wurde und alles, was richtig war, falsch?

Angela zog ein paar Servietten aus dem Spender auf dem Tisch und tupfte ihre Augen ab. Mit der anderen Hand klammerte sie sich immer noch an ihrem Bruder fest, und Kate konnte die Knöchel weiß durch die blasse Haut hervorstechen sehen.

»Alle haben mir gesagt, du könnest nur tot sein«, sagte sie mehr zu sich selbst als zu Kate oder Alex. »Aber ich habe ihnen kein Wort geglaubt. Ich wusste, dass du das nicht getan hättest. Ich wusste, dass du noch am Leben bist.«

Kates Mund war ganz trocken. Beim Schlucken fühlte es sich an, als wäre ihre Kehle voller Kies.

Endlich sagte Alex etwas. »Wie bist du ... Was machst du hier?«

»Sie ist wegen mir hier.«

Es erschreckte Kate, wie stoisch sie klang. Sie hatte damit gerechnet, dass sich ihre Worte in einem Schrei Bahn brechen würden, in einzelne Scherben zersplittert durch die erschütternden Emotionen, die sie gerade beutelten.

»Angela hat ein Interview über dich – über Josh – gegeben. Ich habe es vor Wochen gelesen, aber ich habe dich nicht wiedererkannt, als wir uns begegneten«, stammelte sie. Er sah weg. »Aber ich habe die Illustrierte aus England mitgebracht und sie für die Gäste in der Herberge ausgelegt. Jemand hat das Interview gesehen und die Verbindung geknüpft. Aber ich ... Ich dachte, dein Freund Joe könnte Josh sein. Angela hatte ein Foto von jemandem mit langen Haaren.« Dann wandte sie sich zur Erklärung an Angela. »Er hat anders ausgesehen. Bis heute Abend hat Al... Er hatte Dreadlocks und einen Bart.«

Jetzt starrte Kate ihn über den Tisch hinweg an und musterte all die Teile von ihm, die sie noch nie gesehen hatte: die scharf geschnittenen, schönen Wangenknochen und den weichen, wohlgeformten Mund. Es war alles versteckt gewesen, weil er sich versteckt hatte: ein Vermisster, der alles daransetzte, nicht gefunden zu werden. Bei diesem Gedanken zuckte Kate zusammen, und sie senkte den Blick auf den Tisch, wo ihre Hände lagen, beide zitternd, von der gleichen Unruhe befallen wie ihre bebenden Arme und die auf den Boden klopfenden Füße. Ihre Lähmung war einer hibbeligen Nervosität gewichen, und es war eine Qual, untätig herumzusitzen und sich von den Umständen und ihrer eigenen Unentschlossenheit gefangen zu fühlen.

Alex starrte seine Schwester an. »Du hast ein Interview über mich gegeben?«

»Nur aus meiner Verzweiflung heraus«, sagte Angela in flehendem Tonfall. »Zum Jahresanfang sagte ich mir, dass ich alles in meiner Macht Stehende tun würde, um dich zu finden. Eigentlich wollte ich niemandem erzählen, was passiert war, und meine intimsten Gedanken mit irgendeiner Journalistin teilen. Mir blieb einfach keine andere Wahl – ich musste dafür sorgen, dass die Leute weiter nach dir Ausschau hielten.«

Alex nickte. Seine Augen waren glasig und reglos. »Wann war das?«

»Im Mai – gleich nach dem zehnten Jahrestag deines Verschwindens. Keine Ahnung, Josh. Ich habe wohl gehofft, dass es irgendjemand irgendwo lesen und dich wiedererkennen würde – und ich hatte recht!«, sagte sie triumphierend. »Als man mich vor einer Woche kontaktierte, hatte ich so ein Gefühl. Etwas in mir, irgendein starker Schwesterninstinkt – nenn es, wie du willst –, sagte mir, dass ich herfliegen müsse. Ich hinterfragte es nicht, sondern kam einfach her, direkt an den Ort, wo der Artikel, wie ich wusste, entdeckt worden war – und dort bin ich Kate begegnet, die mich dann zu dir geführt hat. Oh, Josh, ich kann es noch immer nicht fassen. Ich hatte aufrichtig geglaubt, dich für immer verloren zu haben.«

Kate rechnete damit, dass er etwas sagen würde, dass er seiner Schwester erklären würde, es täte ihm leid, weggelaufen zu sein und sie so viele Jahre lang Qualen ausgesetzt zu haben, dass er sich freue, sie wiederzusehen. Stattdessen wandte er sich an Kate.

»Wie viel weißt du?«, fragte er in einem Tonfall, den sie nicht von ihm kannte. Ein leises Knurren, bei dem schwer zu sagen war, ob es sich um Kummer oder Zorn handelte.

»So gut wie nichts«, antwortete Kate aufrichtig. »Nur dass ihr eure Eltern verloren habt und ...« Ihre Stimme versagte. Es war sinnlos, jetzt noch gegen die Tränen anzukämpfen. Der Barbetreiber stellte wortlos einen Wasserkrug und drei Gläser auf den Tisch. Das alte Paar führte in der Ecke seine gedämpfte Unterhaltung fort, und an der Decke flackerte Kerzenschein.

Kate glaubte, Regen hören zu können.

»Ich tat, was ich für das Beste hielt«, sagte er und rieb sich mit der Hand, die nicht von Angela umklammert wurde, die Augen. Ohne Bart sah er jünger aus, während ihm der geschorene Kopf eine Verletzlichkeit verlieh, die vorher nicht da gewesen war. Kate war ihm nicht böse. Sie wurde von einem Drang beseelt, ihn zu beschützen, ihre Arme um ihn zu schlingen und ihm zu sagen, dass alles gut werden würde. So schlimm das Ganze für sie sein mochte, es war nichts im Vergleich zu dem Schock und der Verwirrung, die er im Moment durchleben musste.

Da blickte er mit gequälter Miene auf.

»Ich war Gift, Ange – habe niemandem gutgetan. Du hattest recht mit dem, was du an dem Tag zu mir sagtest. Alles hatte sich immer um mich gedreht, und das war dir gegenüber nicht fair. Es war nicht deine Sache, mich zu heilen, genauso wenig wie Mums und Dads.«

Er entzog Angela die Hand und bedeckte sein Gesicht. Seine Schultern hoben und senkten sich, sein Körper sackte auf dem Stuhl zusammen.

»Ich glaubte, du wärst ohne mich besser dran.« Sein Schmerz war so greifbar, dass Kate nun richtig zu weinen begann. »Ich konnte nicht daneben stehen und dir immer und immer wieder wehtun, nicht nach allem, was du wegen mir durchmachen musstest – nach allem, was Mum und Dad wegen mir ertragen hatten. Meine Wutausbrüche, die Wochen, in denen ich mich weigerte, mein Zimmer zu verlassen, diese ganze Verschwendung von Geld und Zeit und Liebe. Ich war so grausam zu euch, so undankbar, dabei habt ihr immer nur versucht, mir zu helfen.«

»Ich meinte das nicht so, was ich an dem Tag sagte.« Angela streckte die Hand nach ihm aus. »Hast du eine Ahnung, wie oft ich es schon in Gedanken durchgegangen bin? So viele Male, und ich hasse mich für jedes gemeine Wort, das ich dir an den Kopf geworfen habe.«

Alex schüttelte den Kopf, unfähig, zu sprechen, und Angela drehte sich zu Kate.

»Wir hatten einen Streit«, sagte sie. »Es war furchtbar. Es war am Abend von Mums Beerdigung, und Josh kam zu mir und wollte mit mir reden, weil er meine Unterstützung brauchte. Deine Stimmungen folgten damals immer einem Zyklus«, rief sie ihm ins Gedächtnis, und Kate musste daran denken, was Alex ihr erst vor ein paar Tagen erzählt hatte: dass er gelernt hatte, sich in schwierigen Zeiten von der Welt abzukapseln. »Und damals war es schlimm. Du brauchtest unbedingt Bestärkung, und ich sagte dir, dass du weggehen solltest, mich in Ruhe lassen, dich in den Griff kriegen und ein Mann sein anstatt eines dummen kleinen Jungen. Ich meinte nichts davon, Josh. Ich war nur müde – so müde und so verängstigt, weil da nur noch wir waren. Ich wäre niemals auf den Gedanken gekommen, dass du fortgehen würdest. Das wollte ich auf keinen Fall.«

Jetzt schluchzte Alex hörbar, jämmerlich, wie er es früher als Kind getan haben musste. Wie schwer es für ihn gewesen sein musste, das alles die ganze Zeit über für sich zu behalten. Kate hätte stärker drängen sollen, hätte größere Anstrengungen unternehmen sollen, zu ihm durchzudringen.

Sie legte die Hände flach auf den Tisch. »Ich gehe jetzt besser.«

Angela antwortete mit einem verweinten Lächeln.

»Ihr beide braucht Zeit allein, damit ihr richtig reden könnt«, erklärte Kate. »Es gibt bestimmt viel zu sagen, und ich möchte nicht noch weiter stören.«

Sie griff nach ihrer Handtasche und schob ihren Stuhl

zurück. »Alex?« Für sie war er immer noch Alex. »Ich werde jetzt in die Herberge zurückgehen und dort auf dich warten.«

Er nickte, ohne sie anzusehen.

»Er hat meine Nummer«, sagte sie Angela. »Ruft mich einfach an, falls ihr irgendetwas brauchen solltet – egal was.«

»Das mache ich – und Kate.«

»Ja?«

»Danke«, sagte sie. »Danke, dass du mir meinen Bruder zurückgegeben hast.«

54

Draußen regnete es in Strömen.

Als Kate durch den Regen lief, ging er kübelweise auf sie nieder und durchtränkte ihre Kleidung, ihr Haar, ihre Haut. Da sie nichts mehr durch die Brille erkennen konnte, nahm sie sie ab, und die Wassermassen vermischten sich mit ihren Tränen.

Laut wie herunterpolternde Balken dröhnte der Donner am Himmel, den gezackte Splitter aus weißem Licht zweiteilten. Es war, als wäre ihr Albtraum wahr geworden, nur noch schlimmer – unbeständiger, erbarmungsloser und urzeitlicher. Sie lief am Hafen mit den wild schaukelnden Booten vorbei. Das Getöse des aufgewühlten Wassers folgte ihr als Echo durch die vom Regen glatt gewordenen Hintergassen.

Zweimal rutschte sie aus, doch stehen blieb sie nicht.

Kate hatte geglaubt, Alex wäre ihr Führer, das helle Licht, das ihr die Richtung wies, in die sie sich zu wenden hatte. Doch sie hatte jene andere Seite des Mondes vergessen, die Hälfte, deren Schicksal es war, für immer in Dunkelheit gehüllt zu sein. Wieder vernahm sie die Worte, die er ihr am Nachmittag zugeflüstert hatte, sein Versprechen, ihr alles zu erklären. Er hatte sich darauf vorbereitet, ihr zu gestehen, wer er in Wirklichkeit war, bloß war Kate ihm irgendwie zuvorgekommen.

Dass Alex Josh war, dass er weggelaufen war und seine eigene Schwester im Stich gelassen hatte, dass er über zehn Jahre lang unter den Zwängen einer falschen Identität gelebt hatte, hämmerte im Laufen auf Kate ein. Die brutale Gewalt der wiederholten Schläge drohte, sie in die Knie zu zwingen. Er hatte sie, die ganze Welt und sich selbst so viele Jahre und bei so vielen Gelegenheiten belogen, dass die bloße Vorstellung, die Wahrheit zu sagen und ihr zu enthüllen, wie tief er in Unehrlichkeit versunken war, furchterregend gewesen sein musste. Dennoch war er bereit dazu gewesen. Für sie.

Am Herbergseingang öffnete Kate die Tür mithilfe der Schlüsselkarte und wurde von Partygeräuschen begrüßt. Tobys mobile Bar schien auf Anklang gestoßen zu sein. Eigentlich hatte sie direkt zu ihrem Bruder gehen wollen, doch ihr wurde rasch klar, dass die Gesellschaft der ausgelassenen, betrunkenen Gäste im Moment nicht das Richtige für sie war. Stattdessen ging sie auf ihr Zimmer, wo sie sich aus der durchtränkten Kleidung schälte und ihr nasses Haar in ein Handtuch einwickelte.

Im Badezimmer gab es noch Anzeichen von ihren Vorbereitungen am frühen Abend: der offene Deckel des Parfüms, mit dem sie sich großzügig eingesprüht hatte, der noch eingesteckte Föhn und etwas verschmierte Kakaobutter am Waschbeckenrand. Systematisch beseitigte Kate alle Spuren, wobei es ihr wie eine Ironie des Schicksals vorkam, dass sie so sorgfältig für Ordnung sorgte, während so viel anderes aus den Fugen geraten war. Doch es half, die Dinge wieder an ihren angestammten Platz zu räumen, es half ihr dabei, sich zu beruhigen.

Draußen vor dem Fenster heulten Wind und Regen, und Kate zitterte trotz der Schwüle in dem kleinen Zimmer. Sie suchte im Kleiderschrank einen langen Cardigan und zog ihn über die Leggings und das Hemd, in die sie geschlüpft war. Ein lautes Klopfen an der Tür ließ sie zusammenfahren.

Kate setzte die Brille ab und wischte sich schnell die Tränen von den Wangen.

»Nims, bist du da?«

Es war Toby.

»Ist Al bei dir?«, fragte er, als sich die Tür öffnete, und er spähte über sie hinweg ins Zimmer.

Kate schlang die Arme um sich. »Nein, er ist mit Angela unterwegs.«

Unwirsch schüttelte Toby den Kopf. »Nicht mehr. Sie hat gerade in der Rezeption angerufen, anscheinend kann sie dich nicht erreichen.«

Kate sah sich suchend nach ihrer Handtasche um, die sie vor dem Badezimmer auf den Boden hatte fallen lassen, und zog ihr Handy heraus.

»Mist.« Vergeblich tippte sie auf das leere Display. »Es muss im Regen nass geworden sein. Was hat Angela gesagt? Wo zum Teufel steckt Alex?«

»Ich weiß es nicht. Aber sie wird gleich hier sein«, erklärte Toby. »Ich habe ihr gesagt, wir würden in der Rezeption auf sie warten.«

Auf dem Weg nach unten erzählte Kate ihm, was passiert war, und erläuterte, so gut es in wenigen Minuten ging, wie sie es versehentlich geschafft hatte, einen Vermisstenfall aufzuklären.

»Alex ist also tatsächlich Josh?«

»Allem Anschein nach.«

»Und er wird schon seit über zehn Jahren vermisst?«

»Ja.«

»Und du hattest keine Ahnung ...«

»Nicht die leiseste.«

»Mein lieber Schwan, Nims!«

»Ich weiß.« Sie verzog das Gesicht. »Es ist eine ziemliche Nummer. Wo ist Filippo?«

»Kümmert sich um die Bar.« Toby sandte einen Blick zur Decke. »Jedenfalls versucht er es.«

Als sie im Erdgeschoss eintrafen, sah Kate Angela auf der anderen Seite der Fensterscheibe am Eingang und lief hin, um sie ins Haus zu lassen.

»Ist er hier?«, waren Angelas erste Worte.

Kate schüttelte den Kopf. »Ich begreife das nicht«, sagte sie, während Angela in entsetztem Schweigen reglos dastand und ihre klitschnassen Sachen auf dem Fliesenboden Wasserlachen hinterließen. »Ich bin erst vor einer Stunde von euch weggegangen - was ist vorgefallen?«

»Nichts, das ist es ja«, stöhnte Angela, während Toby kurz ins Hinterzimmer lief. »Wir haben uns gut verstanden. Josh schien seinen ersten Schock zu überwinden, und wir haben uns unterhalten, haben richtig miteinander gesprochen, so wie wir es früher zu seinen guten Zeiten immer taten. Er hat mir von euch erzählt.« Mit zitternder Unterlippe drehte sie sich zu Kate, während Toby ihr ein Handtuch um die Schultern legte. »Er liebt dich, weißt du?«

Kate hörte das stoßhafte Ausatmen ihres Bruders.

»Wir einigten uns darauf, hierher zurückzukommen, um dich zu suchen und noch weiter zu reden«, fuhr Angela fort. »Josh sagte, zuerst müsse er ein paar Sachen von seinem Boot holen, und ich wollte ihn gern begleiten, aber er lehnte ab und erklärte, dass ich nur bis auf die Haut nass werden würde. Er wirkte so ruhig, so völlig entspannt, und ich vertraute ihm, als er sagte, er werde mich einholen. Ich ließ ihn gehen«, rief sie panisch. »Warum habe ich das getan? Was habe ich mir nur dabei gedacht?«

Bei diesen Worten schlug sie sich mit der flachen Hand gegen die Stirn.

Kate trat näher an sie heran. »Bitte gib nicht dir die Schuld«, sagte sie. »Vielleicht ist Al... Josh einem Bekannten über den Weg gelaufen und wurde aufgehalten?«

»Bei Windstärke neun?«, gab Toby zu bedenken, woraufhin sie durch die dunklen Fenster sahen.

»Ich dachte, er freut sich, mich zu sehen.« Angelas Stimme wurde von unglücklichem Schluchzen abgeschnitten. »Aber was, wenn er fort ist? Wenn es zu viel für ihn war und er nicht damit umgehen konnte? Was, wenn es ihm den Rest gegeben hat, mich nach so langer Zeit zu sehen?«

»Nein«, sagte Kate schärfer als beabsichtigt. »Sag das nicht – denk das noch nicht einmal. Alex kriegt das schon hin. Vielleicht braucht er nur ein paar Stunden allein, um das Geschehene zu verarbeiten. Mir fallen ein paar Orte ein, wo er vielleicht stecken könnte. Wir können jetzt hingehen, wir alle zusammen. Okay? Wir können ihn gemeinsam suchen.«

Dies schien Angela Mut zu machen. Sie schniefte vernehmlich und wischte sich die Tränen mit einer Ecke des Handtuchs fort.

Kate wandte sich an Toby.

»Kannst du Angela hinunter zu Lovros Pizzeria bringen? Er ist einer von Alex' engsten Freunden auf der Insel, und ich weiß, dass er ihm vertraut. Ich könnte mir gut vorstellen, dass er dorthin ginge, wenn er einen Unterschlupf bräuchte.«

»Guter Plan.« Toby lief hinter den Empfangstresen und kam mit einem knallgelben Regenmantel und zwei Regenschirmen wieder zum Vorschein.

»Wohin wirst du gehen?«, fragte er Kate, die bereits an der Tür war.

»Zum Strand«, sagte sie. »Um sein Boot zu suchen.«

55

In der Bucht am Strand Pokonji Dol war keine Spur von Alex oder seinem Boot, ebenso wenig erspähte Kate es auf ihrem Weg entlang des Küstenpfads oder im Hafen in der Stadt.

Das Unwetter hatte die Sterne ausgelöscht und dichte Wolken vor den Mond geschoben. Es war so gut wie unmöglich, weiter aufs Meer hinauszusehen. Je länger Kate suchte, desto verzweifelter wurde sie. Schließlich watete sie ins flache Wasser und schrie seinen Namen in die Nacht. Doch es war vergeblich. Der Wind, unter dem sich die Segelboote aufbäumten, entriss ihr die Schreie und schleuderte sie gegen die Felsen, während das schäumende Wasser ihr seine eigene Warnung entgegenrief und sie zum Rückzug zwang. Niemand wäre so töricht, bei diesem Wetter hinauszufahren.

Oder doch?

Ohne ihr Handy hatte Kate keine Ahnung, wie es Toby und Angela erging. Sie musste sich den Weg zum Sul Tetto hochkämpfen, wo Filippo mit weiteren schlechten Nachrichten auf sie wartete.

»Noch kein Glück bisher, *bambina*. Toby klappert mit Angela die Bars ab.«

»Alex wird in keiner Bar sein«, widersprach sie. »Er wird irgendwo draußen sein – ich kenne ihn.«

»Bleib du hier«, sagte Filippo mit besänftigender Stimme. »Lass es mich versuchen.«

Doch das ließ Kate nicht zu.

Abermals durchforstete sie den Strand und rief seinen

Namen. Der Regenschirm, den Toby ihr gegeben hatte, stellte sich auf, die dünnen Metallarme irreparabel verbogen, also warf sie ihn in einen Abfalleimer, wobei sie ihn mit den schlimmsten Schimpfwörtern bedachte, die sie kannte - all die Dinge, die sie am liebsten der Welt entgegenschleudern würde, weil sie ihr das antat, weil sie ihr jemanden schenkte, den sie lieben konnte, nur um ihn dann wieder verschwinden zu lassen.

Die Heftigkeit des Unwetters jagte ihr Angst ein. In den Restaurants am Marktplatz war gespenstisch wenig Betrieb, und das normalerweise mit Flutlicht angestrahlte Fortica lag ausnahmsweise einmal im Dunkeln. Kate wünschte, sie hätte daran gedacht, vor dem Verlassen der Herberge ihre verhassten Kontaktlinsen einzusetzen, denn es war aussichtslos, etwas durch die Brillengläser erkennen zu wollen. Zwar hatte sie noch nie erlebt, dass Alex so abseits die Küste hinunter vor Anker ging, doch sie wanderte dennoch den breiten Pfad entlang und hielt auf dem dunklen Meer Ausschau nach einem Anzeichen von einem blau-weiß-roten Boot. Dabei schrie sie immer wieder seinen Namen, bis es nur noch ein Wimmern war.

Auf dem Wasser waren keine Lichter, keine Bewegungen abgesehen von den Wellen, und sie traf auch auf keine Menschen, die zusammengesunken auf Bänken saßen oder unterhalb des Pfads Schutz gefunden hatten. Kate suchte jede Felsnase, jede Bucht, jede leere Strandbar und jeden dunklen Pfad ab.

Alex versteckte sich nicht. Er war verschwunden.

Erst weit nach Mitternacht trottete Kate endlich zurück in die Herberge, völlig durchgeweicht und vor Kälte und Jammer schlotternd. Angela saß mit einem warmen Getränk in den Händen auf dem Sofa im Loungebereich. Ihre gequälte

Miene verdüsterte sich noch, als sie Kate allein hereinkommen sah. Toby reichte Kate ihr Handy, das er wieder zum Laufen gebracht hatte, aber Alex hatte sich nicht gemeldet.

»Ich gehe einmal davon aus, dass ihr alle versucht habt, ihn anzurufen?«, fragte sie, und Angela seufzte kläglich.

»Zwecklos. Er hat mir sein Handy gegeben – wahrscheinlich in dem Glauben, so würde ich keinen Verdacht schöpfen«, sagte sie spitz, nur um dann reuevoll in sich zusammenzusacken. »Mist, das habe ich nicht so gemeint. Oder vielleicht doch. Ich weiß es nicht. Ich weiß einfach nicht, was ich als Nächstes machen soll, wen anrufen, wo nach ihm suchen. Ich fühle mich so hilflos.«

Kate sagte die eine Sache, die sie sich bereits den ganzen Abend über vorgebetet hatte: »Alex kommt bestimmt klar. Das schafft er jetzt schon seit langer Zeit.«

»Ich weiß«, stimmte Angela ihr zu, ohne hochzuschauen. »Aber was, wenn er sich diesmal anders entscheidet?«

»Kommt schon«, sagte Toby, der Kate eben eine Tasse Tee gebracht hatte. »Es ist sinnlos, so zu denken. Al würde niemals ...«

»Das weißt du nicht«, unterbrach Angela ihn. »Wenn Menschen sich in die Enge getrieben fühlen, tun sie alle möglichen schrecklichen Dinge. Es ist meine Schuld. Ich hätte ihn niemals aus den Augen lassen dürfen.«

»Sei nicht so streng mit dir«, sagte Toby, aber er war merklich blasser geworden.

»Depressionen sind kein vorübergehendes Leiden«, fuhr Angela traurig fort. »Man kann sich nicht mit etwas Hustensaft einmümmeln und ein paar Tage später wieder gesund aus dem Bett steigen.«

Toby wollte etwas entgegnen, doch sie fuhr ihm über den Mund.

»Ihr habt ja keine Ahnung, wie oft ich das den Leuten erklären musste«, sagte sie kurz angebunden. »Wie oft Josh von Leuten zu hören bekam, er solle ›nicht den Kopf hängen lassen‹, als hätte er sich dazu entschieden, dass es ihm schlecht ging, als würde er nur so tun, als hätte er Angst, sein Zimmer zu verlassen.«

Toby war tiefrot angelaufen.

Es sah nicht aus, als würde sie ihre Schimpftirade beenden, da sie nun einmal damit angefangen hatte, und so stellte Kate ihre Tasse auf den Boden und räusperte sich.

»Wir streiten nicht mit dir«, sagte sie sanft. »Wir gehören nicht zu diesen Leuten.«

Angela setzte zu einer scharfen Erwiderung an, dann schloss sie den Mund wieder. »Es tut mir leid«, murmelte sie schließlich. »Ich hätte nicht auf euch losgehen sollen. Ihr seid so lieb gewesen, und ich führe mich wie immer schrecklich auf.«

»Vergiss es«, sagte Toby ruhig. »Möchte jemand einen stärkeren Drink?«

Beide Frauen schüttelten den Kopf.

»Nun, hoffentlich habt ihr nichts dagegen, wenn ich mir einen genehmige? Ich habe das Gefühl, dass das heute eine lange Nacht wird.«

Sie einigten sich darauf, dass es sinnlos wäre, ihre Suche vor Ende des Unwetters fortzusetzen, doch herumzusitzen und darauf zu warten, dass es sich legte, war beinahe schlimmer, als in dem Regenguss herumzuirren. Kate konnte nicht still sitzen und ging pausenlos im Loungebereich auf und ab, Tassen mit Tee oder Kaffee in den Händen, die sie doch nie trank. Angela hingegen rollte sich zu einer kleinen Kugel zusammen und scrollte wortlos auf ihrem Handy herum. Toby tat so, als läse er in einem Roman, während Filippo, der sich nach Betriebsschluss zu ihnen gesellt hatte, durch eine Ausgabe der *Vogue* blätterte, die ein Gast liegen gelassen hatte.

Um das pelzige Gefühl im Mund loszuwerden, ging Kate gegen sechs Uhr nach oben und putzte sich die Zähne. Als sie wieder aus dem Zimmer trat, saß Siva auf dem Treppenabsatz.

»Du vermisst ihn, nicht wahr?«, murmelte sie und bückte sich, um die Katze zu streicheln. »Ich auch.«

Um kurz nach sieben Uhr ließ der Regen endlich nach, und eine wässrige Sonne tauchte hinter milchig weißen Wolken auf. Kate rechnete mit Anzeichen der Verwüstung auf den Straßen, doch abgesehen von ein paar herabgefallenen Palmwedeln und verstreutem Abfall war da kaum etwas. Mülltonnen waren umgekippt und Wäsche von den Leinen heruntergepeitscht worden, doch es war so heiß, dass die Gehsteige zu dampfen schienen und die Luft schwer war und metallisch schmeckte. Angela und Filippo brachen auf, um wie schon Kate des Nachts den Küstenpfad abzulaufen, während Toby und sie in den Jeep kletterten und zur Westspitze der Insel fuhren. Ihr Plan lautete, von der entgegengesetzten Richtung den Strand entlangzugehen.

Es dauerte nicht lange, bis sie fündig wurden.

»O nein!«, rief Kate und lief so schnell über die Felsen, dass sie stolperte. Sie fiel zu Boden und verletzte sich dabei ihr Knie und den Ellbogen.

»Pass auf!«, schrie Toby von weiter oben, doch Kate schien immun gegen den Schmerz zu sein.

Im Wasser vor ihr befand sich ein Gegenstand, etwas, das sie wiedererkannte, das aber überhaupt nicht hierhergehörte. Sie war es gewesen, die den Deckstuhl auf das Dach von Alex' Boot genagelt und auch das bunte, verschnörkelte Kakteenmuster ausgesucht hatte. So gern es Kate auch getan hätte, ließ sich nicht leugnen, dass eben dieser Stuhl jetzt in Einzelteilen vor ihr im Wasser trieb.

Toby blieb hinter ihr stehen. »Der Deckstuhl könnte sonst wem gehören«, sagte er, doch seine Stimme klang zittrig. »Davon muss es unzählige in Hvar geben.«

»Nein«, erwiderte sie dumpf. »Den habe ich selbst für ihn angefertigt. Es ist ein Unikat.«

In dem folgenden Schweigen ließ Toby ihre Worte auf sich wirken. Kate ging in die Hocke und holte den zersplitterten Rahmen des Stuhls zu sich heran, zog ihn behutsam, als wäre es Alex, zwischen Treibholzstöcken, Bierflaschen, Plastiktüten und einer alten Decke heraus.

»Lass das.« Toby legte eine Hand auf ihren Arm. »Wir müssen los, Nims – wir müssen die Küstenwache rufen, jemanden alarmieren.«

»Es ist meine Schuld«, flüsterte sie und hielt die Überreste von Alex' Boot fest umklammert. »Ich hätte Angela niemals zu ihm bringen dürfen – ich hätte es erst mit ihm abklären müssen.«

»Kate, wir müssen los.«

»Ich habe das getan, Toby, begreifst du denn nicht? Er ist wegen mir weggelaufen, und jetzt ist er tot.«

»Sag so etwas nicht. Das weißt du nicht.«

»Das hier ist sein Boot!«, rief sie und begann zu zittern. »Dieser Stuhl, diese Decke, das sind alles seine Sachen. Gestern wollte er den Motor reparieren, und ich habe ihn nicht gelassen. Ich habe ihn abgelenkt. Der Motor macht schon seit Langem Ärger, seit wir an dem Tag mit Robyn nach Palmižana fuhren, weißt du noch? Und wenn er versucht hat, bei dem Unwetter hinauszufahren, und in Schwierigkeiten geriet? Wenn er an den Felsen zerschellt ist?«

»Deshalb müssen wir ja los.« Toby zog wieder an ihrem Arm. »Wir müssen die Suche auf dem Meer anleiern.«

Kate konnte sich nicht bewegen, konnte nicht mehr sprechen, konnte kaum atmen. Sie war betäubt.

Toby führte sie weg, einen Arm um ihre Schultern, und sagte ihr immer wieder, dass alles gut werden würde, dass sie ihn finden würden, dass sie Alex wiedersehen würde.

Wenn sie ihm doch nur glauben könnte.

56

Den Rest des Tages bekam Kate nur verschwommen mit.

Sie nahm eingehende und ausgehende Telefonate wahr, Angelas verzweifelte Tränen auf die Nachricht von dem zerborstenen Deckstuhl hin, Tobys unermüdliches Trostspenden und Sivas Krallen, die sich in ihre nackten Oberschenkel gruben, während sie starr vor Angst im Apartment gegenüber von der Herberge saß.

Alex war abgehauen, so viel war klar. Doch wie weit hatte das Unwetter ihn kommen lassen?

Kate hatte unbedingt ein Boot mieten und selbst nach ihm suchen wollen, doch Toby hatte ihr, nach Rücksprache mit dem Team der Rettungswacht, sanft, jedoch nachdrücklich ans Herz gelegt, dass es besser wäre, wenn sie beim Telefon wartete.

»Aber hast du ihnen auch alles erzählt?«, fragte sie in flehendem Tonfall. »Von der geheimen Bucht auf Jerolim und dem Strand in der Bucht Stiniva?«

»Sie wissen Bescheid«, versicherte er ihr. »Sie werden überall nachsehen.«

Bei Sonnenuntergang gab es immer noch keine Neuigkeiten. Niemand konnte auch nur die geringste Spur von Alex oder seinem Boot entdecken, aber es gab auch keine Anzeichen von weiteren Wrackteilen – ein Umstand, den Filippo so oft wiederholte, dass er zu einem Mantra wurde.

»Keine Nachrichten sind gute Nachrichten«, sagte Toby immer wieder, bis Kate es nicht mehr hören konnte.

»Wohin gehst du?«, fragte Angela, die hohläugig und nervös war. Am liebsten hätte Kate sie getröstet, fand es aber unfair, ihr Dinge zu versprechen, die sie nicht halten konnte. Sie wurde einfach das Gefühl nicht los, dass dieses ganze Durcheinander ihre Schuld war, und lief Gefahr, von ihrem schlechten Gewissen, das gierig um sich griff, aufgezehrt zu werden.

»Spazieren«, sagte sie. »Ich brauche ein bisschen frische Luft.« Auf Angelas verzweifelten Blick hin fügte sie hinzu: »Alles gut. Ich bleibe nicht lange weg. Mein Handy nehme ich mit.«

»Wir werden schon auf dich aufpassen, Darling«, sagte Filippo zu Angela. »Warum versuchst du nicht, etwas zu essen?«

Angela schüttelte den Kopf, und Kate verstand den Grund. Nahrung war eine Unmöglichkeit. Selbst Wasser zu trinken, fiel ihr schwer. Ihr Magen war so fest verkrampft, dass es wehtat.

Wo war er?

Kate verließ das Apartment und ging nach Osten, ihre Turnschuhe verursachten beim Gehen kaum ein Geräusch.

Ein ganzer Tag, seit sie ihn das letzte Mal gesehen hatte. Vierundzwanzig Stunden, seitdem er weggelaufen war.

Es kam ihr länger vor.

Sie war ohne ein bestimmtes Ziel losgezogen, aber das Wasser rief sie, lockte sie, wie es das immer tat, nach unten zum weißen Kiesstrand nicht weit von der Herberge. Diesen Weg hatte sie schon so viele Male zurückgelegt, um sich mit Alex zu treffen, und ihre Lippen hatte ein erwartungsvolles Lächeln umspielt, wenn sie sah, wie er dort am Strand wartete, begierig, sie zu sehen, sie zu berühren, sie in die Arme zu schließen und zu küssen. Die Erinnerung war so stark, dass ein Teil von Kate sich gestattete zu glauben, sie könnte ihn dort vorfinden. Doch da war niemand. Nur die Steine und das Wasser; der Mond und die Sterne; die Leere und die Enttäuschung. Kate war sich in ihrem ganzen Leben noch nie so ohnmächtig vorgekommen.

Sie bückte sich, um einen Kieselstein aufzuheben, und drehte ihn in den Händen, während sie über alles nachdachte, was sie durchgemacht hatte, um hierherzugelangen; über ihren mutlosen Anfang, als sie am Boden zerstört und voller Ängste gewesen war, als sie in einem Kokon aus Niedergeschlagenheit gekauert hatte, nur um im Zuge ihrer aufblühenden Kreativität wie ein Schmetterling daraus hervorzugehen. Das scheinbar gebrochene Herz war geheilt worden und jetzt größer und voller denn je, das Selbstvertrauen, das sie so lange erstrebt hatte, wuchs zusammen mit ihrem Ehrgeiz. Kate hatte Wünsche geäußert, die erfüllt worden waren, einst geraubte Möglichkeiten hatten sich wieder aufgetan, doch als sie jetzt aufs Meer blickte, das in seinem ganz eigenen Rhythmus wogte, hatte sie nur den einen Gedanken, dass sie alles eintauschen würde. Absolut alles.

Für ihn.

Eine Zeit lang saß sie nur da, starrte blind vor sich hin, die Steine unter sich abgekühlt von einer Nacht, die ihr dunkler als die meisten vorkam. Da bemerkte sie einen kleinen Gegenstand, der im seichten Wasser glitzerte. Sie ging auf die Knie, um danach zu greifen, und lächelte hoffnungslos, als sie sah, was es war. Eine Silbermünze, ein Glücksbringer, eine Erinnerung an den Mann, den sie gefunden hatte. Und verloren.

Kate warf die Münze in die Luft und fing sie auf der Handfläche, wobei sie die Augen schloss, bevor sie sehen konnte, auf welcher Seite sie gelandet war.

Bei Kopf kommt er zurück, bei Zahl nicht.

Sie wagte es kaum nachzusehen.

Hinter ihr erklang ein leises Geräusch, und Siva erschien. Ihr weicher grauer Körper schlängelte sich zwischen Kates Knien hindurch, und die Katze schnurrte wohlig.

»Was machst du denn hier unten?«, fragte Kate, ganz angetan von der untypischen Liebesbekundung.

»Sie ist mit mir hergekommen.«

Keuchend wirbelte Kate herum, und ihr Überraschungsschrei verwandelte sich in ein Schluchzen.

Alex stand nur wenige Meter entfernt, die Hände an den Seiten, mit einem Gesichtsausdruck, der gleichzeitig gequält und glücklich aussah.

»Es tut mir leid«, sagte er. »Es tut mir so leid.«

Kate erhob sich hastig und lief zu ihm. Mit den Fäusten bearbeitete sie seine Brust.

»Wo zum Teufel hast du gesteckt?«, rief sie. »Ich dachte, du wärst tot!«

Alex packte ihre Arme und zwang sie aufzuhören. Doch als er versuchte, Kate zu umarmen, entzog sie sich ihm.

»Du hast mir Angst eingejagt«, sagte sie schmerzvoll. »Ich dachte, du wärst bei dem Unwetter ums Leben gekommen, ich habe geglaubt, ich würde dich nie wiedersehen.«

»Ich weiß, ich weiß.« Alex versuchte abermals, sie zu trösten. »Es tut mir leid.«

»Ich muss Angela anrufen.« Mit der Hand umklammerte sie sein Handgelenk, damit er nicht wieder weglaufen konnte.

»Alles gut. Ich habe sie vor ein paar Minuten in der Herberge gesehen.«

Das Adrenalin, das Kate bei seinem Anblick durchströmt hatte, flaute wieder ab. Jetzt fühlte sie sich geschlaucht und unsicher auf den Beinen.

»Ich ... Ich weiß einfach nicht, was ich sagen soll, Alex. Kann ich dich überhaupt Alex nennen?«

»Na ja, Joshua Alexander Dawson steht auf meiner Geburtsurkunde«, sagte er in gemessenem und ruhigem Tonfall. »Aber meine Freunde nennen mich Alex.«

»Ich sollte stinksauer auf dich sein«, fuhr sie fort. Doch das war sie nicht, sie war einfach überwältigt vor Erleichterung, dass er in Sicherheit war, dass er hier war, dass sie ihn berühren, ihn ansehen konnte. »Sollen wir uns hinsetzen?« Kate ließ sein Handgelenk los.

Sobald Alex sich auf den Steinen niederließ, kam Siva herangetapst und rollte sich auf seinem Schoß ein.

»Sie will auch nicht, dass du wegläufst.« Kate schlang die Arme um ihre aufgeschürften Knie.

Alex fuhr sich mit der Hand über den rasierten Schädel. Es gab keine Haare und keinen Bart mehr, hinter denen er sich hätte verstecken können, und Kate war noch immer nicht daran gewöhnt, wie er jetzt aussah. Er war immer noch der Gleiche, aber doch anders, immer noch Alex, aber auch Josh.

»Muss sich komisch anfühlen«, stellte sie fest. »So ganz ohne Dreadlocks.«

»Irgendwie schon«, stimmte er ihr zu. »Aber ehrlich gesagt ist es auch schön. Ich wollte wissen, wie es sich anfühlen würde, wie mein früheres Ich auszusehen, und es war nicht so furchterregend, wie ich es mir vorgestellt hatte. Und das liegt an dir.«

»An mir? Wieso an mir?«

»Wegen dir wollte ich den Mut aufbringen«, sagte er schlicht. »Ich wusste, um dich zu verdienen, musste ich ehrlich sein. Nach allem, was du durchgemacht hattest, konnte ich dich nicht weiterhin belügen, und mich auch nicht. Es war an der Zeit. Du bist mit gutem Beispiel vorangegangen – ich musste dir nur folgen.«

»Du hattest also die Absicht, es mir zu erzählen?«, vergewisserte sie sich. »Dass du Josh bist? Deine Vergangenheit? Einfach alles?«

Ein Nicken. »Mein Plan lautete, es zuerst dir zu erzählen und mich dann bei Angie zu melden. Ich hätte niemals damit gerechnet, dass sie dort mit dir in der Bar sitzen würde«, sagte er, und Kate glaubte, ihn bei der Erinnerung zusammenzucken zu sehen. »Es war ein Riesenschock. Ich wusste nicht, wie ich reagieren sollte, und dann bist du gegangen, und ich machte mir Sorgen, dass ich dich verloren hätte. Insgeheim dachte ich, sie wird jetzt nichts mehr mit mir zu tun haben wollen. Dein Ex hatte dir durch seine Lügen so viel Kummer bereitet, und da war ich nun und gab mich für einen anderen aus. Meine Unwahrheit war viel größer als alle seine Lügen.«

»Aber du wusstest doch, was ich für dich empfand«, widersprach sie. »Das habe ich dir gesagt.«

»Es war so ein gewaltiger Schock«, wiederholte er. »Ich konnte nicht klar denken, ich konnte mir keinen Reim darauf machen. Also tat ich, was ich wohl immer tue, wenn mir alles zu viel wird. Ich lief davon.«

»Zum Boot?«

»Wohin sonst?« Er lächelte traurig. »Natürlich war ich noch nicht allzu weit gekommen, als mir etwas klar wurde.«

Unwillkürlich war Kate näher an ihn herangerutscht, um seine tröstliche Wärme zu spüren.

»Was denn?«, fragte sie. »Was ist dir klar geworden?«

Im ersten Moment sagte Alex nichts, und Kate legte abwartend den Kopf auf seine Schulter.

»Mir wurde klar, dass es nichts mehr gab, wovor ich weglaufen musste. Weißt du, als ich England verließ, tat ich das in dem Glauben, ich hätte keine andere Wahl. Auf mir lasteten Schuldgefühle, weil meine Eltern, weil meine Schwester wegen mir so viel hatten durchmachen müssen. Sie wollte ihr Leben zurück und konnte mich mit meinen Stimmungsschwankungen und meinen Problemen nicht gebrauchen. Ich wusste, dass Angela auf mich losgegangen war, weil sie trauerte, aber trotzdem redete ich mir ein, dass sie ohne mich besser dran wäre, und ich sagte mir diese Lüge immer wieder vor. Hast du das je getan?«, fragte er. »Hast du dir jemals eine Geschichte so oft erzählt, dass sie anfing, sich wie die Wahrheit anzufühlen?«

Kate öffnete die Augen und hob den Kopf von seiner Schulter. Er starrte sie an, und seine Augen hatten den gleichen wässrig silbrigen Glanz wie die Münze in ihrer Hand.

»Ich habe mir immer eingeredet, dass ich eine Versagerin bin«, sagte sie. »Bis ich hierherkam und dir begegnete, gab es nur eine Rolle, die ich in der Geschichte meines eigenen Lebens spielte. Ich wusste nicht, dass ich mich für eine andere entscheiden konnte. Doch du hast dafür gesorgt, dass sich all jene Ängste, an die ich mich so lange geklammert hatte, irrelevant anfühlten - nicht, dass sie bedeutungslos waren, aber dass sie es sein sollten. Jedenfalls so sehr, dass sie mich nicht daran hindern können, an mich selbst zu glauben.«

»Das sagst du so.« Er lächelte sie an. »Aber ich bin nicht derjenige gewesen, der dir gezeigt hat, wozu du fähig bist. Das hast du ganz allein gemacht, Kate. Ich war bloß der Glückspilz, der neben dir stand und dabei zusah. Anfangs wollte ich mich zugegebenermaßen unbedingt um dich kümmern, aber mir wurde schon bald klar, dass du das nicht nötig hattest - du brauchtest niemanden außer dir selbst. Du glaubst vielleicht, dass du nicht stark bist, Kate, aber das bist du.«

Jetzt schüttelte sie den Kopf. »Das bin ich nicht«, murmelte sie. »Das habe ich herausgefunden, als du verschwunden bist und ich schnell merkte, dass mir ohne dich alles andere sinnlos vorkam. Ich weiß, dass es eigentlich reichen sollte, dass ich so viel mehr als viele andere habe – aber was, wenn ich trotzdem mehr haben will? Wenn ich auch dich haben will?«

»Du willst mich immer noch?«, fragte er. »Selbst jetzt noch, nach allem, was ich getan habe?«

Kate lächelte.

»Nun ja, das sind gute Neuigkeiten. Denn die Wahrheit lautet, ich liebe dich, Kate Nimble. Mehr als die Sterne dort oben und diese Steine, mehr als die Stimme, die mir einflüstert, dass ich dich nicht verdient habe, die Stimme, die mir gesagt hat, ich solle weglaufen. Ich bin aus Liebe zu dir zurückgekehrt, weil sie mir das Gefühl gibt, dass ich alles andere in Angriff nehmen kann, so schwierig es auch sein mag.«

»Hör auf«, sagte sie unter Tränen. »Aufhören.«

»Ich will aber nicht aufhören.« Er ergriff ihre Hand. »Ich will es dir jeden Tag sagen. Jede Minute. Für all die Momente, als ich es dir nicht gesagt habe, und alle zukünftigen.«

Kate konnte nichts mehr entgegnen, denn sie weinte wieder, von Neuem davon überwältigt, was geschehen wäre, wenn er nicht zurückgekehrt, wenn er immer weiter weggelaufen wäre.

»Ich dachte, du wärst tot«, jammerte sie.

»Du weißt doch, dass ich seit geraumer Zeit Pläne schmiede, um diesen blöden Deckstuhl loszuwerden«, scherzte er. »Aber es war ehrlich nicht meine Schuld – jedenfalls nicht der Teil der Geschichte. Folgendes ist geschehen: Ich war auf dem Weg zum Boot, um ein paar Dinge zu holen, aber dann traf es mich – dass meine Schwester hier auf der Insel war, dass du mein Geheimnis kanntest, dass alle es bald erfahren würden –, und ich dachte gar nicht nach, ich handelte einfach. Es war, als würde mein Körper sich völlig verselbstständigen.

Doch als ich aufs offene Meer hinauskam, soff der Motor ab, und ich habe ihn partout nicht mehr zum Laufen gebracht. Der Wind war so stark geworden, und der Deckstuhl hatte sich gelöst. Ich kletterte nach oben, um zu versuchen, ihn wieder zu befestigen, aber das Holz zersplitterte mir in den Händen. Wenn ich in dem Moment nicht losgelassen hätte, wäre ich bestimmt zusammen mit dem Stuhl aufs Meer geweht worden.«

»Gott sei Dank ist das nicht passiert«, entfuhr es ihr entsetzt.

»Anschließend versuchte ich noch eine Zeit lang, den Motor wieder anzuwerfen«, erklärte er ihr. »Aber schließlich blieb mir nichts anderes übrig, als mich in der Kajüte zu verbunkern und das Boot treiben zu lassen. Es herrschte ziemlich heftiger Seegang, wie du ja bestimmt weißt, und zu dem Zeitpunkt war ich nicht allzu weit von Brač entfernt, also tat ich mein Bestes, um das alte Mädchen an Land zu steuern. Das dauerte allerdings fast die ganze Nacht. Ich war völlig durchtränkt und hatte die Nase voll. Da ich weder mein Handy noch Geld hatte, ließ ich das Boot zurück und ging um die Insel herum zu dem Hafen, wo, wie ich wusste, Brams Jacht vor Anker lag.«

»Bram Van Dijk?«

»Eben der.«

»Warum hat er mich nicht angerufen? Oder in der Herberge?«

»Nun, ich wusste ja nicht, dass ihr den Deckstuhl entdeckt hattet. Ich dachte, Angie würde annehmen, dass ich unterwegs wäre, um wieder einen klaren Kopf zu bekommen, nicht dass ich in dem Unwetter umgekommen wäre. Und ich überlegte mir, bis Bram mich heute Abend zurück nach Hvar gebracht hätte, hättest du auch ein wenig Zeit zum Nachdenken gehabt. Es ist ganz schön viel, um damit fertigzuwerden. Das will ich gar nicht leugnen. Aber dann, als ich eben in der Herberge eintraf, dachte ich, Toby würde mich k. o. schlagen.«

Überrascht setzte Kate sich auf. »Mein Toby? Das große Weichei?«

»Er war stinksauer.« Geistesabwesend kraulte Alex Siva hinter den großen Ohren. »Er hat mir gesagt, das nächste Mal, wenn ich spurlos verschwinde, würde es daran liegen, dass er mich ermordet und meine Leiche im Meer versenkt hat.«

»Wow! Und dann? Wie hast du mich hier gefunden?«

»Diese kleine Dame hier wollte einfach nicht aufhören, mich anzumaunzen«, sagte er, und Kate streckte die Hand aus, um Sivas Seidenfell zu streicheln. »Es war ihr anzumerken, dass sie mir etwas zeigen wollte, und ich hoffte, das wärst du.«

Kate zog an den Kordeln seines roten Hoodies.

»Es tut mir leid, dass ich dich geboxt habe«, sagte sie. »Und angeschrien.«

»Ich hab's verdient.«

»Nein, wenn sich irgendjemand zu entschuldigen hat, dann ich. Ich bin der Grund, warum deine Schwester hier aufgekreuzt ist. Mir solltest du die Schuld daran geben, dass die ganze Sache herausgekommen ist, bevor du so weit warst.«

Alex schüttelte den Kopf. »Nein, Kate.«

»Und du musst wissen, was auch immer dir diese düsteren Tage beschert, ob es nun Depressionen sind oder Ängste oder etwas ganz anderes: Ich möchte dir helfen, damit umzugehen. Ich möchte für dich da sein, damit du es nicht mehr allein durchstehen musst. Ich habe keine Angst«, sagte sie, als sie den Zweifel in seinem Gesicht las. »Und ich gehe nirgendwohin. Ich stehe dazu, was ich dir auf dem Boot gesagt habe. Ich möchte, dass wir das hinkriegen. Ich möchte mit dir zusammen sein.«

»Bist du dir sicher?«

Alex' zögerliches Lächeln erreichte seine Augen nicht, und Kate schlang fest die Hände um seine und beobachtete, wie sich seine Gesichtszüge vor Angst verzerrten.

»Es ist in Ordnung«, murmelte sie. »Du musst keine Angst haben, nicht mehr, denn ich liebe dich auch. Ich liebe deine zerschlissenen Shorts und die nackten Füße, ich liebe deine schwieligen Hände und dein großes Herz, dein dummes Boot und deine schwermütigen Augen. Ich liebe es, dass du Dinge selbst baust, ich liebe es, dass du mich dazu bringst, stehen zu bleiben und mich umzusehen. Ich liebe es, wie alles schöner zu sein scheint, wenn du mit dabei bist, wie du Fisch brätst und mir hilfst, unter Wasser zu atmen. Ich liebe alles an dir, alles, was du gewesen bist, alles, was du sein wirst. Was auch immer das Leben für uns bereithalten mag, gemeinsam können wir es meistern, solange wir einander haben und uns lieben.«

Im ersten Moment sagte Alex nichts. Während ihrer Worte hatte seine Miene sich nicht verändert, doch seine Augen waren, wie ihre, tränennass. Kate beugte sich vor und küsste ihn, nur ein einziges Mal. Unter ihrer Berührung löste er sich. In dem Augenblick brach das Glück durch wie die Sonne, die hinter einer Wolke hervorkam, und sie lächelten einander voller Staunen an.

Keiner von beiden war mehr verloren.

Epilog

Eine Frau steht am Wasser.

Sie ist ans Meeresufer gekommen, um Zuflucht zu suchen, einen ruhigen Moment an einem Tag fieberhafter Feierlichkeiten. Der Sommer ist in seiner sengenden Pracht eingetroffen, das Meer unter ihr glitzert in der Sonne; tausend funkelnde Sterne.

Ein neues Hotel ist eröffnet, die Terrasse ballongeschmückt; eine Party zur Feier des Tages, die bis in die Morgendämmerung andauern wird. Musik driftet den Hang herab, sie kann gegrillten Fisch riechen und lächelt über das Ploppen eines Flaschenkorkens.

In dieser Pause denkt die Frau daran, wie sie vor nur einem Jahr war: auf der verzweifelten Flucht aus dem endlosen Korridor eines Lebens ohne offene Türen. Heute gibt es Licht, es gibt Raum, es gibt Gelegenheiten – die Welt ist offen, und sie kann frei herumwandern. Doch das muss sie nicht mehr, denn sie hat ihr Zuhause gefunden.

Sie dreht sich um und erklimmt den Hügel, um zu den anderen zurückzukehren. Sie sind alle hier, alle, die zählen; neue Freunde und alte, Eltern, ein Bruder und eine Schwester – sie, die so mutig war und so viel verzieh, die in ihrem Herzen Platz für eine ganz neue Familie fand. Ihre Einsamkeit ist ein Kapitel der Vergangenheit, die Zukunft eine Geschichte, die sie frei schreiben kann.

Hellblaue Augen begrüßen die Frau beim Eintreten. Seine Lippen verziehen sich zu einem Lächeln, das sie mit einem Kuss versüßt, ihre Hand auf seiner, die zwischen sie beide sinkt.

Als sie hier ankam, trieb sie ziellos auf offener See, genau wie er. Doch jetzt haben sie einander.

Und schon bald werden sie zu dritt sein.

Danksagung

Während ich hier sitze und diese Danksagung schreibe, ist es auf den Tag genau ein Jahr her, seit es in Großbritannien den ersten Lockdown gab. Wie jede gute Autorin eskapistischer Romane war ich auf Reisen - und dazu noch in Neuseeland. Wie sich herausstellte, ist das kein schlechter Ort, um dort während einer weltweiten Pandemie festzusitzen, aber ich kam trotzdem nach Hause. Jedenfalls irgendwann einmal ...

Ich war ins Ausland gereist, um eine Weile herauszukommen. Mein Leben war zu einer Strapaze geworden, die Arbeit erbarmungslos, und meine Gesundheit - sowohl mental als auch körperlich - war die Hauptleidtragende gewesen. Doch sobald ich in Neuseeland eintraf, war ich wieder mit mir im Reinen. Die unzähligen Tabs, die über viele Monate in meinem Kopf offen gewesen waren, begannen, sich einer nach dem anderen zu schließen, sodass meiner Fantasie der nötige Raum blieb, um sich neu zu kalibrieren. Und obwohl ich mich nicht auf jene Reise begab, um den Plot eines neuen Romans zu entwerfen, war ich nicht überrascht, als sich eine Idee entwickelte.

Eine Geschichte über zwei verlorene Seelen. Eine Liebesgeschichte. Eine *Lebens*geschichte.

Ich betrachte es als ein Riesenprivileg, dass ich diesen Roman während des Lockdowns schreiben konnte. Nicht nur bot er mir eine oft bitter nötige Flucht vor dem ewigen Doomscrolling, sondern er erinnerte mich auch stets daran, dass das Leben eines Tages wieder zurückkehren würde, dass wir alle wieder zu Abenteuern würden aufbrechen können und dass es nie verkehrt sein kann, sich Zeit zu nehmen, um sich auf sich selbst zu konzentrieren. Ich hoffe, die Geschichte von Kate und Alex hat Ihnen gefallen, und dass Sie Kroatien auf Ihre Liste der Länder gesetzt haben, die Sie unbedingt besuchen müssen. Es ist wirklich so schön, wie es sich anhört, und ich kann es nur wärmstens empfehlen.

Und nun zu meinen Danksagungen. Ich muss, wie immer, bei meiner Leserschaft anfangen, ohne die ich tatsächlich eine sehr traurige Autorin wäre. Bitte seien Sie versichert, dass ich jeden und jede von Ihnen zu schätzen weiß und das auch immer tun werde. An alle, die Leseexemplare gelesen und Rezensionen geschrieben haben: dank Ihnen geben neue Leser neuen Autorinnen eine Chance. Sie sind das schlagende Herz der literarischen Welt, und ich finde Sie so toll.

Ich bedanke mich bei meiner Agentin Hannah Ferguson und dem gesamten Team von Hardman & Swainson dafür, dass sie sich weiterhin für mich und meine Geschichten einsetzen – und dafür sorgen, dass sie nicht nur hier in Großbritannien, sondern auf der ganzen Welt ein Publikum finden.

Dank an meine Lektorin Kimberley Atkins, ich verbeuge mich auch weiterhin vor deinem Scharfsinn und deiner Begeisterung. Ohne dich gäbe es in diesem Buch viel mehr unnötige Adjektive – und viel weniger Sex (!). Myrto Kalavrezou, Alice Morley, Amy Batley und Kay Gale – jeweils Engel in den Bereichen Publicity, Marketing, Lektorat und Redaktion –, ich bedanke mich für alles, was ihr tut, und für euren Glauben an dieses Buch. Danke an Catherine Worsley, Sarah Clay, Rich Peters, Iman Khabl und Lucy Howkins – alias das wunderbare Vertriebsteam –, ihr seid alle unglaublich, und sobald es wieder ungefährlich ist, WERDE ich euch küssen! Selbstverständlich erfüllt es mich mit unermesslichem Stolz, von

Hodder & Stoughton publiziert zu werden – und ich freue mich wahnsinnig darauf, Buch neun und zehn für euch zu schreiben.

Ich habe das große Glück, in meinem Freundeskreis viel zu viele Autorinnen und Autoren zu haben, als dass ich sie hier aufzählen könnte, aber mein ganz besonderer Dank geht an Katie Marsh (für alles), Cathy Bramley (für Korfu und grenzenlose Weisheit), Paige Toon (für Tee im Garten und Gelächter), mein Book-Camp-Team Cesca Major, Katy Colins, Holly Martin, Liz Fenwick, Basia Martin, Kirsty Greenwood, Rachael Lucas, Pernille Hughes, Jo Eustace, Emily Kerr, Tasmina Perry, Cressida McLaughlin, Alex Brown und Ali Harris (für Heldentaten auf WhatsApp), meine herzallerliebsten Kumpaninnen Sara-Jade Virtue, Louise Candlish, Fanny Blake und Claire Frost (für Bücher und LOLs) und Chris Whitaker, Tom Wood und Lisa Howells (für die Liebe und den Übermut). Das Schreiben kann von Zeit zu Zeit eine anstrengende und einsame Tätigkeit sein. Dank euch ist es nicht ganz so schlimm.

Bei allen Rezensentinnen, Bloggern, Influencerinnen, Booktokkern, Twitterinnen und Newsletterabonnenten bedanke ich mich für alles, was Sie tun, und für die Unterstützung für dieses Buch.

Mein Dank geht an Oliver (@cgmichaelsillustration) für seine schöne künstlerische Gestaltung und die Postkarten.

Ich bedanke mich bei meinem Freundeskreis, ihr seid alle völlig plemplem. Aber das ist okay, denn ich bin es auch.

Das Gleiche gilt für meine Familie.

Und ich bedanke mich bei meiner Mum – ich tue das alles immer noch für dich. Jedes einzelne Wort.